クリムゾン・リバー

ジャン=クリストフ・グランジェ



……発見される惨殺死体。拷問され、両眼をえぐられ、あるいは両手を切断され……。別の町でその頃、謎の墓荒らしがあった。前後して小学校に入った賊は何を盗み出したのか？　まるで無関係に見える二つの町の事件を担当するのが、司法警察の花形と、自動車泥棒で学費を稼ぎ警察学校を出た裏街道に精通する若き警部。なぜ大学関係者が不可解な殺人事件に巻き込まれたのか？　埋葬されていた少年はなぜ死んでからも何者かに追われているのか？「我らは緋色の川《クリムゾン・リバー》を制す」というメッセージの意味は？　二人の捜査がすべての謎をひとつに結び合わせる。フランス・ミステリの概念を変えた記念碑的傑作！

## 登場人物

ピエール・ニエマンス……フランス司法警察の警視正
アントワーヌ・ライムス……司法警察警視長
カリム・アブドゥフ……サルザック警察の警部
エリック・ジョワスノー……司法警察グルノーブル本部の若い警部
ロジェ・バルネス……ゲルノンの憲兵隊長
ルネ・ヴェルモン……憲兵隊捜査課主任
ベルナール・テルパンテス……ゲルノンの予審判事
マルク・コスト……検死医
レミー・カイヨワ……ゲルノン大学図書館司書
ソフィー・カイヨワ……レミーの妻
フィリップ・セルティス……ゲルノン大学付属医療センターの看護師
ファニー・フェレイラ……ゲルノン大学の地質学教授
ジュード・イテロ……死んだ少年
アンリ・クロジエ……サルザック警察署長
パトリック・アスティエ……グルノーブルの科学捜査課員
ヴァンサン・リュイズ……ゲルノン大学学長
エドモン・シェルヌセ……アヌシーの眼科医
シャンプラーズ……眼病治療研究所所長

# クリムゾン・リバー

ジャン=クリストフ・グランジェ
平　岡　　敦　訳

創元推理文庫

LES RIVIÈRES POURPRES

by

Jean-Christophe GRANGÉ

# クリムゾン・リバー

ヴィルジニーへ

# I

I

「勝利《ガナモス》！　勝利《ガナモス》！」

ピエール・ニエマンスはトランシーバーを握り締め、下を眺めていた。パルク・デ・プランス・サッカー場のコンクリート・スロープを、群衆が下りてくる。何千もの上気した顔、白い帽子、けばけばしいマフラーがひと塊《かたまり》になって、熱狂する色とりどりの帯を作っていた。舞い散る紙吹雪。幻覚に浮かされた悪魔たちの群れ。そのなかを、勝ちどきがゆっくりと轟き続けている。

「勝利《ガナモス》！」

ニエマンスはパルク・デ・プランスに面した小学校の屋上から、フランス保安機動隊第三部隊、第四部隊の作戦行動を監視していた。黒いヘルメットと強化プラスチックの楯で武装した、青い制服姿の機動隊員たちが走っていく。教科書どおりの方法だ。出口の両側に二百人を配置し、コマンド隊員が《障壁》になって両チームのサポーターを引き離す。出会ったり、近づいたりせず、お互いの姿さえ見えないように……

今夜はサッカー・ヨーロッパ・リーグ、スペインのレアル・サラゴサ対イングランドのアーセナル戦だった。今年外国チーム同士がパリで一戦交えるのはこの試合だけとあって、千四百人以上の警官、憲兵隊員が動員されていた。身分証の点検、身体検査、両国からやって来た四万人ものサポーターの囲い込み。ピエール・ニエマンス警視正は作戦を指揮する責任者のひとりだった。ふだんやりつけない仕事だが、髪を短く刈り込んだこの警官はまんざら嫌がってもいなかった。ただ敵と向かい合い、監視していればいいのだ。捜査や訴訟の必要もない。そんな単純さが、どこかほっとできる。それに警官たちが駆けまわる様子は軍隊を思わせ、ニエマンスには好ましかった。

サポーターたちが二階までやって来た——出口Gと出口Hの上あたり、コンクリート柱の合間に姿が見える。ニエマンスは腕時計を確認した。あと四分でやつらは外に出て、車道に溢れるだろう。そこからが危ないのだ。サポーター同士が接触すれば暴徒と化して、たちまち事態は悪くなる。ニエマンスは胸一杯に深呼吸をした。十月の夜は緊張感で張り詰めていた。

二分たった。反射的に後ろをふり返る。遠くにポルト＝ドー＝サン＝クルー広場が見えた。人影はまったくない。噴水が三つ、不安をかたどる偶像《トーテム》のように、夕闇のなかに屹立《きつりつ》している。大通りに沿って、保安機動隊の車が数珠つなぎに列をなしていた。その前でヘルメットを装着した隊員たちが、警棒でぽんぽんと足を叩きながら肩を揺すっている。彼らは予備部隊だ。

そのとき、どよめきが湧き上がった。先の尖った鉄柵の合間から群衆がなだれ出てくる。ニエマンスの口元にふと笑みが浮かんだ。これこそ待ちに待ったものだ。うねりが押し寄せてくる。喧騒のなかにラッパの音がいくつも響き渡る。コンクリートのわずかなすき間から、咆哮が轟く。「勝利《ガナモス》！　勝利《ガナモス》！」ニエマンスはトランシーバーのスイッチを押し、機動隊を指揮しているジョアシャンに言った。「こちらニエマンス。観客が出てきた。バスに誘導しろ。ミュラ通りの駐車場だ。それと地下鉄の入口にも」

　ニエマンスは上から状況を観察した。こっちは危険性が低い。今夜はスペイン・チームが勝ったので、サポーターもそう荒れないだろう。イングランド・チームのサポーターは、反対側の出口Aと出口Kから出始めている。猛獣どもが群れるのはブーローニュ側スタンドだ。こちら側の作戦が順調に進んだら、向こうの様子もちょっと見に行かねば。

　そのとき、群衆の上に弧を描く一本の瓶が、街灯の明かりに照らし出された。警棒がふり下ろされる。後退する人波に押され、何人かが将棋倒しになった。ニエマンスはトランシーバーに向かって怒鳴った。「何やってるんだ、ジョアシャン！　自分の兵隊をよく見張っとけ！」

　ニエマンスは九階下まで、非常階段を一気に駆け下りた。大通りに出ると、すでに機動隊が二列になって、フーリガン鎮圧に急いでいる。ニエマンスは武装した隊員たちの前に走り出て、手を大きくふりまわした。警棒がニエマンスの顔数メートルに迫ったとき、右手からヘルメット姿のジョアシャンが現われた。ジョアシャンは庇《ひさし》を押し上げると、怒ったようにニエマンスを睨《にら》んだ。

「おい、ニエマンス、気でも狂ったのか？　私服なんだからな。そんなことしたら、おまえさんのほうが……」

ニエマンスは相手の言葉を無視して言った。

「何てざまだ、ジョアシャン。兵隊に勝手な真似させるな！　さもないと、たちまち暴動がおっぱじまるぞ」

ずんぐりして赤ら顔の隊長は息を切らせていた。百年も前に流行《はや》ったような口髭が、はあはあと喘《あえ》ぐたびに震えている。トランシーバーから声が響いた。「全……全部隊に……全部隊に……ブーローニュの角、コマンダン＝ギルボー通りで、非常事態発生！」まるで混乱が広がったのはジョアシャンひとりの責任であるかのように睨みつけると、ニエマンスはトランシーバーのボタンを押した。「こちらニエマンス。すぐ行く」それからできるだけ落ち着いた声で機動隊長に言った。

「おれが行ってみるから、目一杯兵隊を動員してくれ。ここで事態を食い止めるんだ」

ニエマンスは返事も待たずに走りだした。運転手役の新米警官を探しに、広場を全力疾走する。遠くのビアホールで、ウェイターたちがあわててシャッターをおろしている。街は不安に包まれていた。

あそこだ。褐色の髪をした、革ジャン姿の小柄な若者が、黒いセダンの脇で足踏みをしている。ニエマンスは車のボンネットを叩きながら怒鳴った。

「急げ！　ブーローニュの角だ」

二人が乗り込むと、車は土煙《つちけむり》をあげて走りだした。新米警官はスタジアムの左に方向転換した。保安ルートに沿っていけば、出口Kまでもっとも早く行ける。だがニエマンスにはぴんとくるものがあった。

「いや、Uターンだ」と彼は小声で言った。「暴徒がこっちに向かってくる」

すでに応戦態勢に入った放水車が、あたりに水たまりを作っていた。車はそのなかをスリップしながら一回転し、機動隊の灰色の護送車が並んで作る隘路に沿って、パルク・デ・プランス通りを突っ走った。傍らを走っているヘルメット姿の隊員たちは、二人に目もくれない。ニエマンスは車の屋根に回転灯をつけておいたのだ。見習い警官はクロード＝ベルナール高校の脇で左折し、ロータリーを一周してスタジアムの第三面沿いに進んだ。ちょうどオートゥーユ側スタンドの前を通り過ぎたところだ。

あたりにガスが漂い始める。やはり思ったとおりだ。衝突はもうヨーロッパ広場まで達していた。

車は白煙のなかを突き抜け、逃げまどう犠牲者たちの前で止まった。貴賓席スタンドの前で、乱闘が始まっていた。ネクタイ姿の男やきらびやかなドレスの女たちが、顔を涙でくしゃくしゃにしながら押し合いへし合いしている。道路のほうに逃げるすき間を探す者もいれば、反対にスタジアムの柱廊に向かって階段を上っていく者もいた。

ニエマンスは車から飛び出た。広場では、入り乱れた群衆が力まかせに殴り合っている。イギリス・チームの派手なユニフォームと、保安機動隊の暗い人影がかすかに見えた。機動隊員が何人か、血まみれになったナメクジのように地面を這いまわっている。負傷した同僚を見てほかの隊員たちは、暴動鎮圧に銃を使うべきか迷っていた。

ニエマンスは眼鏡をはずし顔にマフラーを巻きつけた。手近な機動隊員を見つけて身分証を差し出し、警棒を取り上げる。隊員はあっけにとられていた。ヘルメットについた半透明のシールドが蒸気で曇っている。

ニエマンスは乱闘に向かって突進した。アーセナルのサポーターたちが、素手やバールやスパイクシューズの踵《かかと》で殴りかかっている。機動隊はすでにやられた仲間を庇《かば》い、後退しながら反撃していた。顔を歪め、暴れ狂う者。顔面からアスファルトに激突する者。激しい殴り合いのなかを、何本もの警棒が繰り返し勢いよくふり下ろされる。

警視正は混乱に身を投じた。

武器は握り拳《こぶし》と警棒だった。太った男をひとりなぎ倒し、肋骨、下腹部、顔に、と続けざまにストレートパンチを食らわせる。突然、右手から蹴りを受け、ニエマンスは呻《うめ》きながら起き上がった。警棒が敵の喉元に食い込む。頭のなかを血が逆流し、鉄をなめたような味が口に広がった。思考力も感覚もなくなっていた。ニエマンスにはわかっていた。これは戦争だ。

そのとき、奇妙な光景が目に入った。百メートルほど先で、サポーターらしいラフな服装の男が二人のフーリガンに殴られ、逃げようともがいている。ニエマンスが目を凝らして見ると、男の顔は血まみれだった。あとの二人は、憎しみに駆られたようにひたすら手をふり上げている。事情はすぐにわかった。殴っている二人と殴られている男のジャンパーには、敵対するチームのバッジがついていた。

なるほど、報復ってわけか。

そう思っている間にも男は襲撃者から逃れ、横道に逃げ込んだ。ナンジェセール＝エ＝コリ通りだ。二人の襲撃者もすぐに従う。ニエマンスは警棒を投げ捨て、人込みをかき分けあとを追った。

追跡の始まりだ。

ニエマンスは息も切らず走った。二人との差が縮まる。静かな通りに沿って追いかける二人は、もうすぐ獲物に手が届きそうだ。

もう一度右に曲がると、ぐるりと塀に囲まれたモリトール・プールが近づいてくる。とうとう男は襲撃者たちに捕まってしまった。外環道路に張り出したポルト＝モリトール広場が見えたところで、ニエマンスはわが目を疑った。襲撃者のひとりが、なんと鉈《なた》を取り出したのだ。

外環道路を照らす青緑色の光が、ひざまずく男に間断なく切りかかる刃を映し出す。男は小刻みに揺れながら、ふり下ろされる鉈を受けていた。襲撃者たちは男の体を持ち上げ、ガードレールごしに放り投げた。

「やめろ！」

ニエマンスはそう叫ぶと同時に拳銃を取り出した。近くの車に寄りかかり、右手を左手で押さえ、息を殺して狙いを定める。一発目ははずれた。鉈を持った殺人者がびっくりしてふり返る。二発目。これもはずれた。

ニエマンスは握った拳銃を腿に押し当て、戦闘態勢をとってまた走り始めた。怒りではらわたが煮えくり返る。眼鏡をかけていないせいで、二度も的をはずしてしまうなんて。ニエマンスも高速道路にかかる橋に着いた。銃を持った男は、外環道路沿いの雑木林に逃げ込んでしまった。共犯者は呆然として立ちすくんでいる。ニエマンスは銃床で喉元を殴りつけ、髪をつかんで道路標識のところまで引きずっていった。片手を手錠で標識につなぎ、高速道路を覗き込む。

犠牲者の体は車道に激突し、それを轢《ひ》いた何台もの車が、玉突き事故を起こして、交通は麻痺状態に陥っていた。斜めに止まった車の列、ひしゃげた鉄板……渋滞がクラクションの嵐を巻き起こしている。ドライバーがひとり、ヘッドライトの光に照らされ、車の脇で顔を押さえながらよろめいていた。

警視正は外環道路の向こうに目をやった。色鮮やかな腕章をつけた殺人者が、立木の間を逃げてゆく。ニエマンスは銃をホルスターに収めると、すぐにあとを追った。

木々の向こうから、殺人者がちらりとニエマンスを見た。ニエマンスは隠れなかった。いいか、このピエール・ニエマンスがぶっ殺してやる！　フーリガンは土手を飛び越え姿を消したが、砂利を踏む音で逃げてゆく方向がわかった。オートゥーユ植物園だ。

ニエマンスも続いた。植物園の石が闇に浮かんで見える。温室に沿って走っていくと、塀を乗り越える人影が見えた。ダッシュして追いかけた先は、ロラン＝ガロス・テニス場だった。

鉄格子の扉は開いていた。殺人者はコートからコートへとすばやく駆け抜けていく。ニエマンスも扉を押し開け、赤茶色のコートに入って最初のネットを飛び越えた。百メートルほど先を行く男は疲れを見せ、すでにスピードが落ちている。それでも何とかネットをまたぐと、スタンド席の階段を上った。あとに続くニエマンスはほとんど息も切らさず、軽快な足取りでステップを駆け上った。あと数メートルに迫ったとき、男はスタンドのてっぺんから虚空に身を投げた。

逃亡者は民家の屋根に飛び移り、反対側に姿を消してしまった。彼も少しさがって助走をつけると、思いきりジャンプした。着地したのは、砂利を敷きつめた平屋根だった。下に見える芝生と木立は静まり返っている。

殺人者の姿はどこにもない。

ニエマンスは飛び下り、湿った草の間を転がった。可能性は二つ。今飛び下りた母屋か、庭の奥にある木造の大きな建物かだ。MR73を抜いて背後のドアにもたれかかると、ドアはすっと開いた。

数歩進むと、彼はあっけにとられて立ち止まった。そこは、見知らぬ文字を刻んだ丸い石板が張り出した、大理石のホールだった。階段に沿って金色の手すりが、階上の闇へと続いている。鮮やかな緋色をしたビロードの壁紙が薄暗がりに広がり、荘重な花瓶が輝いていた……そうか、とニエマンスは思った。どこかアジアの国の大使館に入ってしまったのだ。

突然、外で物音がした。殺人者はもうひとつの建物だ。ニエマンスは芝生をけちらしながら庭を横切り、木造の建物に向かった。ドアはまだ完全には閉まっていない。そっとなかに入ってみると、ますます妙な光景が広がった。それは厩舎だった。並んだ仕切りの間に、たてがみを短く刈った小さな馬がいる。

馬の尻がぶるっと震え、藁《わら》が舞い散った。ニエマンスは銃を構えて前進した。仕切りの前を通りすぎる。ひとつ、ふたつ、みっつ……右側でこもった物音がした。あわててふり向いたが、馬が蹄鉄を踏み鳴らしただけだった。そのとき左側から唸り声があがった。もう一度ふり向いたときには遅かった。刃が襲いかかってくる。ニエマンスはすんでのところで体をかわした。鉈は彼の肩をかすめ、馬の尻に刺さった。あっと思う間に馬の後ろ足が上がり、蹄鉄が殺人者の顔を直撃した。その機に乗じてニエマンスは男に飛びかかり、銃を逆さに持って握りを叩きつけた。

無我夢中で何度も、何度も叩き続ける。我に返って手を止めると、フーリガンの顔は血だらけだった。ずたずたになった肉の間から骨の先が突き出、眼球が垂れ下がっている。殺人者はまだカラフルなアーセナル・チームの帽子をかぶったまま、もう動こうとしなかった。ニエマンスは銃を持ちかえ、血まみれの銃床を両手で掴むと、男の裂けた口に銃身を突っ込んだ。撃鉄を起こし、目を閉じる。そして引き金を引こうとしたとき、突然鋭い音がした。

2

ポケットの携帯電話が鳴っていた。

三時間後、パリ郊外のナンテール官庁街にある内務省司法警察局の部屋に、小さな明かりが灯っていた。真新しい通りが幾何学状に延びる近代的な一角だ。大きくなったり小さくなったりしながら、ちらちらと揺れるその光は、暗闇に坐るアントワーヌ・ライムスの机と同じとても低いあたりで輝いている。光の後ろには、ライムスに向かい合うピエール・ニエマンスの黒い大きな人影があった。彼はブーローニュでの追跡劇の顛末を手短に語り終えたところだった。

ライムスが疑り深げに尋ねる。

「男の容態は？」

「イギリス人か？　意識不明だ。顔面に骨折多数。市立病院に電話したよ。あそこなら、顔の皮膚移植をやってるからな」

「被害者のほうは？」

「車に轢かれてぺちゃんこだ。外環高速の、ポルト＝モリトールのところで」

「やれやれ、いったい何があったんだ？」

「フーリガン同士の報復戦さ。アーセナルのサポーターに、チェルシー・クラブ・チームのファンが混じってたんだな。乱闘に乗じて、鉈《なた》を持った二人のフーリガンが敵を襲ったわけだ」

ライムスはうなずいたものの、まだ納得しかねる様子だった。しばらく沈黙が続いたが、ライムスはまた口を開いた。

「おまえさんも手出ししたんじゃないか？　イギリス人があんなになったのは、本当に馬に蹴られたからだけなのか？」

ニエマンスは黙って窓の外を見た。あたりのビルに描かれたおかしなパステルのモチーフが、月明かりに照らされ浮かび上がっている。それは雲と虹の下に広がる、ナンテール公園の緑の丘を描いていた。ライムスの声がひときわ大きくなった。

「まったく気が知れんよ、ピエール。どうしてこんな事件に首をつっ込むんだ？　スタジアムの警備なら、何も……」

ライムスは言葉を濁した。ニエマンスは黙ったままだった。

「もう、そんな歳じゃないだろう」とライムスは続けた。「それに権限だってないんだ。我々の取り決めははっきりしているじゃないか。大立ちまわりはなし、暴力行為はなし……」

ニエマンスはふり向いて上司に歩み寄った。

「そろそろ本題に入ってくれ、アントワーヌ。いったい何の用でこんな真夜中に呼び出したんだ？　電話をかけてきたときには、まだスタジアムの一件は知らなかったはずだ。だったら、どうして？」

ライムスはじっと動かなかった。広い肩幅、縮れた灰色の髪、石のようにごつごつとした顔。灯台守のような風貌だ。ライムス警視長は長年、人身売買取締まり本部の――ものものしい名称だが、要するに売春斡旋取締まり班の上部組織にすぎない――本部長を務めているが、ニエマンスとは古いつき合いだった。二人ともまだこんな要職に就く前、雨のなかでも足を棒にして働く、外まわりの優秀な警官だった頃からだ。ニエマンスは短く刈った頭を前に屈《かが》め、繰り返した。

「何があったんだ？」

ライムスは溜息をついた。

「殺しさ」

「パリで？」

「いや、ゲルノンといって、イゼール県の小さな大学町だよ。グルノーブルの近くだ」

ニエマンスは椅子を引き寄せると、警視長の正面に坐り込んだ。

「話を聞こうか」

「死体の発見は昨日の夕方。キャンパスの脇を流れる川沿いの崖で、岩に挟まれるような格好で置かれていた。状況から見て、変質者の犯行だろう」

「死体の身元は？　女か？」

「いや、男性だ。若い男、大学の図書館員らしい。死体は全裸で、拷問の跡があった。切り傷、打撲、火傷《やけど》……そして絞殺された」

ニエマンスは机に肘をつき、灰皿をいじっていた。

「どうしておれに？」

「捜査にあたってもらいたい」

「そのヤマをか？　一週間もあれば、司法警察グルノーブル本部が犯人を捕まえるさ。なのに……」

「とぼけるな、ピエール。そんな単純な事件じゃないとわかっているくせに。予審判事には話をつけてある。向こうもプロを欲しがってるんだ」

「プロって、何の？」

「殺人《ころし》事件さ。売春がらみの事件らしい。判事は性的な動機を疑っている。まあ、そんな類だろう」

ニエマンスはハロゲン・ランプのほうに首をかしげた。ランプの熱で、首がぴりぴりする。

「アントワーヌ、話はそれだけじゃないな？」

「判事というのはベルナール・テルパンテスといって、古い友人なんだ。おれたちは二人ともピレネーの出身でね。彼はすっかり困りきっている。わかるだろ？ ともかく、早急にかたをつけたいんだ。大騒ぎになって、マスコミが押しかけるような事態はごめんだ。二、三週間もすると、大学が始まる。それまでに事件を解決せねばならない。くどくど説明はせんがね」

ニエマンスは立ち上がって窓をふり返り、街灯の真ん丸い電球と、公園の陰鬱なドームを見つめた。激しい暴力の余韻で、こめかみのあたりがまだ疼いている。何度もふり下ろされる鉈、外環自動車道路、ロラン＝ガロス・テニス場での追跡。ライムスの電話があったおかげで、たぶん殺人を犯さずにすんだのだ。さっきからそう繰り返し考えていた。凶暴になりだすと自分でも抑制がきかなくなり、前後の見境をなくしたあげくに、最悪の事態を引き起こしてしまう。

「行ってくれるな？」とライムスが尋ねる。

ニエマンスはふり返り、窓枠に身をもたせかけた。

「ここ四年間、殺しの捜査はしていない。なのにどうしておれに？」

「有能な人間が必要なんだ。知ってのとおり、各取締まり本部は所轄の人員をひとり選んで、フランスじゅうどこにでも送り込める」ライムスの大きな手が暗闇で揺れた。「わたしとしては、このささやかな権限を行使するだけだ」

メタルフレームの眼鏡の奥で、ニエマンスの目がにやりとした。

「つまり、狼を巣から追い出すってわけか？」

「そう、狼を巣から追い出すのさ。おまえさんは新鮮な空気を満喫《まんきつ》し、わたしは旧友のためにひと肌脱ぐ。少なくともその間は、おまえさんの鉄拳も影をひそめるだろうしな……」

ライムスは机の上で白々と光るファックス用紙を摑んだ。

「憲兵隊の報告書だ。読んでみるか？」

ニエマンスは机に歩み寄り、感熱紙を鷲摑みにした。

「あとで電話するから、市立病院のほうがどうなったか知らせてくれ」

ニエマンスはすぐにトロワ＝フォンタノ通りを立ち去ると、パリ九区ラ＝ブリュイエール通りにある自宅へ戻った。寒々しい板張りのアパルトマンは、家具らしい家具もなくがらんとしていた。ニエマンスはシャワーを浴び、傷の具合を確かめ——ほんのかすり傷だった——鏡を覗いた。骨ばって皺のよった顔。短く刈った、光沢のある白髪まじりの髪。丸いメタルフレームの眼鏡。鏡に映った自分自身に笑いかけてみる。こんなやつと人けのない通りですれちがいたくないものだ。

スポーツバッグに服を何枚か詰め込み、シャツと靴下の間にレミントンの一二口径小型散弾銃、マニューリン用の実弾数ケースとスピードローダーを滑り込ませる。それからスーツカバーを取り出すと、冬物のスリーピース二着と、薄茶色のペーズリ模様のネクタイ何本かをしまった。

ポルト・ド・ラ・シャペルに向かう途中で、クリシー大通りにある終夜営業のマクドナルドに寄り、二重駐車した車を見張りながら、大急ぎでチーズバーガーを頬張った。午前三時。青白い蛍光灯の輝く不潔な店内を、ニエマンスにはおなじみの亡者たちがうろついている。だぶだぶのぼろ服を着た黒人。長い髪をジャマイカ風に編んだ売春婦。ヤク中患者。ホームレス。酔っ払い。かつてニエマンスのものだった世界——路上の住人たちだ。ニエマンスはその世界を離れ、もっと見栄えも給料もいいオフィスワークに就くことになった。ほかの警官から見れば、本部づとめは昇進だ。でもニエマンスは、何だか厄介払いされたような気分だった。金めっきで飾ってはいるが、屈辱的な厄介払いだ。あたりの闇に蠢《うごめ》く生き物たちに、もう一度目をやってみる。あの亡霊たちは、かつてニエマンスが狩人として分け入った森に生える木々だった。

ニエマンスはヘッドライトをつけて車を飛ばした。制限時速もスピード違反探知機もおかまいなしだ。午前八時、グルノーブル方面出口で高速道路を降りた。サン＝マルタン＝デール、サン＝マルタン＝デュリアージュを抜け、ベルドンヌ山塊大尖峰の麓《ふもと》、ゲルノンへ向かう。S字カーブの道に沿って、針葉樹林と工業地帯が交互に続いた。田舎の風景はいくら美しくても深い寂寞《せきばく》を隠し切れないものだが、それにしてもこのあたりには、どこか異様な雰囲気が漂っていた。

大学方面を示す標識を通りすぎた。嵐の気配を感じさせるくすんだ曙光のなか、はるか彼方に山の頂が浮かび上がっている。カーブを曲がると谷の奥に大学が見えた。近代的なビルと筋目のついたコンクリート・ブロックのまわりは、一面の芝生だった。その光景は、町ほどの大きさのある巨大なサナトリウムを思わせた。

ニエマンスは国道を逸れて、谷へ向かった。西側を見やると、幾筋もの水が混ざり合って、黒い山肌を削りながら勢いよく流れ落ちている。彼は車の速度をゆるめた。まっすぐに落下する冷え冷えとした水を見ていると、寒さで体が震えた。水流は茂みの陰に隠れたかと思うとすぐにきらきらと白く輝きながら現われ、そしてまた姿を隠す……

ニエマンスは迂回することにした。車の進路を変え、朝露に濡れた樅《もみ》とカラマツの生い茂る下を走り抜けると、黒くそびえる岩壁に囲まれた平野が広がった。

車を止め、双眼鏡を手に外へ降り立つ。周囲の景色をしばらく眺めたものの、川はもう見えなかった。なるほど、流れは谷の窪みまで続いたあと、岩壁の後ろに隠れてしまったのだ。Vの字に切れ込んだ岩の間から、ほんの少し川が見えた。

そのとき、ちらりと目に入ったものがあって、ニエマンスは双眼鏡のピントを合わせた。そう、間違いない。彼は車に戻ると、峡谷に向けて急発進させた。岩の間から見えたのは、国家憲兵隊に特徴的な蛍光イエローの警戒線に掲げられた、〈立入禁止〉の文字だった。

## 3

曲がりくねった小道の続く岩の裂け目に、ニエマンスは下りていった。道幅はもうセダンでは通れないほど狭まってしまった。車を止めて外に出ると、ロープを越えて川に近づいた。ちょうどその付近は天然の堰《せき》によって川がさえぎられており、泡立つ急流を期待していたニエマンスの想像に反し、清澄な池となっていた。まるで、怒りを知らない穏やかな顔のようだ。流れは少し先の右側からまた始まり、谷間の奥に見える灰色の町を横切っているらしい。

ニエマンスは足を止めた。左手に男がひとり、しゃがみ込んで水面を覗いている。反射的にガンホルスターのベルトを引き寄せた拍子に、手錠がかしゃりと小さな音をたてた。男はニエマンスのほうをふり返り、笑いかけてきた。

「そこで何をしているんだ?」とニエマンスはぶっきらぼうに尋ねた。

相手は笑ったまま何も答えず、立ち上がって手についた砂を払った。スエードのブルゾンにダーツの入ったズボン姿の、線の細そうな顔つきの若者だった。きれいに刈りそろえた金髪がまるで刷毛《はけ》のようだ。男ははっきりした声で訊き返してきた。

「そちらこそ何を?」

生意気そうな態度に、ニエマンスは気勢を削《そ》がれてしまった。彼は無愛想に答えた。

「警察だ。立入禁止の札が見えなかったのか？　勝手に入ってきたからには、それなりの理由があるんだろうな？　何しろ……」

「エリック・ジョワスノー。司法警察グルノーブル本部の者です。先発隊でやって来ました。あとから、ほかの連中も来ることになってます」

ニエマンスは、狭い川岸に立っている男のそばまで行った。

「見張り役たちはどこに？」

「三十分ほど朝食にやりました」男は気楽そうに肩をすくめた。「わたしはやることがあったし、ひとりになりたかったもので……ニエマンス警視正」

白髪まじりの警視正は眉をひそめたが、若者は当然だと言わんばかりの口調で続けた。

「すぐにわかりましたよ。ピエール・ニエマンス。元花形エリート警察官。元犯罪取締まり班警視。殺人犯、麻薬密売人の元追撃者。元その他もろもろ……つまりは……」

「近頃の警察学校じゃ、そんな礼儀知らずも教科のうちなのか？」

ジョワスノーは皮肉っぽい仕種で頭を下げた。

「すみません。ただわたしは、スターだからって崇《あが》めたてまつりたくなかったもので。何しろあなたは若い警官たちが夢見るアイドル、《スーパー・デカ》ですから。殺人の件でいらしたんですか？」

「さあね」

警官はあらためて頭を下げた。

「ともかく、いっしょに仕事ができて光栄です」

ニエマンスは足元の川を注視した。朝日を受けた水面が、ガラスのようにきらめいている。翡翠を思わせる冷たい光が、奥底から発しているかのようだ。

「事件について、知っていることを聞かせてくれ」

ジョワスノーは岩壁を見上げた。

「死体はあの上にはめ込まれていました」

「あの上だって？」ニエマンスは、崖を見やりながら訊き返した。ごつごつとでっぱった岩が、恐ろしげな影を投げかけている。

「ええ、十五メートルほど上です。犯人は死体を岩の割れ目に押し込んだんです。奇妙な格好をさせて」

「奇妙な格好？」

ジョワスノーは両足を曲げて膝を立て、両手を胸の前で組んだ。

「《胎児》の格好です」

「そいつは変わってるな」

「この死体は、何から何まで変わってますよ」

「傷や火傷の跡があったという話だが」とニエマンスは続けた。

「まだ直接死体を見てはいないんですが、たしかに拷問の跡が体じゅうにあったようです」

「すると拷問を受けて死んだというわけか？」

「今のところ何も断定はできません。喉も切り裂かれていたというし、首を絞められた跡もあったそうですから」

ニエマンスはもう一度池のほうを見た。短く髪を刈り、青いコートを着た自分の姿が、くっきりと映っている。

「ここで何か見つかったのか？」

「いいえ、手がかりになりそうなものはないか、一時間ほど捜したのですが、何ひとつ見つかりませんでした。思うに、被害者が殺されたのは別の場所でしょう。それから犯人は、あの上に死体を持ってきたんです」

「岩の割れ目まで登ってみたのか？」

「ええ、でも目ぼしい手がかりはありませんでした。おそらく犯人は反対側から岩壁の頂上に登り、ロープの先に死体を縛りつけて降ろしたのでしょう。それから自分も別のロープで降りて、死体を岩の間に押し込んだのです。おまけに死体にあんな格好をさせるなんて、ずいぶんとご苦労なことですよ。まったくわけがわからない」

ニエマンスは再び崖に目をやった。稜線はぎざぎざになっており、岩壁は穴だらけだった。下からではっきりとわからないが、死体が見つかった割れ目は崖の中程にあって、地面からも頂上からも同じくらい離れているようだ。ニエマンスはいきなりくるりと踵《きびす》を返した。

「行くぞ」

「どこへですか？」

「病院だ。死体を見てみよう」

肩までシーツで覆われ、男は裸のまま横向きに寝かされていた。明るく照らされた台の上で、まるで雷に顔を打たれまいとするかのように体を丸めている。肩をすぼめて頭を下げ、握った両手の拳を、顎の下で曲げた膝の間に押し込んでいた。筋肉の浮き出た、傷だらけの青白い皮膚が、死体のおぞましさをいっそう際立たせている。喉を掻き切ろうとしたのか、首にも大きな裂傷があり、こめかみには幾筋もの血管が青く浮き出ていた。

ニエマンスは顔を上げ、死体置場《モルグ》にいるほかの男たちに目をやった。予審判事のベルナール・テルパンテスは華奢《きやしや》な体つきで、ちょぼちょぼとした口髭を生やしていた。ゲルノンの憲兵隊を率いるロジェ・バルネス隊長は貨物船のように堂々たる体軀の巨漢、憲兵隊捜査課主任のルネ・ヴェルモン隊長は頭のてっぺんが薄くなった赤ら顔の小男で、縮れ毛が目の上に垂れている。ジョワスノーは後ろに控えて、熱心な見習い警官然とした表情を作っていた。

「身元についてわかっていることは?」ニエマンスは誰にともなく尋ねた。

バルネスが軍人らしい仕種で一歩前に出ると、咳払いをした。

「被害者の名はレミー・カイヨワです、警視正。年齢は二十五。三年前からゲルノン大学で図書館の主任司書をしています。遺体は彼の妻、ソフィー・カイヨワが今朝確認しました」

「奥さんは行方不明の届けを出していたんだな?」

「ええ、昨日、日曜の夕方に。前の日、だんなはミュレ山の頂上をめざして、ひとりで山歩きに出たそうです。週末には毎度のことだし、山小屋に泊まることもあったので、心配はしていませんでした。昨日の午後になるまでは……」

バルネスはそこで言葉を切った。ニエマンスがシーツをめくり、死体の上半身をむき出しにする。

声にならない恐怖、喉に止まったまま凍りついた叫びがあった。死体の腹部、胸部には、形も深さも様々な黒い傷が散らばっている。ぱっくりと開いた紫色の傷口、虹色に光る火傷、黒く煤けた跡。腕や手首のまわりにある浅い裂傷は、ワイヤーで縛った跡のようだ。

「第一発見者は?」

「若い女性で……」バルネスはそう言いながら書類に目をやり、言葉を続けた。「名前はファニー・フェレイラ。大学の教師です」

「死体発見の状況は?」

バルネスはもう一度咳払いをした。

「彼女はなかなか活動的な女性で、ハイドロスピードが趣味だとか。ほら、スイムスーツを着て足ヒレをつけ、ボディボードで急流を下るやつです。けっこう危険なスポーツなんですがね……」

「それで?」

「堰を越えたあたりの、キャンパスを囲んでいる塀の下で泳ぎを止め、手すりによじ登ったところで気づいたんです。崖のすき間にはめ込まれた死体に」

「本人がそう言ったんだな？」

バルネスは曖昧《あいまい》な視線を周囲に投げかけた。

「ええ、そうですが、その……」

警視正はシーツをすっかり取り払い、縮こまった青白い死体のまわりをひとまわりした。髪を短く刈った後頭部が、まるで石の矢尻のように突き出ている。

バルネスが差し出した死亡診断書を受け取ると、ニエマンスはタイプの文字に目を走らせた。書類は病院長本人が書いたものだった。検死の専門家ではないので、死亡時刻には触れていない。目に見える傷を数えるにとどめて、死因は絞殺と結論づけていた。もっと詳しく知るには、丸まった体を広げて解剖をしてみなければならないだろう。

「検死医はいつ着くんだ？」

「そろそろだと思います」

ニエマンスは死体に近づき、顔を覗き見た。どちらかといえばハンサムな部類だろう。両目を閉じたその顔には、切ったり殴ったりした跡はなかった。

「顔には誰も触れていないか？」

「ええ、警視正、誰も」

「目は初めから閉じていたんだな？」

バルネスがうなずいた。ニエマンスは親指と人さし指で死体の瞼《まぶた》をそっと開いた。そのとき、信じられないことが起きた。右目から透明な涙がゆっくりと流れ落ちたのだ。彼は引きつったように飛びのいた。死体の顔が泣いている。

ニエマンスはすばやくほかの男たちを見た。この奇怪な出来事に気づいている者はいない。そ知らぬふりをして、もう一度そっと繰り返してみる。やっぱりだ。自分の頭がおかしくなったわけじゃない。これは警官ならば誰もが恐れている事件、そして一度は手がけてみたいと思うような事件だ。ニエマンスは立ち上がると、そっけない仕種で死体にシーツをかぶせ、予審判事に声をかけた。

「捜査の手順は？」

ベルナール・テルパンテスが立ち上がった。

「皆さんもおわかりのように、どうもこの事件はやっかいで……例を見ないものになりそうです。そこでわたしと検事は司法警察グルノーブル本部と国家憲兵隊の地方本部が共同で捜査にあたるよう決めました。また、ここにおられるピエール・ニエマンス警視正にも、わざわざパリからお越しいただいた次第であります。警視正のご尊名は、すでに皆さんお聞き及びでしょう。現在は、パリの売春斡旋取締まり班の上層部に所属しておられます。今のところ殺人の動機は不明ですが、おそらく性犯罪であろうと思われます。要するに、性的な異常者による犯行でしょう。だとすれば、ニエマンス警視正の経験が大いに役立ちます。そのようなわけで、警視正に捜査の指揮にあたっていただいたらどうかと思うのですが……」

バルネスは小さくうなずいた。ヴェルモンもそれに倣《なら》ったが、あまり積極的ではなさそうだ。ジョワスノーが口を開いた。

「わたしも個人的には賛成ですけど、もうすぐ司法警察の仲間が到着しますから……」

「そっちにはわたしから説明しておく」テルパンテスはそうさえぎると、ニエマンスをふり返った。「お願いします」

こんな仰々しい雰囲気は苦手のニエマンスは、早く外に出て捜査を始めたかった。できればひとりきりで。

「バルネス隊長」とニエマンスは尋ねた。「部下は何人くらいいるんだ?」

「八人。いや……失礼、九人です」

「証人調べ、証拠集め、道路の通行止めなどをするのは慣れているか?」

「いえ、その……そういった仕事は、我々の管轄では……」

「ではヴェルモン主任、そちらは何人……」

捜査課主任は祝砲でも発するみたいに声を張り上げた。

「二十人です。皆、経験豊かな者たちですから、死体発見現場の周囲をローラー作戦でしらみつぶしに調べ、さらに……」

「わかった。それから、川に通じる道路周辺の住人の聞き込み、ガソリンスタンドや駅、バス停留所近辺の家の調査もしてほしいのだが……カイヨワは山歩き《トレッキング》をするとき山小屋に泊まることもあったそうなので、その場所をつきとめ、調べてくれ。おそらく害者《がいしゃ》は、いつも泊まる山小屋のどれかにいるところを襲われたのだろう」

ニエマンスはバルネスをふり返った。

「隊長、あんたには一帯に情報提供を要請してもらおう。この地方をうろつく住所不定者、畑荒らし、ホームレスのリストを用意してくれ。半径三百キロ以内で、最近刑務所を出獄した者についても調べてほしい。自動車泥棒や、ほかにも窃盗事件はすべて洗い出し、ホテル、レストランにもことごとく聞き込みをしてくれ。質問事項をファックスで送ればいい。ともかく、何か変わった怪しげな出来事、手がかりになりそうな事実は、どんなささいなことでも知っておきたいからな。それから、ここ二十年ばかりの間にゲルノンで起きた三面記事ネタについても、我々の事件に直接、間接に関わりそうなものはリストにしてほしい」

バルネスはこうした要求をひとつひとつノートにメモした。次にニエマンスはジョワスノーに向かって言った。

「国家警察総局の総合情報局と連絡を取って、この地方でリストアップされているカルト教団、オカルト趣味のグループ、イカレたやつらについて問い合わせてくれ」

ジョワスノーはうなずいた。予審判事のテルパンテスも、まるで思考力を奪われたかのように、よろしいとばかりにただ首をふっている。

「とりあえず、それだけ洗い出しつつ、司法解剖の結果を待つことにしよう。言うまでもないだろうが、この件に関してはいっさい情報を流さないでくれ。地方紙だろうが、何だろうが、ひと言も漏らさないように」

男たちは大学付属医療センターの正面階段で解散し、朝霧のなかを足早に立ち去っていった。二世紀も前に建てられたかと思われる高い建物の陰で、それぞれ車に乗り込む。うつむき、肩をすぼめ、言葉も視線も交わすことなく。
狩は始まっていた。

## 4

ピエール・ニエマンスとエリック・ジョワスノーは、さっそく大学をあたることにした。大学は町に入ってすぐのところにある。警視正は中央棟の図書館で待つようジョワスノーに言うと、とりあえず学長に会いに行った。学長室は中央棟から百メートルほど離れた管理棟の最上階にあった。

管理棟は天井の高い、大きな建物で、七〇年代に建てられたものの、すでに改修の跡が見られた。四方の壁は、くっきりとしたパステルカラーに塗られている。最上階に着くとまずは控室があって、秘書が小さな机に坐っていた。ニエマンスはつかつかと歩み寄って、ヴァンサン・リュイズ学長に面会したいと申し出た。

しばらく待たされている間に、壁に掛かった写真を一枚一枚眺めた。試合に優勝した学生たちが、スキーのゲレンデや急流を背にトロフィーやメダルをふりかざしている写真だ。

部屋に通されると、ニエマンスは学長の前に立った。縮れ毛に獅子鼻だが、顔色はベビーパウダーのように白い。ヴァンサン・リュイズの容貌には、黒人的容貌と貧血症の青白さが奇妙に溶け合っていた。今にも嵐になりそうな暗い雲間から、時折いく筋かの陽光が射し込んで、きらきらと輝く粒子をふりまいた。学長は椅子を勧めると、苛立たしげに両手をこすり合わせた。

「それで?」と学長はそっけない声で尋ねた。

「それで、といいますと?」

「何か手がかりは見つかりましたか?」

ニエマンスはぐいと脚を伸ばした。

「学長さん、わたしはまだ着いたばかりでしてね。スタートラインにつくにも時間がいるんですよ。とりあえず、いくつかおうかがいしたいのですが」

リュイズは椅子の上で身構えた。オフィスの壁はすべて黄土色の板張りで、そのところどころを飾っている金属製のモビールは、まるで鋼鉄の惑星に生える花のようだ。

「おたくの大学で、事件と関連するような出来事はありませんでしたか?」ニエマンスはもの静かな口調で尋ねた。

「事件と関連ですと? まったくありませんな」

「麻薬や盗み、あるいは何かいさかいとか?」

「いいえ」

「妙な活動にのめり込んでいるグループはありませんか?」

「お話がよくわかりませんが」

「まあロールプレイングみたいに、儀式や決まりごとをあれこれ作って……」

「いいえ、わが校にはそんな。うちの学生たちはしっかりしてますから」

黙ったままのニエマンスを、学長は値踏みするように眺めまわした。短く刈った髪、広い肩幅、コートからのぞいているＭＲ73の銃床。リュイズは顔に手をあて、自分に言い聞かせるかのように続けた。

「あなたは大変優秀な警察官でいらっしゃると聞きましたが」

ニエマンスは何も答えず、じっと学長の顔を見つめている。リュイズは目をそらし、また言葉を続けた。

「ともかくお願いします。できるだけ早く犯人を見つけてください。もうすぐ新学期が始まりますし……」

「キャンパスに戻っている学生は、まだひとりもいませんか？」

「今いるのは寮生だけです。中央棟の屋根裏階が学生寮になっていまして。それに、授業の準備に来ている教師も何人かいます」

「寮生のリストを見せていただけますか？」

「でも……」と学長は躊躇した。「まあ、かまわんでしょう」

「レミー・カイヨワはどんな男でした？」

「図書館の司書でした。とても控えめで、人づき合いはいいほうではありませんでしたが」

「学生には好かれていましたか？」

「それはもう……もちろんです」

「どこに住んでました？　ゲルノンの市内に？」

「このキャンパス内です。中央棟の最上階に奥さんといっしょに。寮のある階です」

「レミー・カイヨワは二十五歳でしたね。今どきの若者にしては早婚じゃありませんか」

「レミーと奥さんのソフィーは、二人ともわが校の卒業生なんです。たしか、中学校時代からの知り合いだとか。大学の付属で、教師の子弟専用の中学です。つまり幼なじみだと……いえ、だったというわけです」

ニエマンスは急に立ち上がった。

「なるほど。どうもありがとうございました」

この部屋に充満する恐怖の匂いに息をつまらせたかのように、警視正は早々に退散した。


本、また本だった。

大学図書館のなかには、蛍光灯に照らされた本棚の列がどこまでも続いていた。透かし彫りの入った金属製の棚にぎっちりと詰め込まれ、整然と配置された紙の壁。くすんだ色。金銀の箔押《はくお》し。分類シールにはすべて、ゲルノン大学の頭文字が入っていた。人けのない閲覧室の真ん中には、ガラスでいくつにも仕切られた机が並んでいる。この部屋に入ったときニエマンスが真っ先に思い浮かべたのは、刑務所の面会室だった。

明るく広々とした部屋なのに、なぜか狭い穴にでもこもっているような雰囲気だった。

「ここで教えているのは、選りすぐりの教師たちばかりです」とエリック・ジョワスノーが説明を始めた。「フランス南東部でもっとも優秀な、と言ってもいいでしょう。法律、経済、文学、心理学、社会学、物理学……特に医学は有名で、イゼール地方の生んだ天才たちは皆、この大学と大学付属医療センターで教鞭を執っています。センターは大学の建物をそのまま使っていますが、なかの設備は一新されていて、このあたりでは半数がお世話になってるでしょうね。それに山部の住民は皆、ここの産院で生まれています」

ニエマンスは、腕組みをして読書テーブルに寄りかかりながら聞いていた。

「ずいぶんと詳しいんだな」

ジョワスノーはたまたま目についた本を一冊、書架から抜き出した。

「ここの卒業生なんです。初めは法律を勉強してました……弁護士になりたくて」

「それがどうして警察官に?」

警部はニエマンスを見つめた。その目は蛍光灯の白い光に照らされ、輝いていた。

「卒業までこぎつけたところで、急に嫌気がさしてしまったんです。それでトゥールーズの警察学校に入りなおしました。警察官っていうのは活動的で、危険を伴う仕事だけれど、そのぶんきっとわくわくするようなことがあるんじゃないかって……」

「がっかりしたかね?」

警部は本を棚に戻し、真顔になって言った。

「いいえ、今はもう。今はもう、少しも」彼はニエマンスをじっと見つめた。「ところであの死体ですが……どうやってあんなふうにしたんでしょう？」

　その質問をはぐらかし、ニエマンスは尋ねた。

「学生だった頃、大学の様子はどうだった？　何か変わったことは？」

「別にありませんよ。ブルジョワ家庭の学生が多かったですね。自分の人生も、世の中のことも、かくあるべしっていう紋切り型が頭にいっぱい詰まっているような。農民や労働者の息子なんかもいましたが、そういう連中はもっと理想主義者で戦闘的でした。どっちみち、行き着く先は皆、大学は出たけれどっていうわけですけど……」

「妙な噂は？　何かセクトとかは？」

「聞いたことありませんね。ああ、そういえばエリート・グループみたいなものはありました。大学教師の子弟が集まって、内輪だけの世界を作ってました。そのなかには、ずば抜けて才能のあるやつもいて、毎年優秀賞をひとり占めしちまうんです。スポーツの方面でもね。みんな鼻持ちならないって思ってましたけど」

　ニエマンスは、学長室の隣の部屋に飾ってあった学生チャンピオンの写真を思い出した。

「そういう学生が特殊な集団を作り、怪しげな企みをしているってことは？」

　ジョワスノーは吹き出した。

「まさかそんな。つまり……陰謀ですか？」

　今度はニエマンスが書架に沿って歩き始めた。

「司書というのは、大学内でみんなから見られている立場にある。だから理想的な標的なんだ。

例えば、何か狂信的な学生グループがあったとしよう。生贄《いけにえ》の儀式でもってことになれば……犠牲者の候補にカイヨワがあがっても不思議はない」

「だったら、先ほどお話しした超エリートたちは無関係ですね。彼らはみんなよりいい点を取るのに必死で、それ以外のことなんか眼中にありませんから」

ニエマンスは、本を仕切っている赤茶色の壁の間に身を滑り込ませた。ジョワスノーもあとに続いた。

「司書は本を貸し出す役目だから……」とニエマンスは続けた。「誰がどんな本を読み、何を調べているかわかっている……もしかしたらカイヨワは、知ってはいけないことを知ってしまったのかもしれない」

「だからって、あんなふうに殺すものですかね……だいたい、学生が読んでいる本に、どんな秘密があるっていうんです？」

ニエマンスはくるりとふり返った。

「さあね。インテリっていうやつは信用しないことにしているんだ」

「何かわかったんですか？　もう犯人のめぼしがついているとか？」

「そんなはずないだろ。今のところは、あらゆる可能性があり得る。いさかい、復讐、インテリ同士の確執、あるいはホモセクシャルがらみ。あるいは単なる通り魔、変質者が、たまたま山で出会ったカイヨワを襲ったのか」

彼は本を指ではじいた。

「おれは別に偏狭な人間じゃない。だが、まず始めるのはここだな。事件と関係のありそうな本をふるいにかけるんだ」

「関係ってどんな？」

ニエマンスは書架の隘路を抜け、広い読書室へ戻った。反対側の奥には、閲覧席の間に張り出して一段高くなったところに、司書の机がある。ラックの上にパソコンが鎮座し、引出しにはスパイラル・ノートがしまってあった。ニエマンスはモニターの黒い画面をこつこつと叩いた。

「毎日閲覧したり、貸し出したりした本のリストが、きっとここに入っている。司法警察の連中を動員してくれ。なるべく本に詳しいやつがいい。大学に残っている寮生にも応援を頼もう。犯罪、暴力、拷問、生贄、生贄の儀式に関するような本があれば、すべてピックアップしてほしい。民族学の本なんかも要注意だな。そういった本を頻繁に読んでいる学生がいたら、名前を記録しておくんだ。それから、カイヨワの学位論文も見つけ出してくれ」

「それで……わたしは何を？」

「寮生たちの尋問だ。ひとりずつ、個別にやること。寮生は日夜ここで暮らしているのだから、大学について詳しいはずだ。慣習、メンタリティー、変わり者はいないか……カイヨワがみんなにどう思われていたかも知っておきたいし、彼の山歩きについても情報を集めてほしい。山歩きの仲間がいれば、捜し出してくれ。そのへんの事情をよく知っている人間を見つけるんだ。山の上で誰かと会っていなかったか……」

ジョワスノーは、いぶかしげな目で警視正を見つめた。ニエマンスはジョワスノーに近づき、声を落として言った。

「いいか、今我々が抱えているのは、とんでもない事件なんだ。あのつるりとして青白い、縮こまった死体には、限りない苦悶の跡がある。あたり一帯、この話で持ちきりになるだろうさ。今のところ、知っているのはおれたちだけだ。事件を解決するまでに、まだ数時間の猶予がある。できれば、もう少し欲しいところだが。いずれマスコミが首を突っ込んでくると、色々やっかいなことが始まり、皆がいっせいに騒ぎだす。だから精神を集中しろ。悪夢のなかに身を浸せ。持っている力を十二分に発揮するんだ。悪の正体を暴くには、それしかない」

警部はたじろいでいる様子だった。

「この事件が、本当に数時間で……」

「いっしょに仕事がしたいんだろ、どうなんだ？」とニエマンスはさえぎった。「だったらおれのやり方を説明してやる。殺人事件が起きたら、周囲を取り囲む鏡のような要素を、ひとつひとつ調べていくんだ。死体の状況、被害者の知り合い、犯罪現場……それらすべてが犯罪の特徴と真実を映し出している。わかったな？」

ニエマンスはパソコンのモニターをこんこんと叩いた。

「例えばこの画面も、スイッチを入れればレミー・カイヨワの日常を映し出す鏡になるだろう。毎日彼は何をし、何を考えていたのか。このなかにはきっと、我々に興味のある細部、反映が隠されている。そこにもぐり込み、向こう側まで突き抜けるんだ」

ニエマンスは立ち上がり、両手を広げた。

「ジョワスノー、我々がいるのは、いってみれば鏡の宮殿、反射の迷宮だ！　じっと目を凝らし、あらゆるものを見なければならない。鏡に沿ったどこかの死角に、犯人が隠れているのだから」

ジョワスノーは口をぽかんと開けたままだった。

「現場を歩いてきたわりには、知性派なんですね……」

警視正はジョワスノーの胸を手でぽんとはたいた。

「こいつは理屈じゃないさ。経験から学んだんだ」

「それで警視正、あなたは……誰の尋問に？」

「おれか？　おれは証人のファニー・フェレイラを尋問する。それと被害者の妻、ソフィー・カイヨワを」

そう言ってニエマンスはウィンクした。

「女はまかせろ、ジョワスノー。こっちも経験がものをいうんでね」

## 5

どんよりとした空の下を、曲がりくねったアスファルトの道が、錆びた青い窓の並ぶ灰色の校舎に続いている。ニエマンスは徐行しながら――大学構内の案内図は手に入れてあった――キャンパスの隅にある体育館へ向かっていた。細い溝のあるコンクリート造りの建物に着く。それはスポーツ施設というよりトーチカのようだった。ニエマンスは車を降りて深呼吸した。小糠《こぬか》雨が降っている。

ニエマンスは、何百メートルか先に広がるキャンパスと校舎を見渡した。彼の両親も教師だった。勤めていたのは、リヨン郊外の小さな中学校だったけれど。子供時代のことは、ほとんど何も覚えていない。家族という繭《まゆ》にくるまれて暮らすなんて、自分の無力と偽善の証だ。早くからそう感じていた。いずれ孤独な闘いを始めねばならないのだったら、さっさと取りかかったほうがいい。十三歳になったとき、寄宿学校に入りたいと言った。彼が自ら家を出たいというのを、あえて誰も止めなかった。ただ壁ごしに聞こえた母のすすり泣きは今でも覚えている。それは脳裏にこびりついた音であると同時に、肉体的な感覚でもあった。肌にまとわりつく、じっとりとして温かい何か。彼は一心不乱に逃げだした。

四年間を寄宿舎で過ごした。孤独な四年間。授業と並行して肉体的鍛錬を積んだ。徴兵の日だけを心待ちにしながら。大学入学資格試験《バカロレア》に優秀な成績で合格した十七歳のニエマンスは、徴兵検査を受けたのち、士官学校入学を希望した。けれども入隊は無理だと軍医に言い渡され、その判定理由を告げられたとき、若きニエマンスは思い知らされた。心に巣くう苦悩の影が、彼の野心を土台から崩してしまったのだと。そう、おれの運命は、血まみれの長い廊下のようなものだろう。途切れなく続くその果てでは、犬たちが闇に向かって遠吠えをしている……

ほかの若者たちなら、精神科医の判断をおとなしく聞き入れ、あきらめたことだろう。だがピエール・ニエマンスは違った。彼は執拗に肉体の鍛練を続け、ますますたけり狂った。軍隊に入れないなら、別の戦いを選ぼう。それは路上の戦い、日々繰り返される悪に対する戦いだった。おのれの体力と気力の限りをつくし、栄誉も軍旗もない戦争に打ち込むのだ。こうしてニエマンスは、警察官になることにした。そのために、何か月もかけて心理テストに答える練習もした。カンヌ＝エクリューズ警察学校に入学すると、怒濤の時が始まった。射撃訓練では素晴らしい成績をおさめた。自らを鍛え上げるためにたゆまぬ努力をし、彼は類《たぐい》まれな警察官になった。頑固で、暴力的で、手のつけられない警官に。

地区の警察署勤務を手始めに、後にＢＲＩ（組織犯罪対策班）となる部隊に射撃のエキスパートとして加わった。特殊作戦が敢行され、ニエマンスは初めて人を殺した。そのとき彼は自分自身とひとつの約束を交わし、呪われたわが運命に最後の一瞥を与えた。そうとも、おれは誇り高き兵士にも、勇猛果敢な士官にもなれはしない。だが一度食らいついたら離れない、狂犬のような街の戦士となってやろう。そしてアスファルトの暴力と激怒のなかに、自らの恐怖心を沈めるのだ。

ニエマンスは澄んだ山の空気を胸一杯に吸い込み、数年前に死んだ母親に思いを馳せた。どこまでも続く、荒涼とした峡谷のような過去。思い出は激しく忘却に抗《あらが》いながらも、少しずつ欠落し、やがて消えてしまう。

突然、夢のなかのように、小さな足音が聞こえた。筋肉の隆々とした犬が一匹現われたのだ。

霧雨に濡れた短い毛が、艶やかに光っている。犬は黒い漆塗《うるしぬ》りのような目でニエマンスを睨みつけ、尻を小さく揺すりながら近づいてきた。警官は動かなかった。犬はさらに数歩近づく。湿った鼻先が震えている。犬はいきなり唸りだした。目が輝いている。恐怖を感じ取ったのだ。人間が発散している恐怖を。

ニエマンスは立ちすくんでいた。

手足が不思議な力で打ちのめされたようだった。目に見えないサイフォンで、腹のあたりから血液が吸い上げられていくみたいだ。犬は垂れた唇を反り返らせ、大声で吠えた。ニエマンスにはわかっていた。恐怖心が作り出す臭いの分子を犬が嗅ぎ取り、それによって犬もまた恐れと敵意をつのらせるのだ。恐怖が恐怖を生む。犬は吠え、喉を唸らせ、牙をむいた。警官は銃を抜いた。

「クラリス！　クラリス！　戻れ、クラリス！」

凍りついていたニエマンスの緊張がほどけた。赤く曇った視界の奥に、トラック運転手のようなセーターを着た、ごま塩頭の男が見える。男は早足で近づいてきた。

「何やってんだ、おい？」

ニエマンスは口ごもった。

「警察だ。ワン公を連れて、さっさと行ってくれ」

男は唖然としていた。

「まったくもう、本当かね。まあいい、行こう、クラリス。ほらほら、いい子だから……」

犬とその飼い主は姿を消した。ニエマンスは唾を飲み込もうとした。喉が焼けつくようにひりひりする。彼は頭をふって車に乗り込むと、建物を迂回《うかい》した。左に曲がりながら、考えてみる。いつから精神科医のカウンセリングを受けていないだろう？

体育館の角を二度目に曲がったところに女はいた。

ファニー・フェレイラは開いたドアの前に立ち、赤いプラスチック製のボードを紙やすりで磨いている。きっとハイドロスピードをするのに使うのだろう。

「ちょっと失礼」そう言ってニエマンスは軽く頭を下げた。

熱意と自信が戻っていた。

ファニーは顔を上げた。まだ二十歳そこそこじゃないか。肌は浅黒く、カールした髪はこめかみのあたりで軽くウェーブしたあと、肩の上に重く垂れ下がっている。少し影のある顔は柔和だが、その目にはくってかかるような、攻撃的な光が宿っていた。

「ピエール・ニエマンス警視正。レミー・カイヨワが殺された件で捜査にあたっているんだが……」

「ピエール・ニエマンスですって？」とファニーは疑わしげに繰り返した。「まさか、信じられないわ」

「信じられないって？」

彼女は地面に置いた小さなラジオを顔で示した。

「ニュースで今あなたのことを話してたわ。昨晩、パルク・デ・プランスの近くで二人の殺人犯を捕まえたんですってね。そこまではよかったのに、殺人犯のひとりに重症を負わせたのはいただけないって非難してたわ。あなた、分身の術でも使えるの？」

「夜通し車を走らせてきただけでね」

「ここで何を？　地元の警察だけじゃ足りないってわけ？」

「まあ、助っ人ってところかな」

ファニーは再び作業に取りかかった。長方形のボードを濡らしては、折りたたんだ紙やすりを両手で擦りつけている。がっしりとした体。服装は飾り気なく、合成ゴムのダイビング・スーツに、念入りに紐をしめた革の編み上げブーツという格好だった。そのまわりを、淡い虹色の光が優しく包んでいる。

「さぞかしショックだったでしょうね」とニエマンスは続けた。

「ショックって何が？」

「つまり……あなたが見つけたわけでしょう……」

「考えないようにしてますから」

「もう話したくないですか？」

「でも、そのためにいらしたんでしょ？」

ファニーは警察官から目をそらしていた。両手はボードに沿って絶えず上下している。そっけなく、つっけんどんな態度だった。

「死体を発見したときの状況は？」

「週末にはいつもハイドロスピードをしているんです……あれに乗って……」そう言ってファニーは、仰向けに置いてあるボードを指さした。「あの日も、ちょうど下り終えたところでした。キャンパスのところで、岩の壁が流れをせきとめているので、うまくボードを着けられるんです。ボードに乗っていたとき、死体に気づきました……」

「岩にはめ込まれているのを？」

「ええ、岩にはめ込まれているのを」

「そんなはずはない。わたしもあそこへ行ってみたんですがね。後ろにさがる余裕がまったくありませんでした。岩壁に埋め込まれて十五メートルの高さにあるものなんか見えやしません……」

ファニーは紙やすりをコップに投げ入れ、手の汚れをはらうと煙草に火をつけた。その何げない仕種に、突然ニエマンスの欲望は激しくかき立てられた。

ファニーはゆっくりと紫煙を吐き出した。

「たしかに死体は岩壁にはめ込まれていて、直接それを見たわけじゃありません」

「それでは、どうやって？」

「川の水に映っていたんです。水面に白い染みのようなものが見えて」

ニエマンスの表情がゆるんだ。

「やっぱりね。そうだと思ったんだ」

「捜査に重要なことなんですか？」

「いや。でも、状況をはっきりさせておきたくて」

ニエマンスは少し間を置いてから続けた。

「あなたはクライミングもしますね？」

「よくご存じね」

「知っていたわけじゃないけれど……クライミングにはうってつけの環境ですから。それにあなたは、とても……スポーツがお好きなようだし」

ファニーは微笑んで後ろをふり返り、谷間を見おろす山に向かって腕を広げた。初めて見せる笑い顔だった。

「警視正さん、あそこはわたしの庭みたいなものよ！　ベルドンヌ山塊の大尖峰からグランド・ルス山まで、このへんの山なら目をつぶっても登れる。ハイドロスピードをしてなければ、クライミングってわけ」

「あの岩壁に死体をはめ込むには、クライミングの心得が必要だと思いますか？」

ファニーは真面目な顔に戻った。赤く燃える煙草の先を見つめている。

「いいえ、必ずしも。岩壁は階段状になっているので、登るのに苦労はないわ。その代わり、あんな重いものをバランスを崩さずに運ぶには、よほど力がなくてはね」

「うちの警官は、反対側から登ったのだろうと言ってます。そのほうが、勾配が緩やかですから。そしてロープに結わえつけた死体を、上から降ろしたのだろうと」

「そんな七面倒くさいこと、する必要ないと思うけど」ファニーは少しためらってから、言葉を続けた。「もっと簡単な第三の方法があるわ。ロッククライミングの技術を、少しばかり知っていればね」

「説明してくれませんか」

ファニーは煙草を靴底でもみ消し、ぴんとはじき飛ばした。

「いっしょに来てちょうだい」

二人は体育館に入った。薄暗がりのなかに、積み上げたグランドシート、平行棒、棒高飛びのバー、綱登り用ロープのまっすぐな影が見える。右の壁に歩み寄りながらファニーは説明した。

「ここはわたしの隠れ家なの。夏休みの間は誰も足を踏み入れないから、道具を色々と運び込めるってわけ」

彼女は作業台の上につるした耐風ランプをつけた。台には多種多様な道具や部品が並び、銀の輝きと原色の光沢を放っている。ファニーは、また煙草に火をつけた。

「何ですか、これは?」とニエマンスが尋ねる。

「ハーケン、カラビナ、トライアングル、グリップ。登山用具《クライミング・ギア》よ」

「つまり?」

ファニーはしゃっくりでもするように、繰り返し煙草の煙を吐き出した。

「つまりね、ニエマンスさん、犯人がこんな道具を持っていて、それをうまく使いこなしたなら、川岸から難なく死体を引き上げられただろうってこと」

ニエマンスは腕組みをして、壁にもたれている。ファニーは煙草をくわえたまま、道具をいじり始めた。そんな他愛もない動作に、ニエマンスの欲望はいっそうつのった。こういうタイプには、どうも気をそそられる。

「さっきも言ったでしょ」とファニーは挑むような口調で続けた。「あのへんの岩壁は階段状になっているので、クライミングや山歩きに慣れた人なら、死体を置いて身ひとつで登るのは朝飯前よね」

「それから？」

ファニーはグリーンの蛍光塗料を塗った滑車を取り上げた。滑車には、小さな穴がいくつもあいている。

「それからこれを、死体を押し込む窪みの上に取りつけるの」

「岩にですか？　どうやって？　ハンマーで打ち込んでたら、ものすごく時間がかかりませんか？」

「警視正さんはクライミングについて何もご存じないようね」立ちのぼる紫煙の向こうから、そう言うとファニーはネジを切ってあるハーケンを取り上げた。「これはスピットといって、岩に固定するハーケンなの。あの削岩機を使えば」ファニーは油で汚れた黒いハンドドリルを指さした。「岩の好きなところに何本だって打ち込めるわ。ほんの数秒でね。そこに滑車を取りつけたら、あとは死体を引き上げるだけ。狭いところや登りにくいところでは、こんなやり方でザックを持ち上げるのよ」

ニエマンスは疑わしげに顔をしかめた。

「登って確かめたわけじゃないですが、あの窪みはかなり狭かったと思います。後ろにさがってふんばる余裕もないのに、腕の力だけで死体を引っぱり上げられるものでしょうかね。だとしたら、犯人はやっぱり怪力の持ち主になる」

「引っぱり上げるなんて、誰が言いました？　被害者の死体を持ち上げるには、ただ自分が飛び下りればいいだけ。滑車の反対側から、釣り合いをとってね。そうすれば死体は、勝手に登っていってくれるわ」

ニエマンスは一気に仕組みを理解して、なるほどとばかりに微笑んだ。

「それなら犯人は、被害者よりも重くなくてはなりませんね」

「あるいは、同じくらいの体重があれば。飛び下りた拍子に、勢いがつきますから。死体が上に着いたら、すぐにまた壁面のでこぼこをつたって登り、窪みに押し込めばいいんです」

警官は作業台の上に並んだハーケンやスクリュー、スリングを、もう一度じっくりと眺めた。まるで空き巣狙いの七つ道具だ。でもただの空き巣狙いではない。これは重力の壁を乗り越える道具なのだ。

「それだけするのに、どれくらい時間がかかるでしょうね？」

「わたし程度で、十分もかからないわ」

ニエマンスはうなずく。犯人の横顔が少し浮かんできた。二人が外に出ると、雲の合間から射し込む陽光を受け、山の頂がきらきらと輝いていた。

「あなたはこの大学で教えていらっしゃるんですか？」

「地質学を」

「どのような内容の？」

「いくつか授業を持ってます。岩石分類や断層の地体構造、氷河の生成とか」

「とてもお若そうですが」

「二十歳で博士号を取りましたから。そのときはもう専任講師でした。わたしは大学卒業のフランス最年少記録なんです。今、二十四歳ですけど、正教授になってます」

「まさに生え抜きの大学人ってわけだ」

「そう、生え抜きの大学人だわね。父も、祖父もここの名誉教授なんです」

「それでは、あの会にも入っているんですね？」

「あの会って？」

「うちの刑事にここの卒業生がいて、説明してくれたんです。大学には、教員の子弟からなる特別なエリート集団があるって……」

ファニーはいたずらっぽく頭をふった。

「名門の家柄っていう意味ならばね。教員の子供たちは、大学の教育的、文化的環境のなかで育つわけだから、勉強もよくできるようになるのよ。あたりまえでしょ？」

「だからって、スポーツの分野でも優秀ですかね？」

ファニーは眉をひそめた。

「それは、山の空気が体にいいからだわ」

ニエマンスはさらに尋ねた。

「レミー・カイヨワのことはよくご存じだったと思いますが、どんな男でしたか？」

ファニーは躊躇《ちゅうちょ》なく答えた。

「孤独で、内向的で、無愛想。とても勉強家で、あきれるくらいに物知りだったわね。そういえば、こんな噂もあったくらい……彼は図書館の本を全部読んでいるって」

「その噂は本当だったと思いますか？」

「さあ、どうかしら。ともかく、図書館のことなら隅から隅まで知っていたわ。図書館が彼の城であり、避難所であり、隠棲所だったのよ」

「彼は図書館で育ったようなものなんです。父親も主任司書でしたから」

「カイヨワも若かったですよね、とても」

ニエマンスは身を乗り出しかけた。

「そうでしたか。カイヨワ一家もあなたの言う《名門》のうちだったんですね？」

「とんでもない。逆にレミーは敵意を持っていました。たしかに物知りだったけれど、思いどおりの成績はあげられなかったんです。何というか……わたしたちを嫉妬していたのでしょう」

「彼の専門は？」

「たしか哲学だったかと。博士論文を書いているところでした」

「テーマは？」

「聞いたことないわね」

警察官は言葉を切り、徐々に陽が射してきた山並に目をやった。山はまるで光に目がくらんだ巨人のようだった。

「カイヨワの父親はまだ元気なんですか？」

「いいえ、亡くなったわ。数年前に、山の事故で」

「事故に不審な点は？」

「それは考えすぎじゃない？　雪崩《なだれ》に巻き込まれたんですから。一九九三年、アルモン山の大雪崩。警察は何でも疑ってかかるのね」

「二人とも図書館に勤めていて、クライミングをする。しかも父子で、二人とも山で死んでいる。この一致は注目に値しますよ」

「レミーは山中で殺されたとは限らないわよ」

「そのとおり。でも、山歩きに出たのが土曜の朝だから、犯人に襲われたのは頂上付近に違いない。たぶん犯人は、彼のたどるルートを知っていて……」

「レミーは通常のルートを行くようなタイプじゃないわ。自分のルートを人に教えるとも思えないし。彼はその……秘密主義的なところがあったから」

ニエマンスは一礼して言った。

「どうもありがとうございました。こんな決まり文句は言うまでもないでしょうが、何か細かな点で思い出したことがあったら……ここに電話してください」

ニエマンスは携帯電話と、学長に頼んで貸りた部屋の電話番号を渡した。憲兵隊本部よりも、大学内に寝泊まりするほうが便利がよさそうだった。

「じゃあ、これで」ニエマンスは言った。

ファニーは顔を上げなかった。彼が立ち去ろうとしたとき、彼女は言った。

「ひとつうかがっていいかしら？」

輝く目がじっとこちらを見つめている。ニエマンスは少しどぎまぎした。なんて澄んだ瞳なんだろう。まるでガラスか清流のよう、身を切るくらいに冷たい霧氷《むひょう》のようだ。

「どうぞ」と彼は答えた。

「ラジオで聞いたところでは……ジャック・メスリーヌを殺した警官隊の一員だったそうだけど、本当なの？」

「まだ若い頃のことですが、本当ですよ」

「やっぱり……そのあと、どんな気持ちでした？」

「そのあとって？」

「そんなことがあったあとです」

ニエマンスは二、三歩歩み寄った。ファニーは思わず退《ひ》いたが、見返すように顔を上げた。

「あなたとお話しするのは楽しいが、そのことには触れるつもりはありません。あの日、わたしが何を失ったかについても」

相手は目を伏せ、小声で言った。
「わかるわ」
「いえ、わかりませんよ。でも、そのほうがいい」

## 6

背後に川音が聞こえる。ニエマンスは憲兵隊から借りたウォーキングシューズを履いて、岩壁を登っていた。階段状になった壁面をよじ登るのは、さほど難しくなかった。断層のところまで来ると、死体が見つかった狭い窪みの周囲を丹念に調べた。ゴアテックスの手袋をはめた手で、壁面にハーケンの跡がないか捜しているのだ。

岩は穴だらけだった。

冷たい雨粒まじりの風が顔に吹きつける。その感触がニエマンスには心地よかった。どんなときでも、水辺に来ると満ち足りた気分になれる。だからこそ殺人犯も、この場所を選んだのだろう。余計な夾雑物などなく、静かで落ち着いている。翡翠色の水が、荒らぶる心をなだめてくれた。

いくら調べても、何も見つからなかった。窪みのまわりには、ハーケンの跡などまったくない。ニエマンスは縁に片膝をついて、なかを手さぐりしてみた。するといきなり指が穴に触れた。間違いない。天井部分の真ん中あたりだ。ファニー・フェレイラの姿が、ちらりと脳裏をかすめた。彼女の考えたとおりだった。犯人はハーケンと滑車を用意し、自分の体重を利用して死体を引き上げたのだろう。

ニエマンスは腕を伸ばしてさらに手さぐりしてみた。ねじの切られた、深さ二十センチほどの穴が全部で三つ、三角形に並んでいた。滑車を支えたハーケンの跡に違いない。死体を持ち上げた方法はこれではっきりした。レミー・カイヨワは山歩きの最中に襲われたのだろう。犯人は人里離れた山の上でカイヨワを縛り上げ、拷問し、切り裂き、殺害した。それから被害者の死体とともに、谷に降りてきたのだ。でも、どうやって？　ニエマンスは下方に目をやった。十五メートルほど下の川面には波ひとつなく、まるで漆色《うるしいろ》の鏡のようだ。川をつたってきたのか。おそらく犯人は、小型ボートかカヌーにでも乗って、川を下ってきたのだろう。

でも、どうしてわざわざそんな手間を？　なぜ死体を犯行現場に捨ててこなかったのだろう？

彼は注意深く岩壁を降りた。下に着くと手袋を脱ぎ、なめらかな川面に映える断層の影を捜す。影は絵に描いたようにくっきりとしていた。やはり間違いない。ここは聖なる場所なのだ。静かで、清澄なる地。だからこそ殺人者は、この場所を選んだのだろう。ともかく、これでひとつはっきりした。

犯人はクライミングに詳しい者だ。

ニエマンスのフォード・セダンには無線機が備わっているが、彼はまったく使ったことがなかった。携帯電話も、内密の話をする場合には危険なので使わない。その代わり、数年前からポケットベルを利用しており、メーカーや種類を色々と試してみた。パスワードを入れないと機能しないポケットベルなんて、普通は誰も持っていない。ニエマンスはそれをパリの麻薬密売人から手に入れたのだった。彼らは、秘密の漏れにくいポケベルを愛用しているのだ。番号とパスワードは、ジョワスノー、バルネス、ヴェルモンの三人に教えてある。彼は車に乗るとポケベルを取り出し、表示のクリックをした。メッセージは入っていない。

ニエマンスは車を発進させ、大学に戻った。

午前十一時。緑に覆われた広場には、ほとんど人影がない。コンクリートの建物が並ぶ少しはずれにある運動場では、数人の学生がランニングをしている。

警官はキャンパスを横断して、再び中央棟に向かった。この巨大なトーチカは幅六百メートル、高さ九階建てにも及ぶ。彼は車を止めて、構内案内図を調べた。中央棟には図書館のほかにも医学や物理学の授業をする階段教室が入っており、各階にいくつもの実習室がある。最上階には、寄宿生の部屋があった。レミー・カイヨワ夫妻の部屋番号を、守衛が赤いフェルトペンでメモしてくれてあった。

ニエマンスは図書館のドアの前を通りすぎ、隣にある中央棟の玄関ホールに入った。大きなガラス窓から射す光のなかに、がらんとした空間が広がっている。両側の壁を飾る素朴な壁画も、朝日を受けて輝いていた。ホールのつきあたりは、何百メートルも先で埃《ほこり》のなかに霞《かす》んでいる。ただ大きいばかりで空疎な、独裁国の宮殿のようだ。明るい大理石と茶色い木でできたパリの大学とは似ても似つかない雰囲気だが、ニエマンスはこんなものだろうと思っていた。パリだろうと、どこだろうと、彼は大学に足を踏み入れたことなど一度もなかったから。

ニエマンスはみかげ石の階段を上り始めた。踊り場は丸いカーブを描き、薄い板の手すりが続いている。建築家の気まぐれな空想力が、建物全体を重苦しいスタイルで包んでいた。蛍光灯は二本に一本が切れており、薄暗がりを抜けると、明るすぎる光がいきなり続いた。

ようやく、小さなドアの並ぶ狭い廊下に着いた。暗い通路をたどりながら——電灯はすべて切れていた——カイヨワの部屋、三十四号室を捜す。

ドアは半開きになっていた。

警官は、二本指で合板の薄い扉を押した。

静寂と薄暗がりがニエマンスを迎える。そこは小さな玄関だった。奥の狭い廊下に、小さな蛍光灯が灯っている。そのわずかな明かりで、壁にかかった額が見えた。それは一九三〇年、四〇年代のものと思われるモノクロ写真だった。オリンピックの陸上選手たちが厳《おごそ》かで誇り高い様子で、力いっぱい空に向かって身を躍らせ、地を疾走している。その顔も体つきも姿勢も、不気味なほど整っていた。非人間的で、彫像のように非の打ちどころがない。ニエマンスはちらりと大学の建物を思い浮かべた。そこには何か相通ずるものがある。あまり気持ちがいいとはいえない何かが。

ほかの額の下に、レミー・カイヨワの写真も飾ってあった。ニエマンスはもっとよく見ようと、それを壁からはずした。写真に写っている被害者は、髪の短い、ちょっと緊張気味に微笑んでいるハンサムな若者だった。鋭い光を放つ目が、とりわけ印象的だ。

「どなた？」

ニエマンスがふり返ると、廊下の奥にレインコートをまとった女の姿があった。彼は歩み寄った。まだ若い。きっとこの女も、二十五を越していないだろう。明るいセミロングの髪が、ほっそりとしてやつれた顔を縁取っている。青白い顔色のせいで、目の下の隈《くま》がいっそう目立っていた。骨ばっているけれど繊細な顔つきだ。この女は、うちひしがれているときほど美しく見えるのかもしれない。それは不安そうな第一印象の反映なのだろう。

「ピエール・ニエマンス警視正です」

「呼び鈴も鳴らさずに入ってきたのですか？」

「すみません。ドアが開いていたもので。レミー・カイヨワさんの奥さんですね？」

答える代わりに、女はニエマンスの手から額を取り上げ、壁にきちんとかけなおした。それからレインコートを脱いで、左手の部屋に入った。着古したセーターの胸元から、白くて張りのない乳房が覗けてしまい、ニエマンスはぞくりとした。

「お入りください」と女はしぶしぶ言った。

ちっぽけな居間は、簡素ながら念入りに飾ってあった。壁にかかった現代絵画は、何本ものシンメトリックな線にぞっとするような色が塗りたくってある、わけのわからない代物だった。そんな絵はどうでもいいが、この部屋でひとつだけ気づいたことがあった。何か化学薬品の臭いがする。そう、接着剤の臭いだ。カイヨワ夫妻は、最近壁紙を張り替えたのだろう。ニエマンスは胸が締めつけられた。彼らの運命はめちゃくちゃにされてしまったのだ。悲嘆に暮れるこの女の奥底で、まだくすぶっている幸福の燃えかすを思い、ニエマンスは初めて身震いした。

彼は重々しい口調で話し始めた。

「奥さん、わたしはパリから来ました。ご主人が殺された件で捜査の協力をするようにと、予審判事から要請があったのです。そこで……」

「容疑者は見つかったのですか?」

警官は女をじっと見つめた。そして、急に何かを壊したくなった。花瓶でも、何でもいい。悲しみがこの女の心を閉ざしている。だがそれ以上に、警察に対する敵意で頭がいっぱいになっている。

「今のところ手がかりはありません」と彼は認めた。「でも、捜査が進めばきっと……」

「ご質問があるならどうぞ」

ニエマンスはソファーに腰をおろした。ソフィーはその正面で、なるべく離れようとするかのように、小さな椅子を選んで坐っている。ニエマンスはクッションを手にすると、平静を装ってしばらくいじっていた。

「調書を読みましたが」と彼は話し始めた。「ほかにもいくつかうかがいたいことがありまして。このあたりでは、山歩きをする人が多いのですか?」

「ゲルノンには、ほかにたいした楽しみもないですから。みんな山歩きか、クライミングをしてますわ」

「山歩きのお仲間は、ご主人のルートをご存じでしたか？」

「いいえ、その話は決して。それにレミーがたどるルートは、ほかの人と違っていました」

「ちょっと歩く程度でしたか？　それとも本格的なクライミングを？」

「その日によりましたわ。この前の土曜日は二千メートル以下を徒歩で登る程度だったと思います。道具は用意していきませんでしたから」

ニエマンスは少し間を置いてから、ずばりとこう尋ねた。

「ご主人を恨んでいるような人はいませんでしたか？」

「いません」

そう答える口調が曖昧だったので、ニエマンスは自分でも思いがけない質問を続けた。

「それじゃあ友人は？」

「いいえ、それも。レミーは孤独好きなタイプでしたから」

「図書館によく来るような学生たちとは、どんなふうにつき合っていましたか？」

「貸出しの手続きをする程度でしょう」

「最近、何か変わった様子はありませんでしたか？」

返答がなかったので、ニエマンスはさらにたたみかけた。

「いつも以上にいらついたり、緊張した様子は？」

「いいえ」

「ご主人の父上が亡くなったときのことを話してください」

ソフィー・カイヨワは目を伏せた。瞳の色はくすんでいるけれど、睫毛《まつげ》と眉の形は素晴らしい。ソフィーは肩をすくめ、話し始めた。

「義父《ちち》は一九九三年の雪崩《なだれ》で亡くなりました。まだレミーと結婚する前だったので、詳しいことはわかりません。主人もその話はしませんでした。そんなこと聞いて、どうなさるつもりですか？」

彼は黙ったまま、小さな部屋を見まわした。家具がやけに几帳面《きちょうめん》に並んでいる。こんな場所を、ニエマンスはいやというほど見てきた。今、ここにいるのは、彼とソフィー・カイヨワだけではない。隣室かどこかに漂う死者の思い出が、旅立ちの準備をしているのだ。警視正は、絵のかかっている壁を指さして言った。

「ご主人はここに一冊も本を置いていないのですね」

「そんな必要ありまして？　一日じゅう、図書館で働いているのに」

「博士論文の準備も図書館でなさっていたのですか？」

女は小さくうなずいた。にこりともしないその美しい顔を、ニエマンスはじっと見つめ続けた。ほんの小一時間の間に、二人もこんな魅力的な女と会うなんて、まったく驚きだった。

「論文のテーマは？」

「オリンピックです」

「あんまり学術的ではありませんね」

ソフィー・カイヨワは軽蔑するような表情をした。

「レミーの論文は、競技と聖なるものとの関連を扱っているのです。あるいは肉体と精神の関連を。自らの力によって、自らの肉体の限界を超えることによって、大地に豊饒をもたらした原初の競技者に関する神話を研究していました」

「すみませんね」とニエマンスが口を挟んだ。「どうも哲学の方面は苦手でして……その論文と廊下に飾ってある写真とは関係あるのですか？」

「ええ、多少は。あの写真は、一九三六年のベルリン・オリンピックの記録映画から取ったものなんです。レニ・リーフェンシュタール監督の」

「なかなか印象深い写真ですね」

「あの大会には、かつてオリンピアの祭で行なわれた競技に通じるものがあるとレミーは言っていました。身体と精神の結合、肉体的試練、そして哲学的表現に基づいていると」

「でもそれは、ナチのイデオロギーじゃないですか？」

「どんな思想が表われているかなど、どうでもよかったんです。ただ理念と力、精神と肉体の混合に、夫は魅せられていたのです」

こんなわけのわからない議論に、ニエマンスはついていけなかった。女は突然身を乗り出し、激しい口調で言った。

「どうしてあなたが担当になったんでしょう？　あなたみたいな人が、なぜ？」

ニエマンスは敵意のこもった問いかけを無視した。尋問のときにはいつも、わざと冷淡でそっけなく、威嚇的な態度をしてみせる。警察官なら――おまけにいかにも警察官面した警察官なら――感情に訴えたり、くだらない心理作戦を弄するなど愚の骨頂だ。彼は高圧的な口調で尋ねた。

「どうです、ご主人には人に恨まれるような理由がありましたか？」

「冗談じゃありません」女はきっぱりと言った。「遺体をご覧になったでしょう？　夫を殺したのは異常者だってことが、おわかりにならないのですか？　レミーは狂人に襲われたんです。狂人が夫を殴りつけ、拷問し、切り裂き、嬲《なぶ》り殺しにしたんです」

警官は大きな溜息をついた。無口で、浮世ばなれした司書と、とげとげしい女。考えただけで、背筋が冷たくなるような夫婦だ。

「夫婦仲はうまくいってましたか？」

「そんなこと関係ありません」

「答えてください」

「わたしが犯人だとでも？」

「違うということは、ご自分でわかってるはずだ。だから、さあ、答えてください」

女はニエマンスに冷たい視線を投げかけた。

「わたしたちが週に何回セックスをしていたかを言えばいいですか？」

ニエマンスは首筋に鳥肌が立つのを感じた。

「ご協力をお願いしますよ、奥さん。これも仕事なんです」

歯は白くないが、唇の輪郭がうっとりするほど肉感的だ。ニエマンスは女の口元、頬骨と眉毛が描く鋭いカーブを見つめた。青白く不健康な顔に、それが輝くようなアクセントを与えている。顔色のよし悪しや目の色など、たいして重要ではない。そんなものは、光と色合いが生み出す幻影にすぎないのだから。美の本質は線に、輪郭にある。それこそ純粋で、決して損なわれることのないものなのだ。彼はじっと動かなかった。

「出ていって！」女が呻くように言った。

「最後にもうひとつお尋ねします。ご主人はずっと大学で暮らしてきましたね。兵役はいつだったんですか？」

ソフィー・カイヨワはこの質問に狼狽した様子で、立ちすくんでいた。それから、急に寒けでもしたかのように腕をこすり合わせた。

「兵役には行ってません」

「免除になったのですね？」

女はこくりとうなずいた。

「どのような理由で？」

女の目が、再び警官を睨《にら》みつけた。

「どうだっていいでしょう？」

「どのような理由で？」

「たぶん、精神医学上の理由だと思います」

「ご主人には精神疾患があったということですか？」

「ご存じでしょ？　みんな精神病を理由に、兵役免除になろうとするものだって。どうってことないわ。精神病のふりをして、適当なことを言って、兵役を逃れるだけ」

ニエマンスは何も言い返さなかったが、全身から無言の非難が表われていたに違いない。女は彼の短く刈った髪と、こざっぱりとした身なりをねめつけ、おぞましげに唇を歪めた。

「さっさと出てって！」

ニエマンスは立ち上がりながらつぶやいた。

「出ていきますよ。でも、これだけは知っておいてもらいましょうか」

「まだ何か？」と女は吐き捨てるように言った。

「あなたが好むと好まざるとにかかわらず、殺人犯を捕まえるのはわたしのような男だってことですよ。ご主人の仇を討てるのは、わたしのような男なんです」

何秒かの間、女の顔は凍りついていたが、やがて口元が歪んだかと思うと泣き崩れた。ニエマンスは踵《きびす》を返した。

「きっと捕まえます」

戸口まで行くと、ニエマンスは壁を叩きながら、顔だけふり向いてこう言った。

「ええ、断言しますよ。ご主人を殺したくそ野郎を、この手で捕まえてやります」

外に出ると、明るい日差しが顔に照りつけた。思わずつむった瞳の裏に、いくつも黒い影がちらちらと舞っている。一瞬ニエマンスはめまいがした。気を落ち着かせ、何とか車まで歩いていく。黒いハレーションは、少しずつ女の顔に変わっていった。気の強い、知的で攻撃的な二人の女。褐色の髪をしたファニー・フェレイラと、金髪のソフィー・カイヨワ。ニエマンスの腕には、決して抱かれることのない女たちだ。

門柱に取りつけた金属製の屑入れをニエマンスは思いきり蹴飛ばし、反射的にポケットベルに目をやった。

ディスプレイが点滅している。検死解剖が終わったところだった。

II

## 7

同じ日の明け方、そこから三百キロほど真西に行ったところで、カリム・アブドゥフ警部は、レイプや殺人事件におけるDNA指紋の応用を扱った犯罪学の論文を読み終えたところだった。六百ページもの分厚い本を読みとおすには、ひと晩じゅうかかってしまった。鳴り始めたクォーツの目覚まし時計に目をやると、針は七時を指していた。

カリムは溜息をつくと、論文を部屋の隅に放り投げ、紅茶をいれにキッチンに向かった。居間に戻ると――そこは食堂と寝室も兼ねていたが――窓から外の闇に目を凝らした。窓ガラスに額を押しつけ、彼はぼんやりと考えていた。配属になってやって来たこんな片田舎でも、いつか遺伝子をもとにした捜査をする機会があるだろうかと。

アラブ人二世の若者は、薄れゆく夜の闇をとどめるかのように灯る街灯を見つめていた。苦い塊が、喉元に引っかかっていた。かつて不良少年として鳴らした頃にも、刑務所に入るはめだけにはならなかった。それが警察官である二十九歳の今になって、もっとうんざりするような監獄に閉じ込められているのだ。退屈で死にそうな、小石だらけの田舎の小さな町。それは塀も鉄格子もない監獄、彼の心を少しずつ蝕《むしば》む精神の監獄だった。

アメリカ映画に出てくるように、DNA分析や特殊なコンピュータ・ソフトを使って連続殺人犯を追う自分を想像してみる。犯人の染色体地図を研究する科学者チームのリーダーになれたらいいのに。最新の研究と統計調査の結果、専門家たちは染色体の連鎖から取り出した一種の断層を、犯罪衝動の鍵と見なしている。以前にも、Y染色体が二つあると殺人を犯しやすいと言われたことがあった。それは誤りだと明らかになったが、遺伝子サイクルの組み合わせに、新たな《綴り間違い》が発見されないとも限らない。カリムはそんな夢想をしていた。しかもその発見は、カリム自身が絶え間ない犯人逮捕によってなし遂げるのだ。若い刑事は、思わず武者震いをした。

だがカリムにはわかっていた。そんな遺伝子の《綴り間違い》が存在するとしたら、それは彼自身の血管にも流れていることを。

カリムにとって《孤児》という言葉は、何の意味もなかった。一度も味わっていないものは、得られなくても辛くはないからだ。マグレブ人のカリムは、家族の団欒《だんらん》と名のつくものをまったく経験したことがなかった。子供時代のもっとも古い記憶は、ナンテールのモーリス＝トレ通りにある孤児院の、リノリウムを敷いたちっぽけな部屋と白黒テレビだった。カリムが育ったのは、寒々しい殺風景な地区だった。高層ビルのまわりを小さな家が取り囲んでいる。空き地は徐々に都市へと変貌していった。子供の遊び場だった野原に工事現場が広がり、そこでかくれんぼをしたのを覚えている。

カリムは捨て子だった。拾われた子供と言ってもいい。何事も見方次第だ。ともかく彼は両親の顔も知らず、やがて学校へ通うようになっても、自分の出自について考える機会はまったくなかった。ろくにアラビア語もしゃべれないし、イスラム教に関してもあやふやな知識しかない。十代になるとさっさと施設を飛び出し――身元引受け人だった先生たちのお人好し加減には反吐《へど》が出た――町を住処《すみか》と決めた。

こうしてナンテールが、カリムの町となった。大通りで結ばれた高層ビル群や工場、官庁街が続く果てしない地区。そこには皺だらけの顔をしてぼろ服をまとい、希望のない明日に慣れきった不安げな人々が歩いている。けれども、そんな悲惨を目《ま》のあたりにしてショックを受けるのは、豊かな人々だけだ。安普請の家や住民の顔に刻まれた深い皺、この町を覆い尽くす貧困などカリムには驚くにあたらなかった。

それどころか、ナンテールには青春時代の感動的な思い出がいっぱいに詰まっている。折しもパンク、ノー・フューチャーの時代。カリムは十三歳だった。ダチもナオンもここでできた。思春期の孤独と疾風怒濤のなかだったからこそ、逆に彼は人を愛し、仲間と暮らす意味を知った。孤児として過ごした幼年時代のあと、苦難の青年期を機にカリムの交遊は一気に広がった。まわりの人々や外の世界に向かって、自分を開けるようになった。今でもカリムは、この頃のことを鮮明に覚えている。カフェで何時間も過ごし、ピンボール・マシンの近くにたむろしては、仲間と笑い声をあげたり、いつまでも、もの思いに耽り、リセの階段で見かけた少女のことを思ったり。

けれどもナンテールには、知られざるもうひとつの顔があった。ナンテールは、いつも変わらぬ寂しい町なのだとカリム・アブドゥフは思っていた。だがこの町が、暴力的で死の臭いを発しているとと気づいたのだ。

それはある金曜日の晩だった。当時、夜間営業をしていたプールのカフェテリアに不良グループがやって来て、黙って主人の顔をビール瓶で殴りつけ、蹴りを入れた。入店を断わられたとか、ビール代を払わなかったとか、たぶんそんなよくあるトラブルが原因だったろう。客はみんなじっとしていた。けれどカウンターの下に倒れた男のくぐもった叫び声が、カリムの神経に長い爪痕《つめあと》を残した。その晩、カリムは色々と教わった。危険な名前、場所、噂話を。そして、思ってもみなかったもうひとつの世界を垣間見《かいまみ》たのである。それは暴力に明け暮れる者たちが住む世界、入ってはいけない地域や、殺人者の潜む地下室がある世界だった。こんなこともあった。ちょうど何かコンサートの直前に、旧市役所通りで起きた喧嘩が、殺し合いの大乱闘になってしまった。色々なグループが入り乱れ、顔面を割られてアスファルトの道路をころげまわる男やら、血まみれの髪で車の下に逃げ込む女やらがいた。

大人に近づくにつれ、ナンテールの町が何だかしっくりこなくなってきた。転換の時が訪れようとしていた。団地の屋上でヤクを打つ、カメルーン出身のヴィクトール。できものだらけの顔、額にはインディアンのような青い豆の刺青《いれずみ》をし、警官に殴りかかっては何度もブタ箱に放り込まれているマルセル。信用金庫を襲ったジャメルとサイド。みんなすごいやつだと言われている。けれどカリムは、高校帰りの彼らを何度か見かけたことがあった。横柄でえらぶった態度にカリムは驚かされた。彼らは無知で粗野な人間ではなく、ただ良家の子弟が目をぎらつかせ、つっぱっているだけなのだ。

カリムは自分なりのやり方でいくことにした。まずはカーラジオ、それから自動車の盗みで、ともかく自活できるようになった。その頃はアヘン中毒の黒人やスクラップ業者の《兄弟》とつき合っていたが、なかでも親しかったのがマルセルだった。ホームレスのマルセルはこわもての粗暴な男で、朝から晩までラリっていたが、ナンテールの町を冷静に眺める目を持っていた。そんなところにカリムは惹《ひ》かれたのだ。脱色した短い髪に毛皮のタンクトップを着て、リストの『ハンガリー狂詩曲』を聴く男。勝手に住み込んだ空き家で、ブレーズ・サンドラールを読む男。彼はナンテールを《貪欲な町》と呼んでいた。きっといつか、落ちるところまで落ちてしまう。そんな自分に対して、彼が逃げ口上と言い訳をひとくさり用意していることも、カリムにはわかっていた。皮肉なことに、町を塒《ねぐら》とするこの男が、郊外の向こうに別の生き方があることをカリムに教えてくれたのだった。

そうだ、別な生き方をしようとカリムは心に誓った。

泥棒稼業は続けながらも、カリムはせっせと高校に通い始めた。それを見て、みんなはあっけにとられていた。他人から、そして自分自身から身を守るため、キックボクシングのジムにも通った。いったんかっとなると、前後の見境がなくなってしまうからだ。こうして彼は綱渡りのような生活を、何とか無事にこなしていった。まわりのみんなが、犯罪と麻薬の泥沼にはまり込んでいるなかで。カリムは十七歳になっていた。再び孤独な日々が始まった。学生会館のホールに入ったり、高校のカフェでコーヒーを飲んでいると、ピンボール・マシンの近くでさえまわりがしんとなってしまう。カリムの気に障《さわ》らないよう、みんなびくびくしているのだ。その頃すでに、彼はキックボクシングの県代表選手に選ばれていた。カリムはバー・カウンターに手を置いたまま、ひと蹴りで相手の鼻を砕くこともできるのだと、みんな知っていたのだ。ほかにもいろいろな噂が、彼について流れていた。盗み、麻薬の密売、大乱闘……

噂の大部分は根も葉もないものだったけれど、そのおかげでカリムは平穏な生活を送ることができた。バカロレアでは「優」の成績を得て、校長から表彰もされた。権威的な人間も自分を恐れているのだ。そう気づいてカリムは驚いた。大学もナンテールで、法学部に登録した。この頃、月に二台の車を盗んでいた。売りさばくルートは複数用意して、毎回変えるようにした。この町のアラブ人二世で、一度も逮捕されたことがないうえ、警察から疑われさえしなかったのは、おそらく彼ひとりだったろう。それにカリムは、どんな麻薬にも決して手を出さなかった。

二十一歳になったカリムは、法学部を卒業した。さて、これからどうしよう。身長百八十五センチ、ジャッキのように痩せて山羊鬚をたくわえ、長い髪を編んで、じゃらじゃらとイヤリングをぶらさげたうさんくさいアラブ人の若者を、走り使いに雇ってくれそうな弁護士はいないだろう。だからって失業保険の申請に行く羽目になるのでは、元のもくあみだ。くたばったほうがましだろうか。それとも自動車泥棒を続けるか？　夜の秘密めいた時間、駐車場の静寂、BMWのセキュリティー・システムをはずしたとき、アドレナリンの急激な分泌がもたらす興奮が、カリムは何よりも好きだった。ぞくぞくするような危険と謎に満ちた裏稼業からは、足を洗えそうもない。だが、いずれは運も尽きるだろうと、カリムにはわかっていた。

そのとき、ある考えがひらめいた。そうだ、警官になろう。そうすれば、今までと同じ陰の世界につき合っていける。馬鹿馬鹿しい法律に守られ、けたくそ悪い国家の庇護の下に。けれども幼い頃の経験から、カリムはひとつの教訓を得ていた。おれには家柄も祖国も家族もない。だから、おれ自身の法律に従えばいい。おれが生きている空間こそが、おれの国なのだと。

兵役が終わると、カリムはモントローの近くにあるカンヌ＝エクリューズ警察学校に入学し、寮生になった。こうして彼は、勝手知ったるナンテールの町を初めて離れた。警察学校では、たちまち頭角を現わした。もともと頭はきれるうえ、非行少年たちの行動や不良グループ、貧民街の掟について、誰よりも通じていたからだ。射撃の腕前もずば抜けていたし、素手で闘う技もめきめき上達した。武術や格闘技のもっとも危険な技ばかりを集大成した訓練でも、名人級だった。研修生の仲間たちは、本能的にカリムを嫌った。アラブ人のくせに傲岸で、皆より格闘もうまく、のびのびとやっているからだ。同級生たちはたいてい優柔不断の落ちこぼれで、失業者になりたくないばかりに、デモシカ気分で警察に入ろうという連中だった。

一年後、カリムは仕上げとしてパリのいくつかの警察署で研修を受けた。そこにもまた同じ貧民街、同じ悲惨があった。ただ場所がパリに変わっただけだ。彼はアベス地区に小さな部屋を借りた。どうやら道が開けたらしい。そんな確信が、おぼろげながら胸に湧いた。

けれども生まれ故郷と縁を切ったわけではなかった。彼は定期的にナンテールに帰り、昔の仲間の消息を尋ねた。瓦解《がかい》が始まっていた。ヴィクトールが見つかったのは、十九階建てビルの屋上だった。お祈りでもするように体を丸め、陰嚢に注射器を突きたてて。麻薬の打ちすぎだった。カビリー地方出身のドラマーで金髪の大男ハッサンは、猟銃で頭を撃ち抜かれた。スクラップ屋の《兄弟》はフルリー＝メゴジスの刑務所にぶち込まれ、マルセルはすっかりヘロイン漬けになってしまった。

友人たちがすっかり道を踏みはずし、何もかもが変わろうとしているのを見て、カリムは恐怖に駆られた。破滅の進展を、エイズの脅威が加速した。かつてはくたびれた労働者と寝たきり老人たちの入院していた病院が、今では死を宣告された子供たちでいっぱいになっている。黒ずんだ歯茎と染みだらけの皮膚、内臓がぼろぼろになった子供たちで。カリムの仲間だった者も、ほとんどがエイズで死んでいった。病害は目に見えない勝利をおさめ、やがてC型肝炎と相まって同世代の若者を大量に殺し始めた。カリムはたじろぎ、心底恐ろしくなった。

町は死に瀕していた。

一九九二年六月、カリムは警察学校を優秀な成績で卒業した。憐れみと軽蔑しか感じないような、気取ったフランス人たちのお墨付きをもらって。それでも卒業祝いはしなくては。そう思って彼はシャンパンを買い、マルセルの住むフォントネルの町へ出かけた。その日のことを、カリムは今でもよく覚えている。夕方、彼はマルセルの部屋の呼び鈴を押した。誰もいない。階下の子供に尋ね、アパルトマンの玄関ホールやサッカー・グラウンド、ごみ捨て場などをあちこち捜してみたが、やはりどこにもいなかった。晩まで駆けずりまわったが無駄だった。夜の十時になり、カリムはナンテール福祉病院の血清科に行ってみた。マルセルは二年前から、エイズ検査で陽性反応が出ていたのだ。エーテルの臭いがたち込める廊下を抜け、病人たちの顔を見てまわり、医者に尋ねて歩いた。猛威をふるう死を目のあたりにして、カリムは感染のすさまじい勢いに圧倒された。

けれどもマルセルは見つからなかった。

五日後、友人の死体が地下室の奥で見つかったことを知った。両手を焼かれ、顔を切り刻まれ、爪にはドリルで穴があけられていた。マルセルは残虐な拷問を加えられたあげく、喉をショットガンで撃ち抜かれたのだった。この知らせに、カリムは驚かなかった。マルセルは自分で使う量が多くなりすぎて、売り物の麻薬に混ぜものをしていたのだ。彼の商売は、死との追いかけっこと化していた。たまたまこの知らせを受けた日、カリムは、トリコロールをあしらったけばけばしい身分証を受け取った。この偶然の一致は、啓示のように思えた。彼は闇のなかに身を潜め、マルセルを殺したやつらのことを思い笑みを浮かべた。そのゲス野郎どもは、マルセルに警官の友達がいたなんて予想もしていないだろう。その警官が、ためらわず自分たちを殺すだろうということも。過ぎ去った日々にかけて、人生がこんなくそったれでいいはずはないという思いにかけて、ためらわず。

カリムは捜査を開始した。

数日で、犯人の名前が割れた。推定犯行時刻の直前に、マルセルといっしょのところを目撃されていたのだ。ティエリー・カルデール、エリック・マジュロ、アントニオ・ドナト。カリムはやりきれない気持ちになった。三人ともけちなヤク中のちんぴらで、きっとマルセルからヤクの隠し場所を聞き出そうとしたのだろう。カリムはさらに情報を集めた。マルセルを拷問したのは、カルデールとマジュロではない。二人はそこまでするほどイカレちゃいない。手を下したのはドナトだ。ドナトはガキをゆすったり暴行したり、どさくさに紛れ未成年者の売春斡旋もしている。そのうえ、骨の髄までヤク中だった。

復讐に値するやつだ。

やるなら急いで片づけねばならない。カリムに情報を提供してくれたナンテールの警察も、ゲス野郎どもを捜しているからだ。カリムはさっそく町に出た。何といってもナンテールの出身で、町のことはよく知っているし、ちんぴらたちとも話が合う。たった一日で三人のヤク中どもの居場所をつきとめた。彼らは大学の脇を走る高架高速道路近くにある、荒れ果てたビルに住んでいた。窓から数メートル先をけたたましく行き過ぎる自動車の振動で、今にも崩れ落ちそうなビルだ。

カリムは昼頃、廃墟のビルに向かった。高速道路の騒音など気にならない。六月の太陽が暑く照りつけていた。子供たちが埃まみれになって遊んでいる。おかしな風体《ふうてい》の大男が荒れ果てた建物に入っていくのを、子供たちはびっくりしたように見つめた。

カリムは壊れかけた郵便受けが並ぶ玄関ホールを抜け、大急ぎで階段を駆け上った。自動車の騒音に混じって、ラップのリズムが響いてくる。ア・トライブ・コールド・クエストの曲だとわかって、カリムはにやりとした。彼も数か月前から聞いているアルバムだ。ドアを足で蹴破ると、「警察だ」とひと言叫んだ。アドレナリンが血管のなかにどっと押し寄せる。怖いもの知らずのデカを演じる、初めての機会だった。

なかの三人は唖然としていた。部屋はまさに瓦礫《がれき》の山だった。仕切り壁はぶち抜かれ、水道管があちこちに突き出ている。びりびりになったマットレスの上に、テレビが鎮座していた。ソニーの最新型だ。おそらく前の晩にでもかっぱらってきたのだろう。画面いっぱいに、ポルノ映画の青白い裸体が映っている。部屋の隅にある大型スピーカーが轟音をたてながら、漆喰の屑を吹き上げていた。

カリムはまるで体が二つになったかのように、すばやく部屋をひとめぐりした。横目で部屋の奥を覗くと、カーラジオが乱雑に積み上げてあった。横倒しになった段ボール箱の上には封を切った麻薬の包み、弾薬ケースの間には小型散弾銃が見える。ドナトの顔はすぐにわかった。警察のファイルにあった写真をポケットに入れてある。顔は青白く、目の色は薄い。骨が突き出ていて、体じゅう傷痕だらけだ。あとの二人はヤクの幻覚から抜け出そうと、体をもぞもぞとさせている。カリムはまだ銃を抜いていなかった。

「カルデールとマジュロは出てけ」

自分の名前が呼ばれたのを聞いて、二人は震え上がった。目を丸くして顔と顔を見合わせ、どうしようかとためらっていたが、やがてそろそろとドアへ向かい始めた。残ったドナトも、虫が羽を震わせるみたいに震えている。と、突然、ドナトは置いてあった銃に飛びついた。握りにかかったその手をカリムは上から踏みつけ、ぐいと踵《かかと》を押しつけたまま、もう一方の足でドナトの顔を蹴り上げた。カリムは爪先にスチールの入った安全靴を履いていた。腕の関節がこきっと音をたて、ドナトはしゃがれた呻き声をあげた。警官は彼を引きずって、古ぼけたマットレスに放り出した。ア・トライブ・コールド・クエストのこもったリズムが続いている。

カリムはマジックテープで固定してあったショルダー・ホルスターから、オートマチックを抜き、用意してあった透明なビニール袋で——不燃性の、特殊なポリマー製だ——その握りをくるんだ。碁盤目の入ったグリップを持つ手に力が入る。ドナトは顔を上げ、叫んだ。

「おい……くそ……いったい、何の真似だ？」

カリムは銃弾を薬室に上げ、にやりとした。

「薬莢だよ。テレビで観たことないのか？　薬莢を残さない。これが肝心な点さ……」

「けど、どういうつもりなんだ？　てめえ、おまわりだろ？　おまわりのくせして、いいのかよ？」

カリムは頭でリズムをとりながら言った。

「マルセルの使いで来たんだぜ、おれは」

「誰だって？」

ドナトの目にいぶかしげな表情が浮かんだ。このイタ公は、自分が嬲《なぶ》り殺しにした男のことも覚えていないのか。このヤク中野郎の記憶には、マルセルの存在など初めからこれっぽかしも残っちゃいないんだ。

「あいつに謝るんだ」

「な……何のことだよ？」

陽光がドナトの顔にあたって、ぬめるように輝いていた。カリムはビニール袋で包んだ銃を向け、吐き出すように言った。

「マルセルに謝れってんだ！」

本当に殺す気だ。そう思ってドナトは叫んだ。

「許してくれ、許してくれ、マルセル！　くそったれ、おれが悪かったよ、マルセル。おれが……」

カリムは顔面に二発撃ち込んだ。

黒く焦げたマットレスから弾を取り出し、熱い薬莢をポケットに入れると、ふり返りもせずに部屋を出た。

あとの二人が応援を頼んで戻ってくるだろうとふんで、カリムは玄関ホールでしばらく待った。カルデールとマジュロが、三人のチンピラをひき連れ、意気揚々とやって来るのが見える。とれかかったドアからなだれ込んできたところを、カリムは先手を打って前に立ちはだかり、カルデールをはがい締めにして郵便受けに押しつけた。そして銃を突きつけ、こう言った。

「たれ込んだり、おれのことを嗅ぎまわったりしてみろ、命はないぞ。おれを殺せば終身刑だ。おれは警察官だ。わかったか、くそ野郎ども！　警察官なんだぞ！」

カリムは相手を地面に叩きつけ、陽光のなかに出ていった。ガラスのかけらを踏みつけながら。

こうしてカリムは別れを告げた。すべてを教えてくれた町、ナンテールに。

数週間後、カリムはブール広場の警察署に電話して、捜査の状況を尋ねた。返ってきた答は、彼がすでに知っていることばかりだった。ドナトが殺された。パラベラム九ミリ口径を二発食らったらしいが、弾も薬莢も見つからなかった。いっしょにつるんでいたあとの二人は、姿を消した。もうけりのついた事件だった。警察にとっても、カリムにとっても。

カリムは尾行や現行犯逮捕を専門とするパリ警視庁の機動捜査隊を志願した。けれどもこの希望はかなえられなかった。上層部は、テロ活動防止を担当する第六分隊に入るよう言ってきた。荒れている郊外のイスラム原理主義者たちのなかに入り込み、諜報活動をさせようというのだ。アラブ人二世の警官は稀なので、これを利用しない手はないと考えたのだろう。カリムは拒絶した。たとえ狂信的な殺人者どもに対してだろうと、ちくり屋の役目などご免だ。夜の王国を地道に歩きまわり、殺人者を追いつめたい。彼らと同じ舞台に立って堂々と対峙《たいじ》し、自らその一員だった裏社会を相手にしたいのだ。

結局カリムは逆らったせいで上から睨まれてしまった。数か月後、カンヌ＝エクリューズ警察学校の首席卒業生にして、ヤク中のサイコパスを殺した謎の男カリム・アブドゥフは、ロット県の町サルザックに赴任することになった。

ロット県とは、今では列車もろくに止まらないような地方である。街道のはずれに時折見えるさびれた村は、まるで冷たい花のようだ。このあたり一帯は洞窟が多く、観光も穴居人の生活跡を売り物にしている。峡谷、淵、洞窟の壁画……ここはカリムにとって侮辱に等しかった。ホームレスあがりのアラブ人二世に、こんな片田舎の町ほどかけ離れたものはない。

赴任するとさっそく、うんざりするような毎日が始まった。退屈な日々の合間に、ささいな事件がぽつりぽつりと起きる程度だ。交通事故の検分、商店街で起きた窃盗犯の逮捕、観光施設の無銭入場取締まり……

そこでカリムは夢想に耽り始めた。有名な警察官の伝記を取り寄せたり、暇さえあればフィジャックかカオールの図書館へ出向いて、事件捜査の経過を追ったルポや三面記事など、彼が求めていた警察官本来の仕事を思い出させてくれる資料を片端から集めた。かつてベストセラーになった、犯罪者の手記も手に入れた……また警察官向けの雑誌や、銃器、弾道学に関する専門誌も予約した……紙の上の世界に、カリムはだんだんと飲み込まれていった。

昼も夜も、仕事のときもひとりだった。警察署では――おそらくフランスでもっとも小さな警察署に数えられるだろう――皆から恐れられると同時に嫌われていた。ドレッドヘアのせいで、同僚たちには《クレオパトラ》と呼ばれた。アルコールを口にしないので、原理主義者だと思われていた。夜間パトロールのとき、みんなは決まってシルヴィーの店に寄る。けれどカリムはいつも断わるものだから、変わり者扱いされた。

孤独に閉じこもったまま、カリムは一日一日を、一時間一時間を、一秒一秒を数えて、週末はずっとひと言も口をきかずに過ごした。

だからその月曜の朝も、森でトレーニングをする以外ほとんどずっと部屋にこもったまま、沈黙に浸りきりの週末を終えたところだった。トレーニングでは格闘技の必殺技を根気よく繰り返したあと、樹齢数百年の木々に向かって弾倉をいくつか空にするのが常だった。

ドアのチャイムが鳴ったとき、カリムは反射的に腕時計を見た。七時四十五分。彼は開けに出た。

当直警官のひとり、セリエだった。不安と眠気の混ざった、なさけない顔つきをしている。カリムはお茶も出さなければ椅子も勧めず、ただぶっきらぼうに尋ねた。

「どうしたんだ？」

相手は口を開いたが、声にならなかった。制帽をかぶっていない髪が、汗でべとべとになっている。それからようやく、セリエは口ごもりながら言った。

「実はその、学校……小学校が……」

「小学校？」

「ええ、ジャン＝ジョレス小学校が……昨夜、泥棒に入られたんです」

カリムは苦笑いした。早くもうんざりするような一週間の始まりか。隣町の悪ガキどもが、面白半分に学校荒らしでもしたのだろう。

「めちゃくちゃにされたのか？」とカリムは着替えをしながら尋ねた。

制服の警官は、カリムの服装を見て顔をしかめた。スウェット・シャツ、ジーンズ、フードのついたジョギングトレーナー。その上に、五〇年代のごみ収集人のような、茶色い革のジャケットを着ている。警官はまた口ごもった。

「いや、そうじゃなく……どうも、プロの仕業《しわざ》らしくて……」

カリムはワークブーツの紐を結びながら聞き返した。

「プロの仕業だって？　どういうことなんだ？」

「あれは不良連中の悪ふざけじゃない……わざわざマスター・キーを盗んで忍び込んでるし、そうとう慎重な手口です。何か様子が変だって校長先生が気づいたけれど、さもなければ……」

カリムは立ち上がった。

「それで、何が盗まれたんだ？」

セリエは溜息をついて、襟元に人さし指を入れた。

「そこなんですよ、もっと妙なのは。何も盗まれちゃいないんです」

「本当か？」

「ええ、ただ教室に入って……そのまま、また出ていっちまったらしくて……」

カリムは窓ガラスに映った自分の姿にちらりと目をやった。編んだ髪が額の両側にばらりと下がり、ただでさえ細面の暗い顔は、山羊鬚のせいでいっそう削げて見える。色とりどりの毛糸で編んだジャマイカ風の帽子を直し、自分に向かってにやりと笑いかけた。悪魔だな。カリブ海から飛び出してきた悪魔だ。カリムはセリエのほうをふり返った。

「どうしておれのところに来たんだ？」

「クロジエがまだ週末の休みから戻ってなくて。だからデュサールと相談して、つまり……カリム、あんたに見てもらったほうがいいかと……」

「わかった。行ってみよう」

## 8

サルザックの町に太陽がのぼり始めていた。肥立ちの悪い病人のように青白く、生暖かい十月の太陽が。カリムは古ぼけたプジョーのステーションワゴンに乗り、パトロール警官のあとについていった。まだこの時間、街灯が鬼火のように白く光る、人けのない町を抜けながら。

サルザックは、古くからある村でもなければ新興の町でもない。これといって目立ったところもない、古くなりかけたビルや家が、細長い平野に沿って建ち並んでいるだけだ。わずかに町の中心街だけが、特徴らしいものを備えていた。小さな路面電車が、端から端まで通っている。カリムはそれを見るたび、なぜかしらスイスやイタリアを連想した。どちらにも行ったことはないのだけれど。

ジャン＝ジョレス小学校は町の東側、工業地帯に近い貧しい地区にあった。汚らしい青や茶色の建物群が近づくと、カリムは子供時代の町を思い出した。ひび割れたアスファルト道路の上に張り出したコンクリートのスロープを上ると、その先に小学校が建っている。

正面入口の階段で、黒っぽいカーディガンを羽織った女性が待っていた。それが校長だった。

カリムは挨拶をすると、警察の者だと名乗った。校長が心のこもった微笑を浮かべたので、カリムは少し驚いた。いつも、うさんくさげに見られつけていたからだ。そんな気取りのない態度がありがたくて、カリムはちらりと相手に目を走らせた。池の水面を思わせる平らな顔に、大きな緑の目が、二つの水蓮のように並んでいる。

詳しい説明はあとまわしにして、ともかくいっしょに来てほしいと校長は言った。少し時代がかった校舎は、まるで未完成のままずっと置かれているか、いつ果てるとも知れない改装が続いているかのようだった。天井の低い廊下は、ところどころはずれかけたポリ板を張ってあった。子供たちの絵が、びっしりと並んでいる。なかには壁に直接描いた絵もあった。小さなコート掛けが、子供の背の高さに並んでいる。何もかもが歪んでいて、カリムは踏み潰した靴箱のなかを歩きまわっているような気がした。

校長は半開きになったドアの前で立ち止まり、思わせぶりな声でつぶやいた。

「入られたのは、この部屋だけです」

彼女はそっとドアを押した。どこか待合室を思わせる部屋だった。ガラス張りの棚に、たくさんの帳簿やら教科書やらが詰め込まれている。小さな冷蔵庫の上にはコーヒー・メーカーが置かれ、水の溢れかけた皿に載せた鉢植えが、樫の木を模した合板の机にところ狭しと並べてある。湿った土の臭いが部屋にたち込めていた。

「あれですよ」と校長はガラス棚をひとつ指さして言った。「あの棚が開けられていました。古い書類が入っているんですけど、見たところ何も盗まれてません。指一本触れていないんです」

カリムは膝をついて、ガラス棚の鍵を調べた。自動車泥棒稼業を十年間も続けていたので、盗みの手口については心得ている。間違いない。鍵を破ったのは、この道に通じた人間だ。わけがわからなかった。どうしてそんなプロが、サルザックくんだりの小学校なんか襲ったりしたのだろう？　彼は帳簿を一冊抜き出し、ぱらぱらとめくった。生徒の名簿、教師の寸評、役所の通達……そうした書類が、年度ごとに一冊にまとめてある。警部は立ち上がった。

「怪しい物音を聞いた者は？」

「学校の警備なんて、ないも同然ですから。一応警備員はいますけど、実質的には……」と校長は答えた。

カリムは、手際よくこじ開けられたガラス棚を、まだじっと見ていた。

「泥棒が入ったのは土曜の晩だと思いますか？　それとも日曜の晩？」

「いつだって可能ですわ。もしかしたら昼間だって。さっきも言ったとおり、週末だったら出入り自由みたいなものなんです、うちの学校は。盗むものなんて、何もありませんし」

「わかりました。調書を取りますから、あらためて署におこしいただくことになると思います」

「ところであなた、潜入捜査中なの？」

「何ですって？」

校長はカリムをしげしげと眺め、こう続けた。

「だってその格好でしょ。町のギャングのなかに潜って……」

カリムは吹き出した。

「こんな田舎にギャングなんていませんよ」

そんなカリムの言葉を無視して、校長はわけ知り顔に言った。

「わたし、詳しいんですよ。ドキュメンタリー番組を観たことありますから。あなたみたいなおまわりさんが、警察のイニシャルが入ったリバーシブルのジャケットを着て……」

「先生……」とカリムはさえぎった。「考えすぎですって。小さな町なんだから」

踵《きびす》を返し、ドアに向かうカリムを、校長は呼び止めた。

「証拠捜しはしないの？　指紋とか？」

「事件の程度から見て、先生の証言をうかがって、あとは付近の聞き込み捜査でもすれば十分かと思います」

相手はがっかりしたようだった。そしてまた、まじまじとカリムを見た。

「あなた、地元の方じゃないわね？」

「ええ」

「どんな事情で、ここに？」

「話せば長いんですが。そのうちまたお寄りしますから」

外では制服の警官たちが、物珍しげに見つめる小学生たちに囲まれ、握り拳に白い息を吹きかけながら待機していた。セリエが車から飛び出してくる。

セリエは少しためらって、同僚たちに目をやった。口髭が息で揺れている。
「それが……墓地なんです。何者かが、地下納骨堂に忍び込みました」
「どこで？」
「今度も盗みです。こんなこと初めてですよ……」
「どうした？」
「警部、またひと騒動ありまして」

ゆるやかな斜面に沿って、墓石と十字架が並んでいる。灰色に緑の混ざった色合いは、陽光を受けて輝く苔むした彫金細工のようだ。カリムは柵門の前に立ち、朝露と萎《しお》れた花の匂いを思いきり吸い込んだ。

「ここで待っていてくれ」と彼はほかの警官たちに小声で言った。

ラテックスの手袋をはめながらカリムは思った。サルザックの町にとってこの月曜日は、いつまでも忘れられないものになりそうだと。

いったん部屋に戻り、今度は《科学捜査用》の道具セットを用意してきた。アルミニウムと花崗岩の粉、ガムテープ、隠れた指紋を見つけ出すニンヒドリン溶液、足跡の型を採るエラストマー・ゴム……ほんのわずかな手がかりでも見つけ出そうと、カリムは心に決めていた。

教えられた地下納骨堂に続く砂利道を歩いていく。ここ数年フランスでは、気味の悪い墓荒らしが頻発していた。初めはそんな類の事件かと思ったが、そうではなかった。墓地はまったく整然としている。問題の地下納骨堂以外は、どこにも手をつけていないようだ。カリムは、礼拝堂を模した花崗岩のモニュメントに到着した。

地下に下りる扉が、少しだけ開いている。カリムはひざまずいて、錠を調べた。小学校の場合と同様、賊は墓を暴くのに細心の注意を払っていた。扉の縁をさわってみて、はっきりとわかった。これもプロの仕業だ。同じ犯人だろうか？

カリムは扉をもっと大きく開き、犯行の様子を想像してみた。どうして賊はこんなに注意深く墓所を開けたのに、扉を閉めなおしておかなかったのだろう？　警部は石の壁面を何度も動かしてみて、ようやくわかった。小砂利が扉の下に入り込んで縁枠が歪んでしまい、差し錠をかけられなくなってしまったのだ。あんな小さな石のかけらが、墓荒らしの侵入を明かしてしまったわけだ。

次にカリムは、石の差し錠を調べた。こうした類の建築物にはよくあるのだろうが、プロでなければわからないような特別な構造になっている。カリムは震えを堪《こら》えた。プロだって？　カリムはあらためて思った。小学校と墓地を荒らしたのは、本当に同じ連中なのだろうかと。この二つの侵入事件の間に、どんな関係があるのだろう？

答の発端を、墓碑がもたらしてくれた。そこにはこう記されている。《ジュード・イテロ。一九七二年五月二十三日―一九八二年八月十四日》おそらくこの子供は、死んだ当時ジャン＝ジョレス小学校に通っていたのだろう。カリムは墓碑をもう一度じっくり眺めた。墓碑銘も、祈りの文句も書かれていない。ただ古びた銀製の小さな楕円形の額縁が、大理石にとめてあるだけだ。でもそのなかに肖像画は入っていなかった。

「これは女の子の名前ですかね？」

ふり向くと、ドタ靴を履いたセリエが、怯《おび》えた様子で立っている。カリムは億劫《おっくう》そうに答えた。

「いや、男の名だ」

「じゃあ、イギリス人ですか？」

「ユダヤさ」

セリエは額をぬぐった。

「やれやれ、じゃあカルパントラの墓荒らしと同じだ。極右の仕業ですかね？」

カリムは立ち上がって、手袋をはめた手と手をこすり合わせた。

「いや、そうじゃないだろう。悪いが、入口のところでほかの連中と待っててくれ」

セリエは制帽を持ち上げると、ぶつぶつ言いながら立ち去った。カリムはそれを見届けると、半開きになった扉をもう一度調べ始めた。

ちょっと地下に下りてみよう。そう決心して、カリムは懐中電灯をつけてニッチの下に屈み込んだ。階段のステップを踏みしめる足の下で、埃がかすかな音をたてる。何だか、祖先のタブーを犯しているような気分だった。信仰心など持ち合わせていなくてよかったと、つくづく思った。懐中電灯の光線が闇を切り裂く。さらに何歩か進んで、カリムは足を止めた。二つの台に載った小さな木の柩《ひつぎ》が、光のなかに浮かび上がっている。

カリムは喉がからからだった。さらに近づき、柩を調べてみる。長さは約一メートル六十センチ。縄の模様と銀のアラベスクが四隅を飾っている。雨漏りがあるわりに、保存状態は悪くない。カリムは継ぎ目に触れてみた。手袋をしてなかったら、とうていさわれなかっただろうと思いながら。こんなふうに怯えている自分が腹立たしかった。一見したところ、柩に開けられた様子はなかった。カリムは懐中電灯を口にくわえ、止め金をもっと詳しく調べることにした。とそのとき、頭上から声が響いた。

「そこで何してる？」

カリムはびっくりして飛び上がった。口を開けた拍子に懐中電灯が柩の上に転げ落ち、襲いかかる闇のなかでカリムはふり返った。髪の短い、なで肩の男が、開いている扉から身を乗り出している。カリムは床に落ちた懐中電灯を手さぐりで探しながら、小声で言った。

「警察だ。警察の者だ」

上の男は黙っていたが、やがて呻くように言った。

「ここに入る権利はあんたにない」

カリムは床を照らしながら階段に戻り、光を浴びて不機嫌そうに顔をしかめている太った男に目をやった。おそらく、墓守りだろう。たしかにこれは違法行為だった。こういう場合でも、家族が署名した許可証か、墓所に入るための特別な令状が必要になる。彼は階段を駆け上りながら言った。

「どいてくれ。出るから」

男が脇によける。陽光を浴びたカリムは、若返りの秘薬でも飲んだような気分だった。トリコロールをあしらった警察手帳を差し出す。

「サルザック署のカリム・アブドゥフだ。墓が荒らされているのを見つけたのはあんただな？」

男は黙ったままアラブ人を見ている。色の薄い瞳は、まるで灰色の水に浮かんだ泡のようだった。

「ここに入る権利はあんたにない」

カリムは曖昧《あいまい》にうなずいた。朝の空気が不安感をぬぐい去っていた。

「わかったから、その話はやめだ。警察のやることに文句をつけるな」

老人の口は、ごわごわとした髭に覆われていた。酒臭い息には湿った粘土の臭いが混ざっていた。

「それじゃあ、知っていることを話してもらおうか」とカリムは言葉を続けた。「墓荒らしに気づいたのは何時だ？」

老人は溜息をついた。

「今朝、六時に来たときさ。午前中に埋葬がひとつあるんでな」

「その前、最後に来たのはいつ？」

「金曜日」

「ということは、週末の間なら、いつでも墓を開けられたということだな？」

「ああ、でもわしはゆうべ遅くだと思うがね」

「どうして?」

「日曜の午後は雨が降ったのに、地下納骨堂には濡れた跡がなかったからさ……だから扉は閉まっていたはずだ」

カリムは尋ねた。

「住まいはこの近くなのか?」

「この近くに住んでるやつなんていない」

カリムはあたりをぐるりと見まわした。小さな墓地には、静けさと穏やかさが満ち溢れている。

「今までにも、誰かうろつく者がいたことは?」

「いいや」

「怪しげな者を見かけたことはないか? 墓石を壊すとか、オカルトじみた儀式をするとか?」

「ないな」

「この墓のことを教えてくれ」

墓守りは砂利に唾を吐いた。

「教えることなど何もねえ」

「子供ひとりだけのために、地下納骨堂なんて妙じゃないか?」

「昼のうちに鑑識課をよこす。指紋や、何か手がかりが残っているかもしれないからな。葬式

「いいや」

カリムは立ち上がり、手袋をはずしながら言った。

「どんな顔だったか覚えているか?」

「ふん? そうらしいな」

「子供の肖像画が盗まれているようだが」

から顔を上げ、墓守りに向かって言った。

カリムはまた考え込んだ。もう一度ひざまずき、カメオ形の小さな額縁を調べてみる。それ

りこの墓は、手入れが行き届いているってことだ。でも、わしは誰も見たことがねえ」

の持ちは、経験でわかる。たとえ造花でもな。イバラや雑草のはびこり方もわかってる。つま

「誰も墓参りに来ないとは言っちゃいねえ。知らないと言っただけだ。墓石が朽ちる速さや花

「地下納骨堂は手入れされているようだが」

しらだって……」

「ああ、でもわしの前任者は死んだよ」そう言って男はにやりとした。「人は誰でも死ぬ、わ

「一九八二年には、ここにいなかったのか?」

「いや、一度も会ったことない」

「子供の両親を知ってるか?」

「ああ、妙だ」

は中止してくれ。水や何かで現場が台無しになる。今日はここに誰も入れないように。特に新聞記者は。いいな」

うなずく老人をあとに、カリムは墓地の門へと向かった。

遠くで耳障りな鐘の音が九時を告げていた。

9

署に行って報告書を書く前に、カリムはもう一度小学校に寄ってみることにした。赤茶けた陽光が家々に降り注いでいる。わくわくするような一日になりそうだぞ。そんな月並みな考えに、我ながら嫌気がさした。

小学校に着くと、さっそく校長に尋ねた。

「ジュード・イテロという名の少年が、ここの生徒にいませんでしたか？　八〇年代のことです」

校長はカーディガンのゆったりとした袖をもてあそびながら、しなを作った。

「もう手がかりを摑んだんですか、警部さん？」

「いいから、答えてください」

「それは……書類を見てみないと」

「じゃあ見に行きましょう。今、すぐに」

校長はまたカリムを鉢植えのある部屋に連れていった。

「八〇年代っておっしゃいましたよね？」そう言って、校長はガラス棚のなかで山積みになった記録簿に指を這わせた。

「一九八二年、一九八一年頃です」

見ると校長が何か口ごもっている。

「どうしました？」

「変だわ。今朝は気づかなかったんですけど……」

「何です？」

「記録簿が……八一年と八二年度のが……なくなっているんです」

カリムは校長を押しのけ、積み上げた茶色い記録簿をまさぐった。記録簿には一冊ずつ年度が記されている。一九七九年、一九八〇年……そのあとの二冊が、たしかに抜けていた。

「ここには、何が書かれているんですか？」カリムはなかの一冊をめくりながら尋ねた。

「クラスの名簿とか、教師の覚書きとか……まあ、航海日誌みたいなものね。学校の……」

カリムは一九八〇年度の記録簿を取り上げ、クラス名簿を調べた。

「一九八〇年に八歳だったとしたら、どのクラスになりますか？」

「初級科二年か、中級科一年ですわね」

カリムは該当のクラス名簿に目を通したが、ジュード・イテロの名はなかった。

「八一年、八二年度のクラスに関する書類はほかにありませんか？」

校長は少し考え込んだ。

「そうねえ……上の部屋を見てみないと……例えば給食の書類とか、検診の報告書とかがあるかも。屋根裏部屋にしまってあるんです。いっしょに来てください。めったに誰も行かないんですけど」

二人はリノリウムの階段を大急ぎで上った。校長はこの事件にひどく興奮している様子だった。狭い廊下を抜けて鉄の扉の前まで来ると、校長は唖然とした。

「まさか、そんな……信じられないわ。このドアもこじ開けられてる……」

カリムは錠を調べた。やはり注意深く開けられている。なかに数歩入ってみると、そこは大きな屋根裏部屋だった。窓はといえば、金網を張った天窓がひとつあるだけ。金属製のラックに、書類の束が積み重ねてある。埃っぽい紙の臭いがカリムの鼻をついた。

「八一年、八二年度の書類はどこですか？」

校長は答える代わりにつかつかと棚に歩み寄り、積んである書類や記録簿のなかを探し始めた。けれども、数分ですぐに手を止めると、きっぱりした口調で言った。

「やっぱりなくなってる」

カリムは総毛立つのを感じた。小学校。墓地。八一年、八二年。少年の名、ジュード・イテロ。これらはすべて、ひとつに結びついている。

「一九八一年には、もうこの学校にいましたか？」

校長はしなを作ってささやいた。

「あら警部さん。その頃はまだ学生でしたわよ、わたしは……」

「当時この学校で、何か変わった事件はありませんでしたか？　何か重大な出来事があったという話を聞いていませんか？」

「いいえ。例えばどんな？」

「生徒の死亡とか」

「いいえ、聞いたことありません。でも、問い合わせてみてもいいですよ」

「どこに？」

「ここの学区事務局に行って……」

「その二年間に、ジュード・イテロという名の少年がこの学校に在学していたかどうかも調べられますか？」

校長は息を詰まらせた。

「でも……まあ、大丈夫でしょう、警部《アンスペクトゥール》さん。それじゃあ……」

「大至急お願いします。のちほど、また来ますから」

カリムは階段を駆け下りかけたが、途中で立ち止まり、ふり返った。

「警察のことで、ひとつお教えしましょう。我々の間では、もうアンスペクトゥールなんて言わないでリュートナンと言ってるんです。アメリカ風にね」

そう言い残して消えてゆく人影を、校長は目を丸くして見つめていた。

カリムは警察署のなかで、クロジエ署長にいちばん好感を持てた。自分の上司だからではない。警察官として経験豊富だったし、折にふれ、優れた直観力を発揮したからだ。

アンリ・クロジエはロット地方出身の五十四歳。もとは軍隊にいたが、警察に入ってもう二十年ほどになる。ひしゃげた鼻、ポマードでてからせたぼさぼさの髪が、厳しく冷酷な雰囲気を醸《かも》しているが、意外に人のいい一面を見せることもある。孤独な性格で、妻子はない。クロジエが一家団欒をしているところほど、現実離れした想像もないだろう。孤独だという点ではカリムと似ているが、それを除けば旧弊で偏狭なフランス人警官の典型といっていい。シェパードに生まれ変わりたかった猟犬といったところだろうか。

カリムはクロジエのオフィスをノックすると、つかつかとなかに入った。スチールの棚に囲まれた部屋には煙草の芳香が漂っていた。フランス警察を讃《たた》える、ぴんぼけのシルエットを写したポスターが何枚も貼ってあり、カリムはまたも反吐が出そうになった。

「何の騒ぎだね？」とクロジエが机の向こうから尋ねた。

「窃盗と墓荒らしがありました。手口はどちらも慎重で注意深いものです。それにとても奇妙で」

クロジエは顔をしかめた。

「それで、何が盗まれたんだ？」

「小学校から古い記録簿が盗まれました。墓地のほうはわかりません。地下納骨堂の内部を細かく現場検証する必要があるかと……」

「ふたつの事件は結びついてると？」

「もちろんですよ。このサルザックで、同じ週末に、別々の窃盗がふたつだなんて、統計的に見てあり得ません」

「だが、事件の関連性は見つかったのか？」

クロジエは黒味がかったパイプの底を磨きながら尋ねた。カリムは内心おかしくてたまらなかった。まるで五〇年代のミステリに登場する警視のカリカチュアだ。

「ええ、手がかりになりそうなことがひとつ。まだはっきりはしてませんが……」

「話したまえ」

「荒らされたのは少年の墓でした。ジュード・イテロという変わった名前で、一九八二年、十歳で亡くなっています。覚えていませんか？」

「覚えはないが、まあいいから続けて」

「盗まれた記録簿は八一年と八二年度のものでした。だから、こう考えたんです。ジュード少年はこの学校に在籍していたんじゃないか。その年度というのが、ちょうど……」

「その仮説を裏づける証拠はあるのか？」

「いいえ」

「ほかの学校は調べてみたのかね？」

「まだです」

クロジエはポパイみたいにパイプをふかした。カリムはぐいと歩み寄り、小声でこう言った。

「この事件を調べさせてください、署長。どうもひっかかるんですよ。ふたつの事件にはつながりがあります。信じ難いことですが、どちらもプロの仕業らしいんです。そいつらは、何かを捜していたんでしょう。まずは少年の両親を見つけ、それから地下納骨堂の現場検証をしたいと思います。許可していただけますね？」

署長は目を伏せたまま、せっせとパイプに葉を詰めている。

「犯人はスキンヘッドどもさ」と署長はつぶやいた。

「何ですって？」

クロジエはカリムを見上げた。

「墓地の一件は、頭を剃り上げた連中の仕業だと言ってるんだ」

「スキンヘッドなんて、どこにいるっていうんです？」

署長は笑って腕組みをした。

「このあたりのことについては、まだまだ勉強不足だな。いるんだよ、スキンヘッドが三十人ほど。ケリュスの近くにある、ミネラルウォーターの倉庫がたまり場だ。ここから二十キロくらいかな」

アブドゥフは考えながら、クロジエをじっと見つめた。油っぽい髪が、陽光を受けててかっている。

「お言葉ですが、違うと思いますね」

「墓はユダヤ人のものだったと、セリエは言っていたぞ」

「そうじゃない！　わたしはただ、ジュードというのがユダヤ系の名前だと言っただけです。だからって、何の意味もありません。地下納骨堂には、ユダヤ教のシンボルはまったくついていませんでした。ユダヤ人はふつう、家族と同じ墓に埋葬されます。署長、あの少年は十歳で亡くなっています。ユダヤ教の墓には、そんな場合、断ち切られた運命を表わす絵やらモチーフやらがあるものなんです。未完成の柱とか、切り倒された木であるとか。でもあの墓はキリスト教のものでした」

「ずいぶんと詳しいな。どこで知ったんだ、そんなこと」

「本で読みました」

「ともかく犯人はスキンヘッドだ」とクロジエは平然として繰り返した。

「馬鹿げてます。あれは人種差別主義のやることではありません。面白半分の破壊行為でもありません。ホシは何か別のものを捜していたんです……」

「カリム」とクロジエはさえぎった。親しげなその口調には、かすかにいらつきが混ざっていた。「きみの判断と意見には常々一目置いているがね、命令を出すのはわたしだ。まあ、頑固老人を信頼したまえ。スキンヘッドの線を追うんだ。きみが出向いてくれれば、何か摑めると思うのだが」

カリムは立ち上がり、唾を飲み込んだ。

「ひとりでですか？」

「髪を剃ったちんぴら連中が怖いなんて言わんでくれよ」

カリムは答えなかった。クロジエはこんなふうに相手を試すのが好きだった。それは意地悪な気持ちと同時に、評価の表われでもあった。警部は机の縁をぐっと握り締めた。クロジエはこうと決めたルールを、徹底的に貫く男だ。

「ひとつ取引しましょう、署長」

「ほお、どんな?」

「わたしはひとりでスキンヘッドどもの尋問に行きます。ちょっとばかし締め上げてやり、午後一時までに報告書を書きますから、その代わり地下納骨堂に入って正規の検証を行なう許可を取ってください。少年の両親にも話を訊きたいと思います。今日のうちに」

「だが、墓荒らしの犯人がスキンヘッドだったらどうする?」

「スキンヘッドじゃありません」

クロジエはパイプに火をつけた。ちりちりと煙草の燃える音がした。

「まあ、いいだろう」そう言ってクロジエは溜息をついた。

「ケリュスに行ってくれれば、捜査をさせてくれますね?」

「一時までに報告書が届けばな。いずれにせよ、司法警察のやつらがすぐに首を突っ込んでくるだろうが」

警部はドアに向かった。指がノブにかかったとき、署長が呼び止めた。

「きっとスキンヘッドどもは、きみみたいなのを歓迎してくれるぞ」

老兵の高笑いを背に、カリムはばたんとドアを閉めた。

## 10

よき警官たるもの、まず敵を熟知せねばならない。敵の相貌、性格のすべてを。スキンヘッドのことなら、カリムは詳しかった。ナンテールにいた頃から、乱闘事件の折など、幾度となくやり合ってきた相手だ。警察学校では、スキンヘッドをテーマに詳細なレポートを書いたこともある。ケリュスに向かって車を走らせながら、カリムはひとつひとつ思い返してみた。ゲスどもに対し、有利に立ち向かう法を引き出すために。

彼らには二派あって、制服が違っていた。スキンヘッドは極右とは限らない。レッド・スキンと呼ばれる、極左の前線に立つ連中もいる。様々な人種からなり、名誉の掟を重んじるが、ネオ・ナチ以上とはいわないまでも、それに劣らず危険な存在である。でも相手が極左なら、カリムにもうまく切り抜けるチャンスはある。彼は両派のスタイルをざっとふり返った。ファシストは光沢のある緑色の、イギリス空軍のボマー・ジャケットを着ている。レッド・スキンはそれを裏返して、蛍光色のオレンジの側を上に出している。ファシストは港湾労働者風の短靴に白か赤の紐、左翼は黄色の紐と決まっている。

十一時頃、カリムはミネラルウォーターの倉庫の前に車を止めた。大きな波形のプラスチックで囲まれた倉庫は、澄みきった青空に溶け込んでいた。黒いDSが入口の前に止まっている。準備を整え、カリムは車を降りた。ちんぴらどもは、なかで酔いでもさましているに違いない。カリムはそっと倉庫に近づいた。ゆっくりと深呼吸しながら、目前に迫った現実を見きわめる文句を唱えていた。緑のジャケットに、白か赤の靴紐ならファシスト野郎。オレンジのジャケットに黄色の靴紐はアカ。

相手がアカなら、無事切り抜けるチャンスがあるだろう。

カリムは大きく息を吸い込み、引き戸になったドアを開いた。足を踏み入れた場所の正体は、靴紐を見るまでもなくわかった。赤い鉤十字が壁にスプレーで吹きつけてあり、強制収容所や拷問されるアルジェリア人の写真には、ナチの文字がいくつも書き込まれている。緑のボマー・ジャケットを着て髪を刈り上げた一群が、その下からこちらを見つめていた。ドクター・マーチンのワークブーツが、暗闇のなかに光っている。間違いない。過激な極右連中だ。こいつらはみんな下唇の裏側にSKINと刺青《いれずみ》していることも、カリムは知っていた。

カリムは精神を集中させ、山猫のように身構えると、相手の武器を探して視線を走らせた。この手のクソ野郎どもが使う道具ならわかっている。メリケンサック、バット、散弾を二倍に詰めた護身用のピストル。ゴム製の鹿弾《ポリ殺し》を詰めた散弾銃も、どこかに隠し持っているに違いない。

だがカリムの見たところ、状況はもっと悪そうだった。

バードと呼ばれる女のスキンヘッドたちもいた。額と両頰に垂れ下がる長い髪の房以外はつるつるに剃り上げた頭を、これ見よがしに突き出している。アルコール漬けになって肥満したこのバードたちは、男よりも荒っぽいことをするだろう。カリムは思わず唾を飲み込んだ。今相手にしているのは、仕事にあぶれてくだを巻いている失業者とはわけが違う。隠れ家に集まって、乱闘騒ぎの機会をうかがっている凶悪集団なのだ。無事に帰れる可能性は、一気に低まった。

女のひとりがビールをひと飲みすると、カリムのほうに大口を開けてげっぷをした。ほかの連中がげらげらと笑いころげる。みんな背丈はカリムに劣らない。

カリムは気合を入れ、大声を張りあげた。

「いいだろう、おまえら。警察だ。少しばかり訊きたいことがある」

スキンヘッドたちが近寄ってきた。警察だろうが何だろうが、カリムはともかくアラブ人だ。こんなキジルシどもがうじゃうじゃいる倉庫にアラブ人が足を踏み入れたら、いったいどんな目にあうか？　クロジエやほかの警官たちがいたっておんなじだ。警部はぞくりとした。一瞬、足元で世界が揺らいだような気がした。町じゅう、国じゅう、世界じゅうを敵にまわしたかのようだった。

カリムはオートマチックを抜くと、天井に向けてふりかざした。それを見て、攻撃者たちの足が止まった。

「もう一度言う。警察だ。規則に則《のっと》って話をしたい」

警部は銃を錆《さ》びたドラム缶の上に置いた。スキンヘッドたちはそれをじっと見ていた。

「銃はここに置いておく。話を聞く間、誰もさわるんじゃない」

カリムのオートマチックはグロック21、ポリマー七〇パーセントの超軽量ニュー・モデル。グリップの弾倉に十二発、薬室に一発銃弾が収まり、光学照準器が備わっている。こんな銃は、みんな見たこともないだろう。スキンヘッドたちは、銃に圧倒されていた。

「リーダーはどいつだ？」

誰も答えない。カリムは数歩前に進むと、もう一度訊いた。

「いいか、リーダーだ。時間の無駄はやめようぜ」

いちばんでかいのが前に出た。いつでも、思いきりまわし蹴りができる体勢だ。口調には、この地方特有のつっけんどんなアクセントがあった。

「何の用だ、アラブ野郎？」

「今の言葉は忘れてやるから、ちょっと訊きたいことがある」

相手は頭を揺すりながら近づいてくる。カリムより背も肩幅もある。髪がハンディーになるな、とカリムは思った。とっ組み合いになったとき、長い髪は摑みかかるのに格好の的となるのだ。スキンヘッドはますます近づいてくる。まるで金属製の蛸《たこ》みたいに、両手を大きく広げて。カリムは一ミリたりとも退かなかった。ちらりと右を見ると、ほかの連中がカリムの銃に近寄っている。

「何だと、アラブ野郎、てめえは……」

砲弾のように頭突きが飛んだ。スキンヘッドの鼻が顔の真ん中でひしゃげる。男は体を二つ折りにした。カリムはくるりと一回転し、相手の喉元を踵で蹴った。男は必死で起き上がったが、苦痛に体をよじらせながら二メートル先にまた倒れ込んだ。

スキンヘッドのひとりが銃に飛びかかり、引き金を引いた。弾は出ない。カチャッという音がするばかり。薬室に弾を送り込もうとしたが、弾倉は空っぽだった。カリムはもう一挺のオートマチック――背中に隠してあったベレッタを取り出した。踵でリーダーの男を押さえつけながら、両手で構えた銃をスキンヘッドたちに向ける。

「おまえらみたいなうじ虫に、弾の入った銃を渡すとでも思ってたのか?」

スキンヘッドたちは唖然としていた。床の男は、息を詰まらせ喘いでいる。

「くそったれ……何が《規則に則って》だ……」

カリムは男の股ぐらを蹴った。呻いている相手の脇にひざまずき、耳をねじ上げる。指の下で、軟骨の砕ける音がした。

「規則だと? てめえらみたいなクソどもにか?」カリムはヒステリックに笑った。「おかしくて死にそうだぜ……さあ、みんな後ろを向くんだ! 手を壁にあてろ、間抜け野郎! おまえたちもだ、淫売ども!」

カリムは蛍光灯に向けて銃をぶっぱなした。青っぽい光がきらめく。電灯が天井にぶつかったかと思うと、床で火花をあげながらばらばらに砕け散った。《恐怖》が部屋じゅうに広がった。惨めな野郎どもだ。カリムは喉がつぶれるほどの大声で言った。

「ポケットのなかのものを出せ。ちょっとでも変な真似してみろ、膝を吹っ飛ばすぞ!」

ぽんぽんと床にものを投げ出す音を聞きながら、カリムは部屋を見まわした。銃身をリーダーの脇腹に押しつけ、声を低めて言った。

「何を使ってラリってるんだ？」

男は血を吐いた。

「なっ……何って？」

カリムはさらに銃身をめり込ませる。

「昇天するのに、何やってるのか訊いてるんだ？」

「アンフェタミン……スピード……接着剤……」

「接着剤ってどんな？」

「ディ……ディソプラスティーヌ……」

「自転車のパンク修理に使うやつだな？」

相手はよくわからずにうなずいた。

「どこにある？」

男は血走った目をぎょろつかせる。

「ごみ袋のなかだ。冷蔵庫の脇の……」

「動いたら殺すぞ」

カリムは部屋を見まわしながら、後ずさりしていった。その間にも傷だらけの男と、背中を向けてじっと立っている人影から銃をそらさなかった。左手でごみ袋をひっくり返すと、何千もの錠剤と、接着剤のチューブがいくつか床に飛び散った。カリムはチューブを拾ってふたを開けると、部屋を横切った。そしてスキンヘッドたちの立っている後ろの床に、接着剤をしぼり出した。ついでに脚やら尻やらを蹴飛ばし、見つかったナイフや何かを遠くへ投げ捨てる。

「こっちを向け」

スキンヘッドたちがブーツを踏み鳴らす。

「それじゃあ野郎ども、おれの健康を祝って腕立て伏せをしてもらおうか。おまえらもだ、腐れ淫売。接着剤の上でやれよ」

ディソプラスティーヌの上に手がひしめき、指の間から接着剤がはみ出した。腕立て伏せを三回もすると、掌《てのひら》はぴったりとくっついてしまった。みんな床に胸をついて倒れ込み、手首をひねってアスファルトの床をのたうちまわっている。

カリムはリーダーのもとへ行き、仏像のようにあぐらを組んで坐り込むと、深呼吸して気を鎮めた。声はさっきより落ち着いている。

「昨晩はどこにいた？」

「あれは……あれはおれたちじゃねえ」

カリムは耳をそばだてた。スキンヘッドどもを派手に辱《はずかし》めてやったが、あとは形式的な質問をするだけのつもりでいた。このゲス野郎たちが墓荒らしと無関係なのは疑いない。ところがこいつは、墓荒らしのことをすでに知っていたらしい。カリムは身を乗り出した。

「何の話だ？」

「墓場のことさ……おれたちじゃねえんだ」

「どうして知ってる?」

「それは……通りかかったからだよ」

カリムはすぐにぴんときた。クロジエには証人がいたんだ。今朝、すでに誰かが知らせていたんだ。スキンヘッドたちが墓地のあたりをうろついていたのが、目撃されていると。だから署長は、そ知らぬ顔でカリムをここに送ったのだ。このつけはいずれ払ってもらうからな。

「詳しく話せ」

「あのへんを歩いてたんだ」

「何時頃?」

「わからねえよ……二時かそこらかな……」

「何してた?」

「何って……ちょっとむしゃくしゃしてたから……ひと暴れしたくて……工事現場のバラックでも捜して、アラブ野郎をぶちのめそうかと思ってよ……」

カリムは怒りに体が震えた。

「それで?」

「墓場の近くを通ったら……入口の柵が開いてて……人影が見えたんだ……地下納骨堂から男が出てきた……」

「何人だった?」

「二人かな……」

「どんなやつらだ？」

男は薄笑いを浮かべた……

「でも、酔っ払ってたんで……」

カリムは砕いた耳に平手打ちを食らわせた。押し殺した叫び声は、しゅうしゅうという蛇の唸りに似ていた。

「そいつらの風体は？」

「わからねえって！　真っ暗だったんだ……」

カリムは考えをめぐらせた。やはり間違いない。犯人はプロだった。

「それから？」

「ちくしょう……怖くなって……逃げだしたさ……濡れ衣着せられると思ったからな……カルパントラの事件があったから……」

「それだけか？　ほかに気づいたことは？　ちょっとしたことでもいい」

「いや……何も……夜中の二時だぜ、こんな片田舎で……退屈な……」

カリムは想像してみた。人けのない狭い街道。蛾《が》の群がる街灯が一本、まるで夜を引き裂く白い爪のように立っている。すっかりラリったスキンヘッドの一団が、ナチの讃歌をがなりながらがやがやと通りすぎる。

「もっとよく考えろ」とカリムは繰り返し言った。

「ちょっと……ちょっとあとに……東欧車が見えたな。たしかラーダか何かで、ものすごい勢いで反対方向に走ってった……墓地から来たんだ……県道D一四三号線を……」

「車の色は？」

「白だった……」

「何か特徴は？」

「そう……泥だらけだったな……」

「ナンバーは見なかったか？」

「ふん……おまわりじゃねえんだぜ、くそったれ……」

カリムは踵で腹のあたりに一発蹴りを入れた。男はごぼごぼと血を吐きながら身をよじらせた。警部は立ち上がり、ジーンズをはたいた。これ以上、聞き出すことはなさそうだ。背後から、ほかの連中の呻き声が聞こえる。やつらの手は、きっと三度か四度の火傷状態だろう。

「それじゃあ、すまないが、あとでサルザックの警察署へ出頭してくれ。今日のうちにな。宣誓書にサインするんだ。おれに言いつかったと申し出るんだ。歓迎されるぞ」

スキンヘッドの男は息も絶え絶えにうなずくと、倒された野獣のような目でカリムを見上げた。

「何で……何でてめえは……こんなこと？」

「おまえが覚えておくようにさ」とカリムはつぶやいた。「おまわりっていうのは、それだけでやばいんだ。しかもアラブ人のおまわりときた日には、くそやばくて手がつけられないってことをな。もしまたアラブ野郎をぶちのめそうなんて思ってみろ、このくそやばいのがお相手するぜ」カリムは最後にもう一度蹴りを入れた。「たっぷりとな」

カリムは後ずさりし、出しなにグロック21を取り返した。

大急ぎで車を出すと、数キロ先の草地で止めて気持ちが落ち着くのを待った。スキンヘッドの話を思い返してみる。つまり墓荒らしは、夜中の二時前に行なわれたのだ。賊は二人で、おそらく東欧車でやって来た。カリムは時計を見た。報告書をまとめる時間はある。本格的な捜査が始まるだろう。捜査開始を通告し、車の登録証を調べ、D一四三号線沿いの住人に聞き込みをし……

だがカリムの思いは、もう別なところにあった。使命は果たしたのだから、クロジエも好きにやらせてくれるだろう。おれなりのやり方で、捜査を進める。例えば、あの少年の線だ。一九八二年に死んだあの少年の。

11

「……胸部の前面を調べた結果、鋭利な刃物によると思われる長い縦の切り傷が見つかった。また、同じ刃物による裂傷が、肩、腕にも……」

検死医は皺くちゃの作業服を着て、小さな眼鏡をかけていた。名前はマルク・コスト。まだ若く、のんきそうな目をしているが、表情は明敏だった。ひと目見て、ニエマンスは彼が気に入った。捜査官としての熱意に溢れている。経験は浅そうだが、仕事にかける情熱に不足はない。彼はてきぱきとした口調で報告書を読んでいた。

「……上半身、肩、脇腹、腕に火傷多数あり。火傷の跡は約二十五か所、そのうち多くが前記の切り傷と重なっている……」

そこでニエマンスが口を挟んだ。

「つまり、どういうことだ？」

医者は眼鏡ごしにおずおずとニエマンスを見上げた。

「犯人は傷を火で焼いたものと思われます。おそらく傷の上に若干量のガソリンをふりかけ、火をつけたのでしょう。密売されているスプレーか、たぶん清掃用の噴射器を使ったのでは」

ニエマンスは実習室のなかを、再び大股で歩き始めた。彼は《心理学・社会学》棟の二階にあるこの目立たない部屋を捜査本部代わりにし、検死医の報告を聞くことにしたのだ。バルネス隊長とジョワスノー警部も同席し、学生の坐る椅子におとなしく腰かけている。

「続けてくれ」とニエマンスは言った。

「……また数多くの血腫、水腫、骨折も認められた。上半身だけでも十八か所にわたる血腫が確認できる。肋骨四本が砕け、鎖骨二本が粉々になっていた。左手の指三本、右手の指二本が折られている。生殖器部位は度重なる打撃により、紫色に変色していた。

使用された凶器は、おそらく鉄あるいは鉛のバールで、厚さは約七センチメートル。もちろん、あとから死体を運搬し、岩壁にはめ込んだときにできた傷を区別しなければならないが、そのように死後できた傷には水腫の反応が見られず……」

ニエマンスはいっしょに聞いているバルネスとジョワスノーの様子を、ちらりとうかがった。二人とも目をそらしたまま、こめかみを汗で光らせている。

「……体の上部について言えば、顔面に破損はなく、首すじにも目立った皮下溢血斑は見られない……」

警視正がまた尋ねる。

「顔面には手を出さなかったということか？」

「ええ、犯人は顔に触れるのは避けたようです」

コストは報告書に目を落としてまた読み始めたが、ニエマンスはそれをさえぎった。

「ちょっと待った。まだ、長いこと続きそうだな」

医者は神経質そうに目をしばたたかせ、報告書をめくった。

「何ページもありますから……」

「それじゃあ、あとは各自読んでおくことにして、死因を教えてくれ。体に受けた傷によって、被害者は死に至ったのか？」

「いいえ、死因は絞殺です。間違いありません。径が約二ミリの、ワイヤーによるものです。自転車のブレーキ・ケーブルか、ピアノ線か、そんな類だと思います。十五センチにわたり肉に食い込み、声門を砕いて喉頭の筋肉と大動脈を切断し、出血を引き起こしています」

「死亡時刻は？」

「はっきりとは言えません。死体が丸められていたせいで、死後硬直の状況がわかりづらくなっているんです。それに……」

「だいたいの時刻でいいから」

「そうですね……土曜の暗くなる頃、八時から十二時の間くらいでしょう」

「するとカイヨワは、山歩きの帰りに襲われたということか？」

「そうとは限りません。拷問は長時間続いたものと思われます。カイヨワは午前のうちに捕えられ、一日じゅういたぶられたのでしょう」

「犠牲者に抵抗の跡は見られるのか？」

「難しいですね。傷がたくさんありますから。ひとつだけ確かなのは、気を失ってはいなかったということです。縛られていたけれど、拷問が続く間、意識はありました。腕と手首に、紐の跡が残っています。被害者には猿ぐつわを嚙まされた跡が見られないことから、死刑執行人は叫び声を聞かれる心配をしていなかったと思われます」

ニエマンスは窓の縁に腰をおろした。

「その拷問についてはどう思う？　その道のプロがやったものだろうか？」

「その道のプロといいますと？」

「戦争のときに使うような、よく知られた方法があるだろう？」

「わたしは専門家じゃありませんが、そうではないと思いますね。むしろ、何というか……やり方が執拗なんです。頭のイカレた人間が、ともかく相手に口を割らせようとして行なった拷問ですね」

「どうしてそう言えるんだ？」

「犯人はカイヨワに白状させようとし、そしてカイヨワは白状しました」

「何でそうだとわかる？」

コストはうやうやしく一礼した。部屋は暑いのに、パーカを着たままだ。

「快楽が目的でレミー・カイヨワを嬲《なぶ》りものにしたのだったら、拷問は行き着くところまで行っていたはずです。けれど先ほども言ったとおり、犯人は結局別な方法で殺しています。ワイヤーを使って」

「性的な暴行を加えた跡はないのか？」

「ええ、その種の形跡は皆無です。犯人の目的は、まったく別なところにありました」

ニエマンスは立ち上がり、また数歩部屋を横切った。こんな所業のできる怪物は、いったいどんなやつなんだろう？　ニエマンスは凶行の場面を思い描こうとしたが、顔も人影も浮かんでこなかった。そこで今度は、殺された男のことを考えてみた。死の苦しみと闘いながら、男は何を目にしたのだろう？　獰猛な攻撃。目の前を染める茶、赤、黄土色。雨のように降り注ぐ、耐えがたい殴打《おうだ》、炎、そして血。最後にカイヨワは、どんなことを思ったろう？

「目のことを話してくれ」とニエマンスは言葉をひとつひとつ区切りながら言った。

「目ですって？」

そう尋ねたのはバルネスだった。驚きで声がうわずっている。ニエマンスは説明してやることにした。

「そう、目のことで、さっき病院で気づいたんだ。犯人は被害者の眼球を抜き取り、そのあとに水を入れておいたらしい……」

「そのとおりです」とコストが言った。

「一から話してやれ」とニエマンスが命じる。

コストはノートに目を落とした。

「犯人の手は瞼の下にも及んでいました。刃物を差し込んで動眼筋と視神経を切除し、眼球を抜き取っています。それから眼窩《がんか》の内部を丹念にこそいで、なかを空っぽにしています」

「そのとき、被害者はもう死んでいたのか？」

「わかりません。でもその部位に出血の跡が見られましたから、まだ生きていたのではないでしょうか」

コストが言葉を切ると、あたりに沈黙が続いた。バルネスは真っ青な顔をし、ジョワスノーは恐怖に凍りついている。

「それから？」とニエマンスが尋ねる。じわじわとのしかかってくる重苦しさを、ふり払おうとするかのように。

「被害者が死んでから、眼窩に水を入れました。おそらく川の水でしょう。そのあと、そっと瞼を閉じさせたのです。だから閉じた目が膨らんでいて、破損されているようには見えなかったわけです」

「切除したと言ったが、犯人には外科手術の心得があったのだろうか？」

「なかったでしょうね。あったとしても、曖昧な知識です。ただ拷問と同様、ともかく執拗にやってます」

「どんな道具を使ったんだ？　体を切り裂いたのと同じものか？」

「断言はできませんが、同じ類であることだけは確かです」

「同じ類というと？」

「工具です。カッターとか」

ニエマンスは医者の前に立った。

「言うべきことはそれだけか？　何の手がかりもないというわけか？　今の報告からじゃ、捜査方針が立たないぞ」

「残念ながら、これだけです。死体は岩壁に押し込む前に、すっかり洗ってあります。犯行現場を割り出せるようなものは、何も残っていません。もちろん、犯人の正体を示すようなものもです。少なくとも犯人は、屈強で器用な人間でしょうけれど。まあ、それだけですね」

「手がかりはないと同じだな」とニエマンスは不満そうに言った。

コストはちょっと間を置き、報告書を見直して言った。

「言わなかったことがひとつありまして……事件そのものとは関係ないと思いますが」

警視正は身を起こした。

「何だ？」

「レミー・カイヨワには指紋がありませんでした」

「どういうことだ？」

「彼の手はものすごく荒れていて、指に指紋の筋がまったくなくなっているんです。たぶん事故で火傷でもしたのでしょう。だとしても、ずっと以前の事故ですね」

ニエマンスはバルネスに目で尋ねたが、相手はわからないと言うように眉をひそめた。

「あとで確かめてみよう」とニエマンスはつぶやいた。

それからパーカに触れそうなくらい医者に近寄った。

「この殺人事件をどう思う？ 個人的な感想でいい。こんな拷問の跡を見て、医者としての直感でいい、聞かせてくれ」

コストは眼鏡をはずし瞼をこすった。再び眼鏡をかけると、前よりも目つきがしゃんとしたようだった。それに声までしっかりしている。

「犯人は何かの儀式を行なったのでしょう。儀式の仕上げが、岩の窪みに胎児の格好で死体を押し込むことだったのです。思うに、犯行の一部始終はとても周到に計画されていますね。眼球の切除も、儀式に不可欠だった。それに水も。犯人は眼窩を水ですすぎ、清めようとしたかのようです。現在、この水を分析中ですが、もしかしたら手がかりになるようなものが含まれているかも……何かの化学物質とか」

ニエマンスは、この最後の言葉を払いのけるような身振りをした。コストは清めの儀式だと言った。彼もあの川べりに行ったときから、浄化の意味が関わっているような気がしていた。その点で、二人の考えは一致している。犯人は川の上で穢れをそそぎ――自らの罪を清めようとしたのだろうか？

何分間かが過ぎた。誰も動こうとしない。ようやくニエマンスが、部屋のドアを開けながらつぶやいた。

「さあ、仕事に戻ろう。時間がない。拷問でレミー・カイヨワに何をしゃべらせたか知らないが、それが第二、第三の殺人を引き起こさないとも限らない」

## 12

ニエマンスとジョワスノーはもう一度図書館へ行ってみた。なかに入る前に、彼はジョワスノーにちらりと目をやった。表情が歪んでいる。ニエマンスはスポーツ選手のように息を弾ませながら、彼の背中を叩いた。若者は気弱そうに微笑んだ。

二人は本でいっぱいの大きな部屋に入っていった。驚くべき光景が彼らを待っていた。不安そうな顔をした司法警察官二人と、ワイシャツ姿の警官の一群が書架を包囲し、大捜査の真っ最中だった。何百冊という本が、山積みになって並んでいる。ジョワスノーはあっけにとられて尋ねた。

「何の騒ぎだ、これは？」

司法警察官のひとりが答えた。

「何って、言われたとおりにしているだけで……悪や宗教儀式を扱った本を全部調べるようにと……」

ジョワスノーはニエマンスを見た。捜査の心もとない進み具合に、すっかり意気消沈している様子だった。彼は司法警察官に向かって声を荒らげた。

「まずコンピュータを調べろと言っただろ！　本棚の本を捜すのではなく！」

「コンピュータにあたってみましたよ。題名と主題で。それで今度は実物に目を通し、手がかりを捜しているんです。事件との共通点はないかとか……」

ニエマンスは口を挟んだ。

「寮生にアドバイスを頼んだのか？」

すると警察官はいまいましげな顔をした。

「みんな哲学に造詣が深くて、議論をふっかけてくるんですよ。ひとりの学生はこうです。悪の概念はブルジョワ的な価値観で、社会的な観点、とりわけマルクス主義的な観点から見なおす必要があるって。その学生にはお引き取り願いました。別な学生は、境界と侵犯が問題だと主張して。けれども境界とは我々の内にあり、絶えず意識が上位的検閲と折衝をして……なんて言うのですが、結局さっぱり理解できませんでした。三人目は、絶対と不可能の探究についてまくしたててました……神秘体験は、希求される限り善のなかにも悪のなかにも実現されるものであると。そんな具合で……どう……どうしたものか扱いかねて……」

ニエマンスは大笑いした。

「そらみろ」と彼はジョワスノーに小声で言った。「インテリなんてあてにならんもんさ」

それから、あっけにとられている警察官に向けて続けた。

「とりあえず捜査を続けてくれ。キーワードは《悪》《暴力》《拷問》《儀式》、それに《水》《目》《浄化》もだ。コンピュータで調べてみろ。それに関連した本を読んでいる学生、そうしたテーマを、例えば博士論文で研究している学生を捜すんだ。中央コンピュータを操作した者は?」

「わたしです、警視正」と小柄でがっちりした体格の警官が答えた。肩の盛り上がりが、上着の上からもよくわかる。

「カイヨワのファイルには、ほかに何か入っていたか?」

「破損した本、購入希望のあった本などのリストです。それに本を閲覧に来た学生と、席のリストも」

「席というと?」

「ええ、学生に席を指定するのも仕事だったんです」そう言って警官はガラス板で区切った読書机を顔で示した。「……あの小さなボックスの。カイヨワは、席を皆プログラムに記憶させてありました」

「彼の博士論文に関して、何か見つかったのか?」

「ええ、千ページにも及ぶ古代世界についての資料が。それに……」警官はなぐり書きしたメモ用紙を見た。「オリンピックに関する資料もです。初期のオリンピック競技と、それにまつわる様々な儀式について書いた……まあ、言ってみれば金持ちの道楽ですね」

「それをプリント・アウトして、読んでみろ」

「何ですって？」

「もちろん、斜め読みでかまわんさ」

ニエマンスは皮肉っぽい口調でつけ加えた。

相手はあわてている様子だった。警視正はすぐにあとを続けて言った。

「ほかには何もコンピュータに入っていなかったか？　ビデオの画像、メールの記録は？」

司法警察官は首を横にふった。でも、驚くにはあたらない。カイヨワは書物のなかだけに生きていた男だと、ニエマンスはうすうす感じていた。厳格な司書たる彼が、職務のほかに楽しみとしていたのは、博士論文の執筆だけだったのだろう。そんな禁欲的な男の口から、いったい何を訊き出そうとしたのか？

ニエマンスはジョワスノーに向かって言った。

「こっちへ来い。きみの捜査状況を聞かせてくれ」

二人は皆から離れ、ところ狭しと本が散らばった通路の隅に寄った。通路の奥では制帽をかぶった警官がひとり、本を調べている。こんな場面を前にして、ニエマンスは真面目な表情を取り繕うのに苦労した。ジョワスノー警部は手帳を開いて報告し始めた。

「何人もの寮生や、図書館の同僚二人に尋問したのですが、レミーはあまり好かれていなかったようですね。まあ、尊敬はされていましたが」

「何か恨まれるようなことでも？」

「それは特にありません。どうも彼といると、みんな気詰まりになるらしいんです。人と打ちとけない、秘密めいたところのある男なんですね。ともかく、他人とコミュニケーションをとろうという努力をまったくしないんです。まあ、ある意味では、図書館の仕事向きとも言えますが」ジョワスノーは身をすくめて、あたりを見まわした。「考えても見てください……この図書館で、一日じゅう黙ったまま……」

「父親のことは聞いたか？」

「父親も司書だったことを知ってたんですか？　ええ、聞きましたよ。父親も同じようなタイプだったようですね。無口で、何を考えているのかわからないような。こんな教会の告解室のような雰囲気のところにいると、気が変になってくるんでしょう」

ニエマンスは本にもたれかかった。

「父親も山で死んだ話は聞いたか？」

「もちろんですよ。でも、怪しい点はまったくありません。雪崩《なだれ》に見舞われ、それで……」

「わかってる。カイヨワは、本当に誰にも恨まれていなかったのだろうか？　父親も息子も」

「被害者の仕事は書庫に本を捜しにいき、貸出しカードを記入し、机の番号を学生に指示するだけなんですよ。復讐をされるような、どんな恨みを買うっていうんです？　汚い本を借りた学生の恨みですか？」

「まあいいだろう。それじゃあ、クライミングに関しては？」

「カイヨワはクライミングにも山歩きにも熟練していました。彼が山に出かけるのを見かけた証人によれば、先週の土曜は二千メートル級の山歩きだったようです。いわゆるハードなクライミングではなく」

「同行者は?」

「いいえ。奥さんもいっしょに登ることはありませんでした。孤独な男ですから。自閉的といってもいいくらいで」

ニエマンスも自分の得た情報を話すことにした。

「おれはもう一度川べりに行ってみた。岩にハーケンの跡が見つかったよ。犯人は死体を持ち上げるのに、ロッククライミングの技術を使ったんだ」

ジョワスノーの顔が引きつった。

「なんてこった。わたしも登ってみたのに……」

「跡は割れ目の内部にあったからな。犯人はそこに滑車をつけて自分が飛び下り、反動で死体を持ち上げたわけさ」

「くそっ、思いつかなかった」

ジョワスノーの表情には、悔しさと尊敬が相半ばしていた。ニエマンスは微笑んだ。

「いや、何、おれの手柄じゃないんだ。証人が教えてくれたのさ。ファニー・フェレイラだ。正真正銘のプロだな、あれは」ニエマンスはウィンクした。「しかも、なかなかいい女ときてる……ともかく、こっちの線をもう少しあたってくれ。腕のいいクライマーや、そうした道具を入手できる者を網羅したリストを作るんだ」

「でも、何千人といますよ」

「同僚に頼め。あるいは、バルネスにでも。もしかしてということもある。こういう捜査から、やがて真実が見えてくるものなんだ。それから、目のことも調べてくれ」

「目のこと？」

「検死医の報告を聞いたろ？　この器官を、犯人はとりわけ丹念に取り去っている。それが何を意味するのか、おれにはさっぱりわからないが、フェティシズムの一種か、あるいは浄化願望かもしれない。被害者が見た何かの場面を、その目が犯人に思い出させるのか。それとも犯人が強迫観念を抱いてきた、視線というものの重みか。まあ、そんなわけのわからん心理学的なご託は、おれの趣味じゃないがな。でも町をまわって、目に関係するようなことを集めてほしい」

「例えばどんな？」

「例えばこの大学や町で、目に関連する事故がなかったか。またここ数年ぶんの憲兵隊の調書や、地方紙の三面記事を調べるんだ。怪我人が出たような乱闘事件。あるいは動物の目をくり抜く事件。何でもいいから捜すんだ。このあたりで失明が問題になったり、目に関する病気が流行ったりしなかったかも確かめてくれ」

「でも警視正は本気でそんなこと期待して……」

「何も期待はしてない」とニエマンスは溜息をついた。「ともかくやるだけやるんだ」

通路の端から制服姿の警官が、相変わらず横目でちらちらとこちらをうかがっている。それからようやく本を置くと、姿を消した。ニエマンスは小声で続けた。

「ここ数週間、カイヨワが毎日何時に何をしていたのかも正確に知りたい。誰と会い、誰と話したか。電話の交信相手もだ。自宅から、大学から、両方ともに。受け取った手紙のリストも。おそらくカイヨワは、犯人と知り合いだったのだ。山の上で会う約束だったのだろう」

「奥さんは、何も教えてくれなかったのですか？」

ニエマンスが答えないので、ジョワスノーは言葉を続けた。

「あんまり気さくな人ではなさそうですね」

ジョワスノーは手帳をしまった。顔色が戻っていた。

「こんなこと言っていいのかわかりませんが……無残に切り裂かれた死体……あんなことをした殺人鬼が、あたりをうろつきまわっているっていうのに……」

「だから何だ？」

「何でもありません。どうやらあなたのやり方がわかってきましたよ」

ニエマンスは書架から本を一冊抜き出した。『イゼール地方の地勢と起状』と題されたその本を、彼はジョワスノー警部の手に放り投げて言った。

「だったら、せいぜい犯人のこともわかるように祈るんだな」

# 13

「側面から見た被害者。体を丸く折り曲げ、紐のようにねじれた筋肉が、皮膚の下から浮かび上がっている。黒ずんだ傷痕、紫がかった傷痕が、青白い皮膚のあちこちに見られる」

ニエマンスは仕事部屋に戻ると、レミー・カイヨワの死体を撮ったポラロイド写真をじっくりと検分した。

「正面から見た顔。半開きになった瞼の下に、黒い眼窩」

ニエマンスはコートも脱がずにじっと考えていた。被害者の苦悶と、この穏やかな地方を襲った凄惨な暴力のことを。無意識のうちに、彼は最悪の事態を予想していた。次にまた、新たな殺人が起きるかもしれない。あるいは犯人が捕まらないまま、この事件は時とともに風化してしまうかもしれない。恐怖は記憶を呼び覚ますより、忘却を助けるものだから。

「被害者の両手。上から撮ったものと、下から撮ったもの。指を少し広げた、華奢《きやしや》できれいな手。指には指紋がまったく見られない。手首にはざらざらとして黒っぽい金属屑が付着」

ニエマンスは坐っている椅子ごと体を後ろにそらし、壁に背をもたせかけた。両手をうなじのところで組み、自分が前に言った言葉を思い返してみる。「捜査の要素は、そのひとつひとつが鏡のようなものだ。犯人はどこかの死角に隠れている」カイヨワは偶然に襲われたのではない。ニエマンスにはどうしてもそう思えてならなかった。カイヨワの死には、何か過去の経緯が絡んでいるに違いない。彼が知っていた人物、彼が犯した行為、彼が摑んだ秘密が。

でも、どんな？

カイヨワは幼い頃からずっと、大学図書館で暮らしてきたようなものだ。そして週末には、谷を見おろす山にたったひとりでこもっていた。そんな彼が殺されねばならないようなこととは、いったい何だったのだろう？　彼は何をし、何を見つけたのか？

被害者の過去を、ちょっとばかり洗ってみなければ。ソフィー・カイヨワを尋問したとき、気になったことがあった。直感が働いたのか、あるいは個人的な強迫観念のせいかもしれない。ともかくニエマンスは、まずその点を確かめてみることにした。

何本か電話をかけた末、ようやくリヨン近辺の第十四歩兵連隊と連絡が取れた。イゼール地方で徴兵された者は、そこで検査を受けることになっている。ニエマンスが身分を名乗って、問い合わせの理由を述べると、記録課の係員が電話口に出た。九〇年代に徴兵免除となったレミー・カイヨワの記録を調べるよう、ニエマンスは係員に言った。

カチャカチャとキーボードを叩く音、部屋を歩く足音がかすかに聞こえ、それからページを繰る音がした。

「最後のところだけでいい。記録を読み上げてくれ」とニエマンスは言った。

「でも、まだこっちは……あなたが本当に警視正だっていうことは、誰に確かめたらいいんです？」

ニエマンスは溜息をついた。

「ゲルノンの憲兵隊に電話してみろ。バルネス隊長に訊いてくれ。そうすれば……」

「わかりました。まあ、いいでしょう。それじゃあ、読みますよ」そう言って係員はページをめくった。「細かい点はとばして、検査の結果だけでいいですね。お問い合わせの人物はP4兵役免除になっています。理由は《重度の分裂病》。担当の精神科医は欄外に《要治療》と補記して、注意を促しています。それから《ゲルノンの大学付属医療センターと連絡を取ること》とも書いてあります。どうやらお問い合わせの男は、かなりイカレていたようですね。だって普通は……」

「担当医の名前はわかるか？」

「ええ、もちろん。イヴァンス軍医です」

「まだそちらの部隊に？」

「上の階におります」

「かわってくれ」

「でも……わかりました。ちょっとお待ちください」

電子音のファンファーレが受話器から流れ、それから〈音のキーに合わせたような、重々しい声が響いた。ニエマンスは自己紹介し、もう一度事情を説明した。ドクター・イヴァンスは疑り深そうに話を聞いていたが、ようやくこう尋ねた。

「その召集兵の名は？」

「レミー・カイヨワ。今から五年前、先生がＰ４兵役免除にしました。理由は重度の分裂病。どうです、もし覚えていらっしゃるなら、ひとつ先生のご意見を聞かせてくれませんか？　彼は狂気を装っていたのかどうか」

「そういう記録については口外できませんね」と相手の声が言い返す。

「岩壁にはめ込まれたカイヨワの死体が見つかったんです。喉を切り裂かれ、眼球をえぐられてね。全身に拷問の跡があります。わたしはベルナール・テルパンテス予審判事にパリから呼び出され、この殺人事件を捜査しているんです。判事がそちらに出向いてもいいんですが、時間を無駄にしたくないので。だから、もし覚えておられるなら……」

「覚えてますよ」とイヴァンスはさえぎった。「彼は病人です。心神喪失状態でした。間違いありません」

ニエマンスもうすうす予期していたが、それでもこの答に少しびっくりした。

「ふりをしていたんじゃないのですね？」

「ええ、仮病を使う輩《やから》なら年じゅう見てます。正常な人間は、本当の狂人よりずっと想像力旺盛でしてね。ともかく口からでまかせを言って、とんでもない妄想をでっちあげるんです。だから本当の病人は、すぐに見分けられます。狂気にがんじがらめにされ、蝕《むしば》まれていますから。精神錯乱のなかにも、それなりの論理があるんです……合理的な論理が。レミー・カイヨワは病人です。典型的な症例といってもいい」

「どんな狂気の兆候が見られましたか？」

「矛盾する思考。外界との接触喪失。無言状態。まったく教科書どおりの症状ですな、分裂病の」

「でも先生、彼はゲルノンの大学図書館で司書をしていたんですよ。毎日、何百人もの学生と触れていたんです。なのに……」

医者はふんと鼻を鳴らした。

「狂気が表面化するのは一時《いっとき》なんですよ、警視正。たいていはうまく周囲の目を逃れ、無害なふうを装っています。むしろあなたのほうが、よくご存じでしょう」

「でも、カイヨワの狂気は一目瞭然だったとおっしゃったじゃないですか」

「わたしは専門家ですからね。それにカイヨワは、徴兵検査のあとから、自制する術《すべ》を身につけたのでしょう」

「どうしてわざわざ《要治療》と書き込んだのですか？」

「治療を受けるようにと本人に言いましたから。それだけです」

「先生のほうから、ゲルノンの大学付属医療センターに連絡は取らなかったのですか？」

「はっきり言って、よく覚えていませんね。興味深い症例でしたが、病院には知らせなかったと思います。もし患者が……」

「《興味深い》とおっしゃいましたか？」

　医者はひと息ついてから答えた。

「あの男は外界から仕切られた、非常に厳格な世界に生きていました。そこで彼の人格は多重化していったんです。おそらく周囲の目には、ある程度順応しているように振舞っていたことでしょう。でも彼は、文字どおり秩序と厳密性に取り憑かれていました。感覚のひとつひとつが、具体的な形象に凝《こ》り固まっている。実に変わったパーソナリティーです。たったひとりで、軍隊を作っているようなものでしたね。だから精神科医としては……興味をそそられる症例なんです」

「危険人物でしたか？」

「間違いなく」

「それなのに入院はさせなかった？」

　しばらく沈黙があってから、医者は答えた。

「まあ、放置したからといって……」

「先生」とニエマンスは声を落として続けた。「あの男は結婚したんですよ」

「だったら……奥さんには気の毒だが」

　警察官は電話を切った。今の話で事件は新たな展開を見せ、混乱はさらに深まった。

　もう一度行ってみなければ、とニエマンスは思った。

「あなたは嘘をついてましたね！」

ソフィー・カイヨワがドアを閉めようとするよりも早く、彼はすき間に肘を差し込んだ。

「ご主人が病気だったことを、どうして話してくれなかったんです？」

「病気ですって？」

「分裂病ですよ。専門医によれば、入院させるべきだったそうじゃないですか」

「汚い真似を」

ソフィーは口をへの字に曲げたまま、ドアを閉めようと力を込めたが、ニエマンスはなんなく持ちこたえた。ボリュームのないストレート・ヘヤーにざっくりとした編み目のセーターを引っかけたこの女が、ニエマンスにはとても美しく思えた。

「まだわからないんですか？　我々は殺人者を捜し、動機を追っている。おそらくレミー・カイヨワは、あんなに酷《むご》たらしく殺されるようなことを何かやったんだ。彼自身も覚えていないようなことかもしれない。だからお願いだ……あなただけが頼りなんです！」

ソフィー・カイヨワは目を大きく見開いた。その美しい顔は神経質そうに歪んだまま、まるで細かな網にからめとられているかのようだった。見事な曲線を描く眉が、はっとするほど悲しげな表情に凍りついている。

「そんな、どうかしてるわ」

「彼の過去を知らねばならないんだ」

「どうかしてるわよ」

女は震えていた。ニエマンスは思わず目を伏せ、セーターの編み目から浮き上がる女の鎖骨をじっと見つめた。毛糸のすき間から、ブラジャーのよれたストラップが透けて見える。ニエマンスは衝動的に女の手を掴み、袖をまくりあげた。青痣《あざ》がいくつも筋目になって、前腕についている。ニエマンスは声を荒らげた。

「レミーに殴られていたのか」

彼は黒ずんだ痕跡から目をそむけ、ソフィー・カイヨワの目を覗き込んだ。

「殴られていたんだな！　あなたの夫は病気だ。サディストだったんだ。そうとも。何かやったに違いない。あなたもうすうす感づいていた。あなたは知っていることの十分の一も話していない！」

女はニエマンスの顔に唾を吐きかけた。ニエマンスはよろけて後退した。

そのすきにソフィーはドアを閉めた。ニエマンスがもう一度ドアに飛びかかったときにはもう、かちゃかちゃと鍵をかける音がしていた。ほかの寮生たちがドアを細めに開け、不安げにこちらを覗いている。警視正は踵で思いきりドア枠を蹴ると、大声で言った。

「また来ます！」

無言の答が返ってくる。

ニエマンスは最後にもう一度ドアを叩いた。鈍い反響音がこだまするなか、彼はしばらくそこにたたずんでいた。

すすり泣き混じりの声が、ドアの向こうから聞こえてくる。まるで陰気な地下納骨堂からでも響いてくるように。

「どうかしてるわ……」

## 14

「彼女を尾行する私服警官が欲しい。グルノーブルからほかの司法警察官を呼んでくれ」

「尾行って、ソフィー・カイヨワをですか？　でも……どうして？」

ニエマンスはバルネスをじっと見つめた。場所はゲルノンの憲兵隊本部。バルネス隊長は制服のセーターを着ている。マリンブルーに白い縞の入ったセーター姿は、水兵のようだった。

「あの女は何か隠している」とニエマンスは説明した。

「まさか、彼女が犯人だと……」

「そうじゃないが、知っていることを話そうとしないんだ」

バルネスは曖昧にうなずき、ニエマンスに分厚いファイルを手渡した。なかにはファックスや、カーボン紙の挟まった書類の束が詰め込まれている。

「捜査結果の第一弾です。今のところ、めぼしいものは何も」と隊長は言った。

ニエマンスはまわりにひしめいている憲兵たちの騒音など気にかけず、さっそく書類に目を走らせながらゆっくりと隣のオフィスへ向かった。バルネスとヴェルモンの捜査報告を読んでみたが、多数の報告、証言のなかに役立ちそうな情報はなかった。捜査員を配置し、聞き込み、情報収集、周辺の調査を行なったものの……収穫は何もない。ニエマンスはぶつぶつとこぼしながら、ガラスの仕切り壁に囲まれたオフィスに入った。こんな小さな町で、こんなに人目を引くような事件が起こったというのに、まだ何の手がかりや証拠も得られずにいるなんて、どうにも納得がいかなかった。

彼はスチール机の下から椅子を引っぱり出すと、もう一度丹念に読み始めた。

流しの線はまったくの見当違いだった。刑務所、警察署、裁判所に依頼した調査は、どれも行き詰まってしまった。ここ四十八時間のうちに起こった自動車の盗難も、事件に結びつくようなものは何もない。最近二十数年間の殺人事件、三面記事事件を調べても、得るところはなかった。こんなに残忍で奇妙な事件は、皆が覚えている限り例がなかったし、多少なりとも類似した犯罪も皆無だった。この町で二十年間に作成された調書はと言えば、山岳事故の救助やささいな盗難、事故や火事ぐらい……

ニエマンスは次のファイルを調べた。ファックスでホテルに端から問い合わせたが、有益な情報はまったく寄せられなかった。

ニエマンスはヴェルモンの報告書に移った。部下の憲兵隊員たちは川の周辺地域の捜査を続けていた。訪れた山小屋は今のところ五つだけ。けれどもこの地方の地図に示されている山小屋は十七ある。そのうちのいくつかは、標高三千メートル以上の山岳地域に建っている。そんな高いところで殺人を犯すことに、何か意味があるのだろうか？　ヴェルモンの部下は、あたりの農民たちにも聞き込みをしていた。すでにタイプされたその結果報告は、憲兵隊でよく使われる隠語で書かれていた。ニエマンスはページをめくりながらにやりとした。綴りの間違いや言いまわしは警察と同じようだが、なかには軍隊臭がぷんぷんする表現もある。またガソリンスタンド、駅、長距離バス停留所にも行ってみたが、特筆すべき成果はなかった。けれども、町や村では、どうしてこんなに憲兵隊がうろついているのかと噂になり始めていた。

ニエマンスはファイルを机に置いた。ガラスの仕切り壁ごしに、帰ってきたばかりのパトロール隊が見える。みんな頬を真っ赤にし、寒さで目がうるんでいた。ニエマンスが身振りで様子を尋ねると、ヴェルモン隊長はきっぱりと首を横にふった。成果なし。

警視正はなおもしばらく制服姿の隊員たちを見つめていたが、心はすでにほかに向かっていた。二人の女のことを考えてみる。ひとりは固い樹皮に覆われているように強固で、暗くすんでいる。だがその下には、すべすべとした浅黒い肌としなやかな筋肉があるにちがいない。そして樹脂と踏みしめた草の匂いが。もうひとりはか細くてとげとげしく、不安と、恐れの混じった敵意を発散している。けれども、それがまたニエマンスの心をそそるのだった。あの骨ばった顔、あんなに美しく悩ましげな顔の下に、いったい何を隠しているのだろう？　夫に殴られていたのは確かなのだろうか？　夫の秘密とは何なのだろう？　眼球をえぐり出され、全身に苦悶の跡を残した夫の遺体を目のあたりにして、彼女の悲しみはいかばかりだったろう？

ニエマンスは立ち上がり、窓のほうをふり返った。山々の上にたなびく雲の合間から、幾筋もの陽光が射し込んでいる。それは荒れ模様の暗い空をえぐる、長い傷痕のようだった。下に広がるゲルノンの町には、同じような形をした灰色の家々が並んでいる。多角形の屋根は、雪が高く積もるのを防ぐための工夫だ。暗く小さな正方形の窓は、薄明かりに沈む絵のようだった。町を横切る川は、憲兵隊本部の脇に沿って流れていた。

二人の女の幻が、またもやニエマンスの脳裏に浮かび上がってくる。事件に乗り出すたび、いつもこんな興奮に苛《さいな》まれた。捜査の緊張感が欲望を掻きたて、まるで熱に浮かされたように女が欲しくなるのだ。そんな気になるのは、犯罪捜査の緊迫した状況のときだけだった。相手は証人、容疑者、娼婦、ウェイトレス……

黒髪の女、あるいは金髪？

そのとき携帯電話が鳴った。アントワーヌ・ライムス警視長からだった。

「今、市立病院から戻ったところだが」

そういえば、午前中いっぱいパリに一本の電話も入れていなかった。忘れていたパルク・デ・プランスの一件が、一気によみがえってくる。警視長は言葉を続けた。

「医者は顔面の整形に、五回目の皮膚移植手術をしているよ。おかげでやつの太腿には、もう皮膚なんてないも同然だ。それだけじゃない。頭蓋に三か所、外因性の傷害がある。片目は潰れていて、顔面が七か所にわたり骨折している。いいか、ニエマンス、七か所だぞ。下顎は砕かれ、咽頭の組織に食い込んでいる。粉々になった骨片が、声帯を引きちぎっている。男は今のところ昏睡状態だが、いずれにせよもう二度としゃべれんだろうな。医者の話では、交通事故だってこんな酷い損傷は被《こうむ》らないそうだ。いったい医者にどう説明すればいいんだ？　それにイギリス大使館やマスコミ連中にも。まあ、おまえさんとは古いつき合いだし、友人だと思っているがな、その荒っぽさは尋常じゃないぞ」

ニエマンスの手は時折小さく震えた。

「あいつは殺人犯だったんだ」とニエマンスは言い返した。

「そんなこと言って、自分はどうなんだ？」

警視正は黙ったまま、汗に光る受話器を左手に持ち替えた。ライムスが続ける。

「そっちの捜査は進んでるのか？」

「遅々とね。手がかりはないし、目撃者もいない。予想以上にやっかいなヤマらしい」

「だからそう言ったじゃないか！　おまえさんがゲルノンにいることを嗅ぎつけたら、マスコミが殺到するぞ。野良犬にたかるダニみたいにな。そんなところにおまえさんを送り込むなんて、とんでもない考えだったよ！」

ライムスは乱暴に電話を切った。ニエマンスはじっと前を見たまま、しばらく身動きしなかった。口のなかがからからに乾いている。目をくらます閃光のように、昨晩の暴力場面がよみがえってくる。神経がぶち切れ、激昂に呑まれるがままに殺人犯を殴りつけていた。その瞬間、両手のなかにあるものを破壊しようとする以外、何も考えられずに。

ニエマンスはずっと残忍で野蛮な暴力の世界に生きてきた。危険が迫るのも怖いと思ったことはない。それどころかわざと危険を追い求めては、うまく対峙し抑え込み、更なる危険をと求めてきた。ところが、自らを抑える力がもうなくなってきているのだ。暴力がニエマンスの内部に根をおろし、彼を覆い尽くしてしまった。彼自身は今ではもう無力と衰退そのものにすぎない。自らの内にある恐れを克服することもできなかった。頭の片隅で、相変わらず犬の遠吠えがする。

ニエマンスはびくっとして飛び上がった。また携帯電話が鳴っている。検死医のマルク・コストからだった。コストの意気揚々とした声が言った。

「お知らせすることがあります。手がかりが見つかりました。しかも確実な。瞼の下に入っていた水の件ですが、分析結果が出たところなんです」

「それで？」

「あれは川の水ではありませんでした。信じ難いことですが、そうなんです。グルノーブルの鑑識課にいる化学の専門家と調べたんです。パトリック・アスティエといって、とても優秀な男です。彼が言うには、眼窩の水に含まれていた汚染物質は、川の水とは同じじゃない、まったく違っていたんです」

「詳しく話してくれ」

「眼窩の水には$H_2SO_4$と$HNO_3$が含まれていました。つまり硫酸と硝酸です。ペーハーは3、ということはかなり高い酸性度です。酢と同じくらいですね。この数字から貴重な情報が得られます」

「よくわからないが、どういうことなんだ？」

「専門的な話は抜きにしますが、硫酸と硝酸は$SO_2$と$NO_2$、つまり二酸化硫黄と二酸化窒素からできるんです。アスティエによれば、こうした二酸化物の混合を作り出す工業施設はたったひとつしかない、褐炭を燃焼する火力発電所だけだというんです。とても旧式の発電所ですよね。だから被害者はそうした発電所の近くで殺されたか、そこから運ばれてきたのだろうと、アスティエは結論づけています。このあたりで褐炭の火力発電所を探せば、犯行の場所があぶり出せるというわけです」

ニエマンスはじっと空を見つめた。どんよりとした雲が陽光を受け、鱗《うろこ》のように輝いている。まるで巨大な金色の鮭だ。

「水の成分を、バルネスのファックスに送ってくれ」とニエマンスは命じた。

彼がオフィスのドアを開けると、ちょうどエリック・ジョワスノーが入ってくるところだった。

「捜しましたよ。重要な情報が見つかりました」

犯罪捜査にはリズムがあるものなのだろうか？　二人の警官は部屋に入り、ドアを閉めた。ジョワスノーがせかせかとメモをめくる。

「セット＝ローの近くに、子供の眼病治療研究所があるのがわかりました。そこに収容されている子供の多くが、ゲルノン出身らしいのです。病気の種類は色々なんですが。白内障、網膜炎、色盲。でもゲルノンの眼病患者数は、平均よりかなり多いんです」

「続けてくれ。病気の原因は何なんだ？」

ジョワスノーは両手をお碗の形に合わせた。

「この谷、つまり谷の孤立性です。眼病は遺伝的なものなのだと、医者は説明してくれました。血縁のなかで、代々受け継がれていくものだと。孤立した地域に多く見られるらしいのです。一種の伝染、ただし、血縁を通したものなんです」

ジョワスノー警部はメモ帳のページを破った。

「これが住所です。所長のドクター・シャンプラーズは、この問題を専門に研究していますから、おそらく……」

ニエマンスはジョワスノーを指さした。

ジョワスノーの顔がぱっと輝いた。

「わたしに任せてくれるんですか？」

「任せるから、急いであたってみてくれ」

ジョワスノーは踵を返したが、思いなおしたように眉をひそめて立ち止まった。

「すみません……でも、どうしてご自分でその医者に尋問なさらないんですか？　なかなか興味深い手がかりだと思いますが。そちらでも、もっと有力な手がかりが見つかったんですか？　わたしはこの地方の出身だから、尋問にも適していると？　よくわからないな」

ニエマンスはドア枠に肘をつきながら言った。

「ほかに追っている線があるのも事実だが、ついでにちょっとばかり教えてやろう。いいか、ジョワスノー、実は捜査そのものとは別の理由があるんだ」

「どんな理由です？」

「まあ、個人的な理由だな。おれがそこに自分で行かないのは、嫌いなものがあるからなんだ」

「嫌いって、何が？　盲人がですか？」

「いいや、犬だよ」

ジョワスノーの顔に疑り深そうな表情が浮かんだ。

「どういうことですか？」

「考えてみろ。盲人のいるところ、犬ありきだ」ニエマンスは体を後ろにそっくり返らせ、犬に引かれるジェスチャーをした。「わかったろ、盲導犬だよ。だから、そんなところに足を踏み入れるなんて、とんでもない」

ニエマンスはあっけにとられているジョワスノーを残して、さっさと立ち去った。

そしてバルネス隊長のオフィスをノックすると、そのままドアを押し開けた。なかでは巨漢の隊長が、ファックスの山を整理しているところだった。ホテル、レストラン、自動車修理工場からの回答が、まだぞくぞくと寄せられている。在庫品を種わけしている食料品店主という趣《おもむき》だ。

「ああ、警視正でしたか」そう言ってバルネスは眉を吊り上げた。「今、これが届いたんですが……」

「わかってる」

ニエマンスはコストからのファックスを受け取り、すばやく目を通した。数字やら、ややこしい名前やらがずらりと並んでいる。眼窩に入っていた水の化学成分だ。

「隊長、このあたりに火力発電所はあるか？　褐炭を燃やしている発電所だが」

バルネスはちょっと考え込むように口をとがらせた。

「いいえ、聞いたことありませんね。たぶん、もっと西に行けば……グルノーブルのあたりなら、工業地帯が広がってますから……」

「どこに問い合わせればいいかな？」

「イゼール地方の工業組合がありますが……でも、ちょっと待ってください。もっといい考えがある。火力発電所なら、目一杯大気汚染をしてますよね？」

ニエマンスはにやりとして、数字をちりばめたファックスをかざした。

「高い酸性度のな」

バルネスはもう、さらさらとメモを書いていた。

「この男に会うといいでしょう。アラン・デルトーといって、ゲルノンのはずれに温室をかまえている園芸家なんです。当地きっての公害通ですよ。戦闘的なエコロジストで、このあたりで検出される有毒ガスや発散物なら、出所も成分も環境に与える影響も、彼にわからないものはありません」

ドアに向かうニエマンスを憲兵隊長は呼び止め、両手を上げて掌を差し出した。まるで鬼のように大きな手だった。

「そうそう、指紋の件がわかりました……ほら、カイヨワの手ですよ。あれは事故でした。子供の頃の。父親を手伝って、アヌシー湖で小さな自家用ヨットの修理をしていたときのことです。腐食性の強い洗剤の容器に、両手を突っ込んでしまったんですね。湾岸事務所にも問い合わせましたが、事故のことは覚えていました。緊急医療サービスや病院など……あちこちあたってみてもいいですが、これ以上ほじくり返しても何も出てこないと思いますよ」

ニエマンスは踵を返し、ドアのノブを摑んだ。

「ありがとう、隊長。せいぜいがんばってくれ」

「そちらもですよ」とバルネスも言い返す。「エコロジストのデルトーは、かなりのうるさがたですから」

ニエマンスはファックスの山を指さしながら言った。

15

「……ここいら一帯はまさに危篤状態なのです。毒に冒され、死を宣告されている！　工場地帯が谷や森、山腹のいたるところに広がり、地下水を汚し、土壌を汚染し、我々の吸う空気に毒をふりまいて……イゼール地方は上から下まで有毒ガスと汚染物質でいっぱいだ！」

アラン・デルトーは痩せぎすの男だった。頬の落ちくぼんだ顔には、深い皺が刻まれている。

頬髯をたくわえ、メタルフレームの眼鏡をかけたその姿は、逃亡中のモルモン教徒とでもいったところだ。デルトーは温室のなかで、綿や柔らかな土の入った広口瓶をいじっていた。ニエマンスは、さっそく一席ぶち始めた彼の演説をさえぎった。

「すみませんが、ちょっとうかがいたいことが……緊急なんです」

「何だって？　ああ、そう、わかってますよ……」デルトーは尊大そうな口調になった。「警察の方でしたね……」

「このあたりに、褐炭を燃やしている火力発電所はありますか？」

「褐炭？　天然の炭か……純粋状態の毒ですね……」

「その類の工業施設をご存じですか？」

デルトーは広口瓶に小枝を入れながら、首を横にふった。

「いいや、この地方に褐炭はない。ありがたいことにね。七〇年代以降そうした工場は、フランスや近隣諸国ではすっかり減ってきている。あまりにも汚染がひどいんでね。酸性の化学物質が発散されて空を直撃し、雲を化学爆弾に変えてしまうというわけだ……」

ニエマンスはポケットからマルク・コストのファックスを取り出した。

「この化学成分にちょっと目を通していただけませんか？　近くで採取された水の分析結果なんですが」

デルトーが注意深く読んでいる間、警視正は所在なさげにあたりを見まわした。大きな温室を覆うガラスは曇ってひびが入り、黒ずんだ染みが長い筋になっている。窓ほどもある葉、不思議な文字のような若芽、悩ましげにくねくねとからまる蔓《つる》。どの植物も地面を少しでも確保しようと必死に闘っているかのようだ。デルトーが困惑したように顔を上げた。

「この地方で採取したサンプルだと言いましたね？」

「そのとおり」

デルトーは眼鏡をかけなおした。

「どこで見つかったものか、うかがってよろしいですか？　つまり、正確な場所はどこか？」

「死体から見つかったのです。殺された男から」

「ああ、なるほど……言われてみれば……警察の方ですからね」それからデルトーは、ますます疑い深げに考え込んだ。「死体が、ここ、ゲルノンに？」

その質問は無視して警官は尋ねた。

「この成分は、たしかに褐炭を燃やしたときの汚染と思われますか？」

「とにかく、非常に強い酸性の汚染です。この問題では講習を受けたこともありましてね」デルトーはもう一度成分表を眺めた。「硫酸と硝酸の含有率は……こりゃ尋常じゃない。けれど先ほども言ったように、この種の発電所はもうここいらには存在してない。ここにも、フランス全土にも、西ヨーロッパにも」

「もしかして汚染は、発電所以外の工業施設によるのでは？」

「いいや、違う」

「それじゃあ、こんな汚染を生み出す発電所はどこにあるんです？」

「ここから八百キロ以上離れた、東ヨーロッパですよ」

ニエマンスは顎をしゃくった。やっと摑んだ最初の手がかりが、こんなにすぐ行き詰まってしまうなんて認めたくなかった。

「別の考え方もできますがね……」とデルトーがつぶやく。

「どんな?」

「たしかにその水は国外《よそ》からやって来たのだろう。ここまで運ばれてきたのだな。チェコかスロヴァキア、ルーマニア、ブルガリアから……」そしてデルトーは秘密めかした口調で続けた。

「まさに環境に対する蛮行だ」

「運ばれたって、コンテナーででも? あるいは長距離トラックが……」

デルトーは吹き出したが、笑い声まで少しも楽しそうではなかった。

「わたしが言ってるのは、もっと単純な輸送手段ですよ。その水は雲になってここまでやって来たんでしょう」

「どういうことなんです」とニエマンスは声を高めた。「説明してください」

アラン・デルトーは両手を広げ、ゆっくりと上にあげた。

「東欧のどこかに火力発電所があるとしましょう。太い煙突からは二酸化硫黄と二酸化窒素が一日じゅう吐き出されている……煙突の高さは三百メートルに達するものもある。もくもくとした煙が空へ空へとのぼって、雲と混ざり合い……風がなければ毒はその場にとどまっているが、例えば西風が吹いたら、二酸化物は雲に乗って運ばれる。雲はやがてここいらの山々にぶつかり、大雨になるというわけです。いわゆる酸性雨というやつでね。それが我々の森を破壊するんだ。自ら毒を作り出さなくても、よそから来た毒で樹木は枯れてしまう！　でも、まあ、安心したまえ。我々だってこの空の雲に乗せて、目一杯毒物をばらまいているのだから……」

ニエマンスの脳裏に、まるで鋭利なメスで切り取ってきたかのように、ひとつの場面がくっきりと浮かび上がった。山のどこかで殺人者が、大空に生贄を捧げている。拷問と惨殺の場に、雨が激しく降り注ぐ。天に向けてぽっかりと開いた眼窩が、雨水で満たされる。毒を含んだ水で。殺人者は瞼を閉じさせ、酸性の水が溜まった小さな穴の上で、まがまがしい作業を締めくくった。考えられる説明はこれだけだ。

つまり怪物が殺人を行なっている間、雨が降っていたのだ。

「土曜日はどんな天気でした？」とだしぬけにニエマンスは尋ねた。

「何ですって？」

「土曜の夕方、あるいは夜中、このあたりに雨は降りましたか？」

「いや、降らなかったと思う。素晴らしい天気だった。まるで八月のような太陽が輝いて……」

チャンスは千にひとつ。犯行時刻とおぼしき間、空は晴れ上がっていたとしても、どこかに驟雨《しゅうう》が降り注いだ地域が――たとえ一か所でも――見つかるかもしれない。チョークで囲った死体の跡のように、酸性雨が殺人現場を正確に特定してくれるのだ。ニエマンスはこの奇妙な事実を理解した。犯行の場所を見つけるには、雲の運行を調べればいいのだ。

「いちばん近い気象観測所はどこですか？」とニエマンスはせかせかとした口調で尋ねた。

デルトーは少し考えてから答えた。

「ここから三十キロ、ミーヌ＝ド＝フェール峠の近くだな。雨が降ったかどうか、確かめようというわけですか？　面白いアイディアだ。わたしとしても、野蛮人どもがまだそんな有毒爆弾を送り込んできているのか、知りたいところだからな。みんなが無関心でいるうちに、恐ろしい化学戦争が続いていたんですよ！」

デルトーが言葉を切ったところで、ニエマンスは紙切れを差し出した。

「携帯電話の番号です。この件について、何でもいいですから思いついたことがあったら、電話してください」

ニエマンスは黒檀の葉に顔をぶつけながら、さっさと温室をあとにした。

16

警視正は全速力で車をとばしていた。鬱陶しい空模様だが、急にまた晴れ間が覗きそうな気配もあった。雲の間から、水銀のようにきらめく光がちらちらと漏れ出ている。樅の葉むらは、緑とも黒ともつかない色をしていた。細くすぼまった梢が、吹きやまぬ風に揺れながら光っている。カーブを曲がるとき、ニエマンスは森の深く密やかな歓喜を胸に感じた。まるでその歓喜は、晴れやかな風によって紅色に染められ、運ばれてくるかのようだった。

虚ろな眼窩の奥から見つかった毒。それを運んできた雲に、彼は思いを馳せた。昨晩パリを発ったときには、こんな捜査の展開になろうとは予想もしていなかった。

四十分後、ミーヌ＝ド＝フェール峠に着いた。気象観測所はすぐにわかった。山の中腹からドームが突き出ている。観測所に続く小道を進んでいくと、やがて目を瞠《みは》る光景が広がってきた。建物から百メートルのところで、所員たちが透明な合成樹脂の大きな気球を膨らませている。ニエマンスは車を止めて坂を下った。パーカを着て顔を赤くさせた男たちに近づき、警察手帳を差し出す。観測所の所員たちは、わけがわからずそれを見つめた。皺の寄った気球の裾は、まるで銀色に光る川だ。その下から、青い炎がゆっくりと気球を膨らませてゆく。魔法のように魅惑的な光景だった。

「ニエマンス警視正だが」バーナーの音に負けないよう声を張りあげ、コンクリート製ドームを指さしながら続ける。「誰か観測所に同行してくれないか？」

なかのひとりが立ち上がった。どうやら責任者らしい。

「何の用ですか？」

「先週の土曜日に雨が降ったかどうか知りたい。殺人の捜査に必要なんだ」

観測所員は困惑げな様子で立っていた。フードが顔にぱたぱたとあたっている。彼は徐々に膨らんでいく釣鐘形の気球を指さした。ニエマンスは身を屈め、申し訳なさそうな身振りをした。

「気球は待ってくれるさ」

男は観測所に向かいながら、ぼそぼそと言った。

「土曜は雨なんて降りませんでしたよ」

「ともかく確かめてみよう」

男の言うとおりだった。研究室の中央観測装置を調べても、十月のこの時期、ゲルノン上空に乱気流や降水、嵐の気配は微塵もなかった。コンピュータ画面の衛星写真を見て一目瞭然だった。日中も夜間も、土曜も日曜も、この地方には一滴の雨も降っていない。画面には、ほかにも様々なデータが表示されていた。湿度、気圧、気温……観測所員は面倒くさそうに説明した。ここ四十八時間は高気圧が張り出していて、大気の状態は比較的安定していたのだと。

それでもニエマンスは、土曜日の朝から日曜の午後の画像を拡大して映し出すよう頼んだ。雷雨やにわか雨はまったくない。リサーチを半径百キロに広げてもらう。それでも雨はない。半径二百キロ。やはりゼロ。彼は思わず机を叩いた。

「そんなはずない。どこかに雨が降ったはずだ。証拠があるんだ。谷の奥、丘の頂上。このあたりのどこかに、嵐があったはずだ」

観測所員は肩をすくめてマウスをクリックした。画面に描かれた山の地図の上を、虹色の影、波形の線、ゆるやかな渦巻き線が動きまわり、イゼール地方の中心部に雲ひとつない快晴の一日が始まった様子が示される。

「必ず説明がつくはずだ」とニエマンスはつぶやいた。「何か、必ず……」

そのとき、携帯電話が鳴った。

「警視正さんですか？　アラン・デルトーだが。もう一度褐炭の件を考えてみましてね。自分でもちょっとばかり調べたのですよ。いや、申し訳ない。間違っていたようだ」

「間違っていた？」

「そう、この週末にあんな酸性雨が降ったなどあり得ません。それに、ほかの時だって」

「どうしてなんです？」

「褐炭を使った工業施設について調べたところ、東欧諸国でもそうした燃料を燃やす煙突には、特殊なフィルターがつけられているんです。あるいは、あらかじめ硫黄が除去されているか。ようするに、そうした汚染は六〇年代以降大きく減少しているというわけで。汚染源になるような雨は、三十何年も前からどこにも降っていないんですよ。ありがたいことに！　申し訳ないが、間違ってしまったようだ」

ニエマンスは黙ったままだった。エコロジストは不審げな口調で続けた。

「たしかにその水は、死体から見つかったのですか？」

「間違いありません」

「信じ難い話だ。だとすると、その死体は過去からやって来たことになる。三十年以上も前に降った雨とともに……」

「それでは」と小声でつぶやきながら、警視正は電話を切った。

がっくりと肩を落として、彼は車に乗り込んだ。手がかりを摑んだと思ったのも束の間、指の間からこぼれ落ちてしまった。酸を含んだあの水が、まったく不合理なものとなってしまったように。

ニエマンスはもう一度地平線を仰ぎ見た。

傾き始めた太陽が、ふんわりとした雲のアラベスク模様を後光で包んでいる。陽光はベルドンヌ山塊の大尖峰をきらきらと照らし、万年雪に映えていた。合理性を重んずるプロの警察官のくせに、雲が殺人現場に導いてくれるなんて、たとえいっときでも信じてしまうとは。

信じてしまうとは……

突然ニエマンスは、あのうら若きクライマー、ファニー・フェレイラの身振りよろしく、燃え上がるような景色に向けて両腕を広げた。レミー・カイヨワがどこで殺されたのか、今わかったのだ。三十何年以上も前の雨水がどこで見つかるかがひらめいたのだ。

地上ではない。

空でもない。

氷のなかだ。

レミー・カイヨワは高さ二千メートルの山より、もっと上方で殺されたのだ。標高三千メートルの氷河のなかで。そこなら毎年の雨が凍りつき、透明な氷として永遠に残っている。

まさしくそこが犯行現場だ。机上の空論などではない。

## Ⅳ

### 17

午後一時。カリム・アブドゥフは署長室に入ると、アンリ・クロジエの前に報告書を置いた。署長は書きかけの手紙に気を取られているのか、報告書には目もくれずにこう尋ねた。

「それで?」

「スキンヘッドたちはシロです。でも彼らは、ちょうど昨晩地下納骨堂から出てくる二つの人影を見てます」

「どんな人相だったか訊いたかね?」

「いいえ、暗くてわからなかったそうです」

クロジエはようやく顔を上げた。

「嘘を言ってるんだろう」

「嘘ではありません。それに墓荒らしをしたのも、彼らではありません」

カリムはそこで言葉を切った。二人は黙ったまましばらく睨み合っていたが、やがて警部がまた口を開いた。

「目撃者から話を聞いてたんですね、署長」カリムは坐っている相手に向けて人さし指をつきつけた。「目撃者がいたのに、わたしには何も言わなかった。あの晩、スキンヘッドが墓場の近くをうろついていたと聞いて、やつらが犯人だと思ったわけだ。でも事実はそんな単純ではありません。わたしにその目撃者を尋問させてくれてたら……」

クロジエはゆっくりと手を上げ、なだめるような身振りをした。

「まあ、落ち着け。ここいらの連中は、昔からの知り合いには何でも話す。町の出身者にはな。でもおまえが相手じゃ、わたしに打ち明けたことの十分の一だって話しちゃくれないだろうよ。坊主頭たちから聞き出したのは、それだけかね?」

カリムは、《治安の守り手》を讃えるポスターをじっと見つめた。クロジエが様々な射撃大会で獲得したトロフィーが、スチール棚の上で光っている。

「スキンヘッドたちは、夜中の二時頃に墓地のあたりから走り去る車を目撃しています。県道D一四三号線をつっ走っていったそうです」

「どんな車だった?」

「ラーダか何か。ともかく東欧の車です。この線を誰かに調べさせる必要があります。ここいらを走っているような車じゃありませんし……」

「自分でやったらどうかね?」

「署長、わたしの希望はおわかりでしょう。スキンヘッドの尋問は終えたのですから、今度は地下納骨堂の徹底捜査をさせてください」

「墓守りの話では、もうなかに入ったそうじゃないか」

クロジエの嫌味を無視して、カリムは言葉を続けた。

「どこまで進んでいるんです、墓地の現場検証は？」

「絶対零度ってところだな。指紋はまったく検出されなかった。手がかりは皆無だ。これから、周辺にローラー作戦をかける。公共の器物破損にしては、ずいぶん注意深くやってるが」

「ただの器物破損ではありません。プロの仕業です。ともかく、何かはっきりと決まった捜し物があったんです。あの地下納骨堂には秘密があります。犯人はそれを探りにやって来たのです。家族には知らせたんですか？ 両親は何と？ 墓地の捜査には同意を……」

カリムは言葉を切った。クロジエの赤ら顔に、困惑げな表情が浮かんでいる。警部は両手を机に押しつけ、署長の答を待った。

「家族は見つからなかったよ」とクロジエはつぶやいた。「ああいう名前の者は、この町にひとりもいない。県内のほかの市町村にもな」

「葬儀は一九八二年に行なわれています。きっと何か書類があるはずです」

「今のところは不明だ」

「死亡証明書は？」

「死亡証明書もない。サルザックにはな」

カリムの顔が輝いた。彼はまわれ右をすると、何歩か歩きかけた。

「つまりその埋葬、その少年は、何かわけありだったんです。間違いない。それは小学校の盗難とも関連しているんだ」

「おまえさんは想像力が旺盛だが、そんな謎なんかほかにいくらでも説明はつくさ。ジュード少年は交通事故で死亡し、隣町の病院に運び込まれて、ここに埋葬された。そのほうが都合がよかったからだ。母親は相変わらずここに住んでいるが、名前は昔のままじゃない。たぶん、そんなところでは……」

「墓守りと話したところ、地下納骨堂はきちんと手入れがされているのに、墓参りに訪れた人を見かけたことはないそうです」

クロジエは黙ってスチール机の引出しを開けると、琥珀《こはく》色のウィスキー瓶を取り出した。そして小さなグラスに少し注いだ。

「家族が見つからないなら」とカリムは続けた。「地下納骨堂に入る令状が取れませんか?」

「無理だな」

「だったら両親を捜させてください」

「白い車のほうはどうする? 墓地周辺の証拠集めは?」

「応援が来ます。司法警察の連中なら、うまくやってくれます。時間をください、署長。わたしにこの線で調べさせてください。単独で」

クロジエはカリムの前にグラスを置いた。

「一杯やらんかね?」

カリムは首を横にふった。クロジエは一気にグラスをあけると、舌を鳴らした。

「午後六時までだぞ。報告書込みでだ」

アラブ人二世は、革のこすれる音とともに立ち去った。

## 18

カリムはジャン＝ジョレス小学校の校長に電話をして、ジュード・イテロについて学区から情報を得られたかどうか問い合わせた。女校長は調べてくれたが、何もわからなかった。一枚の書類もなければ、一か所の言及もない。県内の記録保管所には、少年が存在した痕跡は残っていなかった。「見当違いの線を追ってるんじゃないかしら」と校長は言った。「あなたが捜している少年は、この地方に生まれ育ったんじゃないのでは」

カリムは電話を切って、腕時計を見た。午後二時。ほかの小学校の資料室をあたって、少年の年齢に該当するクラス名簿を調べるのに二時間だな。

学校まわりは一時間十五分で終わったが、ジュード・イテロの足跡は見つからなかった。カリムはもう一度ジャン＝ジョレス小学校に寄ってみた。ほかの小学校を調べているうちに、思いついたことがあったのだ。校長は目を丸くして、興奮気味に彼を迎えた。

「あなたのためにもうひと仕事したわよ、捜査官さん」

「聞かせてください」

「問題の時期に、ここで教えていた教師の名前と住所を調べてみたの」

「それで？」

「ついてなかったわね。当時の校長はもう退職してたわ」

「八一年、八二年に、ジュード少年は九歳か十歳でした。そのクラスを担任していた先生は見つかりませんか？」

校長はメモをじっと見た。

「そうね。八一年度の中級科一年と八二年度の中級科二年は、たまたま同じ教師が担任してたわ。次の年度もクラス担任が《持ち上がる》ってことはよくあるの……」

「その先生は、今どこに？」

「さあ、八二年度の終わりにこの学校をやめたから」

カリムは舌打ちをした。校長は真剣な表情でこう続けた。

「わたしも考えてみたのよ。見落としていたことがひとつあるわ」

「何ですか？」

「生徒の写真。ほら、ひとりひとりのポートレートを保管してあるのよ。問題の中級科一年と中級科二年の写真も、やっぱり盗まれていたわ。信じ難いことに……」

雲間から射し込む陽光のように、この新事実はカリムの意識にじわじわと沁《し》み入ってきた。納骨堂の墓碑にとめてあった楕円形の額縁のことが頭に浮かぶ。あの少年を、誰かが《消し去って》しまったのだ。名前を取り除き、顔を盗み出して。

「何を笑っていらっしゃるの？」と校長が口を挟んだ。

「すみません。でもこんな事件を、ずっと前から待っていたんですよ。そして手に入れた。わかりますか?」警部は少し間を置き、考え込みながら話を続けた。「わたしも、ひとつ思いついたことがあるんです。過去の宿題帳は取ってありますか?」

「宿題帳ですって?」

「わたしの小学生時代には、クラスごとに日誌のようなものがあって、欠席者の名前とか、翌日までにやって来る宿題とかを記入していたんですが……」

「ここでも同じですよ」

「取ってありますか?」

「ええ、でもそのノートには、生徒の名簿は載ってませんよ」

「わかってます。書いてあるのは欠席者の名前だけ」

校長の顔がぱっと輝いた。目が鏡のようにきらきらと光っている。

「ジュード少年の欠席日があればって思っているのね?」

「侵入者たちも同じことを考えていなければいいとも思ってますよ」

校長は書類の収めてある戸棚をまた開けた。カリムは深緑色の背表紙に指を置き、当該年度の連絡帳を抜き出した。でも期待はずれだった。ジュード・イテロの名は一度も出てこない。やはり間違った道を行っているのだろうか? カリムとしては絶対の確信があるのだが、少年がこの学校に通っていたという証拠は、何ひとつ出てこない。それでも彼は何度も繰り返しページをめくっては、自分の見立てを裏づける証拠を捜した。

ノートの右上に、子供っぽい丸い文字で記入されたページの数字が、ふと目にとまった。ページが抜けている。ノートを思いきり開くと、綴じ糸の近くに細かな紙屑がたまっていた。中級科二年のノートのうち、一九八二年六月八日から十五日までのページが破り取られているのだ。この日付は、虚無の断片を摑み取るペンチのようなものだ。抜けているページに、同じ丸い文字で書かれた少年の名前が、カリムには《目に浮かぶ》ようだった……

警部は校長につぶやいた。

「電話帳はありますか？」

数分後、カリムはサルザックの医者という医者に端から電話していた。もう間違いない。そう思うと胸が高鳴った。ジュード・イテロは一九八二年六月八日から十五日までの間、学校を休んでいる。おそらく病気だったのだろう。

医者に少年の名前を告げ、いちいち綴りを言ってはカルテを見るよう頼む。だが、誰ひとりこの名前に記憶はなかった。カリムは毒づきながら、さらに近辺の町にも電話をかけた。カイヤック、ティエルモン、ヴァリユック。ここから三十キロ離れたカンビューズの町で、ひとりの医者が平然とした口調で答えた。

「ジュード・イテロですか。ええ、もちろんよく覚えてますよ」

カリムは自分の耳がにわかに信じられなかった。

「十四年もたっているのに、覚えているんですか？」

「わたしの診療所にいらっしゃい。ご説明しますから」

# 19

ステファン・マセ医師は、田舎医者をそのまま現代風に洗練させたようなタイプだった。人好きのする容姿、ほっそりとした白い手、高価そうなスーツ。きびきびとして親切で、洗練されたブルジョワ医師の典型だ。カリムはひと目見て、愛想のいい物腰のこの医者に反感を持った。いきなりむらむらと湧き上がってくる怒りの塊が、自分でも恐ろしくなることがある。まるで心の奥に広がるベーリング海から流れ出る氷山のようだ。カリムは革のジャケットを脱ごうともせず、肘掛け椅子の隅に腰をおろした。ニスで仕上げた木製デスクが、二人の間にでんと置かれている。高価そうな置物、コンピュータ、薬物辞典……診療室は薄暗く、厳めしく、いかにも金がかかっていそうだった。

「それじゃあ、お話をうかがいましょうか、先生」とカリムはいきなり切り出した。

「どんな事件の捜査でいらしたのか、お聞かせ願えますか……」

「それはできません」カリムはそう言うと、強い口調を和らげるかのように微笑んだ。「すみませんが、だめなんです」

医者は机の隅を指でとんとんと叩いていたが、いきなり立ち上がった。色とりどりの毛糸で編んだ帽子をかぶったアラブ人警官に、驚いている様子だった。電話では、まさかこんな相手とは予想していなかったのだ。

「一九八二年六月、一本の電話がかかってきました。いえ、ごく普通の電話ですよ。男の子が……高熱を出しているとかで。往診は初めてでした。当時は、まだ二十八歳でしたから」

「それでその往診のことをよく覚えているわけですか?」

医者は笑みを見せた。ゆったりと広がる微笑みに、カリムの苛立ちは頂点に達した。

「いいえ、まあ、今お話ししますから……交換台から電話を受けて、住所をメモしました。行き先がどこだかはわかりませんでしたが。実際、小さな家でした。ここから十五キロほど行った、石ころだらけの原っぱにひっそりと建っている……住所はとってありますから……あとでお教えしますよ」

警部は黙ってうなずいた。

「そんなわけで」と医者は続けた。「人里離れた石造りのあばら家にたどり着いたのです。酷い暑さで、枯れた藪のなかを、虫がぶんぶんと飛びまわっていました……ドアを開けた女を見たとき、すぐに奇妙な感じがしました。どうもそんな田舎じみた環境にはそぐわないような……」

「どうしてです?」

「さあ……真ん中の部屋にぴかぴかのピアノがあって……」

「田舎の人間が音楽好きではいけないんですか?」

「そういう意味では……」

医者は言葉を濁した。

「何だか嫌われているみたいですね……」

カリムは顔を上げた。

「だったらどうなんです?」

医者は相変わらず愛想よく、したり顔でうなずいた。笑みは唇に張りついたままだが、その目には恐れが浮かんでいる。マジックテープ付きホルスターに差し込んだグロック21の碁盤目のグリップが目にとまったのだ。それに革ジャケットの袖についた乾いた血痕も。医者はだんだんと居心地悪くなりながら、部屋を行ったり来たりし始めた。

「子供部屋に入ってみると、様子がとても妙なんです」

「どうして?」

医者は肩をすくめた。

「部屋はがらんとしていて、おもちゃひとつなければ、子供の描いた絵が貼ってあるでもありません」

「少年の具合はどうだったんです? どんな顔をしてました?」

「よくわからないんです」

「わからないですって?」

「ええ、そこがいちばん妙なところなんですが、家に入ってみると薄暗いんです。鎧戸《よろいど》はすべて閉め切ってあり、どこにも明かりのもとはありません。最初は単に暗く涼しくしているのかと思いました。でもよく見ると、家具にはみんなシーツがかけてあるんです。それって……妙ですよね」

「女は何て言ってましたか?」

「子供が病気で、光が目に悪いからと」

「聴診はしましたか……普通に?」

「ええ、薄暗いなかで」

「何の病気でした?」

「単なる扁桃腺炎です。それに、今でもよく覚えているのですが……」

そう言って医者は身を屈め、人さし指を唇にあてた。相手を寄せつけない、学者ぶったその身振りは、患者を感心させる手なのだろう。けれどもカリムは、感心などしなかった。

「そのとき、わかったんです……わたしがペンライトを取り出し、子供の喉を照らそうとすると、女がぐいっと手を摑みました……とても荒っぽく……子供の顔を見られたくなかったんですね」

カリムは考え込んだ。片足が小刻みに揺れている。墓にとめてあった、空っぽの額縁のことが頭から離れなかった。それに写真が盗まれたことも。

「荒っぽいと言いましたが、どういうことですか?」

「むしろ力強いと言うべきでしたか。女の力がその……尋常じゃないんですよ。それに背も百八十以上はありましたね。まさに大女です」

「女の顔は見ましたか？」

「いいえ、さっきも言ったとおり、何もかも薄暗がりのなかでの出来事でしたから」

「それからどうしました？」

「処方箋を書いて、帰りました」

「女の様子はどうでした？　つまり、子供に対する様子は？」

「とても心配そうでもあり、何かよそよそしい感じもあり……考えれば考えるほど、あの往診はおかしなことだらけなんですよ……」

「そのあとは、経過を見に行かなかったのですか？」

医者は相変わらず、部屋を行きつ戻りつしていた。そしてカリムを、厳めしい目で睨みつけた。快活な表情はすっかり消えている。マセがこの往診のことを覚えていたわけが、突然カリムにはわかった。往診の二か月後、ジュード少年は死亡している。医者はそれを知っていたに違いない。

「バカンスに入ってしまいましたし……」と医者は答えた。「その……家まで行ってはみたんです。九月の初めに。もうそこには住んでいませんでした。あたりの住人に聞いてみると、もう引っ越したとかで……」

「引っ越したですって？　少年が死んだ話は、誰もしなかったんですか？」

医者は首を横にふった。

「いいえ、隣人は何も知りませんでした。わたしもあとから、偶然に知ったのです」

「偶然に？」

「ええ、サルザックの墓地で、葬式に出かけた折に」

「やはり患者さんの？」

「嫌味なことをおっしゃいますね、警部さん。わたしは何も……」

カリムが立ち上がると、医者は退いた。

「そのときからずっと、あんたは思っていたんだ。何かもっと重大な病気の兆候を見逃したんじゃないかって。少年がどうして死んだのか、ご存じなんでしょう？」

「いや、本当にわたしは……たしかに調べてはみたが、何もわかりませんでした。医者仲間や、病院にも尋ねてみたけれど……何ひとつ。それでこの件は、ずっと胸にひっかかっていたというわけです」

医者は人さし指をシャツの襟元に入れ、首のあたりを広げた。額に玉の汗が浮かんでいる。そしてずっと、良心の呵責を隠し持ったまま暮らしてきた。自分でも調べてみたはずです。

カリムは踵を返した。

「だったら、これから色々知るでしょうね」

「何ですって？」

医者の顔はガーゼのように色を失っていた。

「すぐにわかりますよ」

「いい加減にしてください。わたしがあなたに何かしましたか？」

「いいえ。でも若い頃は、あんたみたいな連中の車を盗んでたもんでね……」

「でも、そんな？　あなたは何者なんだ？　そういえば……警察手帳も見せてもらってないが……」

カリムは笑みを浮かべた。

「安心なさい。冗談ですよ」

廊下に出ると、待合室は満杯だった。

「待ってください」医者が後ろから息を切らして呼び止めた。「あなたが知っていて、わたしの知らないことがあるのでは？　つまり、死因のことですが……」

「残念ながら、それはわかりません」

警官はノブをまわした。医者は手をドアに押しつけた。エンジンをかけた車のように、スーツが小刻みに震えている。

「何があったんです？　こんなあとになってから、どうして捜査を始めたんです？」

「昨晩、少年の地下納骨堂に侵入した者がいましてね。少年の学校に、盗みにも入っているんです」

「いったい誰が……そんなことしたんです？」

警部はきっぱりとした口調で答えた。

「わかりません。でも、ひとつだけ確かなのは、昨晩の事件が木だとすれば、その後ろにはもっと大きな森が隠れているということです」

20

人っこひとりいない道を、カリムは延々と走り続けた。このあたりでは国道といっても県道のようなもので、県道は細い村道と変わらない。綿毛のような雲の浮かぶ青空の下を、どこまでも原野が広がっている。畑もなければ、家畜の姿もない。時折、岩だらけの尖峰が景色のなかにそびえ立ち、狼を捕る罠のように口を開けた銀色の小さな谷を見おろしていた。この地方を横断するのは、時間を遡《さかのぼ》るのと同じで、まだ農業がなかった時代に戻っていくことなのだ。

マセから住所を聞いたジュードの家に、カリムはまず向かってみた。あばら家はすでになく、灰色の枯れ草が積み上がったなかから、廃墟と石の山がほんの少し見えるだけだった。それならば役所で土地台帳を調べ、持ち主の名前を捜し出してもよかったのだが、カリムはカオールへ戻ることにした。ジャン＝ジョレス小学校出入りの写真屋で、盗まれた写真を撮ったジャン＝ピエール・コーに話を聞くつもりだった。

コーの店にネガが残っていれば、問題のクラス写真を確認できるだろう。名も知れぬ生徒たちに混じって、少年の顔も写っているに違いない。その顔を知らねばならない理由など、何ひとつないのかもしれない。けれどもカリムは、胸苦しいまでに見たくてたまらなかった。写真が見つかった瞬間、その向こうに何か戦慄と予兆が捉えられるのではないかと、心ひそかに期

ジャン＝ピエール・コーは白髪まじりの髪をして、軽石さながらのあばた面だった。ぼうぼ

カリムは声のほうをふり返った。

「結婚のご予定ですか？」

だったが、今は孤独の殻にこもるあまり、すっかり干からびてしまっていた。

っぽけで脆《もろ》い感情だ。そう思って、ずっと遠ざけてきた。感情面ではいつも尊大すぎるカリム

らせ、人目を避け情熱から逃れている男が？　思いやりなんて、自尊心を傷つけるだけの、ち

た警官の身で？　若い娘たちの睫毛の下を読み取れもせず、心の内にある愛をかちかちに固ま

か、このおれは？　だったら、代わりに何ができるというんだ？　こんな片田舎に流されてき

カリムは軽蔑感に囚われたことをすぐに後悔した。ああした人たちに文句を言えた身だろう

ら、着飾ったカップルが微笑みかけている。光沢紙に写ったお定まりの幸福だ。

階段を上ると、がらんとして薄暗い部屋があった。壁にいくつもかかった大きな額のなかか

写真屋は二階のスタジオにいた。

礼写真」の専門店と銘打っている。

塀づたいに歩いてゆくと、ようやくジャン＝ピエール・コーの店が見つかった。「結婚、洗

とっつきにくい感じがあって、郊外育ちのカリムには反吐が出そうだった。

ルコニー、奇怪な獣をかたどった水落としが見える。古い歴史のある都市の美しい町並みには

午後四時頃、カリムはカオールの歩行者専用区域前に車を止めた。石造りのポーチや鉄のバ

待していた。

うに伸びた頰髯は苛立たしそうに揺れて、下瞼がたるんで疲れ切ったような目と対照的だった。

男は明かりをつけた。

「いや、結婚ではなさそうですね」男はカリムをねめつけながら言い添えた。

年季の入ったヘビースモーカーのようなガラガラ声だった。コーは歩み寄ってきた。眼鏡の奥で、たるんだ瞼の下の目が疲労と不信の間を行き来している。カリムはにっこりとした。この町では捜査の権限がないので、会見はできるだけ穏便《おんびん》に運ばねばならない。

「カリム・アブドゥフといいます。警察の者です。捜査の一環として、いくつかうかがいたいことがありまして……」

「カオール署の方ですか?」と写真屋は尋ねた。不安というより不審げな様子だった。

「サルザックです」

カリムは上着に手を入れると、身分証を取り出した。写真屋はしばらくそれを検分していた。

カリムは溜息をついた。こいつはこんな間近から身分証を見たことがないのだ。だからといって、警官らしい態度を崩すわけにはいかない。コーは作り笑いを浮かべながら身分証を返した。

額に皺が寄っている。

「それで、ご用件は?」

「クラス写真を捜してましてね」

「どこの学校の?」

「サルザックのジャン゠ジョレス小学校です。一九八一年度の中級科一年と一九八二年度の中級科二年の写真と、生徒の名簿もあればいっしょにお願いします。そういう資料はとってありますか？」

　男はまた微笑んだ。

「すべて保存してあります」

「ちょっと見せていただけますか？」カリムは喉の奥から引き出せる精一杯の猫撫で声で言った。

　コーは隣の部屋を指さした。ひと筋の光が、薄暗がりのなかに浮かび上がっている。

「けっこうですよ。こっちへ来てください」

　隣室はスタジオよりも広かった。色々な光学的装置が組合わさり、あちこちに調節ボタンのついた複雑そうな黒い機械が、長いカウンターの上に取りつけてある。壁には洗礼式の様子を写した大きなネガが、何枚もぶらさがっていた。白い服を着た人々。微笑みと新生児。

　カリムは写真屋について整理棚のところまで行った。コーは屈み込んで、金属の把手に張りつけてあるラベルに目をやると、大きな引出しをひとつ開けた。そして茶封筒の束を調べだした。

「ジャン＝ジョレス小学校ですね。ありました」

　コーは封筒をひとつ引き出した。なかにはグラシン紙のファイルがいくつも入っている。彼はそれに目を通し、それからまたごそごそと調べ始めた。額の皺がいちだんと数を増していた。

「八一年度の中級科一年と八二年度の中級科二年とおっしゃいましたね？」

「ええ、そうです」

疲れ切ったような瞼が持ち上がった。

「妙だな。それがその……見あたらないのですよ」

カリムはぞくりとした。それでは犯人も、同じことを考えたのだろうか？

「今朝、店に来たとき、何か気がつきませんでしたか？」

「何かといいますと？」

「泥棒に入られた様子はないかとか」

コーは吹き出して、スタジオの四隅に取りつけてある赤外線センサーを指さした。

「誰かがここに忍び込んできたとしたら、一発で御用ですよ。セキュリティーの面では投資してますからね……」

カリムは笑みを浮かべながら言った。

「一応確かめてください。こんな防犯システムなんか痛くも痒くもないっていう連中を、山ほど知ってますから。ところで、ネガはとってありますよね？」

コーは表情を変えた。

「ネガですって？　どうして？」

「そのなかに、わたしの捜している写真があるでしょうから……」

「だめですよ。申し訳ないが、勝手に見せるわけには……」

写真屋の喉元に浮き出た静脈を、カリムはじっと見つめた。ここらで口調を変えたほうがよさそうだ。

「ネガを見せるんだ。いいか、おれを怒らせるんじゃない」

男はカリムの目を見て、しばらくためらっていたが、うなずきながら後ずさりした。二人は別のスチール棚のところへ行った。今度は鍵がかかっている。コーは鍵をはずして、引出しをひとつ開けた。手が震えている。警部は肘をついて、写真屋を正面から見据えた。一分、二分とたつうち、男のなかに言いようのない不安と苦悩がつのってくる。カリムにはそれがよくわかった。コーは写真を捜しているうちに、思い出したくない何かを思い出してしまったかのようだった。

写真屋はまた封筒のなかを調べ始めた。さらに何秒かが過ぎ、彼はようやく目を上げた。顔がぴくぴくと激しく痙攣している。

「それが……やっぱり、なくなっているんです」

カリムは乱暴に引出しを引いた。その拍子に両手を痛め、写真屋が大声で呻いた。スムースに開けるため、いったん戻さねばならなそうだ。カリムは男の襟元を摑んで、ぐいと持ち上げた。

「よく考えるんだ、コー」とカリムは、相変わらず落ち着いた声で言った。「泥棒に入られたのかどうか、どうなんだ?」

「ち、ちがう……嘘じゃない……」

「だったら、おまえさんの写真はどうなっちまったんだ?」

コーは口ごもった。

「実は……売ったんだ」

カリムは驚きのあまり手をゆるめた。男は呻きながら手首をこすっている。カリムは喉の奥で、つぶやくように言った。

「売っただと？　いったい……いつ？」

男が答える。

「くそっ……昔の話なんだ……それにおれのものをどうしようと勝手じゃないか……」

「いつ売ったんだ？」

「さあ……十五年ほど前かな……」

驚きのあまり、カリムは頭がくらくらとしてきた。写真屋を壁に押しつけると、まわりにグラシンのファイルが飛び散った。

「最初から話せ。どういうことなんだ」

コーは顔をしかめた。

「ある夏の晩……ひとりの女がやって来て……写真が欲しいって言った……あんたが捜しているのと同じ写真を……今、思い出したよ……」

この新たな事実に、カリムはますます混乱してきた。一九八二年当時から、《やつら》はジュード少年の写真を捜していたのだ。

「ジュードのことを話さなかったか？　ジュード・イテロ。女はそんな名前を言ってなかったか?」

「いいや。ただ写真とネガを持っていっただけだ」

「金を貰ったな?」

男はうなずいた。

「いくらだ?」

「二万フラン……当時としちゃ、大金さ……子供の写真代としてはな……」

「何でそんな写真を欲しがったんだ?」

「さあね。尋ねもしなかったから」

「その写真を見ただろう……顔に何か特徴のある少年がいなかったか? どうしても、隠したくなるような」

「いいや。何も見てない……わからないね……今頃言われても」

「じゃあ、その女は? どんな女だった? 背が大きくて、がっちりしていたんじゃ? きっと少年の母親だ」

突然男は動かなくなり、それから大笑いを始めた。毒々しい、陰にこもったような笑い声だった。

「母親のはずはないね」と男は軋むような声で言った。

カリムは男の両手首を掴むと、整理棚の上に投げ飛ばした。

「どうして?」

皺くちゃの瞼の下で、コーは目をぎょろつかせた。

「尼さんだったからさ。カトリックの尼さんだよ！」

## 21

サルザックには教会が三つある。ひとつは修理中。もうひとつは死にかけた老神父が管理している。そして三つ目の教会を運営しているのは若い司祭で、彼については怪しげな噂が流れていた。司祭館で、母親とこっそり酒を飲んでいるというのだ。カリムは総じてサルザックの住人が大嫌いだったし、彼らの噂好きにもうんざりしていたが、司祭に関しては皆の言うとおりだと認めざるを得なかった。カリム自身、母と息子がこの世の終わりかと思うような大喧嘩の真っ最中、仲裁の応援に駆けつけたことがあった。

カリムはこの司祭から、情報を得ることにした。

司祭館は愛想のないコンクリート造りの二階建てで、その隣に左右で形の違うステンドグラスのはまった近代的な教会があった。カリムは司祭館の前に車を止めた。小さなプレートに「わが小教区」と記されてある。玄関前のステップには、イバラとイラクサが絡み合っていた。呼び鈴を押して数分が過ぎ、ようやくくぐもった声が聞こえた。カリムは心のなかで毒づいた。返事はいいから、さっさと出てこい。

ようやくドアが開いた。

カリムは、まるで難破船のなかにでも迷い込んだような気がした。司祭は昼間から酒臭かった。痩せこけた顔は不精髭に覆われ、ぼさぼさの髪はまるで灰でもかぶったように汚れている。目はニコチン色をし、上着の襟はくちゃくちゃに乱れていた。胸あての部分には染みが点々と光っている。司祭としてはもう誰からも見離され、終わったも同然の男だ。宗教上の前途など、たき込めた香の匂いが続く間ほどしか残っていないだろう。

「何のご用か？　息子よ」

その声は耳障りだが、しっかりしていた。

「カリム・アブドゥフ警部です。前にもお会いしてますよね」

司祭は灰色っぽい襟を直した。

「ああ、そういえば……」彼は追い詰められたような目で左右を見た。「近所の人から呼ばれたのですか？」

カリムは微笑んだ。

「いいえ、ちょっと手を貸していただきたくて。捜査のことで」

「なるほど。まあ、お入りください」

家に入ると、すぐに悪臭が鼻を突いた。下を見ると、リノリウムの床に擦《こす》ったような跡が光っている。

「母親のせいでしてね」と司祭は溜息をついた。「家のなかのことは、何もしないんです。どこもかしこも、ジャムで汚してしまって」彼はぼさぼさの髪をふった。「どうかしてるんです。それしか食べないんですから」

　室内の装飾はめちゃくちゃだった。木材や陶器、布地のような粘着テープの切れ端が、あちこち斜めに張りつけてある。ドアのすき間から、カッターで四角く切った黄色いスポンジと、趣味の悪いクッションが見えた。居間とは名ばかりの物置部屋だ。庭仕事の道具が、床にちらかっていた。正面にある別の小部屋には、合板材のテーブルと乱れたベッドが置いてあり、テーブルの上には汚れた皿が山積みになっていた。

　居間に入りしな、司祭は一瞬よろけたが、すぐに体を起こした。

「一杯やってください。そのほうが時間の節約になりそうだ」とカリムは言った。

　司祭は敵意のこもった目でカリムをふり返った。

「そういうご自分はどうなんです、息子よ。爪先から頭のてっぺんまで、震えていますよ」

　カリムは唾を飲み込んだ。まだショックから覚めやらぬのだ。写真屋でひと暴れした後、落ち着いてじっくり考える余裕もなかった。耳鳴りがして、胸をハンマーでがんがんと叩かれているような感じがしていた。カリムは洟垂れ小僧のように、上着の袖を無意識に顔にやった。

　司祭はグラスになみなみと酒を注いだ。

「何かお飲みになりますかな？」と司祭は、不快な笑いを浮かべながら尋ねた。

「けっこうです」

　黒衣の男はひと口すすった。顔にぽっと血の気がさし、熱っぽい目が硫黄のように燃え上がった。司祭は嘲《あざけ》るようににやりとした。

「イスラム教徒だから？」

「いいえ。ただ、仕事中は頭をはっきりさせておきたいだけです」

司祭はグラスをかざした。

「それじゃあ、あなたのお仕事に乾杯」

司祭の母親が、廊下を行ったり来たりしているのが見えた。背中を丸め、というかむしろ腰を折り曲げて、ジャムの瓶を抱きしめている。カリムは開いた地下納骨堂のこと、スキンヘッドのこと、クラス写真を買い集めた修道女のことを思った。そして今度は、亡霊のような二人の登場だ。きっとおれは、次から次へと悪夢が飛び出すパンドラの匣《はこ》を開けてしまったのだ。

司祭がカリムの視線を捉えた。

「気にしないでください、息子よ。何でもありませんから」司祭はスポンジのマットレスに腰かけた。「さあ、お話をうかがいましょうか」

カリムは片手をゆっくりと上げた。

「その前にひとつ。《息子よ》って呼ぶのはやめてくれませんか」

「ああ、おっしゃるとおりだ」と司祭は薄笑いを浮かべて答えた。「どうも習い性となるってやつでね」

司祭は皮肉っぽい仕種で、またごくりと飲んだ。落ち着きが戻ってきたようだ。

「捜査とおっしゃいますのは、どのような？」

墓荒らしの一件がまだ知られていないとわかり、カリムはほっとした。クロジエ署長は、事件が漏れるのをうまく防いだようだ。

「すみませんが、何もお話しできないんです。ともかく、修道院を捜してまして。サルザックかカオールの周辺、あるいはこの地方内の、もっと別な場所かもしれません。あなたなら、見つける手助けをしてくれるだろうと思ったわけです」

「どこの修道会かわかってますか?」

「いいえ」

司祭は二杯目を注いだ。小さなグラスのなかで、光が幾重にも反射し、渦巻いていた。

「ここいらには、たくさんありますからね」司祭はまた顔をしかめた。「瞑想に向いた地方なので……」

「いくつくらいあるんです?」

「県内だけでも、十はあります」

カリムは頭のなかですばやく計算した。地方のあちこちに散らばった修道院を訪れるのは、少なくとも一日仕事になるだろう。もう四時過ぎだから、猶予はあと二時間のみ。いよいよ万事休すだろうか。

司祭は立ち上がって、戸棚をひっかきまわし始めた。そして「ああ、あった」と言うと、インディアペーパーの年鑑をめくった。母親が部屋に入ってきて、酒瓶のほうに駆け寄ると、カリムのほうなど見向きもせず、グラスに注いでいる。息子しか目に入っていないようだ。それは鳥のようにせわしなく動く、憎しみに満ちた目だった。司祭は年鑑を読みながら言った。

「母さん、向こうへ行っててくれよ」

母親は両手でグラスを持ったまま、何も答えなかった。骨ばった関節は瘤《こぶ》のようだ。それから突然カリムに目を向けると、甲高い声をあげた。

「あんた、どなた？」

「ママ、あっち行ってろって」そう言って、司祭はカリムのほうに向きなおった。「これです。十軒の修道院に印をつけておきましたから、メモを取りたければ……でも、それぞれかなり離れてますよ……」

カリムはページに目を通した。指示された村の名前には、何となく聞き覚えがあった。彼は手帳を取り出し、正確に書き写した。

「あんた、どなた？」と母親が繰り返した。

「部屋に戻れよ、ママ！」そう叫ぶと、司祭はカリムのそばに来た。

「要するに、捜しものは何なのです？　お手伝いできると思いますが……」

カリムはサインペンを立てて、司祭をじっと見つめた。

「尼さんを捜しているんです。写真を集めている尼さんを」

「写真といいますと？」

それは一瞬のことだった。けれどもカリムは、司祭の目がきらりと光るのを見逃さなかった。

「もしかして、そんな話を前にも聞いたことがおありでは？」

司祭は頭を掻いた。

「いえ、わたしは……何も」

カリムは尋ねた。

「あなた、おいくつですか？」

「わたしですか？　ええと……二十五ですけど」

母親が耳をそばだてながら、もう一杯酒を注ぐ。

「サルザックの生まれで？」とカリムは続けた。

「そうですが」

「それじゃあ、学校もここで？」

司祭は肩をすくめた。

「ええ、大学まで。それから……」

「小学校はどこへ行きました？　ジャン＝ジョレスですか？」

「そうですよ。でも……」

突然、カリムはひらめいた。

「彼女、来たんですね、ここに？」

「何ですって？」

「尼さんですよ。わたしの捜している尼さんが……クラス写真を買いに来たんだ。くそ、生徒の家をまわって、クラス写真をすべて集めたんだ。ジュード・イテロと同じクラスでしたね？

この名に覚えがあるはずだ」

司祭の顔面は蒼白だった。

「わたしには……何のことやらさっぱり」

そのとき、母親が大声をあげた。

「どういうことなの、それ？」

カリムは両手を顔にあてた。まるで自分自身の顔の上で、ページをめくるかのように。

「最初から説明しましょう。あなたが普通に学校教育を受けたなら、一九八二年には中級科の二年だったはずだ。違いますか？」

「でも、十五年近くも前のことじゃないですか！」

「そして一九八一年には中級科一年だ」

司祭は肩を引いて、体をこわばらせた。指が椅子の背を握り締めている。まだ若いのに、その手は母親と変わらなかった。すっかり年老いて、静脈の浮き出た手だ。

「ええ……年代は一致するようですが……」

「だったらあなたは、イテロという名の少年と同じクラスだった。ジュード・イテロ。変わった名前だから、思い出してみてください。わたしには、とても大事なことなんです」

「いや、はっきり言って、わたしは……」

カリムは一歩前に出た。

「でも、写真を捜していた尼さんのことは覚えてますね？」

「わたしは……」

母親は一部始終を聞いていた。

「なんて子なの。このアラブ人が言っていることは本当?」

母親は後ろを向くと、ちょこちょことドアに駆け寄った。その間にカリムは司祭の肩を押さえつけ、耳元でささやいた。

「話してくれ。なあ、おい、おれの疑問を晴らしてくれ!」

司祭はスポンジ・マットレスの隅に倒れ込んだ。

「あの晩、何が起きたのか、いまだによくわからないんだ……」

カリムはひざまずいた。司祭はこもった声で、ひと言ひと言区切るように話した。

「あの人はやって来たんだ……ある夏の晩に」

「一九八二年の七月?」

司祭はうなずいた。

「あの人はうちのドアを叩いた……暑い晩で……本当に、うだるような暑さだった……まるで日中の名残が、石を火照《ほて》らせているみたいで……どういうわけか、わたしはひとりで家にいた……ドアを開けると……なんと……わかりますか? わたしはまだたった十歳で、その尼さんは薄暗がりのなかから現われた。黒と白のベールをかぶって……」

「尼さんは何て言ったんだ?」

「最初は学校の話をしてた……成績のことだとか、好きな教科だとか。とても優しい声だった……それから、クラスメートを見たいって言ったんだ……」司祭は汗でぐっしょり濡れた顔をぬぐった。「だからわたしは……わたしはクラス写真を持ってきた……全員が写っている写真を……あの人に友達を紹介するのが誇らしかった。わかりますか？　そのとき、何かを捜しているんだってわかった。長いこと写真を見ていたけど、それを持っていっていいかと尋ねた……思い出にって、あの人は言ってた……」

「ほかの写真も要求したのか？」

司祭はうなずいた。声がかすれている。

「去年の、中級科一年の写真も欲しいって」

思ったとおりだ。この二クラスに在籍した生徒にひとりひとり尋ねてみても、きっと誰ひとりクラス写真を持っていないだろう。でも、どうして修道女が写真なんか集めたんだろう？

カリムは、闇に包まれた石のジャングルに足を踏み入れたような気がした。

ドアから母親がまた姿を現わした。胸に靴の箱を抱き締めている。

「なんて子でしょう。写真をあげちゃうなんて。クラス写真を。あんなに優しくって、かわいかった頃の……」

「静かにするんだ、ママ！」そう言って司祭は、カリムの目をじっと覗き込んだ。「あの頃はもう、聖職者になることが決まってたんだ。わかりますか？　だから背の高い女の人に、何だか催眠術でもかけられたみたいになって……」

「背の高いだって？　尼さんは背が高かったのか？」

「いや……どうだったか……まだ十歳だったから……でも黒いケープをまとった姿は、今でもはっきり覚えている……穏やかな声をしていて……写真を欲しいって言うものだから、ためらわずにあげたんだ。そうしたら、わたしに祝福を授けて、姿を消した。きっとあれは何かの御《み》しるしなんだ。そうわたしは思って……」

「なんて子でしょ！」

カリムは激怒している老母に目をやり、それからまた息子のほうを見た。司祭は思い出に閉じこもろうとしている。カリムはなだめるような口調で尋ねた。

「どうして写真が欲しいのか、尋ねてみなかったのか？」

「いいや」

「ジュードの話は？」

「いいや」

「金を貰ったのか？」

「貰うはずないだろ！　あの人は写真が欲しいと言った。それだけだ！　わたしは……あの訪問が御《み》しるしだと思ったんだ、わかりますか？　神の感謝なのだと！」

司祭はすすり泣き始めた。

「あの頃はまだ、自分がこんな飲んだくれのろくでなしだとはわからなかったんだ。安酒に漬かった能なしさ。おまけにおふくろはこんな……自分でも知らないものを、どうやって与えればいいんだ？」司祭はカリムの革ジャケットにしがみつき、哀願せんばかりだった。「闇に包まれているときに、どうやって光をもたらせばいいんだ？　どうやって？　いったいどうやって？」

母親が持っていた靴の箱を放すと、写真が床に散った。彼女は爪を立てて息子に飛びかかり、背中や肩に小さな拳の雨を降らせた。

「なんて子なの、なんて子、なんて子！」

カリムは恐ろしくなって後ずさりした。まるで部屋じゅうが、小刻みに震えだしたかのようだった。もう退散しなくては。さもないと、こっちまで気が変になりそうだ。でもカリムには、まだ訊かねばならないことがあった。彼は母親を押しのけ、司祭の前に屈み込んだ。

「すぐに出ていく。そうしたらすべて終わる。あんた、その後も尼さんに会ったことがあるだろ？」

司祭は、涙で顔をくしゃくしゃにさせながらうなずいた。

「何ていう名前なんだ？」

司祭は洟をすすった。母親は、ぶつぶつとわけのわからないことを言いながら、行ったり来たりしている。

「名前は？」

「アンドレ修道女」

「どこの修道院だ？」

「十字架の聖ヨハネ修道院。カルメル修道会の」

「場所は？」

司祭は顔を両腕の間にうずめた。カリムは肩を持って彼を起こした。

「場所はどこだ？」

「セトとアグド岬の間……海のすぐ近くだ。疑問に囚われ、悩んでいるときには、会いに行ってる。わたしにとって、あの人は救いなんだ。わかりますか？　助けなんですよ」

そのときにはもう、風にばたばたと鳴るドアの外を、警察官は車に向かって駆けているところだった。

# V

## 22

空がまた暗くなり始めていた。どんよりとした雲の下に、ベルドンヌ山塊の大尖峰がそびえ立っている。その姿は、まるで黒く恐ろしい大波が固まって、そのまま石になってしまったかのようだった。小さな木々が立ち並ぶ斜面は、登るに従い霧で白く曇り、幻想的な雰囲気を醸していた。真っすぐ上方に伸びたロープウェーのケーブルは、雪の上に張った麻綱のようだった。

「きっと犯人は、まだ生きていたレミー・カイヨワを連れ、あそこに登ったのだろう」そう言ってニエマンスはにやりとした。「ロープウェーのどれかを使ってね。経験豊富なクライマーなら、機械を作動させるのはたやすいことだ。昼、夜、いつ何どきだって」

「あそこに登ったって、どうしてそんなにはっきりと言えるんです？」

若い地質学教師ファニー・フェレイラが尋ねた。本当に素晴らしい女性だ。防風フードをかぶった顔から、若さとみずみずしさがはじけていた。こめかみのあたりで髪がくるっとカールし、日に焼けた肌を照らすように二つの目が輝いている。無垢な生命が織りなすこの肉体にかぶりつきたい。ニエマンスはそんな欲望に苛まれた。

「死体はこのあたりの山から、氷河のなかを運ばれて来たという証拠がある。直観的に見て、その山はベルドンヌ山塊の大尖峰だ。そして氷河はヴァレルヌ圏谷《カール》のものだろう。その山頂からなら、大学と町が見おろせるからな。それにキャンパスにつながる川は、ヴァレルヌ圏谷《カール》の氷河から流れ出ているし。思うに犯人は、被害者の遺体をゴムボートか何かにでも乗せて、川をつたって谷に下ってきたんだ。あとはそれを岩の間に押し込め、川面に映るようにすれば……」

ファニーは引きつったような目であたりを見まわした。憲兵隊員たちが、ロープウェーのゴンドラの周囲を行ったり来たりしている。銃器や制服がひしめくなかに、緊張感が漂っていた。ファニーは、まだよくわからないといった顔で尋ねた。

「だからって、どうしてわたしまで来なくてはいけないんです?」

彼はにやりとした。雲がゆっくりと空を流れている。まるで太陽を埋葬するための葬列のように。ニエマンスもゴアテックスのジャケットに、ケヴラーテックの防水オーバーズボンといういでたちだった。ズボンの裾は、登山靴の上からくるぶしのあたりで縛ってある。

「簡単な話ですよ。わたしは手がかりを捜しにあそこに登るつもりですが、ガイド役が必要なんでね」

「何ですって?」

「ヴァレルヌ圏谷《カール》の上空を飛んで、目印を捜そうと思うんですが、案内をしてくれる専門家が要るんですよ。すぐにあなたのことが頭に浮かびました」ニエマンスはまたにやりとした。

「この山は庭みたいなものだって、ご自分でおっしゃったじゃないですか」

「嫌です、そんな」

「まあまあ。現場検証の立会人として召喚したっていいんですよ。いや、単にガイドとして徴用することだってできるんです。国家試験の免状も持っているそうじゃないですか。言い争いはやめましょう。ヘリコプターで山をひと飛びし、圏谷《カール》沿いに行くだけです。ほんの数時間ですむことですから」

ニエマンスは、連絡係の近くで待っていた憲兵に合図をした。憲兵たちは大きな防水のザックを、数メートル先の斜面に降ろした。

「用具を持ってこさせました。確認なさるんでしたら……」

「どうしてわたしを呼んだのですか？」ファニーはまだ食いさがっていた。処女にしかなつかないという一角獣よりかたくなな態度だ。「憲兵の誰かだって、かまわないはずだわ」彼女は背後でせっせと働いている男たちを指さした。「山の遭難救助は、彼らの仕事でしょ？」

警察官はファニーに顔を近づけた。

「実はあなたをハントするためでね」

ファニーはニエマンスをきっと睨みつけた。

「警視正さん、岩の割れ目にはまった死体を見つけてから、まだ二十四時間もたっていないんですよ。さんざん尋問され、警察で何時間も過ごしたんです。もしわたしがあなたなら、もっと男らしい口説き文句でやさしく言い寄りますけどね！」

ニエマンスは相手をまじまじと見つめた。殺人事件の、陰気な雰囲気のなかだというのに、このたくましく野性的な女の魅力に圧倒されていた。ファニーは腕組みをして続けた。

「それで？　もう一度訊きますが、どうしてわたしなんです？」

彼は地面から苔むした枯れ枝を一本拾うと、神経質そうな手つきでしなり具合を確かめた。

「あなたが地質学者だからです」

ファニーは眉をひそめた。表情が真剣になっている。ニエマンスは説明を始めた。

「分析によると、被害者の遺体から見つかった水には、六〇年代以前にも遡るような成分の痕跡がありました。現在では存在しない汚染の残滓《ざんし》が含まれていたのです。三十五年以上も前にこの地方に降った雨の残滓です。それが何を意味するか、わかりますか？」

ファニーは不審そうな様子だったが、何も答えなかった。ニエマンスはひざまずき、木の枝で地面に横線を数本引いた。

「わたしが調べたところによると、一年じゅう凍っている高山の氷河では、毎年の降水が万年雪の上に厚さ二十センチの層を作るそうです」彼は地面に描いた横線の層を指さした。「これらの層はそのまま永遠に残って、クリスタルの古文書室となるんです。だからあの死体はそんな氷河を抜け、過去からの水を運んできたというわけです」

そう言ってニエマンスはファニーを見た。

「だから、あの氷に潜ってみようと思いましてね、ファニーさん。昔の水があるところまで、降りてみたいんです。そこで犯人は被害者を殺害したわけですから。あるいはそこに運んだか、それはわかりませんが。そんな深い氷の穴に入り込めるクレバスを発見できる科学者が、必要なんです」

ファニーは地面に片膝をついて、草の間に描かれた絵を見つめている。灰色の無機質な光は、地面に照り返していっそう弱々しかった。ファニーの両目は、雪に覆われた星のようにきらめいているが、心の内ははかり知れなかった。

「でも、もし罠だったら?」とファニーはつぶやいた。「犯人はその氷を取ってきて、あなたを山頂におびき寄せようとしているのだとしたら?　あなたの言う層は、標高三千五百メートル以上のところにあるのよ。散歩気分で行ける場所じゃないわ。そこではあなただって本来の力を発揮できずに……」

「その点は考えましたよ。それなら、あれはメッセージだったことになる。登ってきてほしいと犯人が言うなら、登ってやろうじゃないですか。ヴァレルヌ圏谷《カール》に、どこか過去の氷に到達できるような場所をご存じですか?」

ファニーは小さくうなずいた。

「何か所くらいあります?」

「あの氷河なら、思いあたるクレバスはひとつだけだわ。特に深いのがひとつ」

「おあつらえ向きだ。だったら二人でその深淵に降りてくれますね?」

突然、ヘリコプターの轟音が空にこだました。ばたばたというローターの羽音が近づいてくる。草むらが波打って膨らみ、数メートル先の川面が震えた。

「行ってくれますね？ ファニーさん」とニエマンスは繰り返した。

ファニーは轟音をたてるヘリコプターに目をやり、豊かな巻き毛に手をやった。ちょっとかしげたその横顔に、ニエマンスはぞくぞくとした。

「しっかりつかまってなくちゃだめよ、警視正さん」とファニーは微笑みながら言った。

## 23

空から見ると、日の当たる山頂と暗く窪んだ谷が交互に続く地表を、土と岩と木々が分け合って覆っている。ニエマンスは初めての体験だったので、次々に変わっていくこの景色にヘリコプターの上から目を瞠《みは》っていた。暗いイバラの草原、無造作に広がる氷堆石、目もくらむような岩山にニエマンスは感嘆した。人里はなれた地平線の向こうに、地球という星の深い真実を捉えたような気がする。突然むき出しになった、荒々しくて変わることのない真実。でもやはりそれは、人間の意思には従おうとしないのだ。

ヘリコプターは起伏の迷路を抜け、川の流れをやすやすと遡りながら一路進んでいた。ここまで来ると、ほかの支流もすべてひとつになって、きらめく一本の流れになっている。パイロットの脇に坐ったファニーは、そこかしこで光を放つ流れを注意深く観察していた。ここからは、彼女が作戦の指揮を執るのだ。

森の緑もとぎれとぎれになった。木々は自分の影に身を隠し、空と競うのをあきらめたかのように小さくなっている。今度は黒い土が表われる番だ。ほとんど一年じゅうかちかちに凍りついた、不毛な地帯だ。黒く陰気な苔、凍りついた沼地が、もの悲しい気分を掻き立てる。やがて大きな灰色の頂がいくつか見えてきた。石に覆われた稜線は、まるで大地の溜息に吹き寄せられたかのようだった。その向こうに続く新たな窪地は、難攻不落の城砦に巡らせたお堀さながら。山はそこにあった。山はむき出しの裸身をさらしてそびえ立ち、そのまわりに切り立った支脈が広がっている。

着いた先は、目もくらむような景色だった。一点の曇りもなく続く白色。雪に覆われたドーム状の丘が並んでいる。クレバスは、秋とともにその口を閉じてしまう。ニエマンスは水の流れがあるのに気づいた。流れは真ん中あたりから凍りかけている。灰色の曇り空にもかかわらず、蛇行する流れは、白く燃え上がる炎のように輝いていた。ニエマンスは脇に防御板を張った合成樹脂のゴーグルをはずし、犯行に利用された川を眺めた。澄みきった流れの底に、空の名残を閉じ込めたかのような青い線が見える。ローターの轟音も、ここでは雲の合間に吸い込まれてしまった。

ファニーは前の座席でせっせとGPS（グローバル・ポジショニング・システム）を操作している。クォーツの小さな表示板のついた受信機で、衛星データをもとに自分の位置を割り出す機械だ。彼女はヘルメットについたマイクを取り、パイロットに声をかけた。

「向こうよ。北東の方角に圏谷《カール》があるわ」

パイロットはうなずいて、おもちゃの飛行機でも飛ばすように急カーブを切った。向かう先には、全長三百メートルはあろうかというブーメラン形の大クレーターがあった。裂け目は尖頂のいちばん端の斜面まで続き、そこから徐々に消えかけている。内部には恐ろしげな氷の塊が岬のように張り出して、高みに向けては目もくらむような輝きを放ち、斜面の奥には暗い反射光を投げかけていた。底では氷が何層にもなって積み重なり、押し合って砕けたあげく、氷の刃《やいば》となって散らばっていることだろう。ファニーはパイロットに呼びかけた。

「ここだわ。この真下が大きなクレバスになってるの」

ヘリコプターは氷河の端へ向かった。階段状になった半透明の稜線が、長い断層に続いている。暗黒の亀裂は、雪で厚化粧した顔が笑っているかのようだった。ヘリコプターは、舞い上がる粉雪のなかに着陸した。ローターの巻き起こす風が、雪の上に大きな畝《うね》を作っている。

「二時間です」とパイロットは大声で言った。「二時間後に戻ってきます。そのあとでは、暗くなってしまいますから」

ファニーはGPSを調節してパイロットに渡し、迎えに来てもらう地点を指示した。パイロットはうなずいた。ニエマンスとファニーは、それぞれ大きな防水ザックを背負って地面に降り立った。

ヘリコプターはすぐに飛び去り、空の彼方へ消えていった。万年雪の静寂のなかに、二つの人影を残して。

しばらく精神集中の時間があった。ニエマンスは顔を上げ、氷の断崖を検分した。断崖の縁に立つ二人は、まるで白い砂漠に置かれた小さな豆粒のようだった。彼は目を瞠り、全神経を研《と》ぎ澄ませた。険しい情景とは対照的に、雪のかすかなささやきが聞こえるような気がした。凍りついた雪が、内気な心をそっと奥に秘めたまま、かさこそ音をたてているような。

ニエマンスはファニーに目をやった。体を思いきり反らせ、肩を広げて深呼吸している。まるで澄みきった冷気で、体をいっぱいに満たそうとするかのように。山に来たせいで、すっかり上機嫌になっている。この女は、光る水しぶきと低い気圧のなかにいるときだけが幸福なのだろう。彼はそう思った。まるで妖精のようだ。山から生まれた女。ニエマンスはクレバスを指さし、尋ねた。

「どうしてこれなんです？　クレバスなら、ほかにもあるのに」

「あなたの言うような層に達するほど深いクレバスは、これしかないわ。深さ百メートルもあるのよ」

ニエマンスは近づいてみた。

「百メートルですって？　でも、六〇年代頃の層に達するには、数メートル下るだけでいいはずだが。わたしの計算では、一年に二十センチの割合だから……」

ファニーは笑みを浮かべた。

「理屈上はね。でも、この氷河は平均にはあてはまらないの。氷は膨張するから、洗面器状の容器のなかでは、斜めに押されて盛り上がるものなのよ。実際、この淵に毎年張る氷の層は、約一メートルの厚さになるわ。だから計算をやりなおしてごらんなさい。それで三十五年分ほど遡るとしたら、どれくらい下に降りなくてはいけないか……」

「……つまり三十五メートル以上？」

ファニーはうなずいた。青っぽい氷の壁のどこからか、ちょろちょろと水が流れ出ている音がする。まるで清流の溜まり場が、小さく笑っているようだ。ファニーは背後の深淵を指さした。

「この断層を選んだわけは、もうひとつあるの。ここから最後のロープウェー発着所まで八百メートルほどしかないでしょ。もしあなたの考えたとおり、犯人が被害者をクレバスに連れてきたのだとしたら、間違いなくここでしょうね。歩いてくるには、いちばん来やすいクレバスだから」

ファニーは地面にどっかりと腰をおろし、ザックを開いた。鉄のアイゼンを二組取り出し、ひと組をニエマンスに投げてよこす。

「これを靴につけて」

ニエマンスは靴の縁に合うよう調整しながら、金属製の爪がついたアイゼンを装着した。それから鐙《あぶみ》のようにラテックスのベルトで留める。ニエマンスは、子供の頃ローラースケートを履いたときのことを思い出した。

ファニーはもうザックから、ネジを切った大きな釘を取り出していた。先端には細長いリングがついている。「アイスピトンよ」と彼女はひと言説明した。息が凍りついて、きらきらと輝いている。次にファニーはアイスバイルを掴んだ。柄のところが膨らんでいて、ニッケルめつきをした各部分が取りはずせるようになっている。興味津々で眺めているニエマンスに、ファニーはヘルメットを手渡した。ギアはどれもとても洗練され、なおかつとてもシンプルだった。よくはわからないが、画期的な材質でできているのだろう。色合いはといえば、まるでキャンディーのように鮮やかだ。

「こっちに来て」

そう言ってファニーは、ニエマンスのウエストと太腿のまわりに、キルティングした安全ベルト《ハーネス》をはめた。それはまるで、ベルトとリングが複雑に絡み合った迷宮のようだった。けれどもファニーは、数秒ではめ終えてしまった。そしてモデルの具合を確かめるデザイナーのように、少し後ろにさがった。

「よく似合ってるわ」ファニーは微笑んで言った。

それから彼女は、複雑な形をしたランプを取り出した。電気装置部分に革ベルトが通してあり、反射鏡の前に平たい心棒が立っている。ニエマンスは、この鏡にちらりと映った自分の姿を見た。顔は目出し帽ですっぽりと覆い、ヘルメットをかぶって、ハーネスとアイゼンを装着したいでたちは、何やら未来派の雪男といった趣《おもむき》だ。ファニーはランプを警視正のヘルメットにセットした。そこから管を肩の後ろにまわし、管とつながったボンベを彼のベルトに装着した。「これはアセチレン・ランプ」と彼女は小声で言った。「カーバイドを使ってるの。必要なときが来たら、合図するから」ファニーは顔を上げ、ニエマンスに向かって重々しい口調で続けた。

「氷のなかはまったくの別世界よ、警視正さん。通常の反射神経や習慣、思考パターンは捨てなさい。何も信用しないこと。氷壁に映って見える影も、氷壁の硬さや外観も」ファニーは自分のハーネスを締めながら、深淵を指さした。「氷のはらわたには、びっくりするような驚異が満ちてるけど、いたるところに罠が仕掛けられているのよ。あなたが知っているような氷とはわけが違うわ。ものすごく圧縮されていて、コンクリートより硬いけど、ほんの数ミリの薄氷の下に、奈落が潜んでいることもあるの。何をどうするのか、わたしの指示どおりにしてちょうだい。自分勝手な判断は禁物」

ファニーは言葉に重みを持たせようとするかのように、ちょっと間を置いた。結露のせいで、顔のまわりにうっとりするような光輪ができている。彼女は髪をまとめて小さく結うと、目出し帽をかぶった。

「それじゃあ、このポットホールから入りましょう。起伏があるから、降りやすいわ。わたしが最初に行って、ピトンを打ち込むから。氷に裂け目を入れて、なかに溜まっているガスを逃がすの。その勢いで、ときには数十メートルものひびが入ることもあるわ。ひびは縦にも横にも入るから、氷壁から離れていてちょうだい。雷のような音がするかもしれないけど、音自体は何でもないわ。でもその拍子に、氷の塊とか石が落ちてくることもあるの。あたりによく目を配っていてね。じっと見張って、何にもさわってはだめ」

ニエマンスはファニーの指示を頭にたたき込んだ。くるくると髪の巻いた娘に命令を受けるなど、これが初めてだ。自尊心を傷つけられたニエマンスが身震いしているのを、ファニーは見逃さなかった。楽しげだが威圧的な口調で彼女は続けた。

「時間と距離の感覚がなくなるから、目印になるのはザイルだけよ。百メートルザイルの入った袋をいくつも用意してあるけど、進んだ距離はわたしにしかわからないわ。あなたはわたしのあとについて、わたしの命令に従うこと。イニシアティヴを取ろうとしてはだめ。自分で何かしようとしないこと。わかったわね？」

「いいだろう」とニエマンスは溜息をついた。「注意はそれだけですかね？」

「いいえ、まだあるわ」

そう言ってファニーは、雲に覆われた空を見上げた。

「探索を引き受けたのは、空が荒れ模様だったからこそよ。もしまた太陽が顔を出したら、すぐ上に戻らなくてはならないわ」

「どうしてです？」

「氷が溶けだすからよ。水流が目をさまし、氷壁に沿ってわたしたちの頭上に降り注いでくるわ。温度二度以下の水よ。でもわたしたちのほうは、動いているせいで体が火照っているでしょ。だから、一発で心臓麻痺を起こす危険があるってわけ。たとえ心臓麻痺は起こさなくとも、すぐに冷水ショックでおしまいね。全身がかじかんで、体の動きが鈍くなり……簡単に説明できないけど、要するに数分もすれば体がかちかちになって、ザイルの先にぶら下がった彫像みたいになるってこと。だから何があっても、何を見つけようとも、陽が照ってきたなと思ったらすぐ上に上がるのよ」

今説明された現象が、ニエマンスには気にかかった。

「つまりそれは、嵐の日でなければ犯人もこの裂け目に降りられなかったということですね？」

「嵐か、あるいは夜だったか」

ニエマンスはじっと考え込んだ。前に天気を調べたので、この地方は土曜日は一日じゅう晴れていたとわかっている。だから、もし犯人が被害者とともにこのクレバスに降りていったのなら、夜になるのを待っていたことになる。でも、どうしてそんな面倒くさいことをしたのだろう？　しかもそのあと、死体を持って谷まで戻ったのはなぜなんだ？

ニエマンスはアイゼンのせいでもたつきながら、断層の縁まで歩いていった。そっと覗き込んでみる。峡谷は目がくらむほどではなかった。五メートルほど下で氷壁が両側から出っ張り、ほとんどくっつきそうになっている。そこにはもう、巨大な貝の唇に似た狭い溝しか残っていない。

ファニーもそばにやって来て、腰のまわりにカラビナやハーケンを山ほど取りつけながら説明した。

「クレバスのなかに水が流れ込んで、数メートル下で広がるの。だから最初のひび割れを越えると、もっとずっと広くなっているわ。その下では水が氷壁に跳ね返って、削り取っていくから。なかに入って、この歯のあいだを抜けていくのよ」

「じゃあ、さらに下まで降りれば、何世紀も前の水も残っているのですか？」

「もちろんよ。北極地帯なら、そんなふうにしてとても古い時代にまで降りていけるわ。何千メートルも深く潜れば、ノアが方舟を作った洪水の水だって、そのまま残っているのよ。それに空気だって」

「空気も？」

「気泡が、氷のなかに閉じ込められているから」

ニエマンスはあっけにとられていた。ファニーはザックを背負うと、クレバスの縁にひざまずいた。一本目のハーケンを打ち込み、そこにカラビナを取りつけてザイルを通す。それからもう一度荒れ模様の空を眺め、いたずらっぽい様子でこう高らかに言った。

「ようこそ、時を遡るタイムマシンへ、警視正さん」

## 24

二人は懸垂下降《ラペリング》していった。

ニエマンスがぶら下がっているザイルは、デセンダーのグリップに通してある。降りるためにはグリップを握るだけでいい。すると押さえつけられていたザイルが少しゆるむ。握りを戻すとまたザイルが固定され、ハーネスに坐ったまま宙づりになるという仕組みだ。

この単純な動作に集中しながら、ニエマンスはファニーの指示を聞いていた。ファニーは数メートル下から、ニエマンスが滑り降りるときを合図している。次のハーケンまで来ると、まずはハーネスについたスリングで体を固定してから、次のザイルにつけ替える。ザイルのつけ替え地点に来るごとに、ニエマンスはまるで蛸《たこ》みたいだと思った。足がクリスマスの橇《そり》みたいにかしゃかしゃ鳴る蛸だ。

降りるにつれ、ファニーの上に乗り出す形になる。姿こそ見えないが、ファニーの豊かな経験は、素直に信頼できた。氷壁に沿って行くと、数メートル下でファニーがてきぱきと体を動かしているのが聞こえてくる。その瞬間、ニエマンスは無心だった。じっと精神を集中するなかで、ただ未体験の強烈な感覚を味わっていた。氷の絶壁から伝わってくる冷気。体を虚空につり下げているハーネスの装着感。蒼穹からはぎ取った夜のかけらのように、暗い青色に光る氷の美しさ。

やがて二人は空の光に別れを告げた。張り出した氷壁のすき間を抜け、深淵の奥へと入り込んでいく。ニエマンスは、巨大な動物の凍った胃のなかへ潜っていくような気がした。じっとりとした釣鐘形の氷の下に入ると、ニエマンスの感覚はいっそう敏感に研ぎ澄まされた。薄暗い、半透明の氷壁は、反射光のようにとげとげしい輝きを放っている。ニエマンスは心ひそかに感嘆した。暗闇のなかで、彼らの一挙手一投足が穴に響きわたった。

ようやくファニーは、通路のような場所に足をおろした。通路は氷壁に沿って、ほとんど水平に走っている。あとに続いてニエマンスも、この天然のステップに到着した。クレバスの壁がまた両側から狭まって、その間はもう数メートルしか開いていない。

「こっちに来て」とファニーが言った。

ニエマンスが近づくと、彼女はヘルメットのてっぺんについたスイッチを押した。ニエマンスには、ちょうど頭上でライターを点火されたような感じだった。そして突然、強烈な光が溢れ出た。ファニーのヘルメットについた反射鏡に、ニエマンスはまたもちらりと自分の姿が映るのを見た。アセチレンの燃える逆円錐形の炎が、レンズの屈折で強烈な光を放つ様が見て取れる。ファニーは手さぐりで自分のランプを点灯させ、息を切らせながら言った。

「もし犯人がこのクレバスに来たのなら、ここを通ったはずよ」

ニエマンスはよくわからないままに、ファニーを見つめた。横向きに放たれる黄色いランプの光のせいで、女の顔はでこぼこに歪んだ不気味な影に変わっていた。

「このあたりの深さね」とファニーはなめらかな壁面を指さしながら続けた。「入口から三十五メートル以上、つまり六〇年代以前の雪があるところ。その先には……」

ファニーはもうひとつザイルの袋を取り出した。それからアイスピトンを氷壁に押しあて、ハンマーで数回打ちつけた。先端のリングにカラビナをセットし、ネジ目の部分をまわしながら押し込んでゆく。まるでワインの栓抜きでもまわすように。その力に、ニエマンスは唖然とした。ハーケンが食い込むにしたがい、脇からほとばしり出てくる氷の屑を、ニエマンスはじっと見つめていた。こんな力の持ち主は、男でもめったにいないだろう。

新たなザイルを頼りに、二人はまた進み始めた。この先は、狭い通路を水平方向に行くのだ。ロープで体と体を結び、断崖の上を歩いていく。正面の氷壁に、二人の影がぼんやりと映っていた。ファニーは二十メートルごとにザイルをほどいた。そこでまたハーケンを打ち込み、次の一区間と区別するのだ。そんな手順を何度か繰り返し、百メートルほど進んだ。

「もっと行ってみる?」とファニーが尋ねる。

警視正はファニーのほうを見た。ランプのざらついた光を受けてこわばった顔が、不吉な表情を浮かべている。ニエマンスはうなずいて、無限に続く反映の彼方に消えていく氷の回廊を指さした。ファニーはまたザイルの袋を取り出し、同じ手順に入った。ハーケン、ザイル、二十メートル。そしてまた次のハーケン、ザイル、二十メートル……

そうやって、二人は四百メートルの距離まで来た。犯人が前にここを通ったことを示すような痕跡、手がかりは何ひとつなかった。やがてニエマンスは、目の前で氷壁がぐらぐらと揺れ始めたような気がした。彼方から響くせせら笑いのような、軽い振動音も聞こえる。様子がおかしい。あたりが明るく騒がしくなっている。氷に目がくらんでいるのだろうか? あわててファニーを見ると、新しいザイルの袋を取り出しているところだった。ファニーは何も気づかなかったらしい。

恐怖がニエマンスを襲った。きっと気が狂い始めているのだ。疲労のあまり、肉体と精神がついに音を上げたのだろう。ニエマンスは震えだした。寒さで骨ががくがくと軋んでいる。両手で手近のハーケンを握り締める。足がうまく前に出ない。目に涙をためながら、ニエマンスはファニーに近づいた。突然、体が倒れそうになる。足がもう体を支えきれない。錯乱はさらに激しくなった。ランプの光があたるにつれ、青っぽい氷壁はますます大きく波うっているように見えた。小さな笑い声がこだまする。ニエマンスは倒れかけた。虚空のなかに。自らの狂気に。息をつまらせながら、彼は何とか呼びかけた。

「ファニー……」

相手がふり返ったとき、ニエマンスには突然わかった。気なんか狂っちゃいない。ファニーの顔は、もうランプの光による影に歪んではいなかった。どこから射し込むとも知れぬまばゆい光線が、顔じゅうに溢れ返っている。輝かんばかりの圧倒的な美しさが戻っていた。ニエマンスはあたりを見まわした。壁面が燃え上がるようにきらめき、上からは勢いよく水が降り注いでいる。

そうだとも、狂ってなんかいない。それどころか、ファニーがザイルのセットに気を取られて見逃していた出来事を、ニエマンスは捉えていたのだ。太陽の出現。きっと地上では嵐の雲が晴れて、太陽が出ているに違いない。氷のすき間から射し込んだ散光が一面に照り返し、氷壁の溝に冷笑が広がったのだ。

気温が上がって、氷河は溶け始めていた。

「どじったわね」ファニーも事態に気づいて、舌打ちをした。

彼女はすぐに、いちばん手近のハーケンに目をやった。氷壁に埋まった根元の部分が光っている。溶けた水が、そこから涙のように壁面をつたって流れ落ちていた。下手をすれば、二人とも滑落していたところだ。深淵の奥にまっさかさまに。

「離れて」とファニーが言う。

ニエマンスは一歩退き、左に逸れようとした。足が滑る。背中を宙にのけぞらせながら身を起こし、バランスを取りなおそうと思いきりザイルを引いた。次の瞬間、ハーケンの抜ける音と壁を擦るアイゼンの音、際どいところで襟首を摑まれたショックはまさに同時だった。ファニーはそのままニエマンスを壁に押しつけた。

凍てつく水が顔を直撃する。

「動いちゃだめ」とファニーが耳元でささやいた。

ニエマンスはじっとしたまま、体を丸めて喘いでいた。その上をファニーがまたいでいく。その息づかいと汗の匂い、やさしい巻き毛の感触が伝わってきた。ファニーはザイルを結びなおし、ハーケンをあと二本、びっくりするほどすばやく打ち込んだ。

そうこうする間にも、深淵に響く音は耳を聾《ろう》さんばかりになり、水流は滝ほどに増えていった。水流がいたるところで氷壁に降り注ぎ、轟音をたてて弾けている。氷の壁面は崩れ落ちて、通路の暗礁に砕け散った。ニエマンスは目を閉じた。角度も距離も遠近も失われたこの光の宮殿に、このまま滑り落ちて消えていくような感じがした。

ファニーの叫び声で、ニエマンスは我に返った。

ふり向くと左でファニーがザイルにしがみつき、壁面から離れようとしているのが見えた。ニエマンスは超人的な力をふり絞って体を起こし、滝のように叩きつける水しぶきのなかを近づいていった。ザイルを握り締めると、首吊り人のようにぶらんと体を回転させ、真上から降り注ぐ激流を抜ける。でもクレバスに飲み込まれそうだというのに、どうしてファニーは壁から離れようとしているのだろう? ファニーが氷に向かって人さし指を突きつけた。

「あそこ。あそこにいる」と彼女は喘ぎ声を出した。

ファニーの視線の先を、ニエマンスはじっと見すえた。

彼はわが目を疑った。

透明な清流の障壁が作る鏡に、氷に閉じ込められた人影が浮かび上がっている。胎児のように体を縮こまらせ、開いた口から無言の叫びをあげた影が。その上に絶え間なく降り注ぐ水のせいで、青ざめて傷だらけの体は螺旋《らせん》状によじれて見えた。

凍死しそうな寒さと驚愕のなかでも、警視正は瞬時に理解した。今、目の前に見ているものは、真実を映し出す鏡像にほかならないのだ。彼は通路上でバランスを取りながら、弓形にそらせた体を回転させ、真向かいの氷壁を見やった。

「まさか、そんな」

ニエマンスの目は釘づけになった。反対側の壁に、紛れもない死体がはめ込まれている。血まみれの輪郭は、氷に映ったその影と混ざり合い、真っ赤にぼやけていた。

## 25

ニエマンスは書類を机に置き、バルネス隊長に向かって言った。

「死体がこの男だと、どうして言いきれるんだ？」

憲兵隊長は立ったまま、明白だと言わんばかりの身振りで答えた。

「男の母親が先ほどやって来まして、息子が行方不明だと言うんです。昨晩から……」

ニエマンスは、憲兵隊本部にあるオフィスに戻っていた。目の詰んだウールのとっくりセーターを着て、ようやく体が温まり始めたところだった。一時間前、ファニーのおかげで何とか無事にクレバスを抜け出せた。運も二人に幸いした。脱出したちょうどそのとき、ヘリコプターがそこに戻ってきたのだ。

そのあと山岳救助隊が、氷の聖堂から死体を取り出すべく必死の努力をしている間に、警視正とファニー・フェレイラは町に戻って、ひととおり医師の検診を受け終えたところだった。もうひとり別の行方不明者がいると、さっそくバルネスが報告してきた。どうやらその男と、見つかった死体の身元が一致しそうだという。フィリップ・セルティス、二十六歳、独身。ゲルノン大学付属医療センターの看護師だ。ニエマンスは熱いコーヒーを飲みながら、もう一度質問を繰り返した。

「まだ被害者の身元調べがきちんと行なわれないうちに、その男だとどうしてわかるんだ？」

バルネスは厚紙のファイルを探ると、口ごもりながら言った。

「つまり、その……似ているからで」

「似ている？」

隊長はニエマンスの前に、若い男の写真を置いた。ほっそりとした顔立ちで、髪は短く刈っである。うかれたように笑っており、目つきは暗いが穏やかだ。若者らしく、子供っぽいくらいの表情だが、どこか神経質そうでもあった。彼にはバルネスの言っている意味がすぐにわかった。この男は、第一の被害者レミー・カイヨワとよく似ているのだ。年齢も同じくらいなら、小ぶりの顔や短く刈った髪形も同じ。二人とも痩せてハンサムな若者だが、その表情には内心の不安が隠されているように思える。

「つまり連続殺人ですよ、警視正」

ニエマンスはコーヒーをひと口すすった。まだ凍りついている喉が、その灼熱に触れて飛び上がったような気がした。ニエマンスは顔を上げた。

「どういうことだ？」

バルネスは左右に体を揺すっている。片方ずつ足に体重がかかるたびに、まるで船の甲板にでもいるように、靴がきゅうきゅうと音をたてた。

「もちろんわたしは、警視正ほど経験豊富ではありませんが……でも、もし二番目の被害者がフィリップ・セルティスなら、たしかにこれは連続的犯行、つまり連続殺人だということです。犯人は外見をもとに被害者を選んでいるんです。きっとあの手の顔に……犯人のトラウマは刺激され……」

腹立たしそうに見つめるニエマンスの視線に気圧され、隊長は言葉を切った。警視正は激昂を抑え、無理に笑顔を作ろうとした。

「隊長、二人が似ているからといって、そんな小説じみた話を持ち出すのはどうかと思うがね。

とりわけ、今はまだ、身元もはっきりしていない段階だ」

「いえ……おっしゃるとおりですが……」

憲兵隊長は神経質そうにファイルをいじっている。そのなかには、町の住民たちの資料がみんな詰まっているのだろう。隊長の顔には当惑と憤懣《ふんまん》が混ざり合っていた。ニエマンスには、隊長の脳裏に躍る《ゲルノンで連続殺人》の文字が目に見えるようだった。こいつの憲兵根性は、引退するまで抜けないだろう。いや、そのあとまでかもしれない。

「ところで救助隊のほうは？」

「今ちょうど、被害者の収容作業をしているところです。というのも……遺体はすっかり氷に覆われていまして。被害者があそこに置かれたのは、昨晩のことでしょう。そうとう気温が下がらないと、あんなふうに氷ができませんから」

「遺体の回収はいつ頃になりそうだ？」

「少なくとも、あと一時間はかかりそうですね。申し訳ありませんが」

ニエマンスは立ち上がって窓を開けた。冷気が部屋に流れ込んでくる。

午後六時。

すでに夕闇が町を包み始めている。真っ暗な影が、スレート葺きの屋根と木の切妻壁をゆっくりと飲み込んでいく。石のすき間に滑り込む蛇のように、川が暗黒のなかを流れていた。セーターの下で警視正は身震いした。田舎ってやつは、まるで性に合わない。特にこの地方は。山の麓に埋もれ、寒さと嵐にさらされ、あるのは雪解けの黒い泥と氷柱の鳴る音ばかり。

どこもかしこも不機嫌で、秘密めいて、敵意に満ちていて、シャーベットのなかに埋まった果実の種のような、冷たい沈黙に凝り固まっている。

「この半日で、わかったことは？」とニエマンスはバルネスのほうをふり返って尋ねた。

「成果なしです。確認の結果、目ぼしいものは何もありません。犯人に該当しそうなホームレスも、出獄者もいません。ホテル、バスターミナル、鉄道の駅も手がかりなし。警戒線にも、何ひとつ引っかかりませんでした」

「図書館は？」

「図書館ですって？」

新たな死体が出てきたことで、本から攻める線は可能性が弱まったが、それでも警視正はひとつひとつの捜査を徹底したかった。

「司法警察の連中が、学生の読んでいる本を調べているんだが」とニエマンスは説明した。

隊長は肩を揺すりながら答えた。

「ああ、そのことで……だったら、わたしたちの担当ではありません。ジョワスノーに会って訊いてみないと……」

「今、どこにいる？」

「さあ、わかりませんね」

ニエマンスはすぐにジョワスノー警部の携帯電話にかけてみたが、電源が切ってあって応答はなかった。ニエマンスは不機嫌そうに続けた。

「ヴェルモンのほうは？」

「小隊を率いて、山の捜索を続けています。山小屋や山腹を、そりゃもう徹底的に調べてますが……」

ニエマンスは溜息をついた。

「グルノーブルにもっと援軍を要請してくれ。五十人ほど追加が欲しい。少なくともな。ヴァレルヌの氷河と、そこに行くロープウェーも捜査しなくては。あの山をてっぺんまでしらみつぶしにするんだ」

「はい、やってみましょう」

「警戒線は何か所に？」

「八か所です。高速道路の料金所。国道に二か所。県道に五か所。ゲルノンからは、ネズミ一匹抜け出させませんよ。けれども、先ほど申し上げたとおり……」

ニエマンスはバルネスの目をじっと見つめた。

「隊長、今のところ確かなのはただひとつ、犯人は熟練したクライマーだということ、それだけだ。ゲルノンやその周辺で、氷河のなかを平気で歩きまわれるような連中を、片っ端から尋問しろ」

「でも、ひと仕事ですよ。このあたりでは、クライミングは代表的なスポーツですから……」

「おれが言っているのは、熟練者だ。氷河の奥に三十メートル以上も潜って、死体を運び込めるようなやつ。ジョワスノーにも言ってあるから、彼を探して進み具合を確かめてくれ」

バルネスはあきらめ顔で答えた。

「いいでしょう。でも繰り返しますが、わたしたちは山の住民ですから、山の中腹にある村には、どんな家にも熟練したクライマーのひとりやふたりいるんですよ。クライミングはここの伝統なんです。このあたりにはまだ、水晶を集めたり牧畜をしたりしている者もいますし。ゲルノンは大学町なので、さすがにそういう仕事はすたれてしまいましたが」

「要するに、何が言いたいんだ？」

「つまり、捜査の範囲がもっと広がるってことです。山間の村まで調べねばなりません。そうすると、何日もかかりますね」

「だったら、もっと応援を頼め。村ごとに司令部を置いて、行動記録、装備の状態、位置関係を確認しろ。ぐずぐず言ってないで、容疑者を見つけてくるんだ！」

警視正はドアを開けると、最後にひと言言った。

「それから母親を連れてきてくれ」

「母親？」

「フィリップ・セルティスの母親さ。話を聞きたいからな」

## 26

ニエマンスは一階に降りた。ゲルノンの憲兵隊本部は、フランスのどこにでもある警察署のひとつだった。たぶん世界じゅうの警察署も、同じようなものだろう。ガラスのはまった仕切り壁ごしに、スチールの整理棚や不揃いなプラスチック板のデスク、煙草の焼け焦げだらけの汚れたリノリウムの床が見える。蛍光灯の白い光に照らされたこの殺風景な場所が、ニエマンスは好きだった。警察官という仕事の本質が、そこにはあるからだ。町に出て、足で稼ぐ警察官の本質が。この陰気な部屋は、警察官の使命をまっとうするための待機室、暗い洞窟にすぎない。ひとたび事件があれば、サイレンをかき鳴らし飛び出していく。

そのときニエマンスは気づいた。化繊の毛布にくるまり、憲兵隊の制服になっているマリンブルーのセーターを着た彼女が、廊下の隅に坐っている。そばに寄ると、また氷に閉じ込められたみたいにぶるっと震えがきた。そしてうなじにかかる温かい息を感じた。ニエマンスは落ち着かないのを取り繕おうと、眼鏡をなおした。

「まだ家に帰ってなかったんですか？」

ファニー・フェレイラは澄んだ目を上げた。

「供述書にサインしなくてはならないの。もう、慣れっこよ。でも、三人目を見つけるのはあてにしないでね」

「三人目？」

「三人目の死体よ」

「殺人がまだ続くと考えてるんですか？」

「あら、違うの？」

ファニーはニエマンスの顔に苦悩の表情を読み取り、ふっと息を吐いた。

「ごめんなさい。皮肉のひとつも言わないと、頭が爆発しちゃいそうで」

そう言ってファニーは、隣に坐るよう子供に指示するみたいに、ベンチの脇をとんとんと叩いた。ニエマンスは腰をおろした。首をすくめて両手を組み、踵を軽く踏みならしている。

「その、お礼を言いたくて」ニエマンスはもごもごと言った。「あなたがいなかったら、今頃氷に閉じ込められて……」

「ガイドとしての役割を果たしただけよ」

「たしかに。命の恩人なだけじゃない、期待どおりのところへしっかり連れていってくれましたし……」

ファニーの表情が厳しくなった。憲兵隊員たちが廊下を行きかうたびに靴音が響き、ワックスをかけた廊下が鳴った。

「進み具合はいかが？　つまり、捜査のほうは？　何だって、あんな残忍なことをしたのかしら？　どうしてあんな……気違いじみたことを？」

ニエマンスは微笑もうとしたけれど、うまくいかなかった。

「遅々として進まずです。直観していたことが、確かめられただけで」

「というと?」

「これは連続的な事件になると、初めから感じていました。でも、俗に言う連続殺人鬼とはわけが違います。犯人は強迫観念に囚われ、手あたり次第に犯行を重ねているのではありません。この連続殺人には、何かの動機があるんです。表にはあらわれない、きちんとして合理的な動機が」

「動機って、どんな?」

彼はじっとファニーを見つめた。その顔を、警備係の影が鳥の羽根のようにかすめていく。

「わかりません。今はまだ」

沈黙が続いた。ファニーは煙草に火をつけ、そして突然こう尋ねた。

「警官になってどのくらいに?」

「もう二十年になりますかね」

「どうしてこの仕事を選んだの? 悪者を捕まえたくてってこと?」

ニエマンスの顔に、今度は心底から笑みが浮かんだ。体じゅう雨粒だらけにした憲兵の一団が、ひとつ帰ってくるのが目の端に入る。その表情を見れば、何の発見もなかったことが知れた。ニエマンスは、ゆっくりと煙草をふかしているファニーに目を戻した。

「そんな目的なんて、すぐどこかに消えちまうもんですよ。それにね、正義だ何だっていうたわごとには、初めから興味ありませんでしたし」

「だったら、どうして？　実入りがいいから？　それとも安定した職だから？」

ニエマンスは驚いて答えた。

「面白いことを考えますね。違いますよ。この仕事を選んだのは、刺激があるからです」

「刺激って、今しがた経験したような？」

「ええ、例えば」

「なるほどね」ファニーは皮肉っぽくうなずいて、ブロンド煙草の煙を吐いた。「日々、命を賭けた危険を冒すのが生きがいの、《過激な男》ってわけ……」

「いけませんか？」

ファニーはニエマンスの姿勢を真似て肩をすくめ、祈るように両手を組んだ。笑顔は消えている。一般論のような口ぶりの裏に、ニエマンス自身の何かが委ねられていることを、彼女は見抜いているようだった。ファニーは煙草をくわえたままつぶやいた。

「もちろん、それでもかまわないけど……」

警視正は目を伏せ、眼鏡の隅からファニーの手を盗み見た。結婚指輪はしていない。包帯と痣とあかぎれがあるばかりだ。山の好きなこの女が生涯の伴侶と決めたのは、大自然の力と荒荒しい感動であるかのように。

「警官を理解するなんて、誰にもできませんよ」とニエマンスは重々しい口調で続けた。「判断するのは、なおさらです。わたしたちは暴力に満ち、無秩序で閉ざされた世界とつき合っているんです。危険で、隔絶した世界。その外にいたのでは、理解できません。でもなかに入ってしまったら、客観性は失われてしまう。警官の世界とはそういうものです。封印された世界。鉄条網で囲まれたクレーター。理解されないことが、まさにその本質なんです。けれどもひとつだけ確かなのは、車のドアに指を挟む危険も冒そうとしない役人連中の意見なんか、わたしたちは意に介していないっていうことです」

ファニーは胸を反らせ、豊かに波打つ髪に手をやると、後ろに払いのけた。土にまみれた根のようだ、とニエマンスは思った。《官能》という名のめまいを誘う根。警視正は身震いした。肌を刺す冷気に、ニエマンスの熱い血潮が抗《あらが》っていた。

ファニーは小声で尋ねた。

「これからどうなさるつもり？　次はどんな段階に？」

「捜査を続け、そして待ちます」

「待つって、何を？　新たな犯罪？　次なる犠牲者を？」

そんな挑発は無視して、ニエマンスは顔を上げた。

「山から遺体が降ろされるのをですよ。犯人は我々に、待ち合わせ場所を知らせた。第一の死体に手がかりを残し、わたしを氷河まで登っていかせたんです。だから第二の死体にも、第二の手がかりが隠してあるに違いありません。第三の死体に導く手がかりを……そうやって続いていくんです。一種のゲームなんですよ、これは。そのたびに、我々の負けが決まっているゲームなんです」

今度はファニーが立ち上がり、ベンチの隅に乾かしてあったパーカを摑んだ。

「あなたをぜひともインタビューさせてほしいわね」

「何の話です？」

「『テンポ』っていう、学内雑誌の編集長をしてるのよ」

ニエマンスは、皮膚の下で神経が張りつめるのを感じた。

「そんなこと言われても……」

「心配ご無用。たいした雑誌じゃないわ。でも脅かすつもりじゃないけど、この調子で行けば今に国じゅうのマスコミが押しかけて、もっとしつこい新聞記者に追っかけまわされる羽目になるわよ」

そんな事態はまっぴらだというように、彼は手で払いのける身振りをした。

「お住まいはどこですか？」とニエマンスは出し抜けに尋ねた。

「学内よ」

「正確に言うと？」

「中央棟のいちばん上。寮生と同じ階に部屋があるの」

「カイヨワも住んでいるところですか？」

「そうよ」

「ソフィー・カイヨワのことをどう思います？」

ファニーは感心しているような顔をした。

「変わった人よね、無口で。でもすごく美人だわ。あの二人には、他人を寄せつけないようなところがあった。うまく言えないけど……何だか、秘密を抱えているような感じで」

ニエマンスはうなずいた。

「わたしもまったく同感です。たぶん殺人の動機も、その秘密にあるのでしょう。もしお邪魔でなければ、今晩、あとでお宅にお寄りしたいんだが」

「まだわたしに言い寄るつもり？」

「ますます意欲が湧いてきましたね。それにわたしの得た情報も、真っ先にお知らせしたいんでね。あなたの雑誌のために」

「さっきも言ったけど、たいした雑誌じゃないのよ。それに買収はききませんからね」

「それじゃあ、今夜」ニエマンスは踵を返してから、ふり向くとそう言った。

## 27

一時間たっても、第二の死体はまだ氷から回収されなかった。

ニエマンスは頭に来始めていた。フィリップ・セルティスの母親が言葉少なに語る証言を聞き終えたところだった。老母の話は訛《なま》りが強くて聞き取りづらかった。昨晩、彼女の息子は、いつもの夜と同じように九時頃、仕事に出た。車は最近買った中古のラーダだった。フィリップはゲルノン大学の付属医療センターで夜勤をしており、仕事は十時からだった。翌朝、車は車庫にあるのにフィリップが部屋にいないのに気づいて、母親は初めて心配になってきた。フィリップはいったん帰宅して、それからまた出かけたことになる。けれども、もっと驚くべきことがまだその先に控えていた。母親が病院に問い合わせてみると、昨晩セルティスから連絡があり、当直を休んだというのだ。つまり息子は別な場所に行き、帰ってからまた徒歩で出かけたわけだ。「いったいどういうことなんでしょう？　あの子はどこへ行ったのかしら？」取り乱した老母は、ニエマンスの袖にすがった。母親が言うには、これはとても心配な事態なのだそうだ。息子には恋人もいないし、黙って外出することも決してなく、毎晩必ず《自宅で》寝ていたからだ。

彼はこれらの事実を冷静にまとめてみた。氷に閉じ込められたあの死体が本当にセルティスなら、母親の供述によりおおよその犯行時刻が決まってくる。犯人はセルティスを夜中のうちに捕え、おそらく拷問をしたうえ殺害して、ヴァレルヌ圏谷《カール》に運んだのだ。そして明け方の寒さにより、犠牲者を包む氷の壁ができた。けれども、これらはまだ仮説にすぎない。

詳しい供述書を取らせるため、彼は老母を憲兵隊員のところに連れていった。そして自分は書類を抱え、仕事部屋にあてた大学の実習室に戻ることにした。

服を着替えると、持ってきた資料を机に広げ、早速仕事にかかった。レミー・カイヨワとフィリップ・セルティスを比較検討して、同一犯の被害者と思われる二人の間に結びつきがないか調べ始めた。

共通項は、わずかな要素だけだった。二人とも二十五歳前後、痩せて背が高く、整っているが苦しげな表情の顔をし、短く刈った髪をしている。二人とも父親を亡くしている。フィリップ・セルティスの父親は、二年ほど前に肝臓癌で死亡しており、レミー・カイヨワのほうは八歳のときに母親も亡くしていた。最後の共通点は、二人とも父親と同じ職業に就いていることだった。カイヨワは司書、セルティスは看護師である。

一方、相違点はたくさんある。カイヨワとセルティスは別々の学校に通っていたし、育った地域も違えば、属する社会的階級も異なっている。レミー・カイヨワは地味な環境の出ながら、インテリ家庭に生まれ、大学に暮らしていた。フィリップ・セルティスはうだつのあがらない看護師の息子で、十五歳のときから父親と同じく病院で働き始めた。ほとんど無学で、ゲルノンのはずれでぼろ家に暮らしている。

レミー・カイヨワは本に囲まれて生活し、フィリップ・セルティスは病院で夜を過ごしている。セルティスには趣味らしい趣味はなかった。消毒薬の匂いが立ち込める廊下でひとりぼんやりしているか、医療センターの前のカフェで、夕方テレビゲームに興じる以外は。カイヨワは徴兵免除になっているが、セルティスは歩兵隊で兵役を務めている。ひとりは既婚だが、もうひとりは独身。一方は山歩きが大好きで、他方は村からもまったく出たことがないようだ。ひとりは分裂病で、暴力をふるう気があったらしく、もうひとりは「天使のようにやさしかった」と皆が口をそろえて言う。

となると、どうしてもこう認めざるを得ない。唯一の共通項は、二人の外見だと。細面の顔、短く刈った髪、痩せた体型、そこに両者の類似点がある。バルネスが言っていたように、犯人は外見から獲物を選んだのかもしれない。

ニエマンスは性犯罪の可能性を検討してみた。犯人はこの手の若者が好みの、抑圧された同性愛者なのだろうか。でも、そんなはずはない。「犯人の目的は、まったく別なところにありました」と、検死医がはっきり言っていたじゃないか。第一の死体にあった傷痕、拷問の跡から、医者はこう判断した。冷静で残酷で執拗なやり口には、倒錯的な欲望に狂った様子など皆無だと。それに死体には、性的な暴行を受けた跡も確認されなかったし。だったら何なんだ？

犯人の狂気は、もっと別なところから来ているのだろうか。ともかく、犠牲者にはこうした共通点がある。それに二日で二人が殺されているのだ。これは連続殺人の発端かもしれない。だとすれば、犯人は発作的な精神錯乱に取り憑《つ》かれた異常者で、まだ殺人が続くだろうという説には説得力がある。こうした懸念を裏づけるような根拠は、ほかにもあった。第一の死体に手がかりを残し、第二の死体へと導いている点、胎児の姿勢、えぐり出された眼球。川に張り出した絶壁や、透明な氷の牢獄のような、自然の舞台装置に死体を飾る大仰な演出も……けれどもニエマンスには、どうしてもその説は受け入れ難かった。

第一に警官としての日々の経験からいって、納得できないのだ。アメリカから輸入されたシリアル・キラーは、小説や映画でもてはやされているが、フランスの現実社会にそんな残忍な傾向は見られない。二十年の警察勤めのうちには、衝動殺人を犯した同性愛者や、暴力が高じて相手を殺してしまったレイプ犯、ゲームのつもりが羽目をはずしてしまったサド・マゾ愛好家を捕まえたこともある。けれども、動機もなければ手がかりも残さず、何人殺すのも意に介さないような、厳密な意味でのシリアル・キラーにはお目にかかったためしがない。その手の犯罪は、フランス人向きではないのだ。彼にはそうした現象を分析する気もなかったが、実際そういうことだった。フランスで最近の連続殺人犯といえば、ランドリュとドクター・プティオの名があがる。どちらもプチ・ブル臭芬々《ふんぷん》で、盗みとか、けちな遺産相続目当ての犯行だ。アメリカに押し寄せる大波、アメリカに跋扈《ばっこ》する血なまぐさい怪物たちとは似ても似つかない。

机の上に散らばったフィリップ・セルティスとレミー・カイヨワの写真を、ニエマンスはもう一度じっくりと観察した。厚紙のファイルから、第一の死体の写真も出てきた。恐怖が焼きごてのように、じりじりとニエマンスの意識を焦がす。こんなふうに、ただ手をこまねいているなんて耐えきれなかった。ニエマンスがこのポラロイド写真を眺めている瞬間にも、第三の犠牲者が恐ろしい拷問に苦しんでいるかもしれない。カッターで眼窩をえぐられ、ゴム手袋をはめた手で眼球がむしり取られているかもしれないのだ。

午後七時。外は暗くなり始めている。ニエマンスは立ち上がって、部屋の蛍光灯を消した。彼はフィリップ・セルティスの生活を、徹底的に調べ上げることにした。きっと何かが見つかる。何かの手がかりか、暗示のようなものが。

あるいは二人の犠牲者を結ぶ、別の共通点が。

## 28

フィリップ・セルティスと母親は、町のはずれにある小さなあばら家に住んでいた。さびれた通り沿いに、壁の剝がれ落ちたような建物の並ぶ地区の近くだ。茶色っぽい多角形の屋根と薄汚れた白いファサード。黄ばんだレースのカーテンが、虫歯をむき出して笑う口のように、屋内の闇を縁取っている。老母はまだ憲兵隊本部で供述を行なっているはずだ。家のなかからは、ひと筋の光も漏れていない。けれどもニエマンスは、念のために呼び鈴を押してみた。

返事はない。

ニエマンスは、家の周囲をひとまわりしてみた。風が吹き荒れている。冬の気配を運ぶ冷たい風だった。家の左隣に小さなガレージがある。覗き込むと、古ぼけて泥だらけのラーダが見えた。さらに行くと、家の裏に、数平方メートルの刈り込んだ芝生があった。これが庭なのだろう。

警視正は人目についてないかと周囲を見まわした。誰もいない。玄関前の階段を上り、錠を調べる。昔からよくある、安物の錠だ。難なくドアをこじ開けると、玄関マットで靴をぬぐい、被害者と思われる男の家に入った。

玄関の先に、狭苦しい居間がある。ニエマンスは懐中電灯をつけた。白い光のなかに、緑がかったカーペットや薄汚れたラグが浮かび上がる。壁にかかった猟銃、その下にはソファーベッド、不揃いの家具や、ほかにも田舎じみたがらくたの類が見えた。時代おくれの安逸、日常生活への固執が感じられる。

ニエマンスはゴム手袋をはめると、注意深く引出しを調べ始めた。特に変わったものはない。染みの浮き出た銀食器、刺繡入りのハンカチ、税金の書類や社会保険の申請書……彼は書類の山にすばやく目を通し、さらにほかにも色々と調べたが、何の変哲もない家庭の居間だった。

ニエマンスは上の階へ行った。

フィリップ・セルティスの部屋はすぐにわかった。動物のポスター、整理箱に山積みされたグラビア雑誌、テレビの番組表。頭が足りなかったのかと思うくらいに、知的な雰囲気はまるで感じられない。ニエマンスはさらに念入りな調査を始めたが、結局何も見つからなかった。ただ夜、仕事に出る生活にしては、ちょっと妙な点があった。あらゆる種類、あらゆる明るさの電球が、棚に並んでいるのだ。まるで季節ごとにでも、電気の光を変えようとしていたかのように。それにもうひとつ、昼間の光を入れないためか、夜更かしを知られないためか、がっちりして目の細かい鎧戸で窓が塞がれている。ニエマンスは、飛行機のなかで使うようなアイマスクがあるのにも気づいた。つまりセルティスは、不眠症だったのだろうか？　それとも吸血鬼の気でもあったのか？

ニエマンスは毛布やシーツ、マットレス台も上げてみた。絨毯の下に指を入れ、ポスターも手でさわってみたが、成果なしだった。とりわけ、特に女性関係をうかがわせるようなものは皆無だった。

母親の部屋も手短に調べた。この家の雰囲気に、ニエマンスの気持ちはどんどんと落ち込んでいった。一階に下りて台所と浴室、地下室も見たが、まったく無駄骨折《むだぼね》りに終わった。外に出ると、相変わらず風がガラス窓を小さく揺すっていた。

懐中電灯を消すと、思わず安堵の身震いが出た。家に忍び込んだ緊張感が和らぎ、ほっとした安心感からだろう。

ニエマンスはもう一度じっくり考えてみた。間違っていたはずはない。それなのにまさかこれほど収穫がないとは。ここで何らかの手がかり、何らかの暗示が見つかるはずだったのだ。けれどもニエマンスは、道を誤ったように見えれば見えるほど、逆に正しいのだという確信が強まった。カイヨワとセルティスを結ぶ線がある、捕えるべき真実がきっとある。

そのとき警視正に、もうひとつの考えが浮かんだ。


病院の更衣室は、ぼんやりとした鉛色だった。ロッカーの列が静かに、整然と並んでいる。人の気配はまったくない。ニエマンスはそっとなかに入った。金属製の枠に入った名札を見ていくと、すぐにフィリップ・セルティスの名が見つかった。

ニエマンスはまた手袋をはめ、南京錠を開けにかかった。ふと脳裏に記憶がよぎる。組織犯罪対策班の仲間といっしょに、完全装備で夜中に急襲をかけたときのことだ。あの頃が懐かしいとは思わない。ニエマンスは夜の闇に乗じ、どこかに忍び入るのが何よりも好きだった。けれども本当の侵入者は、ひとりそっと、非合法に侵入するものだ。

何度かかちゃかちゃとやると、錠は開いた。作業服、スナック菓子、古雑誌。それに電球とアイマスクもある。ニエマンスは鉄の音が響かないよう気をつけながら、内側の壁を手さぐりし隅々まで調べた。何もない。天井部分が二重になっていないか、隠し扉がないかも確認した。ニエマンスはひざまずいて、毒づいた。やはり、間違った方向に固執しているのだろうか。セルティスの生活をいくら漁《あさ》ったところで、何も出てきやしない。それに山のてっぺんで氷漬けになっている死体が、本当にこの独身男のものかどうかもまだわからないのに。フィリップ・セルティスは初めて家出をしたものの、何日かしてひょっこり帰ってくるかもしれない。かわいい看護師の腕にでも抱かれて。

我ながら頑固なやつだと、ニエマンスは思わず苦笑いをした。こんなところを誰かに見られないうちに、そろそろ退散しよう。そう思って立ち上がったとき、ロッカーの下に敷いたリノリウムのタイルが少し剝《は》がれかけているのに気づいた。指をつっ込んでタイルをさわりながら、二本の指で持ち上げる。セメントの格子蓋の上を手さぐりしていくと、何か指に触れるものがあり、かちゃっという音がした。さらに指を伸ばして、手を握る。その手をもう一度開くと、なかにあったのはリングのついた鍵だった。それがロッカーの下に、注意深く隠されていたのだ。

軸に沿ってついている特徴的な刻みに、ニエマンスは見覚えがあった。これは鋼板補強されたドアの錠を開けるのに使われる鍵だ。

セルティスに何か秘密があるならば、それはこの鍵が開けるドアの向こうに隠されているはずだ。

急いで町役場に行くと、帰りじたくをしている土地台帳係を、間一髪のところでつかまえることができた。《セルティス》の名を聞いても、男は眉ひとつ動かさなかった。まだ事件のことも、新たな犠牲者の身元に関しても、知られていないようだ。すでにコートを着ていた土地台帳係は、しぶしぶ頼まれた調査を始めた。

ニエマンスはそれをじっと待ちながら、ここまで来るに至った仮説をもう一度頭のなかで繰り返してみた。そうすれば、予想どおりになる可能性が増すような気がして。フィリップ・セルティスは、鋼板補強されたドアの錠を開ける鍵を、更衣室のロッカーの下に隠していた。けれども自宅のドアは、補強などまったくされていない。この鍵で開けるようなドア、戸棚、倉庫は、特に病院ならいくらでもあるだろう。でも、それならどうして隠したりしたのか？　ニエマンスは直観的に、土地台帳を見てみようと思いたった。フィリップ・セルティスに別の家がないかどうか調べるために。小屋でも納屋でも何でもいい。けれどもその頑丈な造りのなかに、もうひとつ別の生活が隠されているような家が。

まだぶつぶつ文句を言いながら、土地台帳係はカウンターの衝立《ついたて》の下から、厚紙の箱を差し出した。正面についた銅の飾り縁には、《セルティス》とインクで書かれたラベルが入っている。ニエマンスは興奮を抑えながら箱を開け、公正証書やら土地の区分図やらの書類を漁った。

一枚一枚丹念に調べ、台帳の区画番号を確認し、書類のなかにあった図面と合わせていった。所有地の住所を、ニエマンスは何度も読み返した。

なるほど、こんな単純なことだったのか。

フィリップ・セルティスと母親の住んでいる家は借家で、息子は父親のルネ・セルティスから、別の家を自分名義で相続していたのだ。

## 29

家といっても、実際はグラン・ドメノン山の麓にぽつんと建つ倉庫のようなものだった。周囲は、枯れかけた針葉樹に覆われている。建物の壁は青白いペンキが剝げ落ち、イグアナの皮膚を思わせるその色は、長年の風雪にさらされてきたことを示している。

ニエマンスは注意深く近づいた。鉄格子がはまった窓は、セメント袋でふさがれている。大きな門を入ると、その右に鋼板補強されたドアがあった。樽か金属シリンダーか資材の袋か、ともかく何か工業用の品物が入っていてもおかしくない。けれどもこの倉庫は無口な看護師のもので、しかもその看護師は、澄みきった氷河のなかで殺されたらしいのだ。

警視正はまず建物のまわりを一周し、それから鋼板補強されたドアの前に戻った。鍵穴にそっと鍵を滑り込ませる。かしゃっという軽い音とともに錠がはずれ、鍵の長いぎざぎざが金属の枠を抜け出す音がした。

ドアがゆっくりと開く。入る前に、ニエマンスはまず深呼吸をした。窓の鉄格子に並べた袋の狭いすき間から、青みを帯びた夜の光がかすかになかを照らしている。そこは数百平方メートルもあろうかと思われる、薄暗い朽ち果てた空間だった。金属製の屋根の骨組みが、いくつもの影を走らせている。高い円柱が何本か、屋根に浮かぶ光輪に向けて伸びていた。

ニエマンスは懐中電灯をつけて前に進んだ。倉庫のなかは空っぽだった。あるいは、最近物が運び出されたのだろう。小さな屑がまだ散らばっているし、セメントの床にはいくつもの傷がついている。おそらく重い道具をドアまで引っ張っていった跡だ。ここには、奇妙な雰囲気が漂っている。大慌てで何かを行なった名残のようなものが。

警視正はあたりを観察し、匂いをかぎ、手さぐりした。たしかにここは、工業的な用途で使われていたらしい。しかもかなり清潔に。消毒薬の匂いが、あたりにたち込めている。それにまた、獣の臭い、動物の臭いも。

ニエマンスはさらに進んだ。足の下に、白っぽい粉と刺《とげ》のようなものがある。ひざまずいてよく見ると、細かな金網があった。柵の見本か、換気扇のフィルターのようだ。ニエマンスはいくつか拾い出して、ビニール袋にしまった。粉と刺も集めたが、匂いはあまりせず、特徴もなかった。はっきりはわからないが、ベーキングパウダーか石膏といったところだろうか。麻薬でないことだけは確かだ。

この発見のほかにも、気づいたことがあった。どうやらここは、一年じゅう高温に保たれていたらしい。部屋の四隅にあるアースの口は、電気ストーブを取りつけるためだろう。壁にできた黒い環状の染みも、電気ストーブを置いた跡だ。

そこでニエマンスは、いくつか矛盾した仮説にいたった。動物を飼っていたなら、高い気温を保つ必要があったろう。あるいは、何かの実験が無菌状態で行なわれていたのかもしれない。病院のような強い消毒薬の匂いはそのためだ。今のところ、はっきりしたことはわからない。けれどもニエマンスは、たまらない恐怖心に襲われた。それは氷河のなかで感じたよりももっと捉えどころがなく、激しい恐怖だった。

ともかく、今、確かなのは次の二点だ。第一に殺されたフィリップ・セルティスは、ここで秘密の活動に携わっていたこと。第二に彼は殺される前、ここを急いで空にしなければならなかったこと。

ニエマンスは立ち上がると、壁を懐中電灯で照らしながら、注意深く調べ始めた。もしかするとなかに空洞があって、セルティスの片づけ忘れたものが残っているかもしれない。ニエマンスは壁を叩いて響き具合を確かめ、材質の違いを探った。壁の表面はクラフト紙が貼ってあり、その下は圧縮したグラスウールの断熱材になっている。これも保温のためだろう。

二つの壁をくまなく叩いて、ついに下から一メートル八十センチほどのところに、四角い窪みがあるのに気づいた。表面が膨らんだほかの場所とは、そこだけ違っている。すき間に沿って人さし指を入れてみると、溝がふさいであるのがわかる。さらに紙を剝がすと、蝶番《ちょうつがい》が出てきた。真ん中のすき間に爪を差し込み、ようやく壁の空洞を開くことができた。なかは棚になっており、埃が積もって黴臭《かび》かった。

棚板を手さぐりすると、表面がべとべとした平らなものが載っている。取り出してみると、それは小さな手帳だった。

興奮で上気しながら、ニエマンスはすぐにページをめくった。どのページも、わけのわからない小さな数字で埋め尽くされている。けれどなかの一ページに、数字の上に大きく斜めに何ごとかが書かれていた。その文字は、まるで血で記されたかのようだった。そうとう乱暴に書かれたらしく、ところどころで文字が紙を突き破っている。そこには激しい怒り、灼熱の噴出を思わせるものがあった。まるでこれを書いた者は、真っ赤な文字のなかにその狂気を叩きつけずにおれなかったかのように。ニエマンスはそれを読んだ。

我らは支配者にして奴隷
我らはあまねくありて、いずこにもなし。

我らは測量士
我らは緋色の川《クリムゾン・リバー》を制す。

ちぎれた茶色の壁紙とグラスウールの繊維が垂れさがる壁に、警視正はもたれかかった。懐中電灯を消しても、まだ頭のなかに光がちかちかしていた。レミー・カイヨワとフィリップ・

セルティスを結ぶものが何かはわからない。けれども、それ以上のものが見つかったのだ。ひっそりと暮らす若い看護師が秘めていた影と秘密が。小さなノートに書かれた不可解な数字と言葉は、何を意味しているのだろう？　セルティスは隠れた倉庫のなかで、いったい何をしていたのか？

ニエマンスは今までわかったことを、手短に整理してみた。冷たい風のなかで、ようやく炎の上がり始めた藁を寄せ集めるように。レミー・カイヨワは暴力的傾向のある強度の分裂症で、おそらく過去に罪を犯している。フィリップ・セルティスはこの不気味な仕事場で、秘密の活動をしていた。そして殺される数日前に、その跡を消し去ろうとした。

今はまだ、具体的な証拠、確かな事実は何ひとつない。けれどカイヨワにもセルティスにも、表の生活から想像される以上に謎が多かった。その点に間違いはない。

司書も看護師も、単なる罪なき犠牲者ではなかったのだ。

VI

30

カリムは二時間前から、はらわたを締めつけられる思いで車を飛ばしていた。顔のことが気になってしかたない。少年の顔のことが。ときには怪物のような姿を想像した。鼻も頬骨もないのっぺらぼうのような顔に、ぽっかりと開いた目だけが白く光っている。あるいは反対に、地味でやさしげな、何の変哲もない少年の顔を思うこともあった。誰の記憶にも残らないような、平凡な少年。またあるときは、あり得ない顔が目の前に浮かんでくる。波のようにうねる、形のない顔。それは自分を見つめる者の顔を映し、皆の顔をきらきらと反射して、偽善的な微笑みの下にある心の秘密を暴《あば》き出してしまうのだ。カリムは震え上がった。真実を開く鍵は少年の顔にある。そんな確信が、彼の頭に取り憑《つ》いて離れなかった。それしかない、そうとしか考えられないのだ。

カリムはアジャンでトゥールーズ方面に向かう高速道路に入った。それからミディ運河沿いに進んで、カルカソンヌとナルボンヌを通り越した。まったく呪わしいような車だった。咳き込むシリンダーと軋む部品を、ひとまとめに積み上げたような代物だ。追い風を受けてさえ、時速百三十キロ以上は出せなかった。カリムは絶えず反芻していた。すでにセト方面に行く沿岸道路に入り、十字架の聖ヨハネ修道院に刻々と近づいている。海岸沿いの、ぼんやりとした灰色の風景を見ていると、何となく気持ちが落ち着いた。カリムはアクセルをいっぱいに踏み込みながら、今度はすでに集めた合理的な要素を検討し始めた。

写真屋と司祭を訪れた結果、彼は一から事件を考えなおさねばならなくなった。ジャン＝ジヨレス小学校から消えた書類は、昨晩の侵入よりずっと以前に盗まれていたかもしれないとわかったのだ。カリムは途中で校長に電話して、尋ねてみた。「書類は一九八二年にはもうなくなっていたけれど、今までずっと誰も気づかなかった可能性もあるでしょうか？」校長は「あり得ますね」と答えた。「それじゃあ、賊が入ったために今日初めて紛失に気づいたということも？」と尋ねると、「そうかもしれません」と校長。「当時、クラス写真を手に入れようとしている修道女がいたという話は？」「聞いたことありませんわ」

けれども……カリムは出発前に、サルザックでもうひとつ確かめておいた。戸籍簿の生年月日と住所を見て、問題の二クラス——一九八一年と一九八二年の、中級科一年と二年に在籍した生徒に電話をして、確認してみたのだ。誰ひとりクラス写真を持っていなかった。写真の置いてある部屋が火事になったり、泥棒に入られたり。けれど泥棒は、その写真以外は何も盗まなかったという。なかにはおぼろげながら、修道女について覚えている者もいたが、夜のことで誰も顔を見ていなかった。こうした出来事はすべて、短い一時期——一九八二年七月に起きたのだった。ジュード少年が死ぬ一か月前だ。

六時半頃、トー盆地に沿って走っている途中に電話ボックスがあるのを見て、クロジエ署長にも電話した。服務違反を犯しかけている。そんな気持ちが頭にひっかかっていたが、もう踏み出してしまったことだ。署長は怒鳴り声をあげた。

「もうこっちへ向かってるんだろうな、カリム。約束は六時だぞ」

「今、手がかりを追っているんです」

「どんな手がかりだ？」

「ともかく、このままやらせてください。調べれば調べるほど、わたしの思ったとおりなんです。墓地の件は、何か新しくわかりましたか？」

「そんな単独捜査をして、おまえはこのわたしが……」

「どうなんです。車は見つかったんですか？」

クロジエは溜息をついた。

「ロット、ロット＝エ＝ガロンヌ、ドルドーニュ、アヴェイロン、ヴォークリューズ県で、ラーダ七台、トラバント二台、シコーダ一台の持ち主が判明した。だが我々の追っている車には、どれも該当しなかった」

「所有者のアリバイを確認したんですか？」

「いや、でも墓地の近くからタイヤの破片が見つかってな。とても劣悪なカーボン・タイヤだったんだ。つまりその車の持ち主は、元のタイヤのまま走っているわけだ。けれども見つかった車はすべて、ミシュランかグッドイヤーのタイヤを使っていた。ああいう車を買ったら、真っ先に換えるのはタイヤだからな。ほかの県まで捜査を広げているところだ」

「それだけですか？」

「ああ、今のところはな。そっちはどうなんだ？」

「逆向きに前進してますね」

「逆向きに？」

「見つかるものが少ないだけに、正しい路線を追っている確信が強まるんです。昨晩の泥棒の裏には、もっと重大な事件が隠されています」

「事件って、どんな？」

「わかりませんが、何か少年に関したことでしょう。誘拐か、殺人か。今はまだ不明です。また電話します」

署長が別の質問をしてくる前に、カリムは電話を切った。

セトの近くで、海に面した小さな村を抜けた。リヨン湾の水が陸地と混ざって、葦《あし》に囲まれた広大な湿地帯を作っている。カリムはスピードを落とし、風変わりな港に沿って車を走らせた。船は一艘も見えず、黒い大きな魚網だけが、鎧戸を閉ざした家々の間にさがっている。

人っこひとり見あたらない。

あたりには何かきつい臭いが立ち込めていた。海の匂いではない。それはむしろ酸と糞尿の混じった肥料の臭いだった。

そろそろ目的地に近づいてきた。標識に修道院方面と示されている。湿地のあちこちにある、ナイフのように細長い水たまりを、沈みかけた太陽が赤く染めていた。さらに五キロほど行くと、新たな標識が右側のルートを指し示していた。その先は葦と藺草《いぐさ》が一面に生えるなかを、ジグザグ道とカーブが続いた。

ようやく、修道院の建物が見えてきたとき、カリムは啞然とした。陰気な砂丘と密生する草むらの間に、大きな教会が二つそびえ立っている。一方の教会には細かな彫刻をほどこしたいくつもの塔があり、その先端はまるで巨大なケーキのように筋目のついたドームになっていた。もう一方の教会は、小さな石で造った赤くどっしりとした建物で、タイヤを寝かせたような平たい屋根のある、ずんぐりとした塔がひとつ張り出している。海風にさらされた二つのバジリカ風教会は、忘れられた漂着物を思わせた。こんな人けのない寂しげな場所にこんな建物があるなんて、カリムには目を疑うような光景だった。

さらに近づくと、二つの教会に挟まれて第三の建物があった。二階建てで、小さな、おどおどしたような窓が並んでいる。おそらくこれが修道院の本体なのだろうが、まるで両側の聖なる建物に触れまいとして、石造りの身を縮こまらせているかのようだった。

カリムは車を止めた。考えてみれば、こんな間近から宗教と関わったのは初めてだった。しかもこんな集中的に。彼は以前聞いた論証を思い出した。まだカンヌ＝エクリューズ警察学校にいた頃、ときどき警視たちがやって来ては、体験談を話してくれた。そのなかのひとりが、カリムに強烈な印象を残した。髪を短く刈った背の高い男で、メタルフレームの小さな丸眼鏡をかけていた。男の話は興味深かった。犯罪とは、常に証人や周囲の人間の精神に映し出されるものだと男は説明した。だから鏡を見るようにその反映を捉えねばならない、犯人はどこかの死角に隠れているのだと。

男の顔には狂気の影があったが、聴衆たちは魅了された。彼はまた、原子の構造についても語った。捜査のなかで繰り返し現われる要素、細かな事実は、たとえとるにたらないような事柄でも、しっかり記憶に留めておかねばならない。なぜなら、そこには必ずや深い意味が隠されているのだから。犯罪とは原子核のようなもので、繰り返し現われる反復的要素とは、そのまわりで振動しながら、識閾下《サブリミナル》の真実を示す電子なのだと。カリムはにやりとした。たしかにメタルフレームの警官が言うとおりだ。この指摘はカリム自身の捜査にも当てはまる。ここでは宗教が反復的要素となっているのだろう。捉えるべき真実は、今朝からずっとそのなかに浮かび上がっているのだ。

カリムは小さな石造りのポーチに歩み寄り、呼び鈴を鳴らした。数秒後、ドアのすき間から笑顔が覗いた。年老いて、白と黒のベールに縁取られた笑顔だった。カリムが口を開くよりも早く、修道女は「お入りなさい、息子よ」と言って姿を消した。

警部は暗い玄関に足を踏み入れた。薄明かりを受けた絵の上に木の十字架がひとつ、白い壁を背景にしてくっきりと浮かび上がっている。右側には、廊下沿いにいくつか開いたドアから灰色の光が漏れていた。手近なドアの奥を覗くと、艶のある椅子の列と、明るいリノリウムを敷いた床が見えた。飾り気のない、見事な祈りの場の光景だった。

「ついてきなさい」と修道女は言った。「ちょうど夕食をとっていたところです」

「こんな時間に？」とカリムは驚いた。

シスターは少女のようにいたずらっぽい表情で、笑いを抑えた。

「カルメル会の日課をご存じないようですね？　毎日、午後六時から祈りを始めねばならないのです」

カリムは人影のあとに続いた。まるで湖水に映るかのように、二人の陰影がリノリウムの床に映っている。大広間に着くと、露《あらわ》な光のもとで三十人ほどのシスターが、おしゃべりをしながら夕食をとっていた。ベールをかぶったその顔つきには、乾いて少し固くなったような感じ、聖体パンのようなかさつきがあった。何人かの目が警官に注がれる。そして何人かの微笑みが。けれどもおしゃべりはやまなかった。何種類もの言語が話されているのにカリムは気づいた。フランス語、英語、それにスラヴ系の言語、おそらくポーランド語が。シスターの勧めに従って、カリムはテーブルの端に坐った。目の前にある深めの皿には、黄土色の塊の入ったスープが盛られている。

「お食べなさい、息子よ。そんなに立派な体をしていると、さぞかしお腹も……」

ここでも《息子よ》か……けれども、シスターの言葉を撥《は》ねつけるのは気が進まなかった。カリムはスープに目を落とした。そういえば、昨日から何も食べていない。彼はがつがつとスープを平らげ、パンとチーズをぱくついた。食べ物はどれも、ありあわせの材料で作った手料理らしい、気取らない味わいだった。ステンレスの水差しから水をついで飲むと、カリムは顔を上げた。シスターが仲間と何ごとか言葉を交わしながら、こっちを見ている。

「あなたの髪形のことを話していたのですが……」とシスターはささやいた。

「髪形ですって？」

シスターはくすっと笑い声をあげた。

「その髪はどうやって編んだのかしら？」

「自然にこうなるんです」とカリムは答えた。「こんなふうに縮れた髪は、のばしておくと自然にこうなってしまうんです。ジャマイカではドレッドロックなんて呼んでまして。男は決して髪を切らず、髭も剃りません。彼らの宗教には反しますが、ユダヤ教のラビみたいなものなんです。ドレッドロックが長くのびたら、土をまぶして重みをつけ……」

そこまで言って、カリムは言葉を切った。こんなことを話している場合ではない。わざわざ訪ねてきた理由はほかにある。捜査のことを説明しようと口を開きかけたとき、シスターのほうから重々しい口調で尋ねてきた。

「ところでご用件は、息子よ？　どうして上着の下に銃など持っているんです？」

「わたしは警官です。シスター・アンドレにお会いしなければならなくて。どうしても」

修道女たちはまだ話を続けている。けれどもカリムの頼みは、きちんと聞こえているようだった。修道女が言った。

「呼びにまいりましょう」修道女はそう言って隣のひとりにそっと合図すると、今度はカリムに声をかけた。「わたしといっしょにいらっしゃい」

警部はさよならとお礼のつもりで、会食者たちに会釈《えしやく》をした。まるで街道に出没する追いはぎが、女たちのもてなしに礼でも言っているかのようだ。カリムは修道女のあとについて、また別の明るい廊下に出た。二人とも、足音はまったくたてなかった。修道女は、いきなりふり向いてこう言った。

「わかってらっしゃいますよね？」

「何をです？」

「話しかけるのはかまいませんが、顔を見てはなりませんよ。話を聞くのはけっこうですが、近づいてはいけません」

暗い穹窿《きゅうりゅう》のように弓なりに曲がったベールの端に、カリムはじっと目を凝らした。そして教会の身廊や真っ青に彩色されたドーム、ローマの空に鳴り響く鐘を思い浮かべた。カトリックの神の顔を想像するとき人の脳裏によぎる、そんなありふれたイメージを。

「暗闇の」と修道女は小声で言った。「シスター・アンドレは暗闇の誓いをたてたのです。十四年前から、わたしたちも彼女の顔を見ていません。今ではきっと、盲《めしい》になっていることでしょう」

外に出ると、巨大な建物の向こうに最後の落日が消えようとしていた。人けのない中庭に、刷毛《はけ》で塗りつけるように冷気が襲いかかってくる。二人は高い塔のある教会に向かった。その右腹に小さな木の扉が見える。修道女は服の襞を探り、鍵を取り出した。かしゃっと鍵がまわり、石をこする音がした。

シスターは、開きかけた扉の前にカリムを残し立ち去った。

暗闇のなかには、ゆらめく蠟燭と古い石の湿った臭いが立ち込めていた。カリムは何歩か進むと目を上げた。丸天井がどれほどの高さなのか、はっきりとはわからない。ステンドグラスから射すわずかな光も、すでに夕闇に包まれようとしている。蠟燭の炎は、がらんとした教会の冷気に身を縮こまらせていた。

カリムは貝殻の形をした聖水盤の脇を抜け、告解室の前を通って、何か秘密の祭具でも隠してあるような壁の窪み沿いに進んだ。もうひとつ、黒い蠟燭立てがあった。流れ落ちた蠟のなかで、いく本もの蠟燭が燃えている。

この場所は、カリムの脳裏にぼんやりとしておぼろげな記憶を呼びさました。出自や肌の色こそアラブ人だが、彼の無意識にはカトリックの信条がすり込まれていた。施設にいた頃の、寒々しい水曜日が思い出される。午後のテレビ番組が始まる前には、いつも公教要理の授業があった。十字架の道行をする殉教者、キリストの善行、増えたパンの奇跡。そんなくだらない話を、たっぷりと聞かされた……急に懐かしさがこみあげてきて、教師たちにも妙にやさしい気持ちになった。それがカリムには腹立たしかった。自分の過去には、思い出も弱みも持ちたくなかったから。今がおれのすべてだ。この瞬間に生きる男だ。少なくとも彼は、自分をそんなふうに思いたかった。

カリムはさらに丸天井の下を歩いていった。木の格子がはまった窪みの奥に、くすんだ絨毯や白い漆喰の屑、金色の刺繍絵が見える。一歩進むごとに、埃っぽい臭いが鼻を突く。突然、低い物音がして、カリムはふり返った。影のなかにあるもうひとつの影に気づき、思わず握った銃のグリップを放すまでに数秒かかった。

壁の窪みに、じっと動かず立っているシスター・アンドレがいた。

# 31

顔を伏せたシスター・アンドレの表情は、ベールに隠れてまったくうかがいしれなかった。顔が見えないとわかったとき、カリムの頭にひらめいたことがあった。シスターと少年の顔には、きっと同じしるし、同じあかしがあるのだ。二人の近親関係を示すような。シスターと少年は、きっと母子なのだ。こんな考えに気を取られるあまり、シスターが何を言ったのか、最初はわからないくらいだった。

「すみませんが?」とカリムはつぶやくように聞き返した。

「何のご用かとうかがったのです」

その声は重々しいが、やさしげだった。バイオリンの響きをかすれさせる、弓の糸のように。

「シスター、わたしは警察の者です。ジュードのことで、お話があるのですが」

黒いベールはじっと動かない。

「十四年前」とカリムは続けた。「サルザックという小さな町で、あなたはある少年に関わる写真をすべて、盗んだり燃やしたりしましたね。少年の名はジュード・イテロです。カオールでは、写真屋の買収もしました。子供たちをだまし、放火をし、盗みを犯した。すべて、何枚かの写真に写った顔を消し去るためだったのです。どうして、そんなことをしたのですか？」シスターは相変わらず微動だにしない。その顔を覆うベールは、虚空にかかるアーチのようだった。

「頼まれたとおりのことをしたのです」ようやくシスターは口を開いた。

「頼まれたって、誰に？」

「子供の母親に」

カリムは体じゅうがわさわさするような感じがした。シスターの言葉に嘘はないとわかっていた。シスターが少年の母親だという可能性は、もう考えないことにした。

シスターはカリムとの間にあった木の柵を開けた。そして彼の前を通り、藁《わら》の椅子に向かってしっかりとした足取りで進んだ。円柱の近くで祈禱台にひざまずき、頭《こうべ》を垂れる。カリムは前の列へ行き、シスターの正面に坐った。編んだ藁、灰と香の匂いが鼻を突く。

「どういうことなんです？」カリムは、顔のあるべき場所を包む黒い影をうかがいながら言った。

「ある日曜日の晩、母親が会いにやって来たのです。一九八二年六月のことでした」

「知り合いだったんですか？」

「いいえ、ここで初めて会いました。顔はよく見ていません。名前も、身元も告げませんでした。ただわたしの助けがいると、そう言っただけです。ある特別な使命のために……子供のクラス写真を破棄してほしいというのです。子供の顔がわかるものを、すべて消し去ってしまいたがっていました」

「どうして顔を消したいなんて？」

「気が狂っていたのです」

「お願いですから、もっときちんと説明してください」

「子供が悪魔に追われていると言ってました」

「悪魔に？」

「そういう言い方をしていました。悪魔が子供の顔を追いかけてくるのだと……」

「ほかに説明はなかったんですか？」

「ええ。息子は呪われているのだと言ってました。息子の顔が、悪魔の呪いを表わす何よりの証拠なのだと。それから、二人は呪いから二年間逃れ続けたけれど、不幸な事態があって、再び悪魔たちがうろつき始めたのだとも。でも、そんな説明には意味なんてありません。狂っていました。あの人は気が狂っていたのです」

カリムは、シスターの言葉ひとつひとつに注意深く耳を傾けた。《証拠》というのが何を意味するのかはわからないが、真実は明らかだった。二年間の猶予とは、サルザックで誰にも知られずに過ごした期間のことだ。それなら母子は、その前どこにいたのだろう？

「ジュード少年が本当に脅迫者たちに追われていたのだとしたら、どうしてシスターに秘密の使命を託したのでしょうか？　目立ちすぎるじゃないですか」

シスターは答えなかった。

「どうなんですか?」とカリムは小声で言った。

「子供を隠すためにあらゆる手段をこうじたけれど、悪魔はそれより強力だった。だからもう、その顔を悪魔払いするしかなかったのだそうです」

「すみません、さっぱりわけがわからないのですが」

「だから申し上げたでしょう。あの人は気が狂っていたのです」

「でも、どうしてあなただったんです？　この修道院は、サルザックからは二百キロもあるのに！」

シスターはしばらくまた黙ってから、話し始めた。

「あの人はわたしを捜し、わたしを選んだのです」

「どういうことなんです？」

「わたしは初めからカルメル修道女だったわけではありません。信仰に目覚める前は、家庭の母親でした。わたしは夫と幼子を捨てねばならなかったのです。だからこそ、懇願を聞き入れてくれるだろうと、あの人は考えたのです。そのとおりでした」

ベールの奥に満ちた影を、カリムは相変わらずじっと見つめていた。

「まだすべてを話していませんね。その女は気が狂っていると思ったのなら、どうして言うことを聞かれたのです？　どうして写真数枚のために、何百キロも離れたところまで行かれたんです？　嘘をつき、盗みをし、ものを壊してまで、どうして？」

「子供のためです。いくらあの人の頭がおかしくて、話が荒唐無稽でも、わたしは……本当に子供が危ないのだと感じました。子供を助けるには、母親の言うとおりにするしかありませんでした。たとえそれが彼女の激昂を、鎮めるにすぎなかったとしても」

カリムは唾を飲み込んだ。わさわさする感じが、また激しくなってきた。前に歩み寄ると、なだめるような口調で言った。

「母親のことを話してください。どんなふうでした、彼女の容姿は？」

「とても背が高く、とてもがっちりしていました。百八十センチはあったでしょう。肩幅も広くて。顔は見ませんでした。でも、黒く波打つような髪をしていたことを覚えています。それが後光のように、頭を覆っていました。それから、太いフレームの眼鏡をかけていました。服はいつも真っ黒で。綿かウールのセーターみたいな……」

「ジュードの父親は？　父親のことは話してませんでしたか？」

「いいえ、まったく」

カリムは祈禱台の木枠を握り、さらに身を乗り出した。シスターは無意識に身を引いた。

「その女は何度くらいやって来たのですか？」

「四、五回でしょうか。いつも日曜日の朝でした。そして、名前と住所のリストを渡すのです。写真を持っている家族の。そのあと一週間で、何とか写真を回収します。嘘をつき、盗んだり、預かったお金で買い取ったり……」

「集めた写真は女に渡したのですか？」

「いいえ、申し上げたでしょう。わたしの手で焼き捨ててほしいと言われました……彼女はやって来て、ただリストの名前をチェックするだけで……名前がすべて消えると、彼女は、何というか……安心したようでした。そして姿を消し、二度と現われませんでした。でもわたしのほうは、闇に呑まれてしまったのです。わたしは闇と、孤独を選び取りました。神の目だけを、じっと耐えることにして。あのとき以来、少年のために祈りを捧げなかった日は、一日たりともありません。わたしは……」

シスターは隠された真実に突然気づいたかのように、ここで言葉を切った。

「どうしてここに来たのですか？　どうしてこんな捜査を？　まさか、ジュードは……」

カリムは立ち上がった。香の匂いで喉がひりひりした。口を開けたまま、息を荒らげていたのだと気づいた。彼は唾を飲み込み、シスター・アンドレの脇に目を落とした。

「あなたはなすべきことをなさいました」とカリムは低くこもった声で言った。「けれども、そのかいはなかったようです。一か月後、少年は死んでしまったのですから。死因はわかりません。理由もわかりません。でもその女は、あなたが思っていたほど狂っていなかったのです。そしてジュードの墓が、昨晩荒らされました。たぶん犯人は、当時彼女が恐れていた悪魔たちに違いないでしょう。母親は悪夢のなかで生きていました。その悪夢が、再びよみがえったのです」

シスターは顔を伏せたまま、何ごとか呻いた。絹のベールが、白と黒の御簾《みす》のように、斜めに垂れ下がっている。カリムは話し続けた。声がどんどん大きくなり、しゃがれた響きが教会いっぱいに満ちた。いったい誰のために話しているのか、自分でもわからなくなっていた。シスターのためか自分のためか、それともジュードのためなのか？

「シスター、わたしはまだ新米の警察官です。ただのちんぴらで、ひとりで勝手に捜査をしてます。けれどもある意味で、昨夜の賊どもには生憎《あいにく》なめぐり合わせでしたよ」彼はまた祈禱台を握り締めた。「だってわたしは少年に誓ったんです。どうせ、どこの馬の骨とも知れない身の上だ。誰も、何もわたしを止められやしない。自分自身の信念から、駆けまわっているんです。自分自身の信念から！」

カリムはぐいっと身を乗り出した。指の下で祈禱台が砕けるのがわかる。

「だからよく考えてください。どんなことでもかまいません。手がかりになるようなことはありませんか？　母親の足取りを追いたいんです」

「わたしは何も知りません」

「もっとよく考えて！　どこへ行けば見つかりそうか？　サルザックを離れて、どこへ行ったのか？　あるいはその前、どこから来たのか？　ささいなことでいいんです。捜査を続けるための情報をください」

シスター・アンドレはすすり泣きをこらえながら言った。

「きっと……あの人は連れてきてたのでしょうけど」

「連れてきてたって、誰を？」

「子供をです」

「子供に会ったんですか？」

「いいえ、町に置いてきてました。駅の近くの、遊園地に。いつも縁日が出ているんです。わたしには行ってみる勇気がありませんでしたけど……もしかして、そこの誰かが、少年のことを覚えているかもしれません……わたしにわかるのは、それくらいで……」

「ありがとうございます、シスター」

カリムは駆け足で立ち去った。教会前の広場に出ると、硬い安全靴が火打ち石のように軋んだ。彼は顔をこわばらせ、避雷針さながらにじっと立ちすくんで天を仰いだ。ひび割れのように開いたその口から、苦悩のつぶやきが漏れる。

「ちくしょう、ここはどこなんだ？　おれはどこにいるんだ？」

32

人けのない黄昏《たそがれ》の町を抜けると、線路に沿ってその遊園地はあった。いくつも立っているスタンドにはこうこうと明かりが灯り、音楽がむなしく鳴り響いていた。月曜の晩とあっては人込みはおろか、家族連れのひと組も見あたらない。彼方では、暗い海が荒波の白い牙をむいていた。

カリムは遊園地に近づいた。観覧車がゆっくりとまわっている。軸にちりばめられた小さな電球はまともに灯っておらず、半分だけがまるでショートして消えかけてでもいるようにゆらゆらと点滅していた。風にはためく天幕の下に、ぶつかっては狂ったように半回転する電気自動車、福引、テレビゲーム、ちゃちな見せ物といった、変わりばえのしないアトラクションばかり並んでいる……教会にしろ、この縁日にしろ、アブドゥフにはまったく気の滅入る代物だった。

カリムは確信もないまま、露天商人たちに尋ねてまわった。ジュード・イテロという名をあげ、一九八二年七月という日付をつぶやく。たいてい相手は、皺だらけのミイラみたいに眉ひとつ動かさなかった。もごもごと否定されることもあった。「十四年前だって？　何寝ぼけたこと言ってんだよ」と、不審げな口調で言い返す者もいた。カリムは、深い失望感が湧き上がってくるのを感じた。誰も覚えているはずはない。ジュードは、いったい何回ここにやって来たろう？　三回か四回か、せいぜい五回だ。

それでもカリムは、じっとこらえて遊園地じゅうをまわってみた。きっと少年はどこかのアトラクションに通いつめ、誰か露天商人と仲よくなったはずだと思いながら……

ひとまわりし終えても、結局成果はまったくなかった。カリムは海辺に目をやった。堤防に植わった杭のまわりに、波が泡だった舌を這わせている。タールの海みたいだ、と警部は思った。もはや拾い集めるものも残っていないノーマンズ・ランドに来てしまったみたいだ。少年のことが、また頭をよぎる。ここはまるで、『ピノキオ』に出てくる魔法の町だ。素晴らしい見せ物につられて集まった悪童たちが、罠にかかってロバに変えられてしまう。

ジュードは何に変えられたのだろう？

車に戻ろうとしたとき、空き地の端にある小さなサーカスが目にとまった。捜査する以上、気になるところにはすべてあたってみなければ。そう思ってカリムは肩を落として歩き始め、テント張りのドームにたどり着いた。実のところそれはサーカスと呼べるほどのものではなく、仮設テントにつまらないアトラクションをひと握り集めただけらしかった。がたつく入口の上にかかったプラスチックの看板には、曲がりくねった文字で《ブラズロ一座》と書かれている。警部は二本の指でドア代わりのカーテンを持ち上げた。

なかに入ったとたん、カリムはあっと立ちすくんだ。そこでは目をくらませるような光景が待ちかまえていた。燃え上がる炎。耳に響く鈍い音。すき間風に乗って漂うガソリンの匂い。一瞬警部は、高圧電流の流れる機械を思ったが、それは炎と筋肉、火槍投げ機と人間の上半身からなっていた。薄暗い電灯の下で、火吹き男たちが舞っているのだ。上半身裸の男たちが、汗とガソリンで体をてからせ、火のついた松明に向けて燃える唾液を吹きかけている。そして扇形に移動しながら、不気味なロンドを繰り広げていた。ガソリンを口に含んでは、炎を燃え上がらせるのを繰り返し、閃光を放つ呪文を吐き出しては、ある者は体を屈め、ある者は背骨を反らせ、跳ねまわっている。

ジュードの母親を追っていた悪魔のことが、カリムの脳裏をちらりとかすめた。この長い悪夢のなかには、いつも同じ雰囲気、同じ毒気に満ちた不安が漂っている。「どの犯罪にも原子核のようなものがある」と髪を短く刈ったあの警視正は言っていた。

カリムは木の客席に坐り、しばらく見習いドラゴンを眺めていた。もう少しとどまって、この男たちにも尋問すべきだという気がした。なぜだかは、自分でもわからないけれど。ようやくなかのひとりがカリムに気づき、練習をやめて近づいてきた。手にはちろちろと炎の上がる黒ずんだ松明を持ったままだ。まだ三十は越していないだろう。けれどもその顔には、人の倍も生きたような年月の跡が刻み込まれていた。どうせ刑務所暮らしの日々だったのだろう。黒い蓬髪《ほうはつ》、黒い肌、黒い瞳。そして悪事に精を出す男の、威嚇的な表情が見て取れる。

「お仲間かい？」

「お仲間？」

「ああ、芸人だろ？　仕事が欲しいのか？」

カリムと男は、掌をぱんと打ち合わせた。

「デカだって？」

「いや、おれはデカだ」

火吹き男は近寄ると、カリムの坐っているちょうど下段の座席に踵を乗せた。

「ふん、そんなふうには見えねえがな」

男の体は燃えるように火照っている。その熱がカリムのところまで伝わってきた。

「《そんな》をどう考えるかによるさ」

「で、何の用なんだ？　所轄のもんじゃなさそうだが？」

カリムは黙ったまま、継ぎはぎだらけのテントや馬場の中央にいる軽業師たちをぐるりと見渡した。一九八二年には、この男はまだ十四歳くらいだ。ジュードと出会った可能性が、わずかでもあるだろうか？　いや、あり得ない。それでもカリムは、どうしても尋ねてみずにはいられなかった。

「十四年前、あんたはもうここにいたかい？」

「ああ、いたとも。うちの一家でやってるサーカスだからな」

カリムは勢い込んで尋ねた。

「少年の足跡を追っているんだ。その頃、ここへ来たはずなんだが。正確に言うと、一九八二年の七月だ。何週間か続けて、日曜日ごとに。その子のことを覚えている者がいないかと思ってな」

火吹き男は嘘じゃないかと確かめるように、カリムの目を覗き込んだ。

「おい、ふざけてんのか？」

「ふざけてるように見えるか？」

「ガキの名前は？」

「ジュード。ジュード・イテロ」

「十四年も前に、サーカスに来たかもしれないだけのガキを覚えているやつがいるなんて、本気で思っているのか？」

カリムは観客席から立ち上がった。

「もういい、忘れてくれ」

すると男は、いきなりカリムの上着を摑んだ。

「ジュードは何度も来たよ。おれたちの前にじっと立ってた。催眠術にでもかけられたみたいにな。まるで石の彫像さ」

「何だって？」

火吹き男は観客席を一段上って、カリムのそばに並んだ。男の息はガソリン臭かった。

「そう、あれは暑い夏だった。線路も溶けだすくらいにな。ジュードは続けて四週間、日曜ごとにやって来た。おれたちは同い年くらいだったんで、いっしょに遊んだもんさ。火吹きを教えてやったよ。ガキ同士なんてそんなもんだ。まあ、どうでもいいことだが」

カリムは男をじっと見つめた。

「十四年もたっているのに、よく少年のことを覚えていたな？」

「そういう人間を捜してたんだろ？」

「おれが訊いてるのは、何で覚えていたかってことだ」警部は声を強めて言った。

男は踏み固めた地面に飛び下りると、松明を口に近づけた。燃料を含んだ唾液を二、三度吹きかけると、火の粉が雨のようにぱらぱらと散った。

「そりゃあ、ジュードがちょっと変わっていたからさ」

カリムの体に悪寒が走った。

「顔か？　顔がどうにかなってたのか？」

「いいや、顔じゃない」

「それじゃあ何だ？」

男はさらに何度か火花を吐き出し、それから大声で笑った。

「ジュードは女の子だったのさ」

33

少しずつ、真実が姿を現わし始めた。

火吹き男の話によると、サーカスに四回ほどやって来たその子供は、うまく少年に見せかけた女の子だったというのだ。髪を短くし、男っぽい服を着て、少年らしい振舞いをして。男はきっぱりとこう言った。「女の子だと自分で言ったわけじゃないさ……秘密だったんだから、わかるだろ？　でも、何かおかしいとすぐに気づいたよ。きれいすぎたしな。まったく、惚れ惚れするほどだった。それに声や体つきもだ。十歳から十二歳ってとこだったろうが、そろそろ女っぽくなり始めてたからな。そういやもうひとつ、妙なことがあったっけ。目が何とかって病気で、虹彩の色が変わるんだ。黒い目をしてるんだが、それがインクみたいな黒なんだよ。人工的な黒なのさ。ガキだったけど、おれはすぐに気づいたね。あの子も目が痛いって、いつもこぼしてた。頭の芯までずきずきするんだと……」

カリムは今までの話を、もう一度総合してみた。ジュードの母親は、子供をなきものにしようとする悪魔に怯えきっていた。だからこそ、もともと住んでいた町を離れて、サルザックに逃れてきたのだろう。そこで母親は身元を隠し、子供の名前を変え、性別まで偽《いつわ》って徹底的に子供を別人に仕立てた。そうすればもう、誰もその子に気づかないし、会ってもわからないだろうから。けれども二年後、新しく暮らしたサルザックの町に再び悪魔が現われた。悪魔はまだその子を捜していた。そして少年は、危うく見つかりそうになった。

いや少女は、だ。

母親は恐慌をきたし、たとえ偽名とはいえ、娘の名前が載っている書類、記録、カードはすべて破棄した。特に写真は念入りに。というのも悪魔たちは、たとえ娘の新しい名前は知らなくとも、顔を知っている。それだけは確かだから。むしろ彼らが追っているのは、明白な証拠たるその顔なのだ。だからこそ悪魔たちは、真っ先にクラス写真に目をやり、捜している顔を見つけ出すに違いない。けれども、その追跡者たちはどこから来たのだろう？　彼らはいったい何者なんだ？

カリムはブラズロ・ジュニアに尋ねた。

「その少女は、悪魔について話したことはなかったか？」

男は相変わらず松明を弄《もてあそ》んでいる。

「悪魔だって？　いいや。悪魔ねえ……」彼はにやりとして仲間を指さした。「そりゃ、おれたちのことだろうよ。だいたい、ジュードはあんまりしゃべらなかったしな。言ったろ、二人とも子供だったのさ。おれは火吹きを教えてやり……」

「ジュードは興味あったのか、火吹きに？」

「あったなんてもんじゃないさ。目を輝かせてたよ。自分から習いたいって言ったんだ……護身用にね。それにママも守りたいんだと……変わった子だったよ……本当に」

「母親のことは、何か言ってたか？」

「いいや、おれも会ったことないし……ジュードは一、二時間おれといて、それから急に消えちまうんだ……十二時前のシンデレラってとこかな。そんなふうにして何回か姿を消したあと、もう二度と戻ってこなかったよ……」

「ほかに覚えてることは？　何か気づいたことはないか、手がかりになるような？」

「いや、ないな」

「たとえば、名前のこととかで……本名がどうだとか言ってなかったか？」

「聞いてないな。でも名前っていえば、やけにこだわってることがあったっけ」

「どんな？」

「おれは最初、ジウードって呼んでたんだ。ビートルズの歌みたいに、英語風にね。そうするとあの子、不機嫌になっちまう。ちゃんとフランス語風に、ジュードと呼べって言うんだ。ジュードって言ったときのちっちゃな口が、今でも目に見えるようさ」

火吹き男の顔に、まだなくさずにいた笑みが浮かんだ。忘れていた過去が、まるで瞳の奥に結晶化したかのようだった。ドラゴンは少女に恋していたのか、とカリムは思った。

「あんた、事件の捜査をしてるんだよな？」と、今度は男のほうが尋ねた。「どうして？　あの子に何かあったのか？　今なら歳は……」

カリムはもう聞いていなかった。身元を偽って二年間学校に通っていたジュードのことを考えていた。子供を学校に入れるとき、母親はどうやって書類を偽造したのだろう？　どうやって皆の目をごまかし、娘を男の子だと思わせることができたのだろう？　とりわけ、毎日子供と接している教師の目はごまかし難いはずだ。

そうか。警部はふと思いたって顔を上げると、火吹き男に尋ねた。

「ここに電話はあるか？」

「おいおい、馬鹿にすんなよ。おれたちゃホームレスじゃないぜ。ついてきな」

カリム・アブドゥフは男のあとに従った。

砂を敷いた馬場の端にある、ペンキを塗った掘っ立て小屋まで来ると、男はカリムを残して姿を消した。小さなテーブルの上に、電話が載っている。警部はジャン＝ジョレス小学校の番号をダイヤルした。テントの下で、風がごうごうと音をたてている。遠くに火吹き男たちが見えた。呼び出し音が三回鳴ったところで、男の声が答えた。

「校長先生はいらっしゃいますか？」とカリムは興奮を抑えながら言った。

「どちらさまですか？」

「カリム・アブドゥフ警部です」

数秒して、息を切らせた女の声が受話器に響いた。カリムは前置きも早々に尋ねた。

「前におっしゃっていましたよね。一九八二年度の終わりに、サルザックを離れた女性教師のことを。覚えてますか？」

「ええ、もちろん」

「その教師は八一年に中級科一年を、八二年に中級科二年を担任したんですね？」

「そうですけど」

「つまりジュード・イテロのクラスを続けて二年間担任したわけだ？」

「まあ、そういうことになるわね。でも、あのときにも言ったように、珍しくはないんです。ひとりの教師が……」

「教師の名前は？」

「ちょっと待ってちょうだい。調べてみるわ……」

校長は書類を漁った。

「ファビエンヌ・パスコー」

もちろんその名前を聞いても、カリムに思いあたることはなかった。子供の偽名とは何の共通点も共鳴もない。警部は新たに得た事実ひとつひとつを脳裏にめぐらせた。

「旧姓はわかりますか？」

「いえ、パスコーがもともとの名前よ」

「結婚してないのですか？」

「未亡人だわね。書類に書いてあるのはそれだけ。妙な気もするけど、夫と死別したあと、旧姓に戻ったようね」

「それじゃあ、結婚していたときの名は？」

「ちょっと待って……ああ、あったわ。エローよ」

また行き止まりか。道を間違えたようだ。

「わかりました。ありがとうございます……」

そのとき、一瞬ひらめいたことがあった。想像どおりその女性教師がジュードの母親だとしたら、少女の苗字《みょうじ》はもともとエローだったことになる。だったら、名前のほうは……

火吹き男が少女の名前を発音したときの話を、カリムは思い出した。少女は自分の名前を、綴りどおりフランス風に発音させたがっていた。どうしてだろう？　それが本名を思い出させてくれるからではないだろうか？　女の子でいた頃の名前を。

「少し待っててください」

カリムは受話器に向かってささやいた。

そしてひざまずくと、地面の砂に二つの名を大文字で、上下に並べてすばやく書いた。

ファビエンヌ・エロー
ジュード・イテロ

二つの名は、最後の二音節が同じ音で終わっている。カリムはしばらく考えてから、書いた名を手で消し、今度は音節で区切って書いてみた。

ジュ・ディ・テ・ロ

それをさらに書き直してみる。

ジュディット・エロー

カリムは思わず勝利の歓声をあげそうになった。ジュード・イテロの本名は、ジュディット・エローだったのだ。少年と思われていたのは少女で、母親は担任の教師だった。母親は追手の目をごまかすために旧姓を名乗り、子供の名はもとのまま男性風にあらためた。そうすれば子供は余計な混乱をしなくてすむし、新しい名前を忘れて失敗をする危険もないからだ。

カリムはぐっと拳を握った。間違いない。ことの真相はこんな具合だったのだ。母親が子供の正体を学校でごまかし得たのも、彼女自身がその場にいたからだ。そう考えれば、すべて説明がつく。サルザックの人々をやすやすと騙《だま》しおおせたことも、学校の書類を人知れず盗めたことも。カリムは震える声で校長に尋ねた。

「その教師について、もっと正確な情報を学区事務局に問い合わせていただけますか？」

「今すぐに？」

「ええ、今すぐに」

「でも……まあ、いいわ。知り合いがいるから、何とかなるでしょう。どんなことを知りたいのかしら?」

「ファビエンヌ・パスコー＝エローが、サルザックからどこへ引っ越したかです。それから、サルザックに来る前は、どこで教えていたのかも。彼女のことを知っている人も捜してください。携帯電話はお持ちですか?」

持ってるわと校長は答えて、番号を言った。少しあっけにとられているみたいだった。

「事務局に問い合わせて調べがつくまでに、どれくらいかかりそうですか?」

「二時間ってところかしら」

「携帯を持っててください。二時間後にまた電話します」

カリムは掘っ立て小屋を出ると、舞踏病のように踊り狂っているブラズロ一座に手を振った。

34

二時間をつぶさねばならない。

カリムは帽子をかぶりなおし、ステーションワゴンに向かった。車の影は海の匂いを運ぶ風に吹きさらされていた。そんな塩風のせいで、地面やアスファルトの道路までもがひび割れているかのようだ。二時間つぶさねば。たぶんこのあたりには、まだ手がかりが埋もれているはずだ。

カリムは想像してみた。ファビエンヌとジュディット、孤独な母娘が夏の日曜日、毎週ここにやって来たときのことを。彼はその場面をこと細かに思い描きながら、新たに進むべき道をささやきかけてくれるような要素を、ひとつひとつ取り出していった。朝の光のなかを母と娘が、誰ひとり知る人もいない町を、そっと身を隠すように歩いているのが見える。母親は娘の顔を守りたい一念で、悲壮な決意をしている。両性具有《アンドロギュノス》は、固く閉ざした殻の下に怯えを隠している。

どうしてだかはうまく言えないが、アブドゥフにはこの奇妙な母娘が同じ悲しみに閉じ込められているように思えた。手をつないで、黙って歩く二人……ここまで、どうやって来たのだろう？　列車で？　あるいは車で？

警部はあたり一帯の鉄道駅、高速道路料金所、憲兵隊詰め所を訪れ、何か手がかりがないか、調書が残っていないか、覚えていることはないか確かめることにした。

どうせ二時間をつぶさねばならない。収穫がなくてもともとだ。

カリムは車を発進させた。夕日に染まった赤い空は、まるで燃えつきようとする熾火《おきび》のようだ。十月の夜が、早くも闇をまとって忍び寄ってくる。

カリムは電話ボックスを見つけると、まずはロデズの司法警察本部を呼び出し、一九八二年ロット県にファビエンヌ・パスコーあるいはファビエンヌ・エロー名義で登録されている車がなかったか問い合わせた。答えは否だった。その名前で発行された車両登録証はなかった。自家用車の線は捨てきれなかったが、とりあえず次は周辺の駅をあたることにして、カリムはまた車を走らせた。

四つの駅を訪ね、四度とも収穫はゼロだった。修道院と遊園地を中心に、同心円状に何十キロもなめ尽くしてみる。見えるものといえばヘッドライトの光に浮かび上がる木々や岩、トンネルの幻想的な影ばかり……気分は上々だった。アドレナリンの分泌で体じゅうが上気し、興奮のあまり五感が冴えわたっている。大好きな感覚、はらはらするような興奮がよみがえっていた。駐車場の真ん中で、鉄塔の陰で、合鍵にやすりをかけるときに味わった感覚が。闇は恐ろしいものではない。それは彼の世界、彼がまとう外套であり、身を沈める深い水だった。闇のなかにいれば心が落ち着く。ナイフのように神経が研ぎ澄まされ、野獣のように力がみなぎってくる。

五番目の駅には、古びた貨車や青っぽいタービンがいっぱいに置かれた貨物積み下ろし場しか見あたらなかった。すぐに戻りかけて、カリムは急に思いとどまった。立っている橋の下が、ちょうど高速道路のセト東出口になっていて、三百メートルほど先に小さな料金所が見える。あそこも調べてみたほうがいい、とカリムは直観的に思った。

気になるところには、必ずあたってみなければ。

カリムは通路を通ってすぐに右折しイボノキの植え込みを越えた。プレハブ造りの建物がたくさん並んでいるのが、高速道路の管理事務所だ。明かりはまったくついていない。けれども、バラックに隣接する倉庫の近くに人影が見えた。カリムはハンドルを切って車を止め、大型トラックの下で忙しく動きまわっている男のほうへ、まっすぐに歩いていった。

いがらっぽい風がいちだんと強まった。潮風に覆い尽くされているかのように、何もかもが干からび、くすんで、埃っぽかった。警官は道路標識の板やシャベル、ビニールシートをまたいだ。トラックの荷台――塩の輸送車だった――を叩くと、大きな金属音が響いた。

男はびっくりして飛び上がった。かぶっている目出し帽は、文字どおり目の部分しか開いていない。男は白くなりかけた眉をひそめた。

「どうかしましたか？　誰ですか、あんた？」

「悪魔さ」

「何ですって？」

カリムは笑いながら荷台ににじり寄った。

「冗談だよ。警察の者だ。ちょっと話を聞きたいんだがな」

「話って言われても。明日の朝まで、誰もいませんよ。それにわたしは……」

「高速道路の料金所は四六時中やってるだろ」

「料金徴収係ならそっちの詰め所にいますから。わたしの仕事はここで……」

「わかってるさ。おれとあんたで事務所へ行き、あんたはコーヒーでも飲んでてくれればいいんだ。その間におれは、ＰＩＣを覗かせてもらうから」

「ＰＩＣ……ですか？　でも……何をお捜しで？」

「ともかく、あったかいところで話そうや」

どこにでもあるような、ありふれた事務所だった。にわか造りの狭苦しい建物。へこみだらけのドアを開けると、せせこましく区切られた部屋に化粧合板の机が並んでいる。何もかもが色あせ、活気に欠けている。薄暗がりのなかで振動音をあげているコンピュータを別にすれば。PICとは一年じゅうループ稼働をしている情報制御装置で、この地方の全道路網に関する情報を中継している。事故や故障、交通警官の出動状況などが、すべてここに記録されているのだ。

老人は自分で操作するからと言って、目出し帽を脱いだ。その耳元でカリムはささやいた。

「八二年七月だ。調べてみてくれ。事故、修理、利用者数、ともかくすべてだ。どんなささいなことも、すべて」

老人は手袋をはずすと、指に息を吹きかけ温めた。パチパチとキーを叩くと、八二年七月のリストが表示された。数字、データ、故障。手がかりになりそうなものは何もない。

「それじゃあ、名前から検索してくれるかな?」カリムは男の上に身を乗り出して言った。

「綴りは?」

「いくつかあるんだ。ジュード・イテロ、ジュディット・エロー、ファビエンヌ・パスコー、ファビエンヌ・エロー」

「何人分あるんですか、まったく」老職員はぶつぶつ言いながら、名前を入力した。

数秒後に、点滅する検索結果が現われた。カリムが近づいて尋ねる。

「どうしたんだ?」

「名前のひとつについて、何か記録がありました。でも、八二年七月じゃないですね」

「検索を続けてくれ」

男はコマンド・キーをいくつも叩いた。暗いスクリーンに蛍光色の文字で、検索結果が表示される。カリムは体をこわばらせた。画面の日付に、脳天を叩きのめされる思いがした。一九八二年八月十四日。ジュードの墓石に記されていた日だ。それから、そもそも捜査を始めるきっかけとなった、ジュード・イテロの名が。

「名前は忘れていたけれど」と老人は小声で言った。「事故のことはよく覚えてますよ。ひでえもんでした。エロン＝サンドレの近くでね。車がスリップして中央分離帯を乗り越え、遮音壁の隅に真正面から激突したんです。つぶれた車のなかから、母親と息子が見つかったんですが、死んだのは子供のほうだけでね。前に乗ってたんです。母親は打撲傷程度ですみました。肉片が反対車線まで飛んでましたよ。三車線の二倍ですよ。想像できますか？」

カリムは震えが止まらなかった。ファビエンヌ母子の逃亡は、そんなふうにして終わりを遂げたのか。遮音壁に時速百三十キロで激突して。こんなに馬鹿げて、単純な終わり方だったのか。彼は怒りの叫びを飲み込んだ。母親の危険を冒した用心が、スリップひとつですべて水の泡になってしまったなんて、どうにも納得いかなかった。

けれども考えてみれば、初めからわかっていたことでもあった。墓石に記されていたように、ジュディットは一九八二年八月に死んでいるのだから。彼女の死んだ状況が、今明らかになったのだ。カリムの目頭が熱くなった。まるで大事な人の死を知ったかのように。たった数時間だが、奔流のようにほとばしる愛を注いだ者、言葉と年月を超え、時間と空間の彼方まで追い求めた者の死を知ったかのように。

「もっと詳しく聞かせてくれ」とカリムは言った。「子供の死体はどんな様子だった？」

「それが……ラジエターグリルにはまり込んで、肉片と屑鉄の塊でしたね。まったく、六時間以上もかかって、やっと……ありゃ、一生忘れられんでしょうな……顔なんてもう……いや……顔も頭も残っちゃいなかった。何もかも」

「それで、母親のほうは？」

「まあ、本当に母親なのかはわからないのですが。少なくとも、名前は違っていましたから……」

「わかってる。で、怪我をしてたのか？」

「いえ、彼女のほうは幸運でした。血腫とかすり傷程度で……まあ、怪我なんてしてないも同じでしたね。車がひっくり返って、もろに助手席側から壁にぶつかったせいでしょうな。あのカーブでは、昔からそんな事故が……」

「どんな様子だった？」

「誰がです？」

「その女だ」

「忘れようもないですよ。ともかくでかい女でした。褐色の髪をして、顔にも幅があって。それに、大きな眼鏡をかけてましたね。全身黒ずくめで、髪はしなやかに波打って。まったく変わってました。泣きもしないんです。とても冷たい感じでした。たぶん、ショックが大きかったからでしょうけど……」

「顔は？」

「きれいでしたね」

「きれいっていうと？」

「ふっくらとした感じで、何というか……肌がつやつやとして、抜けるように白いんです」

アブドゥフは方向を変えて尋ねた。

「事故の書類はすべて保存してあるな？　報告書と、死亡証明書や何かをひとまとめにして」

ぼさぼさ頭の老人はカリムを見つめた。コーヒー豆のような瞳孔が小さくゆれている。

「要するに、何を捜しているんです？」

「いいから書類を見せるんだ」

男は手をアノラックにこすりつけると、鎧戸状になった戸棚の扉を開け、小声で事故被害者の名前を読み上げていった。

「ジュード・イテロ。あった。これですね。でも、言っておきますが、これは……」

カリムは男の手から書類を取り上げると、ページをめくった。証言、証明書、調書、保険の事故証明書。これで状況はすべてわかる。ファビエンヌ・パスコーは、サルザックで借りたレンタカーを運転していた。住所はマセ医師から聞いたものと同じ――石ころだらけの小さな谷に、一軒だけぽつんと建つあばら家だ。この点では目新しいことはない。ただ驚いたのは、母親が子供の死亡をジュード・イテロの名で、男の子として届け出ていることだ。

「わからないな」とカリムは言った。「子供は男の子だったのか?」

「ええ、まあ……」老人はカリムの腕ごしに書類を見た。「ともかく、女はそう言ってましたから……」

「そのことで、何か問題はなかったのか?」

「問題といいますと? どういうことです?」

警部は声を抑えるよう努めながら言った。

「いいか、おれが訊きたいのは、子供の性別ははっきり確認できたのかどうかってことだ」

「わたしは医者じゃないですからね! でもはっきり言って、無理だったと思いますよ。あれじゃね、死体なんてもんじゃない、ばらばらの肉片だ……バンパーに絡みついた肉……」男は顔に手をやった。「うまく言い表わせませんが……二十五年もこの仕事をしていて、事故はたくさん見てきました……いつだって恐ろしいもんです……」彼は両手を高くふり上げ、霧が立ち込めているような身振りをした。「何ていうか、ふだんはどこかに潜んでいる戦争が、時折恐ろしい勢いで噴出してくるような感じで!」

つまり死体の状況からして、母親は墓の彼方まで嘘をつきとおすことができたのだ。でも、どうして? まだ、悪魔の脅威を恐れていたのだろうか? 娘が死んでしまったのに?

再び書類をめくってみると、事故の写真が出てきた。血、曲がりくねった鉄屑。車に散乱するちぎれた肉やばらばらの手足。カリムはあわててページを飛ばした。できれば見ないで済ませたいようなしろものだ。そのあとに死亡証明書と医師の所見があり、死体の特徴はほとんど確認不能だったとわかった。

カリムはめまいに襲われ、壁にもたれかかった。時計を見ると、二時間が過ぎていた。時間つぶしに過ごした二時間に、カリムのほうが叩きのめされた思いがした。

気力を奮い起こして、残りのページに目をやると、厚紙のカードに青いインクで指紋が押されていた。カリムはしばらくそれを眺め、そして尋ねた。

「この指紋は間違いないんだろうな？」

「どういう意味です？」

「たしかにその子の指紋かってことだ」

「質問の意味がわかりかねますが、もちろん、確かですよ……スタンプ台を持ってきたのはわたしですからね。死体の残骸が袋にしまってありました。医者は小さな指を取って、押しつけたんです。血まみれの指でした。まったくもう。みんな、早く終わらせたい一心でしたよ。今でも、夢でうなされることがあるくらいで……」

カリムは書類を革ジャケットの内ポケットに押し込んだ。

「オーケー、これは預かっていくぞ」

「どうぞ持ってってください。そのほうがほっとします」

カリムは事務所を出た。自分でも驚いたことに、瞼の下が潤《うる》んで、光が星のように舞って見えた。ドアの前の階段から、老人が叫んだ。

「気をつけてくださいよ」

カリムはふり向いた。ガラスのはまったドアを肩で押さえながら、男がこちらを見ている。ガラスで半分隠れた男のシルエットに、金褐色の光が映えていた。

「何だって」とカリムが訊き返す。

「気をつけてって言ったんです。自分の影を見失わないように」

カリムは微笑もうとした。

「どうして？」

男は目出し帽を顔に下ろした。

「わたしにはわかるんです。感じるんですよ。あんたが死者たちのなかを歩いているって」

## 35

「まったく人使いが荒いわね、捜査官さん……学区事務局の知り合いに連絡を取ってみたわ……」

校長の声は興奮で震えていた。カリムは電話ボックスから、校長の携帯に電話したところだった。

「守衛さんときたら、わたしたちのことをまるで……」と校長は続けた。

「何がわかりました？」

「ファビエンヌ・エロー、旧姓パスコーに関する書類一式を手に入れたわ。でも、その先がまた行き止まり。サルザックで二年間教えたあとは行方知れずよ。教師はやめたらしいの」

「そのあとどこに引っ越したか、知る方法はないんですか?」

「ええ、無理ね。その年度で文部省との契約も終わりにして、更新はしていないから。それでおしまい。学区事務局も、その後は彼女と連絡を取ってないわ」

カリムは、セトの市外区にある住宅地のはずれにいた。電話ボックスのガラスごしに、駐車してある車が見えた。街灯の光を受けて、車体がきらきら輝いている。校長の話は驚くにあたらない。ファビエンヌ・パスコーは、背後のドアを閉ざしたのだ。謎と悲劇と悪魔たちを残して。

「サルザックに来る前は、どこにいたんですか?」

「イゼール県のゲルノン。グルノーブルの北にある小さな大学町よ。でも、そこでは数か月しか教えていないわ。その前は、タヴェルレーという村の小学校を任されていたの。ペルヴー山の上にある村だわね」

「彼女個人に関する情報も手に入ったんですか?」

校長は機械的な口調に戻った。

「ファビエンヌ・パスコー、一九四五年イゼール県の谷間の町コリヴィエ生まれ。一九七〇年、シルヴァン・エローと結婚。同年、グルノーブルのコンセルヴァトワールでピアノの一等賞を取っているわ。そっちの道を進んでいれば、今頃音楽学校の先生になって……」

「履歴を続けてください」

「一九七二年には高等師範学校に入学し、二年後にタヴェルレーの小学校に赴任。そこで六年間教えたあと、一九八〇年にタヴェルレー小学校が閉鎖になると――新しい道路が通って、冬でも隣村のもっと大きな学校へ通えるようになったからだけど――ゲルノンへ配置換えになってるわね。ついてたわよ。タヴェルレーから五十キロだし、教師の世界では有名な町だから。快適で知的な大学町よ」

「未亡人だったって言いましたよね。夫はいつ死んだのかわかりますか？」

「ちょっと待ってちょうだい。一九八〇年、ゲルノンに来たとき、ファビエンヌは夫の姓を名乗っているわ。その点に関しては、何の問題もなかったようね。けれども六か月後にサルザックへ行ったとき、未亡人だって言ってるから、夫はゲルノンにいた間に亡くなったのでしょう」

「その書類には、夫については何も書いてないのですか？　年齢とか、職業とか？」

「だって学区事務局の書類よ。探偵事務所じゃないわ」

　カリムは溜息をついた。

「いいでしょう。続けてください」

「ゲルノンに着いてほどなく、転勤を希望しているわ。ゲルノンから遠ければ、どこでもいいからって。妙だと思わない？　そしてすぐに、サルザックでポストが見つかった。それはそうよね。こんな片田舎に誰も来たがらないもの……そのとき、旧姓に戻っているわ。まるで過去を清算し、再出発しようとでもいうように」

「子供の話が出てませんが」

「たしかに子供がいたわね。一九七二年生まれの女の子よ」

「書類にそう書いてあるんですね？」

「ええ、まあ……」

「名前はどう出てます？」

「ジュディット・エローよ。でも子供について、サルザックでは何も記載がないわ」

ひとつ確かめるごとに、推測どおりだったことが明らかになっていく。カリムはさらに尋ねた。

「サルザックで彼女を知っていた人と連絡が取れましたか？」

「ええ、当時の校長だったマチルド・サルマンさんと話したら、ファビエンヌのことをよく覚えていたわ、変わった女性だったそうよ。控えめで、謎めいていて。おまけにとても美人で、屈強な感じだった。背は一メートル八十もあって、肩幅なんかもう……よくピアノを弾いていたけれど、本当にうまいもので。これは聞いたとおりよ……」

「サルザックでは、ファビエンヌ・パスコーはひとりで暮らしていたのですか？」

「ええ、マチルドさんの話では、ひとり暮らしだったそうね。町から十キロほど離れた、辺鄙《へんぴ》な谷で」

「どうして突然サルザックを出ていったのか、その理由を知っている人は？」

「いえ、誰も」

「二年前に、ゲルノンを離れた理由も？」

「ええ、たぶんそこまで遡らねばならないのでしょうね。でもわたしは……」校長は少しためらってから、思いきって尋ねた。「それにしても警部さん……この捜査と学校の盗難事件とどういう関係があるのか、少しくらい説明してくれても……」

「いずれご説明します。これから自宅に戻られますか？」

「ええ……まあ、それは……」

「ファビエンヌ・パスコーに関する資料は全部持ち帰って、わたしの電話を待ってください」

「いいわ、そうしましょう。それで、いつ頃お電話いただけそうかしら？」

「はっきりはわかりませんが、あとで。そのとき、すべて説明しますから」

カリムは電話を切って、駐車場に並ぶ車をもう一度眺めた。アウディ、ワーゲン、ベンツ。どれもぴかぴかで、いかにも速そうで――たぶん警報装置もついているだろう。カリムは腕時計を見た。二十分たっている。そろそろ老練な野獣に立ち向かわねば。カリムはアンリ・クロジエの直通番号に電話をかけた。受話器の向こうから、すぐに怒鳴り声が響いた。

「馬鹿もん、いったいどこに行ってるんだ？」

「捜査を続行しています」

「署に戻る途中なんだろうな？」

「いいえ、もうひとつ寄り道すべきところがあります。山へ行かねばなりません」

「山だと？」

「ええ、グルノーブルの近くにある小さな大学町です。ゲルノンという」

しばらく沈黙があったのち、クロジエは言った。

「きちんとした理由があってのことなんだろうな……」

「もちろん理由は十分です、署長。わたしの追っている線が、その町につながっているんです。墓荒らしの足跡も、見つかるものと思います」

クロジエは何も答えなかった。カリムの勢いに押されて、息を飲んでいるようだった。その機に乗じて、警部は攻撃をかけた。

「車について、何か新しくわかりましたか？」

「登録地区と所有者が判明したよ」

「どうやってわかったんですか？」

「県道D一四三で、目撃者がいたんだ。トラクターに乗って帰る途中の農夫が、夜中の二時に白いラーダが通るのを見たそうだ。たまたまナンバープレートの県番号を覚えていたので調べてみると、最近登録されたばかりのラーダがあった。車検のときには、まだロシア製のタイヤがついたままだったそうだ。その車だ。九分九厘間違いないだろう」

カリムは考えてみた。この情報は疑わしい、どうもできすぎているように思えた。

「どうして目撃者が名乗り出てきたんです？」

クロジエはごまかすように笑った。

「サルザックは事件の話で持ちきりだからな。司法警察の連中が来てね。例によって、ずいぶんと謙虚な仕事ぶりさ。あいつら、カルパントラの事件と同じつもりでやってるんだ。まるで大規模な墓荒らしみたいに」クロジエは毒づいた。「マスコミもご同様で、まったく糞ったれな騒ぎさ」

カリムは絞り出すような声で言った。

「所有者の名前は？　どこの町なんです？　早く教えてください」

「カリム、そんな口のきき方は……」

「署長、名前を。わからないんですか？　これはわたしの捜査なんです。この不可解な事件の根っこを押さえているのは、わたしだけなんです」

クロジエは黙ったままだった。そうやって、平静を保とうとしているのだろう。口を開いたとき、その声は落ち着いていた。

「カリム、長年この仕事をしているが、わたしにそんな口をきいた者はいないぞ。おまえの捜、、、査とやらには、終止符を打ってもらおうか。さもないと、そのケツを追いかけて捜索命令を出すぞ」

声の響きから見て、これ以上交渉の余地はなさそうだ。カリムは捜査の結果を手っとり早く報告した。身元を偽って逃亡していたファビエンヌとジュディットの話を。二人の奇妙な逃避行、偽名、子供の命を奪った自動車事故のことを、カリムは語った。クロジエは困惑したように言った。

「おまえの推理は、まるで荒唐無稽だ」

「死というのは、そもそも荒唐無稽なものです、署長」

「まあな……ともかく、おまえの話と昨晩の事件とがどうつながるのかわからんことにはな……」

「わたしが考えているのも、その点なんです。ファビエンヌ・エローは気が狂っていたのではありません。本当に、男たちに追われていたんです。それが昨晩サルザックにやって来た男たちと、同一人物だろうと思うのです」

「それで？」

カリムは深呼吸をした。

「彼らは何かを確かめに戻ってきたんです。すでにわかってはいたけれど、突発的な出来事により、改めて確認する必要が出てきた何かを」

「それを調べるあては、どこかあるのか？　そもそも、その男たちとは何者なんだ？」

「それはわかりません。でもわたしには、悪魔たちが舞い戻ったように思えるんです」

「想像の積み重ねにすぎんじゃないか」

「そうかもしれません。でも、事実はそこにあります。ジャン＝ジョレス小学校で盗難があり、ジュード・イテロの墓地が荒らされたのは確かです。ですから署長、墓荒らしの名前と住所を教えてください。もしかして、ゲルノンなのでは？　悪夢の鍵は、その町にあるような気がして……」

「メモしとけよ。名前はフィリップ・セルティス。住所はモーリス＝ブラッシュ通り七番だ」

カリムの声が震えた。

「どこの町ですか、署長？　そうか、ゲルノンなんですね？」

クロジエは少し間を置いた。

「ああ、ゲルノンだ。どんな偶然からその町までたどり着いたのかは知らんが、いちばん微妙なところを摑んでるのは、たしかにおまえのようだな」

## 36

ドイツの女性監督の撮った映像が、浮かび上がってくる。

額の脇をきれいに剃り上げた陸上選手たちが、戦前のベルリン・スタジアムを疾走している。軽快に、力強く、儀式ばった様子で。選手たちは、古い映画のぎくしゃくしたテンポで走っていた。墓石の表面のように無機質で染みだらけの、粒子の粗い画像だった。男たちが走っている。トラックを蹴る踵の音が聞こえる。一歩踏み込むたびに、喘ぐような吐息も感じられる。

けれども、ぼんやりとした細部がやがて見え始めた。男たちの顔はあまりに暗く無表情で、目の上の骨がやけに突き出ている。あの目は何を隠しているのだろう？　スタンドからヒステリックな怒号が沸き立ったとき、選手たちが眼球をえぐられた空っぽの眼窩をいきなり露にした。それでもまだ目が見えるのか、みんな走り続けている。生々しい傷口の奥から、何かがまた蠢《うごめ》きだし……舌打ちのような音と……動物の目のような光が……

ニエマンスは冷汗にまみれて目をさました。コンピュータの白い光線がまぶしい。強烈なライトのもとで、尋問しているときのようだ。ニエマンスはそっと眠気を払い、襟を立ててまわりを見まわした。彼が居眠りをしていたことには、誰も気づいていないらしい。恐怖に夢を奪われ、カイヨワの部屋で見かけた写真が、悪夢となって現われていたことも。何とかいうナチの女性監督が撮った映画のスチール写真だ。

夜九時。

ということは、眠ったのは四十五分だけだ。倉庫から戻ったあと、ニエマンスは見つけた証拠品（手帳、金網、白い粉）をすぐにグルノーブルの鑑識課員パトリック・アスティエに送った。仲介役のマルク・コストは、氷から死体が取り出されるのをまだ病院で待っている。

それからニエマンスはここ、大学図書館に来て、「川」と「緋色《クリムゾン》」という単語を、念のために調べてみた。まずは地図を開いて、そんな名前の水流がないかを確かめ、次にこれらの言葉を含む本、カタログ、資料をコンピュータで検索してみた。けれども成果はなかった。その調査の途中、突然居眠りをしてしまったのだ。もう四十時間近く、一睡もしていなかったので、あやつり人形の糸が切れるみたいに、張りつめていた神経が途切れてしまったのだろう。

彼は広い読書室を、もう一度見わたした。ガラスの衝立で仕切られた机に並んで、十人ほどの私服警官が調べを続けている。悪、浄化、目といった言葉に関連する本の内容を検討し……警官のうち二人はそうした本を頻繁に読んでいる学生――つまり容疑者のリスト作りにあたっていた。あともうひとり、相変わらずレミー・カイヨワの博士論文を読んでいる警官もいた。

けれどもニエマンスは、本から手がかりを得られるとはもう期待していなかった。その点は調べている警官自身も同じで、いまは交代時間を待ちかねていた。グルノーブルの司法警察本部が二時間前から捜査の指揮に乗り出したことは、もう周知の事実だった。ニエマンス、バルネス、ヴェルモンの三人に任せておいても成果がないとわかったからだ。

実際、人員を増やして捜査にあたっても、満足な手がかりひとつ得られていなかった。ヴェルモン隊長がミュレ尖峰とベルドンヌ山塊の西側をしらみつぶしに調べるため、ロマンス基地に宿営していた三百人が徴用された。兵士たちはトラックで午後七時頃到着し、ただちにヴェルモンの指揮のもと、夜のローラー作戦を開始した。それとは別に、ヴェルモン隊長はヴァランスの基地に所属する保安機動隊二中隊も徴用した。

すでに三百ヘクタール以上を探索し終えたが、何も出てこなかった。それに今後も出てくる可能性はないだろうと、ニエマンスにはわかっていた。もし犯人が手がかりを残していれば、とっくに発見されているはずだ。それでもヴェルモンと無線で連絡を取り合い、自ら国立地理調査所の地図で重要な捜査地点をチェックした。二つの死体が見つかった場所、セルティスの倉庫、山小屋のある地域などだ……

道路網の監視も強化され、警戒線は八か所から二十四か所になった。今やゲルノンを中心とした広い範囲が、監視態勢下に置かれている。すべての町や村、高速道路の出入口、国道、県道でも検問が行なわれた。

バルネス隊長担当による聞き込みも、規模を拡大した。捜査対象の範囲が広がって、ファックスは休む間もなかった。目撃証言、質問事項に対する回答、コメント……そしてまた別の質問用紙が、今度は周辺のスキー場に送られる。メッセージや回状の発送に伴い、憲兵隊本部の電話交換台に新たなファックスが準備された。

ここ数週間のうちに第一の被害者と接触した者にも、午後いっぱいかけてすべて尋問が行なわれた。また別の捜査班は、地元のベテラン・クライマー、特にヴァレルヌの氷河を歩いたことがある者たちを調べた。ゲルノン在住ではないが、この大学町を見おろす岩山の中腹にある村に住む山人たちだ。おかげで憲兵隊本部はいつも満員だった。

ヴェルモンの隊に所属する別の捜査班は、レミー・カイヨワが最後に歩いたルートを細かく割り出し、さらには第二の犠牲者と犯人が山頂の氷河まで登った経路の調べにかかっている班もあった。様々なルートをデジタル情報化してインプットし、それをコンピュータ上で比較検討するのだ。

こうした熱っぽく、どたばたした喧騒のなかでも、ニエマンスは自分なりのやり方に固執していた。ことこの事件に関しては、動機がわかれば犯人も見つかるという気がしてならない。動機とは、おそらく復讐だ。しかし、この仮説は、かなり慎重に扱わねばならなかった。司法当局も一般大衆も、犯罪に関する逆説を好まない。つまり犯罪者とは、善良な市民を害するものだと思い込んでいるのだ。けれども今、ニエマンスは、被害者にも罪があることを示そうとしているのだから。

この線をどう追っていったらいいのか？　カイヨワもセルティスも、秘密の一面についてはしっかり鍵をかけ閉ざしている。ソフィー・カイヨワは何ひとつ話そうとしないし、彼女に尾行をつけてみたものの、今のところ成果はない。セルティスの母親や、看護師仲間にも尋問したが、みんな彼の表の顔しか知らなかった。母親には、夫ルネ・セルティスのものだった倉庫の存在すら初耳だったのだ。

それならば？　それならば、また別の謎に目を向けてみよう。今、ニエマンスの頭は、その謎でいっぱいになり始めていた。彼は電話でバルネスを呼び出した。

「ジョワスノーから連絡は？」

《師》の知識を吸収しようとはりきっている若い警部は、まだ居所がわからなかった。

「ええ、そうです」とバルネスは喉の奥から絞り出すように言った。「ジョワスノーが行った眼病治療研究所に部下をやって、そのあと向かいそうな先を尋ねてみました」

「それで？」

隊長は疲れた声で答えた。

「ジョワスノーは五時頃研究所をあとにしたそうです。そして、アヌシーに住む眼科医を訪ねたらしいと。ゲルノン大学の教授で、研究所で患者の診察にあたっていました」

「そこにも電話してみたのか？」

「もちろんです。仕事場と自宅とに電話しましたが、誰も出ませんでした」

バルネスは通りの名を告げた。医者は自宅と診療所を兼用にしていた。

「おれが行って見てこよう」とニエマンスは言った。

「何も、そんな……じきに戻ってきますよ……」

「でも、責任があるからな」

「責任?」

「あの坊やが馬鹿な真似をして、つまらない危険を冒したとしたら、おれにあっと言わせて一目置かせようというつもりだからに違いない。わかるか?」

憲兵隊長は、なだめるような口調で答えた。

「そのうち帰ってきますって。まだ若いから、ちょっとした手がかりに舞い上がってしまったんですよ、きっと……」

「まあそうだな。でも、危ない橋を渡っているのかもしれない。自分で気づかぬうちに」

「危ない橋といいますと?」

ニエマンスは答えず、しばらく沈黙が続いた。バルネスは、言葉の意味を測りかねているらしい。

「ああ、そう言えば」とバルネスはいきなり言葉を続けた。「ジョワスノーは病院にも電話してました。記録保管室を調べたいとかで」

「記録保管室だって?」

「大学付属医療センターの広い地下室に、誕生、病気、死を通したこの地方の歴史が、すべて保管してあるんです」

警視正は、胸が締めつけられるような思いがした。つまりジョワスノーは、何かの手がかりをひとりで追っているのだ。研究所に端を発し、眼科医と医療センターの記録保管室に通じるような手がかりを。

「けれども病院では、誰も彼を見かけていないんだな？」

そのとおりです、とバルネスは答えた。ニエマンスが受話器を置くと、すぐにまた電話が鳴った。もうポケベルだのパスワードだといった用心をしている場合ではない。捜査員全員が、火急の用に備えていなくてはならなかった。受話器の向こうから、コストの震える声がした。

「今、遺体が届きました」

「やはりセルティスだったか？」

「ええ、間違いありません」

警視正は息をついた。フィリップ・セルティスについて、ここ三時間のうちに集まった事実が、これで捜査の一環に組み入れられる。それに倉庫の細かな検証にも、正式な捜査班を送り込めるし。

「第一の遺体とは、また損傷の具合が違っていましてね」とコストが続けた。

「どんなふうに？」

「目は同じようにえぐり出しているんですが、両手も切断しているんです。手首のところから切り落としています。胎児の格好をしてたので、最初は気づかれなかったのでしょう。切られた手の先が、膝の間に挟まっていましたから」

両目に両手。こうした解剖学的要素には、何か隠された結びつきがあるに違いない。けれども、こんなふうに体を切り刻むことに、どんな恐ろしい意味があるのかは、まだニエマンスにもわからなかった。

「それだけか？」

「ええ、今のところは。これから検死を始めます」

「時間はどれくらいかかる？」

「少なくとも二時間は」

「眼窩から始めてくれ。何かわかったら、すぐに電話しろ。きっと、われわれに手がかりを残してあるはずだ」

「地獄の使者にでもなった気分ですよ、警視正」

ニエマンスは図書館の読書室を横切った。ドアの近くで、小柄でがっちりした体格の警官が、レミー・カイヨワの博士論文を熱心に読んでいる。ニエマンスはちょっとまわり道をして、その正面にあるガラスのブースに腰をおろした。

「どんな具合だ？」

司法警察の刑事は顔を上げた。

「ひと苦労ですね」

ニエマンスは分厚い原稿を指さし、にやりとした。

「何か目新しいことは？」

刑事は肩をすくめる。

「相変わらずギリシャ、オリンピック、スポーツの試練なんてことばかりです。陸上競技、槍投げ、格闘技……肉体的試練の神聖な意味だとか記録について、カイヨワは語っていますね……」刑事は理解しかねるとでもいうように口を歪めた。「いうなれば……高度な力に対する共感です。カイヨワによれば、その当時肉体の達成する記録は、神々と交信するための架け橋だと見なされていたそうなんです……例えば、原初の陸上競技者は、自らの限界を超えることによって、大地の力……豊饒性を活動させる契機となるんです。まあ、たしかに、サッカーの試合での熱狂ぶりを見てると、スポーツは驚くべき力を引き出すものらしいとわかりますが……」

「ほかに気づいたことは？」

「古代において、陸上競技者は詩人、音楽家、哲学者でもあったとカイヨワは言っています。ええ、その点については、非常に強調してますね。どうやら彼は、ひとりの人間のなかに肉体と精神が封印され、結びついていた時代を懐かしんでいたようです。『オリンピアのノスタルジー』という題名の意味もそこにあります。知能が優れて精神性に富み、力強いスポーツマンでもある超人たちの時代に対するノスタルジーというわけです。カイヨワは、そんな厳しさに満ちた時代と現代を対比させています。今は青白きインテリと、能天気なスポーツマンばかりですから。彼はそれを、精神と肉体の分離、頽廃の兆しだと見なしているんです」

ニエマンスは、悪夢に見た陸上選手たちをふと思い浮かべた。無機質な映像が捉えた盲人たちを。そういえばソフィー・カイヨワも、夫レミーの考えをこう説明していた。ベルリン・オリンピックの選手たちは、肉体と精神の間に再び深い合致を作り上げたのだと。

ジョワスノーが話していた大学のエリートたちのことも、彼の脳裏をよぎった。すべての教科とスポーツでトップを独占してしまう天才児たち。彼らもそれなりに、完璧な選手の理想を実現しているのだろう。学長室の隣にあった控え室で、大学のチャンピオンたちの写真を見たとき、彼らの顔が悩ましいくらい若く潑剌としているのに驚いたものだった。まるで力とともに、特別の精神をも体現しているかのようだ。哲学までも体現しているのだろうか？　ニエマンスは、心配げにこちらを見つめる若い刑事に向かって笑いかけた。

「まあ、よく理解できてるようじゃないか」

「手さぐり状態ですよ。書いてあることの半分くらいですかね、わかるのは」刑事は鼻の先を叩いた。「あとは勘に頼っているんです。ファシストのことは、よく知ってますから」

「カイヨワはファシストだったと思うのか？」

「断言はできません……もっと複雑なような気もしますし。けれども、純粋な精神を兼ね備えたスポーツマンという超人神話は、優越民族なんていう例のたわごとを思い出させるもので……」

カイヨワの部屋の廊下にあったベルリン・オリンピックの写真が、またもや思い出される。あの写真とゲルノンのスポーツ記録の背後に、秘密が存在するのだ。きっと、それらすべてが結びついている。でも、どんなふうに？

「川について何か触れていなかったか？」ニエマンスは尋ねた。「緋色の川《クリムゾン・リバー》について」

「緋色の川？」

ニエマンスは立ち上がった。

「もういい。何でもない」

刑事は、青いコートを着たニエマンスを目で追いながら言った。

「でも警視正、正直言って、誰か学生にでも頼んだほうがよかったのでは？　わたしよりもっと適任者がいるでしょうに……」

「いや、プロの目で見てほしいんだ。捜査の一環として読んでほしいんだよ」

刑事は考え込むように、ちょっと顔をしかめた。

「この論文に書かれているたわごとが事件に関連していると、本当にお考えなんですか？」

ニエマンスはガラスの仕切りを摑み、身を乗り出した。

「事件のなかでは、どんな要素も関連しているんだ。偶然や、無意味な細部は存在しない。原子構造のように、すべてが機能している。わかるか？　先を読みたまえ」

まだ疑わしげな顔をしている刑事を残し、ニエマンスは立ち去った。

外に出ると、テレビ取材班のプロジェクターが放つ光が遠くに見えた。目を細めると、ヴァンサン・リュイズ学長の痩せた人影もある。学長は建物前の階段に立って、事を荒だてまいとする談話をもぞもぞとしゃべっていた。テレビ局のロゴマークも、地方局、全国局など色々見受けられる。なかには、スイスのフランス語圏の局まであった……ジャーナリストたちがひしめき合い、質問が矢継ぎ早になされる。火蓋は切られた。ゲルノンに、マスコミの集中砲火が放たれ始めたのだ。殺人事件のニュースはやがてフランス全土に流され、この小さな町は恐慌をきたすことになるだろう。

けれどもそれは、まだ始まりにすぎなかった。

## 37

途中でニエマンスは、アントワーヌ・ライムスに電話した。

「イギリス人はどうなった？」

「今、市立病院にいるんだが、相変わらず意識不明だよ。医者もあきらめかけてる。イギリス大使館が弁護団を送り込んできた。直接ロンドンから来たんだ。マスコミ連中もいる。まったく最悪の状況さ。おまえさんは、もう少し姿を隠してたほうがいいな」

衛星を介した接続は完璧で、ライムスの声はくっきりとしていた。

ニエマンスは、シテ島のパリ市立病院にいる本部長を思い浮かべた。そういえば自分も、病院に担ぎ込まれた娼婦たちから事情聴取をしたことがあった。女たちはヒモの男に印章つき指輪をはめた拳で殴られ、目の上を切って顔を腫らしていた。ニエマンス自身がぶちのめし、血まみれになった容疑者の顔も思い出される。青白い、陰気な病室。冷たい光を発する蛍光灯が点滅し、小さく振動するなかで、手錠をかけられたままベッドに寝かされている者もいた。

夜中の三時、くたくたに疲れ、うちひしがれて市立病院を出ると、がらんとした夜の薄明にノートルダム大聖堂前の広場が見える。ピエール・ニエマンスは戦士だ。彼の思い出には、金属や革帯のきらめき、戦火の光が満ちている。そんな特異な生活が、彼は懐かしくてたまらなくなった。たいていは誰でも嫌がるような暮らしだが、ニエマンスにとっては生きている唯一の証だった。

「そっちの進捗状況は？」とライムスが尋ねる。

とげとげしい口調は、最初に電話したときよりも和《やわ》らいでいる。何年もいっしょに仕事をした連帯感、昔なじみの情がよみがえっていた。

「殺人は二件になったのに、手がかりのかけらもない。でも、おれなりのやり方で追っているよ。狙いは間違っちゃいないさ」

ライムスはそれ以上何も言わなかった。でも、黙っているのは信頼の表われなのだと、ニエマンスにはわかっていた。

「それで、おれのことはどうなった？」と彼は尋ねた。

「何だい、おまえのことって？」

「フーリガンの件で、内々の告訴はないのかってことさ」

ライムスは陰鬱な笑い声をあげた。

「公務監査院のことか？　そりゃやつらは、端《はな》からその気だ。けれど、もうちょっと待ってるんだろうよ」

「待つって、何を」

「イギリス野郎がくたばるのをさ。そうすれば、おまえさんを殺しで訴えられるからな」

アヌシーに着いたのは、夜十一時頃だった。並木が枝を広げる長い幹線道路を行くと、葉むらが街灯に明るく照らされ、細かくちぎった波紋模様《モワレ》の布のように輝いていた。大通りを抜けると、決まって何かのモニュメントが光の井戸から湧き上がってくる。あずまや、噴水、彫像。何百メートルも離れて見るとどれもちっぽけで、まるでオルゴールのなかでまわる小像か、車の前についた小さな飾りのようだった。石や大理石や木の葉の宝石箱にしまった町の宝物が、広場や辻公園ごとに置かれているみたいだ。

ニエマンスはアヌシー運河に沿って走った。どこかアムステルダムのような雰囲気を醸《かも》す運河は、はるかスイスの光輝く湖にまで続いている。残忍な殺人事件のあったゲルノンから、ここがたった数十キロしか離れていないなんて、信じ難かった。彼は町の高級住宅街に到着した。オルム大通り、ヴォーベール通り、オット＝ブリーズ小路。きっとこうした名前の響きに、アヌシーの住民は白い石造りの家を夢見、権力の徴《しるし》を感じ取るのだろう。

下り坂になった袋小路の入口に、ニエマンスはセダンを止めた。建ち並ぶ邸宅はどれも気取って高圧的で、屋敷と屋敷の間には青緑色の小壁に隠れた庭がある。目当ての住所にあったのは、細長いガラス張りの屋根をした切り石造りの館だった。彼は呼び鈴を二度押した。呼び鈴は菱形で、なかに瞳孔を型どったボタンがあしらってある。その上にある黒い大理石のプレートに、《ドクター・エドモン・シェルヌセ。眼科》とあった。

返事はない。ニエマンスは視線を下ろした。こんな錠なら造作もないことだ。もう家宅侵入など気にとめていなかった。ピンを器用に使って錠を開けると、大理石のタイルを敷いた廊下に入る。回廊に沿った左に、待合室を示す矢印があったが、ニエマンスは右側に革張りのドアがあるのに気づいた。

おそらく診療室だろう。ノブをまわすと、そこは細長い部屋というか、むしろ屋根と壁の二面がガラス張りになった広いサンルームだった。薄暗がりのどこかで、水の流れる音がする。

何秒かしてようやくニエマンスは、奥の流しに立つ人影を認めた。

「シェルヌセ先生ですね？」

男が顔を上げる。ニエマンスは近づいていった。最初に気づいたのは、ほとばしる水道水を受ける、日焼けして赤銅色に光る手だった。茶色い斑点のついた古い根っこのような指から、血管の筋が太い手首に向かって走っている。

「どなたかな？」

その声は落ち着いて、重々しかった。年は六十を越えているだろう。小柄だが、がっちりとした体つきをしている。日に焼け、やはり茶色い染みのあるひろい額の上には、白い蓬髪が力強く波うっていた。横顔は絶壁で、上半身は巨岩遺跡《ドルメン》。まさに大きな石のような男だ。白いTシャツにトランクス姿だけに、謎の巨石はいっそう奇妙な感じがした。

「ピエール・ニエマンス警視正です。呼び鈴を押したのですが、返答がなかったもので」

「でも、どうやって入ったんです？」

ニエマンスは、サーカスの手品師のように指を動かして見せた。

「まあ、やり方はあるんですよ」

男はニエマンスの図々しい態度に気を悪くした様子もなく、上品に微笑んだ。そして水道栓の長いレバーを肘で閉めると、タオルを探して濡れた手を上げたまま、透明な部屋を横切ってきた。両眼にあてる器械、顕微鏡、眼球を描いた解剖図のパネル、目の模型が薄暗がりのなかに浮かび上がっている。

「今日の午後にも、警官がひとりやって来ましたが」とシェルヌセは無表情な声で言った。

「あなたのご用向きは？」

ニエマンスと医者は、もう数メートルしか離れていなかった。男の顔でいちばん特徴的な部分に、思わず見入っていた瞳。ほかの人々と違う特徴、それは目だった。シェルヌセの瞳には色がなかった。灰色の虹彩が、身構える蛇を思わせる。まるで鉄の鱗に覆われた人食い魚が泳ぐ、小さな水槽のような目だ。

「そのことで、いくつかおうかがいしたいことがありまして」とニエマンスは言った。

男は鷹揚そうに微笑んだ。

「それは面白い。今どきは、警官が警官の捜索をするんですか？」

「何時に来ましたか？」

「午後六時頃でしたかね」

「そんな遅くに？　どんな質問をしたか、覚えていらっしゃいますか？」

「もちろんですよ。ゲルノンの近くにある研究所に入院している者のことを訊いてましたね。目が不自由な子供たちを収容している研究所で、わたしもそこで定期的に診察しているんです」

「どんな内容でしたか？」

シェルヌセはマホガニーの壁に据えつけた戸棚を開け、明るい色のゆったりとしたシャツを取り出して、すばやく着込んだ。

「子供たちの病気は、何が原因なのか知りたいと。だから、遺伝的なものだと説明しました。するとさらに彼は、病気に外的な要因は考えられないかと言うんです。例えば毒を飲まされたとか、薬の処方ミスとか」

「あなたの答えは？」

「そんなことあり得ないと言ってやりましたよ。遺伝性の病気は、あの町が外部から孤絶していて、近親結婚の程度が高いことと関係しているんです。血の近すぎる者同士が結婚すると、病気が血縁によって結ばれ、繰り返されてしまいますから。例えばケベックのサン＝ジャン湖地方や、合衆国に住むアーミッシュの共同体のように。ゲルノンの場合も同じでしてね。あの谷の住民は、あまりよそに移らないもので……こうした現象について、ほかに説明のしようがありますか？」

ニエマンスの目をまったく気にする様子もなく、医者はマリンブルーのズボンをはき始めた。薄い波紋模様《モワレ》の入った布地だった。どうやらおしゃれにはうるさいらしい。

「ほかにも何か質問していましたか？」

「移植の話をしてました」

「移植？」

　男はシャツのボタンをはめた。

「ええ、目の移植ですよ。初めはわたしも、質問の意図がまったくわかりませんでした」

「彼は捜査の内容を説明しましたか？」

「いいえ。でもわたしは、快く答えましたよ。彼が知りたかったのは、例えば角膜移植のために目を抜き取るなんてことがあり得るかでした」

　するとジョワスノーは、外科手術に関する線を考えていたのだ。

「それで？」

　シェルヌセはじっとしたまま、伸びかけた髭を確かめるかのように、手の甲を顎の下にあてた。ガラス壁の向こうで、木々の影が踊っている。

「そんな手術は意味がないと説明しました。今では、移植用の角膜は簡単に手に入るんです。それに、人工素材もずいぶんと進歩してますし。網膜の保存はまだできませんが、それなら移植も不可能ですし……まあ臓器売買なんて、空想の産物なんですよ」

「ほかに質問は？」

「それだけでした。がっかりした様子でしたね」

「どこかほかに問い合わせる場所を、助言しませんでしたか？　ここに行ったらいい、というような住所を教えるとか？」

シェルヌセは愛想のいい笑い声をあげた。

「なるほど、ご同僚が行方不明というわけですか？」

「質問に答えてください。あなたに会ったあと、彼がどこへ向かったか、思いあたる場所はありませんか？　次の行き先を、言ってませんでしたか？」

「いいえ、まったく」医者は顔をくもらせた。「ところで、いったい何の騒ぎなのか教えてもらえませんかね」

ニエマンスは、カイヨワの遺体を写したポラロイド写真をコートから取り出し、机の上に置いた。

「これですよ」

シェルヌセは眼鏡をかけると、三脚台につけた小さな電球を灯し、写真の検分を始めた。開いた瞼。空っぽの眼窩。

「これは、いったい……」とシェルヌセはつぶやいた。

目の前の写真に、医者は驚くとともに魅せられているかのようだった。机の端に置いたペン入れに、クロームめっきした探り針《ゾンデ》が一揃いあるのにニエマンスは気づいた。ここらで次の質問に取りかかろう。どうせ専門家に尋ねるなら、シェルヌセに訊いておいたほうがいい。

「こんなふうに殺された死体が二つもありましてね。プロがやったことだとお思いになりますか？」

シェルヌセは顔を上げた。顔に小さな汗の粒が浮かんでいる。しばらく黙っていたあと、医者は尋ねた。

「ちょっと待ってください。何の話です?」

「つまり、眼球の切除です。もっと大きいのがあります」ニエマンスは、目の傷口を大写しにした写真を差し出した。「切り取ったのは専門家だと思いますか? 傷に特徴がありますよね? 犯人は瞼を傷つけないよう気をつけながら、眼球を抜き取っています。これはよくあるやり方なんでしょうか? 解剖学の知識が、相当に必要でしょうかね?」

シェルヌセは改めて写真を眺めた。

「いったい誰がこんなことを? まったく……人間のすることじゃない。事件はどこで?」

「ゲルノンの近くです。先生、質問に答えてください。どうです、この切除手術を行なったのはプロでしょうか?」

眼科医は立ち上がった。

「申し訳ないが……わたしには何とも言えませんな」

「それじゃあ、どんなふうにやったと思われますか?」

シェルヌセは写真を顔に近づけた。

「まず眼球の下に刃を差し込み……瞼の柔軟性を利用して視神経と動眼筋を切断する。それから、刃の側面をてこにして眼球をひっくり返す。コインをてこにするようにです、おわかりかな?」

ニエマンスはポラロイド写真をポケットにしまった。その動作を、医者は目で逐一追っていった。まるでコートの布ごしに、まだ写真が見えているかのように。上半身の盛り上がった筋肉のあたりから、シャツに汗の染みが広がっている。

「どうも、とりとめのない質問をしますが」とニエマンスは小声で言った。「じっくり考えてからお答えください」

医者は後ろにさがった。ガラス張りの部屋に、揺れる木々の影が溢れている。彼は話を続けるようニエマンスに身振りで示した。

「人間の目と手とには、どんな共通点があると思いますか？　人体のこれら二つの箇所に、いったいどんな関連があるでしょうか？」

眼科医は数歩歩いた。科学者としての落ち着き、自制心を取り戻していた。

「共通点は明白ですな」シェルヌセはようやく口を開いた。「我々の体のうちで、目と手だけが特別な部分となっています」

ニエマンスはぞくりとした。コストの話を聞いてからずっと、はっきりと意識はしないままに《予感》していたことだった。今度はニエマンスの体から汗が吹き出てきた。

「どういう意味なんです？」

「虹彩というのは変わってましてね。虹彩を作る何千本もの小繊維は、その人固有の絵柄を描いているのです。遺伝子が刻んだ、生物学的刻印ですな。だから指紋と同じ意味合いがあるわけです。そこに目と手の共通点があります。人体のうち、生物学的な署名がなされている部位は、この二つだけなんです。生物測定学の署名、と専門家は言ってますがね。体から目や手を取ってしまったら、外的な署名は消し去られてしまいます。ですから署名なしに死んだ人間は、何者でもなくなってしまうのです。深奥のアイデンティティを失った、もしかしたらその魂をも失った名も知れぬ死者に。ある意味で、これ以上恐ろしい最期も想像できないでしょうよ。肉体の無縁墓地だなんて」

ガラスタイルが投げかける光のせいで、色のないシェルヌセの瞳はいっそう透き通って見えた。今や部屋じゅうが、ガラスの虹彩さながらだった。解剖図のパネルも、逆光のなかに浮かび上がる人影も、木々の枝が広げる爪も、すべてが鏡の奥に映る像のように踊っている。

警視正は突然思いあたった。指紋のないカイヨワの手は切り取られてなかった。その手が初めから無名だったからこそ、犯人は無関心だったのに違いない。

犯人は、被害者の生物学的署名を抹殺しようとしたのだ。

「わたしに言わせれば」と医者は続けた。「指紋よりも目のほうが、ずっと正確な身元確認ができますよ。警察の方々にも、もっと注目してほしいですね」

「それはまたどうして？」

シェルヌセは暗がりのなかで微笑んだ。教師らしい堂々たる話ぶりを取り戻していた。

「虹彩のなかにその人の健康状態はもとより、一生の歴史が読み取れると考えている科学者もいるくらいです。瞳孔の周囲で輝く小さな薄片に、我々自身の生成が記録されていると……虹彩学という言葉を聞いたことありませんか？」

この話には、捜査全体の見方を示唆するものがある。うまく言えないが、ニエマンスはそんな気がしてならなかった。自分がどこに向かっているのかはまだわからない。けれど犯人も、この眼科医と同じことを考えたのだという予感がする。シェルヌセは言葉を続けた。

「前世紀の終わりに生まれた研究分野でしてね。ドイツの鷹匠《たかじょう》が奇妙な現象に気づきました。飼っている鷹の一羽が足を折ったら、その虹彩に今までなかったものが現われたというのです。金色の小さな刻み目が。まるで事故が鳥の目に影響を与えたかのように。体にはこうした呼応関係が存在する、わたしはそう確信してます。ないとは言いきれないですよね？　あなたの追っている犯人も、被害者の目をえぐり出すことで、虹彩の奥に読み取れる出来事の足跡を消し去ろうとしたのでは？」

ニエマンスは後ろにさがった。遠ざかるにつれ、医者の影は長く伸びていく。彼は最後の質問をした。

「今日の午後、どうして電話に出なかったのですか？」

「ああ、接続を切っておきましたからね」そう言って医者は微笑んだ。「月曜は休診なんです。午後と夜とは診療室の整理にあてるつもりで……」

シェルヌセはまた戸棚のところへ行って上着を取り出し、ゆったりとした身のこなしで着込んだ。服装はくすんだ青で統一され、軽やかで直線的なデザインだった。ニエマンスがやって来た理由に初めて気づいたかのように、医者は言葉を継いだ。

「わたしに連絡を取ろうとなさったのですか？　申し訳ありませんでした。電話でもお話しできたのに。無駄なお時間を取らせてしまいましたね」

心にもないことを言っているのは明らかだった。男は日焼けした額の毛穴という毛穴から、エゴイズムと無関心を発散していた。レミー・カイヨワのえぐられた眼窩のことだって、もう忘れているに違いない。

ニエマンスはむき出しになった眼球の絵を見つめた。白目に走る血管に、壁や天井の厚ガラスごしに映る木々の影が重なっていた。

「いえ、無駄ではありませんでしたよ」とニエマンスはつぶやいた。

外に出ると、もうひとつの驚きがニエマンスを待っていた。彼のセダンに男がひとり寄りかかり、街灯の逆光のなかにたたずんでいる。背はニエマンスと同じくらい、マグレブ人らしく、編んだ長い髪を垂らして派手な毛糸の帽子をかぶり、悪魔のような顎鬚を生やしている。経験豊かな刑事なら、危険な相手はすれ違っただけでわかる。こののっぽはもの静かな様子をしているが、用心してかからねばならない部類のひとりだ。夜の帳《とばり》に包まれたパリの町で、昔よく追いかけた麻薬密売人たちが思い出される。きっとどこかに、銃も隠し持っているに違いない。ニエマンスは、MR73に手をかけたまま近づいていった。そのとき、彼はわが目を疑った。アラブ人が笑いかけてくる。

「ニエマンス警視正ですね？」あと数メートルまで近づいたとき、男はそう尋ねて上着の下に手を入れた。

ニエマンスはすぐさま銃を抜いて構えた。

「動くな！」

謎めいた顔の男は、自信と皮肉混じりににやりとした。こんなにふてぶてしい男は、もっとも悪辣な容疑者にだってめったにいない。

アラブ人は落ち着いた声で言った。

「まあ、おさえて、警視正。カリム・アブドゥフといいます。バルネス隊長から、こちらにいるとうかがったんで来てみました」

一瞬の早業で、男は光のなかにトリコロールの身分証をかざしていた。ニエマンスはためらいがちに銃をしまいながら、若いアラブ人のあきれた態度に見入っていた。編んだ髪の下に、いくつものイヤリングがきらめいている。

「アヌシーの捜査班の者か？」ニエマンスは疑わしそうに尋ねた。

「いいえ、サルザックから来ました。ロット県の」

「知らないな」

カリムは身分証をしまった。

「わたしたちは、知らないことだらけですから」

ニエマンスもにやりとしてのっぽを見やった。

「だったらきみは、どういう警官なんだ？」

スフィンクスはセダンのアンテナを指で弾いて言った。

「あなたが必要としている警官ですよ、ニエマンス警視正」

## 38

二人の警察官は、帰路の途中にあった国道五六号線沿いの小さなドライブインで、コーヒーを飲んでいた。遠くに、憲兵隊が張っている警戒線が見える。防御柵と回転灯の前でスピードを落とす車に、警戒線の明かりが反射していた。

降って湧いたように現われたアブドゥフ警部のあわただしい説明に、ニエマンスは注意深く耳を傾けた。アブドゥフの信じ難い捜査は、たしかにゲルノンの殺人事件と結びつくようだ。けれども彼の話は、まるで現実ばなれしたものだった。謎めいた母親、逃亡、少年に変装した少女、子供の顔が危険な証拠になるといって、消し去ろうとする悪魔たち……何もかもが、えんえんと続く妄想の産物にすぎないかのようだ。だが、サルザックから来た警部は、そんな混沌とした話のなかでただひとつ、フィリップ・セルティスに関する確かな物証をもたらしてくれた。セルティスが日曜の晩から月曜にかけて、ロット県の小さな町で墓荒らしをしたという証拠を。

この事実には、重要な意味がある。

フィリップ・セルティスが墓荒らしだったことは、たぶん間違いないだろう。もちろんサルザックの墓地付近で見つかったタイヤのかけらと、ラーダのタイヤとを比べてみなければならない。その結果がアラブ人警官の推理を裏づけたなら、こちらの事件では被害者だった男の罪を示す具体的な証拠を、ニエマンスは手に入れたことになる。

けれどもカリム・アブドゥフが見つけ出したほかの要素について、彼はそれを自分自身の捜査にどうはめ込んだらいいのかわからなかった。少女と母親が《悪魔》に追われているだなんて、まるで荒唐無稽な話だ。

「それで、きみの結論は？」

若いアラブ人は、角砂糖を神経質そうにいじっていた。

「昨晩、悪魔たちが目覚めたのだと思います。理由はわかりませんが。そしてセルティスはわたしの住む田舎町の小学校と墓地に来て、一九八二年の逃亡に関連する何かの事柄を、確かめようとしたのでしょう」

「セルティスは悪魔たちのひとりだと？」

「間違いありません」

「それはおかしい」とニエマンスは言い返した。「一九八二年、フィリップ・セルティスはまだ十二歳だぞ。そんな子供にいい大人が怯えて、フランスじゅうを逃げまわるなんて、本気で思っているのか？」

カリム・アブドゥフは不満げに顔をしかめた。

「わかってますよ。まだ、つじつまの合わないところもありますが」

ニエマンスは微笑んで、二杯目のコーヒーを頼んだ。カリムの言うことをすべて信じるべきかどうかは疑問だった。背が百八十五センチもあって、髪の毛をジャマイカ風に編んだ胡散臭《うさん》い男を信頼していいものかもわからない。きっと密売の連射式のピストルも持っているだろうし、乗っているアウディだって盗難車のようだ。しかしとんでもないという点では、被害者が罪人だというニエマンス自身の仮説もカリムの話も五十歩百歩だ。それに彼の熱意と執念には、思わず引き込まれるものがある。

結局ニエマンスは、カリムを信頼することにした。彼が事件の書類にすべて目を通せるよう、大学に借りた個室の鍵を渡し、それから自分が調べた秘密の側面を説明した。

彼は抑えた声で、心の奥に抱いた確信を打ち明けた。被害者も何かの犯罪に関わっており、犯人は復讐を果たしたのだろうと。この仮説を裏づけるわずかな手がかりについても、手短に話した。レミー・カイヨワの分裂症と暴力癖。フィリップ・セルティスの人里離れた倉庫と手帳。「緋色の川」という謎めいた文句にも触れたが、その意味についてはニエマンス自身にも説明できない。それから、現在の状況を簡単にまとめた。第二の死体に関する検死結果を待っているところだが、そこにも新たなメッセージが残されているだろうと。

あたり一帯に張った警戒線から、決定的な情報がもたらされるかもしれないという、淡い期待もある。ニエマンスはさらに声をひそめて、エリック・ジョワスノーのことで心配していることも打ち明けた。

行方不明になった警部について、アブドゥフはいくつも的確な質問をした。どうやらこの件に、かなり関心を持ったようだ。

「きみはどう思うね」と、今度はニエマンスが尋ねた。

若い警官はぐったりと疲れたように微笑んだ。

「あなたと同意見です、警視正。彼はトラブルに巻き込まれたのでしょう。何か重要な手がかりを掴み、ひとりで勝負に出たのです。あなたをあっと言わせたくてね。きっと核心に触れる発見をしたために、身に危険が迫ったのでしょう。間違っていればいいのですが。ジョワスノーは犯人の正体を知ってしまい、そのせいで命を落とした、そんなところでしょう」

アブドゥフは間を置いた。ニエマンスは、遠くに見える警戒線の光を眺めていた。はっきりとそう言わないまでも、図書館で目覚めたときから、彼も同じように確信していたのだ。

「別段、皮肉で言っているんじゃありません」とカリムは言葉を続けた。「今朝からずっと、悪夢の連続だったのです。そして今、こうやってゲルノンまで来てみると、目の前には被害者の目をえぐり取る殺人鬼とあなたがいた。フランス警察のトップスターであるピエール・ニエマンスが、こんな田舎町でわたし同様途方に暮れていたんです……ですから、もう何があっても驚かない覚悟はできています。思うにゲルノンの殺人事件は、わたしの捜査と直結していますの。だから、いいですか、わたしは徹底的にやるつもりですよ」

二人の警察官は店をあとにした。

十二時を回っていた。あたりは霧雨に濡れている。遠くで憲兵隊が、雨のなか、検問を続けていた。ドライバーたちは、通行の順番を忍耐強く待っている。なかには半開きにした窓から顔を出し、濡れて光る軽機関銃を用心深げな目で眺める者もいた。

ニエマンスは反射的にポケベルに目をやった。コストからの呼び出しが入っている。彼はすぐさま検死医に電話した。

「どうした？　検死は終わったのか？」

「まだ完了ではありませんが、ちょっとお見せしたいものがありまして、病院に来ていただけますか？」

「電話じゃ話せないのか？」

「ええ、それに別の分析結果も、もうすぐ出ますので。到着された頃には、準備が整っていると思います」

ニエマンスは電話を切った。

「何か新事実ですか？」とカリムが尋ねる。

「たぶんな。検死医のところへ行かねばならないのだが、きみはどうする？」

「ここへ来たのは、フィリップ・セルティスを尋問するためでした。けれどもセルティスは死んでしまっていないのですから、また先へ駒を進めますよ」

「先というと？」

「ジュディットの父親が死んだ状況を調べてみます。父親はここ、ゲルノンで死亡しました。おそらく悪魔たちは、その件でも何かの役割を演じていることと思います」

「どういうことだ？　殺人だとでも？」

「あり得ると思いませんか？」

ニエマンスは疑わしそうに首をふった。

「この地方の憲兵隊や警察署の記録を、二十五年分ほどしらみつぶしに調べたが、それを匂わせるようなものは皆無だったぞ。さっきも言ったように、当時セルティスは子供だったのだし、……」

「まあ、やるだけやってみますよ。ともかく父親の死亡と、被害者のどちらかとをつなぐ関連が、きっと見つかるはずです」

「どこから始めるつもりだ？」

「墓地からですかね」そう言ってカリムは笑った。「今じゃ、わたしの十八番《おはこ》、まさしく第二の天性ですから。シルヴァン・エローはゲルノンに埋葬されたのかを、確かめたいと思います。タヴェルレーにはすでに問い合わせて、ジュディット・エローの出生記録は取り寄せました。エロー夫妻のひとり娘で、一九七二年にゲルノンの大学付属医療センターで生まれています。誕生のほうはわかった。残るは死亡証明書というわけです」

ニエマンスは携帯電話とポケットベルの番号を渡した。

「内密の連絡には、ポケベルを使ってくれ」

カリム・アブドゥフはメモ用紙をしまうと、少し皮肉っぽい気取った口調で言った。

「捜査において、ひとつひとつの事実、ひとつひとつの証言は鏡のようなものだ。そのなかに事件の真実が隠されている……」

「何の話だ?」

「警察学校にいた頃、あなたの講演を聞いたことがあるんです」

「それで?」

カリムは上着の襟を立てた。

「鏡なら、あなたとわたしの捜査にもあてはまることです」

そう言ってカリムは両手を向かい合わせに立てて、ゆっくりと近づけた。

「いいですか? 二つの事件は、互いを映し出す合わせ鏡なのです。そしてどこかの死角に、間違いなく犯人が潜んでいる」

「きみに連絡をとるには、どうしたらいい?」

「こちらからご連絡します。携帯電話を申請したんですけど、サルザック警察の今年度予算では認められなかったもので」

若い刑事はアラブ風に一礼すると、闇を切り裂く刃のようにすばやく姿を消した。

ニエマンスも車に戻り、霧雨のなかを走りだす輝くアウディに、最後の一瞥を投げた。何だか自分が、すっかり老いぼれてしまったような気がする。不安な夜の闇に生きた年月で、ぼろぼろになってしまったような。虚しさが、喉のあたりにからみついている。けれども、前より力強くなった感じもあった。相棒ができたのだ。

しかも、とびきりいきのいい相棒が。

39

クリスタルのように、ピンク、青、緑、黄色と、虹色の輝きが見えた。プリズムが、きらきらと色とりどりに光っている。透明な小薄片の下で、万華鏡さながらに色が砕け散る。ニエマンスは顕微鏡から目を上げ、コストに尋ねた。

「何だね、これは？」

医者がいぶかるような口調で答える。

「ガラスですよ、警視正。今度はガラスの破片が入っていたんです」

「どこにだ？」

「やはり眼窩の奥です。瞼を閉じたその下に。まるで固まった涙のように、組織にくっついていました」

二人は病院の死体置場にいた。若い医師は血まみれの白衣を着て、白い陶器のブロックに立っている。初めて見るそんなコストの姿には、冷たい威厳が漂っていた。検死医の目が、眼鏡の奥で微笑んだ。

「水、氷、ガラス。これらの物質には、明白な類似性があります」

「明白だってことは、おれにもわかるさ」ニエマンスはぶつぶつ言いながら、シーツをかぶって部屋の真ん中に鎮座している遺体に近づいた。「問題はその意味だ。つまり、どんな場所へ我々を導こうとしているのかだ。ガラスの破片に、何か特徴は？」

「アスティエの分析結果を待っているところです。ガラスの正確な出所を突き止めるため、今ラボにこもってますよ。警視正が倉庫で見つけられたという、粉と刺《とげ》のような物質の分析結果も持ってくるはずです。手帳のインクについての回答もありましたが、成果はなしですね。何の変哲もない、普通のインクにすぎませんでした。数字を記入したページについては、ほかに手がかりがないと……ただ数字の筆跡は確認できました。セルティス自身のものに間違いないそうです」

ニエマンスは頭に手をやり、短く刈った髪を後ろに撫でつけた。倉庫で見つけた証拠品のことは、忘れかけていたところだった。目を上げると、コストはまるで難しい方程式が解けたかのように目を輝かせている。

「どうかしたのか？」少しいらつきながら尋ねた。

「何でもありません。ただ……水、氷、ガラス。どれも透明な輝きが特徴ですよね」

「だから言ったろ。それくらい、おれにも……」

「……けれども、それぞれ異なった温度に対応しているんです」

「よくわからんが」

コストは手を合わせた。

「これらの物質構造は、異なった温度の段階に位置してます。氷は冷たく、水は常温。ガラスは砂を高温で熱して作るわけで」

ニエマンスはむっとした様子で、この指摘をさえぎった。

「だから何なんだ？　それが事件の捜査にどう役立つんだ？」

「いえ、別に。ただ、言ってみただけです……」コストは肩をすぼめ、再び内気な殻に閉じこもってしまった。

「それより、死体の損傷について話してくれ」

「手首の切断を除けば、カイヨワの遺体と同様です。拷問の跡は少ないですが」

「セルティスは拷問されていなかったのか？」

「いいえ。犯人はきっと、知りたいことをすでに聞き出していたのでしょう。だからセルティスの場合は、すぐに最終段階へ入ってしまいました。目をえぐり出し、両手を切断して、絞殺したのです。それでも、耐え難い苦しみに変わりはなかったでしょうね。犯人は殺すのをあとまわしにしてますから。まず両手を切り落とし、目をえぐってから、最後に獲物を始末してます」

「絞殺の方法は？」

「やはり、ワイヤーを使ってます。最初のときと同様、まずはそれで被害者を縛り上げたのでしょう。手足に同じような切り傷ができてますから」

「それじゃあ、手は？　手はどうやって切り落としたんだ？」

「はっきりはわかりませんが、どうやらそれもワイヤーを使ったようです。ほら、糸でバターを切るみたいに、手首に巻きつけ、ものすごい力で引っ張ったんです。ということは、巨漢を捜すべきでしょうね、警視正。怪力の持ち主をです」

ニエマンスはじっと考え込んだ。今の話から、比較的細かな情報が得られるとはいえ、いまひとつ具体的な犯人像が浮かび上がってこない。後ろ姿すら見えない。何かがしっくりこないのだ。犯人のことを思うとき、力とか全的エネルギーとか、そんな観念的な言葉しか浮かんでこなかった。

「犯行時間は？」

「それはわかりません。氷で冷やされていたため、どうにも判定のしようがなくて」

そのとき、死体置場のドアが不意に開いて、背の高い男が入ってきた。顔つきは生気にかけ、ひしゃげた鼻と澄んだ目をしている。そしてその目は、大きく見開かれていた。この男がパトリック・アスティエです、とコストが紹介した。化学者は小さなビニール袋を水切り台に置くと、いきなり本題に入った。

「ガラスの成分がわかりました。フォンテーヌブロー砂層の砂、ソーダ、鉛、カリ、硼砂《ほうさ》です。この配分から、ガラスの出所がわかります。タイルに使われているガラスですね。ほら、プールにあるような。あるいは、一九三〇年代のバラック建築に。犯人はそうしたタイルの張ってある場所に、我々を導いているのでしょう……」

そこまで聞いて、ニエマンスは早くも踵を返した。眼科医のオフィスを覆っていた天井と壁が、閃光のように脳裏にひらめいたのだ。彼は心のなかで罵《ののし》り声をあげた。これは偶然の一致なんかじゃない。三番目の犠牲者はエドモン・シェルヌセだ。

彼がすでにドアを開きかけたとき、マルク・コストが呼び止めた。

「どこへ行かれるんです？」

ニエマンスは振り向きざまに言った。

「犯人が次に狙う相手がわかったんだ。手遅れでなければいいが」

アスティエは廊下に出たニエマンスのあとを追い、袖を摑んだ。

「倉庫にあった粉の成分もわかりましたが……」

ニエマンスは結露の水滴が光る眼鏡ごしに、化学者を見つめた。

「何だって？」

「ほら、倉庫から集めていらした残存物ですよ」

「それで？」

「あれは骨でした。動物の骨です」

「どんな動物だ？」

「一見したところ、ネズミのようです。馬鹿げた話ですが、セルティスとやらは齧歯類《げっし》を飼っていただけのようで……」

熱にでも浮かされたように、またもやぞくりとした。

「あとで詳しく聞こう」とニエマンスは喘ぐように言った。「すぐに戻るから」

ニエマンスはハンドルを思いきり握り締めながら、国道を時速百五十キロ以上で飛ばした。

エドモン・シェルヌセ医師が次の犠牲者だとしたら、彼もまた何かの犯罪に関わった三人目の人物だということになる。

一人目はレミー・カイヨワ。

二人目はフィリップ・セルティス。

もしシェルヌセが犯罪に関わっているなら、エリック・ジョワスノー警部を殺したのも彼だ。なんてことだ！　警視正は呻き声をあげないよう、唇を噛みしめた。そもそもの始まりから自分の犯した過ちを反芻し、自らの無能ぶりをすべて数え上げた。犬が怖いなんてたわけた理由で眼病治療研究所へ行くのをためらい、犯人に結びつく初めての手がかりをふいにしてしまったのだ。

おかげで、すべてが狂ってしまった。

カニの横歩きみたいにもたつき、氷河のなかでクライミングの真似事をしたり、セルティスの母親を尋問したりしてる間に、エリック・ジョワスノーは研究所を調べて、何か重要な事実を摑んでいたのだ。彼を真っすぐシェルヌセのところへと導いた事実を。けれどもそのときからジョワスノーの勇み足が始まり、結局歯止めがきかなくなってしまった。若い刑事は、自分が見つけたものの意味を量りそこねたのだろう。シェルヌセに対する警戒を怠り、捜査を決定づける側面や眼科医本人にとって危険な真実について、尋問のなかで触れてしまった。そしてシェルヌセに殺されたのだ。

ニエマンスの脳裏に、新たな恐ろしい確信が形を成し始めた。彼自身の直感を除いて、証拠はひとつもない。けれどもカイヨワ、セルティス、シェルヌセの三人は、いっしょに何かを企み、共犯関係にあったのだ。

死を招く共犯関係に。

我らは支配者にして奴隷
我らはあまねくありて、いずこにもなし。
我らは測量士
我らは緋色の川を制す。

《我ら》とはこの三人を指しているのではないか？　カイヨワ、セルティス、シェルヌセが、《緋色の川》の支配者なのだろうか？　彼らは町じゅうを相手に陰謀を企み、それがもとで今回の殺人事件が起こったのではないだろうか？

# 40

入口のドアは半開きになっていた。ニエマンスはすぐに右へ向かい、サンルームのようなガラス張りのオフィスに入った。部屋は薄暗く、静まり返っていた。眼科用の器具が、尊大そうに黒く浮かび上がっている。銃を抜いて、部屋をひとまわりした。誰もいない。ただ木々の影だけが、透明なガラス板を通して床に踊っていた。

ニエマンスは廊下に引き返した。闇に沈んだ待合室を覗き、大理石張りの玄関ホールをひと巡りする。象牙や角細工の握りがついたステッキが、傘立てに立てかけてあった。どっしりとした家具とドアカーテンに埋もれた居間や、ニス塗りの木製ベッドを置いた古臭い寝室も見つかったが、やはり誰もいない。争ったり、逃げ出したりした形跡も見られない。

MR73を構えたまま階段を上り、今度は上階を調べてみた。小さな書斎に足を踏み入れると、ワックスと葉巻の匂いがした。擦り切れた絨毯に、金色の南京錠がついた革のトランクが置いてある。

警視正はさらに奥へ行った。ここには脅威と死の臭いがぷんぷんする。荒れ狂う風に揺られる木々の梢が、楕円形の窓から見えた。なるほどこの天窓の下が、診療室のガラス屋根になっているのか。ニエマンスはすばやく窓を開け、透明の棟に目を向けた。

動脈のなかで、血が凍りついた。雨に汚れたガラス板に沿って、シェルヌセの死体が映し出されている。両手を広げて足を縦に伸ばし、磔《はりつけ》の格好をしたその姿は、ガラスのでこぼこで歪んで見えた。緑の湖に映る殉教者の図だ。

ニエマンスは、喉の奥で声にならない唸りをあげた。目はまだその像を見つめながら、実物の死体がある場所を推し量っている。突然、錯覚の仕掛けが摑めて警視正は窓から顔を出し、ファサードを見上げた。死体は天窓のすぐ上に掛かっていた。

雨まじりの颪のなか、屋敷の壁面に張りつけられたエドモン・シェルヌセの姿は、怪奇小説の口絵さながらだった。

ニエマンスはなかに戻って書斎を抜け出ると、もうひとつの木の狭い階段を駆け上り、つまずきながら屋根裏部屋に入った。その窓からまた身を乗り出し、雨樋《あまどい》につかまってできるだけ近くからシェルヌセの死体を観察した。

その顔には、もはや目がなかった。えぐられた眼窩が、颪を受けてぽっかりと開いている。大きく広げた両腕の先は、血まみれの手首で終わっていた。死体はその格好のまま、ぼんやりと光るワイヤーでぐるぐる巻きにされていた。ねじれたワイヤーは、肉づきのいい日焼けした皮膚に食い込んでいる。ニエマンスは横殴りの雨に額を打たれたまま、数えあげていた。

レミー・カイヨワ。

フィリップ・セルティス。

エドモン・シェルヌセ。

確信が突風のごとく胸を揺さぶった。そう、この殺人は、体の一部や顔にフェティッシュを持つ同性愛異常者の犯行などではない。無垢なる犠牲者を手当たり次第血祭りにあげる、連続殺人者によるものでもない。犯人はまったく理性的に、犠牲者たちの生物学的特徴に根ざすアイデンティティを奪っているのだ。そこには、確固たる動機があるに違いない。復讐という動機が。

雨樋から手を放すと、ニエマンスは屋根裏部屋に戻った。死者の家に鳴り響くのは、彼の鼓動ばかりだった。だが、まだ調べることがある。この悪夢には、もうひとつ最後の結末が待っているはずだ。この屋敷のどこかに、ジョワスノーの死体が隠されているに違いない。

自分が殺される数時間前に、シェルヌセ自身もまた殺人を犯していたのだ。


ニエマンスは部屋という部屋、家具という家具、窪みという窪みを調べてまわった。キッチン、居間、寝室をひっかきまわし、庭を掘り返し、木の下にある物置を漁った。そうして一階の階段下に、壁紙を貼ったドアを見つけた。ドアを蹴破ると、なかは地下室に続いていた。

階段を下りながら、一連の出来事を再構成してみる。午後十一時に診療室に乗り込んだとき医者が下着姿だったのは、血まみれの手術――つまりジョワスノーの殺害を終えて、戻ってきたところだったからだ。電話が切ってあったのも、そのためだろう。そして診療室がきれいに片づいていたのもだ。きっと彼はそこで、若い警部を刺し殺したのだ。先ほどペン入れにあるのを見かけた、クロムめっきの探り針《ゾンデ》を使って。服を着替えて、荷造りをしていたのも、やはりそのためだ。

まったくおめでたいことに、ニエマンスは忌まわしい仕事を終えた死刑執行人に尋問をしていたのだ。

地下室には蜘蛛の巣だらけの金網を張った棚に、何百本ものワインが寝かされていた。暗い瓶底、赤い封蝋、黄土色のラベル。警視は地下室の隅々まで捜しまわった。樽を動かし、金網を手前に引いたはずみで瓶が崩れ落ち、嗅いだだけで酔ってしまいそうなアルコール臭を発散する水たまりができた。

汗だくになり、罵り声をあげながらあたりをひっかきまわした末、ようやく二枚の鉄板を立てかけた下に、床下収納庫があるのを見つけた。ニエマンスは南京錠を銃で吹き飛ばした。揚げ戸の底に、ジョワスノーの死体はあった。黒い腐食性の液体に半分漬かって。緑色をした苛性ソーダのプラスチック・ボトルが、そのまわりに何本も浮かんでいた。死臭をも押さえ込む猛烈な化学臭が、あたりに充満し始める。かつてグルノーブル司法警察警部エリック・ジョワスノーだった骸《むくろ》は薬液に飲み込まれ、ぶくぶくと浮かび上がる泡と化して、少しずつ消え去ろうとしていた。ただ開いたままの両目は、まるで警視正を見据えるかのように、このおぞましい墓の奥で光っていた。

ニエマンスは思わず退いて、狂ったような叫び声をあげた。肋骨のあたりが、傘が開くように持ち上がる感じがした。彼は瓶の棚を握り締めたまま、がちゃがちゃとぶつかり合い、流れ出るワインのなかで、胃の腑の奥から激怒と後悔の念を吐き出した。

そんなふうにして、どれくらい時間がたったろうか。あたりにはアルコールの臭いと酸の刺激臭が漂っている。けれども、やがて意識の奥から、どろどろの油に汚れた海流のように、最後の真実がゆっくりと湧き上がってきた。ジョワスノーの殺害とは無関係だが、ゲルノンの連続殺人に新たな光を投げかける真実が。

三つの犯罪を特徴づける三つの物質——水、氷、ガラス。その間にある関連を、マルク・コストは強調した。だが、ようやくニエマンスにはわかったのだった。重要なのはそこではない。死体の見つかった状況、それこそが重要だったのだ。

レミー・カイヨワは川面に映って発見された。

フィリップ・セルティスは水の伝わる氷に映って。

エドモン・シェルヌセはガラスの屋根に映って。

実物の死体ではなく、まず死体の鏡像が見つかるよう犯人は演出していたのだ。

でも、そこにはどんな意味があるのか？

なぜ犯人はそんなに苦労してまで、もうひとつの像を作り出そうとしたのか？

こうした細工の動機はニエマンスにも説明できない。けれども死体のきらめく分身を作り出すことと、手や眼球を取り去ることとの間には、何らかの関連性がある。ニエマンスには、そんな気がしてならなかった。手や眼球をなくした死体は、その人間だけが持つ特徴、深遠なアイデンティティを奪われたことになる。三人の被告は、上訴の許されぬ法廷で判決を受けた。人間としての存在をすべて抹殺される刑。その判決から導かれた二つの結果を、彼らの死体は示しているのだ。

それにしても、いったい彼らは何をしたのだろうか？　個人を識別する特徴を削ぎ落とされ、鏡像におとしめられねばならないような、どんなことを？

# 41

ゲルノンの墓地は、サルザックと趣を異にしていた。くすんだ芝生に並ぶ白い大理石の墓碑は、形のよい小さな氷山のようだ。つま先立った奇妙な人影さながら、十字架が闇に浮かび上がっている。芝生に散らばった落ち葉だけが、一面の緑に茶色っぽいアクセントを投げかけていた。カリム・アブドゥフは墓石の列を端から順に歩いて、大理石や鉄に刻まれた名前や墓碑銘をひとつひとつ確認した。

シルヴァン・エローの名はまだ見つからない。

歩きながら今までの捜査のこと、ここ数時間に起きた急展開のことを思い返してみる。できるだけ早くこの村に来ようと、アウディの高級車を《ちょうだいする》のもいとわなかった。墓荒らしを捕まえるつもりだったのに、気づいてみれば連続殺人に首を突っ込んでいた。ニエマンスの捜査記録は、しっかり頭に叩き込んである。そこにカリム自身の捜査が、《入れ子式》にはまっているに違いない。サルザックで起きた小学校の泥棒騒ぎと納骨堂荒らしから、母と娘の悲劇的な運命が浮かび上がった。その運命が、今度はゲルノンの連続殺人へと結びついた。二つの事件を結びつける蝶番、それがセルティスだった。けれどもカリムは、とりあえず自分の追ってきた道を進むつもりでいた。その先に、また別の接触点、別の結びつきが見つかるまで。

だが、螺旋《らせん》状に落ちていくそんな底知れぬ奈落以上に、カリムを魅了しているものがあった。カンヌ＝エクリューズ警察学校のセミナーで、あれほど強烈な印象を受けたピエール・ニエマンス警視正と身近に接することができたことだ。犯罪を映し出す鏡や原子核の理屈が信条の警察官。捜査の現場を渡り歩く、暴力的で激しやすく、執拗な男。彼はその輝かしい経歴で、警官仲間に勇名を馳せたものの、抑制のきかない性格と異常なまでの暴力行為により、最後は第一線からはずされてしまった。この新たな出会いが、カリムの頭から離れなかった。もちろんとても誇らしかったし、大いに気持ちも高ぶった。けれども、実際に顔を合わせる数時間前に偶然彼のことを考えていただけに、何だか不思議な心持ちでもあった。

墓石の列を最後まで見終えても、シルヴァン・エローの名はなかった。あとは火葬場を調べるだけだ。崩れかけた二本の円柱が支える礼拝堂風の建物に、カリムは急ぎ足で向かった。気になる場所には、すべてあたってみなければ。なかには明かりとりのついた廊下が続いていた。名前と日付を刻んだ小さな箱が、いくつもはめ込んである。カリムは左右に視線を走らせながら、なおも奥へと向かった。メールボックスに似た小さな扉が、段々に重なって並んでいる。扉ごとに、文字の字体や装飾は異なっていた。ところどころニッチを飾る萎れた花束は、色とりどりに染め分けられた道化服さながらだ。そしてまた、単調な扉の列が続く。奥の大理石壁には、仰々しく祈りの文句が掲げられていた。

カリムはさらに近づいた。どこからともなく湿った風が吹き込み、静かに抜けていく。足の間を細かな石膏の粉が舞いながら、枯れた花弁ともつれ合った。

そのとき、カリムは気づいた。

彼は近寄り、刻まれた名前を読んだ。シルヴァン・エロー。一九五一年生まれ。一九八〇年八月逝去。ジュディットの父親が火葬にふされていたとは、予想外だった。ファビエンヌの宗教的信条とは、相容れないやり方だ。

けれども、ほかにもっと驚いたことがあった。そこにはみずみずしい赤い花が飾られていたのだ。カリムは花びらにさわってみた。まだ生けたての、新鮮な花束だ。きっと、今日ここに置かれたばかりなのだろう。カリムはまわれ右をし指を鳴らした。

宝探しゲームは、いつまでたっても終わりそうにない。

アブドゥフは墓地を出ると、墓守りの住んでいる家か小屋でもないかと、囲い壁づたいにひとまわりした。墓地の左隣に、小さなあばら家が見つかった。窓に薄明かりが灯っている。カリムは音をたてずに戸を開けると、庭に入った。庭の上部は金網で覆われ、まるで巨大な鳥かごのようだ。どこかで、くうくうという鳴き声も聞こえる。これはまた、どういう気違い沙汰なんだろう？

さらに数歩進むと喉を鳴らす声はさらに強まり、ペーパーナイフで紙を切るような羽ばたきの音が静寂を切り裂いた。火葬場を思わせる壁の窪みに目をやると、そこには何百羽もの灰色の鳩が、小さな深緑の柩に眠っている。警部は階段を駆け上がりドアの呼び鈴を鳴らした。ドアはすぐに開いた。

「きさま、何の用だ？」

男が散弾銃を構えて立っている。

「警察の者です」とカリムは静かな声で言った。「今、警察手帳を見せます……」

「何が警察だ、このアラブ野郎。だったらおれは精霊様だぜ。動くんじゃない！」

カリムは後ずさりしながら階段を下りた。侮辱の言葉に、怒りで総毛立つほどだった。そうでなくとも、ぶち殺してやりたい気持ちでいっぱいになっていた。

「動くなって言っただろ！」墓掘り人はわめいて、銃を警官の顔に突きつけた。

男の口の端には泡が立っている。

カリムはゆっくりと後退し続けた。男は体を震わせ、自分も一段階段を下りた。銃をふりかざすその姿は、虚勢を張って吸血鬼に干し草用フォークを投げつける、B級怪奇映画の農夫さながらだ。二人の背後で鳩たちが、張り詰めた空気を察したかのようにばたばたと羽ばたいた。

「その口を吹き飛ばしてやるからな……」

「そりゃ驚きだ。いいかい、あんたの銃は空っぽだぜ」

涎《よだれ》男は顔をしかめた。

「何だと？　今晩、弾を詰めたばかりだぞ、この野郎」

「だったら、弾を銃身に上げ忘れたな」

男の視線が銃に向かう一瞬のすきを、カリムは逃さなかった。一気に階段を駆け上ると、左手で銃身を払うと同時に右手で自分のグロックを抜いた。男をドアの縁に投げ飛ばし、銃を握った男の手を角に押しつける。

墓掘り人夫は呻き声をあげ、銃を放した。そして目を上げると、オートマチックの黒い銃口が、額の数センチ先に突きつけられていた。

「よく聞け、くそ野郎」とカリムは小声で言った。「知りたいことがある。おれの質問に答えれば、おとなしく引きさがってやるが、つまらない真似しやがったら、面倒なことになるぜ。てめえにとって、とても面倒なことにな。わかったか？」

墓守りは目をむいてうなずいた。動揺して頭に血がのぼるあまり、攻撃の意欲を失っている。こんなパニック状態をカリムはよく知っていた。男の皺だらけの喉を、カリムはさらに締めつけた。

「シルヴァン・エロー。一九八〇年八月に火葬。さあ、話せ」

「エローだって？」と墓掘り人は口ごもった。「知らない」

カリムはぐいと男を引き寄せてから、もう一度壁の隅に叩きつけた。墓守りが呻き声をあげる。襟首のあたりに血が飛び散り、後ろの石を汚した。壁の窪みにいた鳩にもパニックが広がり、かごの鳥たちはいっせいに飛び交《か》い始めた。

「シルヴァン・エロー。奥さんは大柄な美人で、褐色の巻き毛に、眼鏡をかけていた。娘もかわいい子だ。よく考えてみろ」

男はあわてたように、小刻みにうなずいた。

「わかった、思い出したよ……あれは妙な葬式だった……参列者が誰もいないんだ」

「誰もいないって、どういうことだ？」

「言ったとおりさ。奥さんすら来やしない。火葬代を前払いしたっきり、ゲルノンから姿を消しちまったんだ。遺体はおれが焼いたさ……ひとりっきりでな」

「男の死因は？」

「事故だっていったかな……交通事故」

高速道路で死んだ子供の酷《むご》たらしい遺体写真が、カリムの脳裏をよぎった。交通事故の犠牲者。新たなライト・モチーフ、反復的要素というわけか。アブドゥフは摑んでいた手を少しゆるめた。鳩がぐるぐると旋回しながら、天井の網目にぶつかっている。

「詳しい状況について、何か知っているか？」

「車にはねられたのさ。ベルドンヌ山塊に向かう県道で。男は自転車に乗ってた……仕事に行く途中だったんだ……車の運転手は酔っ払ってたんだろうな……それで……」

「警察の捜査は？」

「わからないな……ともかく、轢《ひ》いた犯人はわからなかった……道路に、ぺちゃんこになった死体が見つかっただけで」

カリムはわけがわからなくなってきた。

「仕事に行く途中だと言ったが、どんな仕事なんだ？」

「山間の村で働いていたんだよ。水晶集めの仕事を……」

「水晶集めだって?」

「山頂に登って、水晶を見つけてくるのさ。このへんには、質のいい水晶があるんだ。でも、危ない仕事だから……」

カリムはまた別の質問をした。

「どうしてゲルノンの住民は、誰も葬式に来なかったんだ?」

男は縊死者《いし》のように腫れ上がった首筋をさすりながら、傷ついた鳩に怯えた目を向けた。

「あいつらはよそ者だったから……別の村から移ってきたばかりの……タヴェルレーっていったかな……山間の村さ。だから、誰も葬式に行こうなんて思わなかったんだよ」

カリムは最後にもうひとつ尋ねてみた。

「納骨所に花束があったが、誰が持ってきたんだ?」

墓守りは、追い詰められたように目をぎょろつかせた。死にかけた鳥が一羽、肩に落ちてくる。男は叫びをこらえ、口ごもりながら言った。

「花はいつもあるんだ」

「だから、誰が持ってくるのかって訊いてるんだ」とカリムは繰り返した。「背の高い女か?褐色の巻き毛の女だろ? ファビエンヌ・エローー本人なんだな?」

男は激しく首をふった。

「それじゃあ、誰だ?」

男はためらっていた。涎の垂れた口元まで出かけた名が、恐ろしい忌み言葉であるかのように。灰色の雪さながら、羽根が宙を舞っている。男はようやく、ささやくように言った。

「ソフィーだ……ソフィー・カイヨワ」

カリムは目がくらんだように感じた。突然、目前で、二つの事件に新たな接点が生まれたのだ。心臓がぎりぎりと締めつけられ、今にも破裂しそうだった。カリムは男の顔に思いきり近づいて尋ねた。

「誰だって？」

「言っただろ……レ、レミー・カイヨワの奥さんさ」男はしゃくりあげながら答えた。「毎週来てたよ。何度も来る週もあった……殺人事件の話をラジオで聞いたとき、憲兵隊に出頭しようと思ったんだ……嘘じゃない……何か参考になるかもしれない……きっと事件に関係があるぞって……だから……」

カリムは男を金網と鳥たちのなかに放り出すと、鉄の扉を押し開け車に走った。心臓が早鐘のように高鳴っていた。

42

カリムは大学の中央棟まで車を飛ばした。正面玄関に見張りの警官がいる。たぶんソフィー・カイヨワの監視を命じられた警官だろう。カリムは何食わぬ顔で通り過ぎ、建物を一周して裏口を見つけた。両開きになった薄暗いガラス戸の上に、縁がぼろぼろになったコンクリートの庇《ひさし》が突き出ている。庇を覆うビニールシートは、応急処置のつもりらしかった。警部は百メートル先で車を止め、大学の案内図を見た。ニエマンスの部屋から持ち帰ったその図には、カイヨワの宿舎に印がついている。三十四号室だ。

カリムは車を降り、雨のなかを扉に向かって歩いた。こめかみに両手をあて、ガラス戸の奥を覗き込んでみる。二枚の戸は、バイクの盗難防止用チェーンで錠がしてあった。半円形になった旧式のチェーンだ。雨足が強まり、騒々しい電子音のようなリズムでシートを打ちつけていた。こんなに騒々しければ、不法浸入もたやすいというものだ。カリムはちょっと後退すると、ガラス戸を一発で蹴り割った。

狭い廊下を駆け抜けると、広々として薄暗いホールがあった。外で震えている見張りの警官が、ガラスごしにちらりと見えた。カリムは右手にある階段に忍び寄り、静かに駆け上がった。常夜灯があるおかげで、蛍光灯をつけずとも上ってゆける。階段や金属板の手すりが響かないよう気をつけた。

寮生たちのいる九階は静まり返っていた。ニエマンスの案内図を頼りに廊下を進みながら、呼び鈴の上になぐり書きされた名前を確かめていく。リノリウムの鈍い弾力が、足の下に感じられた。

夜中の一時とはいえ、音楽とかラジオの声とか、部屋に独りこもっている寮生の様子を感じさせる音が聞こえるものと思っていた。けれども、あたりは静寂そのものだった。きっと学生たちは、目玉をくり抜きにやって来る殺人鬼に怯え、部屋のなかで息をひそめているのだろう。さらに行くと、ようやく目あての部屋が見つかった。呼び鈴を押すのはためらわれたので、木のドアを小さくノックした。

返事はない。

もう一度、そっと叩いてみる。やはり返事はない。なかからは、何の物音も聞こえなかった。人のいる気配がまったく感じられない。だとしたら妙だ。下に見張りの警官がいたのだから、ソフィー・カイヨワが外出しているはずはない。

カリムは反射的にグロックを抜き、錠を調べた。内錠はかかっていない。警部はゴム手袋をはめ、ポリマー製の鍵軸セットを取り出した。なかの一本を主錠のボルト下に差し込み、ドアをぐっと押し上げる。ドアはすぐに開いた。カリムは息を殺してそっとなかに入った。

部屋をひとつひとつ見てまわったが、誰もいない。ソフィーは姿を消し、もう戻って来ないのだろう。そんな予感がした。カリムはさらに念を入れて家捜しを続けた。壁にずらりと掛かっている、奇妙な写真に気づいた。ファシスト然とした顔の運動選手たちが、吊り革にぶら下がったり、トラックを駆けているモノクロ写真だ。家具の上や引出しのなかも調べたが、手がかりになりそうなものは何もなかった。ソフィー・カイヨワは何のメッセージも残していかなかった。彼女が逃げ出した跡らしきものはないが、きっともうどこかへ行ってしまったのだという感じがした。しかしカリムは部屋から立ち去り難かった。どんなものかはわからない。けれど何かがひっかかるのだ。この場に漂う不調和のもとを探ろうと、彼は行ったり来たりを繰り返した。隠れている小さな砂粒を見つけ出すのだ。

そして、ついにわかった。

接着剤の臭いだ。まだ乾ききっていない壁紙の臭いがする。カリムは大急ぎで、壁面をひとつひとつ調べてまわった。不意の暴力に巻き込まれる数日前、カイヨワ夫婦は部屋の模様替えをしただけなのかもしれない。ただの偶然なのでは？　いや、違う。この事件には、偶然など存在しない。すべてが、巨大な悪夢を形作る要素なのだ。

いてもたってもいられなくなり家具をどかすと、まず一枚壁紙を剝がしてみる。何もない。カリムは立ち止まった。今しているのは、越権行為だ。令状もないのに、最重要容疑者になりそうな女の部屋を荒らしているのだから。一瞬ためらったのち、ごくりと唾を飲み込んで次の一枚を剝がした。やはり何もない。カリムは向き直り、また次の壁紙に指を差し込んで思いきり引っ張った。古い壁面が大きく露になる。

壁に褐色の文字で何か書かれている。読み取れるのは、《緋色の》という一語だけだった。すぐ右側の壁紙を、カリムは急いで剝ぎ取った。細長く続く糊の下に、メッセージが全貌を現わした。

緋色の川の源に
わたしは遡る

子供っぽい筆跡で、血を使って書かれていた。ナイフで書いたかのように、文字が石膏に刻み込まれている。レミー・カイヨワ殺し。《緋色の川》。ジュディット。もはや関連があるとか、反響し合っているなどというレベルの話ではない。二つの事件はひとつのものなのだ。

突然、背後でかすかな物音がした。カリムは反射的にふり返り、両手でグロックを構えた。半開きになったドアから消える人影が、一瞬ちらりと見えた。カリムは呻き声をあげながら、部屋の外に飛び出した。

人影は廊下の角を曲がったところだった。あわただしい足音に、あたりはたちまち恐慌をきたした。少しでも危険の兆候があれば、一触即発の緊張状態にあったのだ。寮生たちはドアを細めに開け、怯えきった目で様子をうかがっている。

カリムも最初の曲がり角に突進すると、肩から壁にぶつかって右に曲がり、また長い廊下を疾走した。階段を駆け下りる音がこだましてくる。

カリムも階段を下り始めた。前を行く人影がみかげ石のステップを踏みならすと、金属板の手すりが唸るように振動する。カリムは踊り場から次の踊り場まで二歩で飛び下り、追跡を続けた。

次々に階を下るにつれ、差は着実に縮まっていった。獲物まであとひと息。すでに二人は同じ階の、手すりの板を挟んだ両側にいた。防水服の黒く光る背中が、左下を駆け下りていく。

カリムは手すりの向こうに手を伸ばし、肩ごしに人影の袖を掴んだ。けれども力が足りなかった。カリムの腕は直角に曲がって、手すりに思いきり押しつけられた。獲物は逃げ去っていく。カリムは追跡を続けたが、数秒間を無駄にしてしまった。

一階の広いホールに着いても人影は見えなかった。あたりは静まり返っている。外では見張りの警官が、前と同じ位置に立っているのが見えた。カリムは急いで裏口にまわった。やはり誰もいない。降りしきる雨のせいで、外の様子はよくわからなかった。

カリムは罵り声をあげた。先ほど砕いたガラスの扉から外に出て、灰色の驟雨に煙るキャンパスにじっと目を凝らす。人っこひとり、車一台見えない。ただビニールシートに降り注ぐ雨音が響くばかりだ。カリムは構えていた銃を下ろし、後ろに向きなおった。あの人影は、まだなかにいるのかもしれない。そんな一縷《いちる》の望みにすがりながら。

突然、上から大量の水が落ちてきて、カリムは両開きの扉に激しく叩きつけられた。凍てつく大波に飲みこまれたカリムは、痺れた体で頭上を見た。庇を覆っていたシートが、雨水の重みに耐えきれなくなったらしい。

事故か、とカリムは思った。

けれども、二本のロープでまだ屋根からぶらさがっているシートの後ろに、黒く輝く人影が見えた。黒い防水服に、ぴったりとしたゴムのタイツ。顔は目出し帽ですっぽりと覆い、蜂の頭みたいな競輪用のヘルメットをかぶっている。影はカリムのグロックを両手に構え、彼の顔に狙いをつけていた。

警部は口を開いたが、言葉が出なかった。

いきなり影は引き金を引くと、ガラスに響くすさまじい轟音とともに弾倉を空にした。カリムは身を縮こまらせ、両手で顔を覆った。銃声と砕けるガラスの音、降りしきる雨音が混ざったなかで、彼はかすれた呻き声をあげた。

それでもカリムは、撃たれた弾数を無意識に数えていた。十三発目が終わり、そっと顔を上げると、最後の薬莢が床に弾んでいた。銃を投げ出し、雨のなかに消える手がちらりと見えた。くすんで、蔓《つる》植物のように節くれだち、傷だらけで包帯を巻いた、短い爪の手だった。

女の手だ。

まだ煙を上げているグロックを、カリムはしばらく見つめていた。細かな菱形模様のついたグリップに目がいった。頭のなかではまだ銃声ががんがんと響き、鼻には火薬の激しい臭いが残っている。正面入口を監視していた警官が、銃を手にようやく駆けつけてきた。

警官の警告も、慌てふためいたわめき声も、カリムの耳には入っていなかった。大騒ぎが始まるなかで、彼は今二つの事実を手にしていた。

ひとつは、犯人の女がカリムの命を奪わなかったということ。

もうひとつは、犯人の指紋が取れたということ。

43

「ソフィー・カイヨワの部屋で何をしていたんだ？　そんな権限、きみにはないんだぞ。もっとも初歩的な規則じゃないか。それを破られたんじゃ、我々だって……」

カリムは、怒り狂うヴェルモン隊長の禿げ頭と真っ赤な顔をじっと見つめていた。そしてゆっくりとうなずき、できるだけ神妙な顔つきをしながら言った。

「バルネス隊長には全部説明してあったんですが。ゲルノンの殺人事件と、わたしの追っている事件とが関連していて……ロット県のサルザックという町で起こった事件なんです」

「そいつは初耳だな。だからってきみが重要参考人のところに行って、部屋を荒らしていいことにはならないぞ」

「ニエマンス警視正とは話がついていましたし……」

「ニエマンスは関係ない。彼はこの事件からはずされたんだ」ヴェルモンは、捜査協力の要請書を机の上に放り投げた。「グルノーブルの司法警察本部から、捜査員がやって来たところだ」

「本当ですか？」

「ニエマンスはマスコミに追われている。昨晩、イギリス人のフーリガンをこっぴどくぶちのめしたんだ。パルク・デ・プランスでサッカーの試合が終わったあとにな。事態は悪化しており、やつはパリに呼び戻されたんだ」

どうしてニエマンスがこの町で捜査にあたっていたのか、ようやくカリムにも合点がいった。不屈の男は、もう何度目かになる彼流の逸脱行為を犯したあと、ほとぼりを冷ましにやって来たのだろう。でも、彼が今夜パリに戻ったとは思えない。まさかあのニエマンスが事件をほっぽり出し、公務監査院や議会での答弁に向かうなんて。彼のことだ、まずは殺人犯とその動機を見つけ出そうとするはずだ。それなら自分も、ニエマンスといっしょに捜査を続けよう。けれどもカリムは、とりあえず憲兵隊長に話を合わせるふりをした。

「それでは、司法警察がもう捜査を始めたんですね？」

「いや、まだだが」とヴェルモンは答えた。「まずは捜査の経過を報告しなくては」

「ニエマンス警視正だって、あなたがたに協力すると思いますが」

「それは違うな。彼は病気だよ。たしかに犯罪の世界には通じている。本人にも犯罪の臭いがするくらいにね。グルノーブルの捜査員と、一から出直しだ。ところできみは、何を調べてたんだ？」

カリムは両手を机に置き、隊長のほうに身を乗り出した。

「サルザック署のクロジエ署長に電話をして、わたしの話を確かめてください。権限があろうがなかろうが、わたしの捜査とゲルノンの事件は結びついています。被害者のひとり、フィリップ・セルティスが、昨晩サルザックで墓荒らしをしたのです。殺される直前に」

ヴェルモンは疑わしそうに顔をしかめた。

「ともかく報告書を書きたまえ。被害者が墓荒らしとはね。おまけに、ほうぼうから警官がやって来て。ただでさえややこしい事件だっていうのに、これ以上きみは……」

「何も、そんな……」

「犯人が新たな凶行に及んだぞ」

カリムはふり返った。部屋の戸口にニエマンスが立っている。その顔は真っ青で、表情は苦悶に歪んでいた。カリムは、数時間前に訪れた墓所の彫像を思い浮かべた。

「エドモン・シェルヌセ、アヌシーの眼科医だ」ニエマンスはそう続けると、机に近づきカリムとヴェルモンを睨みつけた。「ワイヤーで絞め殺されている。目をえぐられ、両手を切り落とされてな。殺人はまだ続いているんだ」

ヴェルモンは椅子をぐいと壁に押し戻した。そして何秒か沈黙があったあと、呻くような声でつぶやいた。

「だから言ったじゃないですか……みんな言ってたのに……」

「言ったって、何をだ?」とニエマンスは大声を出した。

「これは連続殺人だってことをですよ。アメリカによくあるような、サイコパスの犯罪なんです! だからアメリカ流の捜査方法を使わなくては。専門家を呼んで、心理学的なプロファイリングをして……よくは知りませんが……わたしのような田舎の憲兵だって、それくらいのことは……」

ニエマンスは怒鳴り声をあげた。

「たしかに殺人は続いているが、これは無差別的な連続殺人とはわけが違う！　精神異常者の犯罪ではない。犯人の目的は復讐だ。被害者たちに関係する、合理的な動機があるんだ。殺された三人の間には、彼らの死を説明づける何らかの結びつきがある。それを見つけ出さねばならないんだ」

ヴェルモンは何も言わず、うんざりしたような身振りをした。沈黙の合間をぬって、カリムが言った。

「警視正、実は……」

「あとにしてくれ」

ニエマンスは立ち上がって、苛立たしげにコートの裾をなでつけた。そんな気取りは、いかにも警察官らしい無表情な顔にそぐわなかった。カリムは引きさがらず、言葉を続けた。

「ソフィー・カイヨワが姿を消しました」

丸眼鏡の奥から、警視正の目がカリムを見た。

「何だって？　見張らせておいたのに……」

「見張りの警官は何も気づきませんでした。でもソフィーは、きっともう遠くに行っているでしょうよ」

ニエマンスは、生物学的にあり得ない珍種の動物でも見るように、じっとカリムを見つめた。

「なんでまたそんなことに？　どうしてソフィーが逃げ出したんだ？」

「初めからあなたの考えたとおりだったんです」そうニエマンスに言ってから、カリムはヴェルモンのほうに向きなおった。「被害者たちの間には、秘密があったんです。殺人に結びつくような秘密が。ソフィー・カイヨワもその秘密を知っていたために、逃げ出したのでしょう。おそらく彼女が、次の犠牲者だったんです」

「なんてことだ……」

ニエマンスは眼鏡をかけなおし、しばらく何事か考えている様子だった。それからボクサーが身をかわすように顎を引くと、カリムにあとをうながした。

「カイヨワの部屋で、見つけたものがあるんです。壁に文字が刻まれていました。《ジュディット》と署名があり、《緋色の川》のことが書かれていました。あなたは被害者たちの間に、何か共通項がないか捜していましたよね。カイヨワとセルティスの間には、少なくともひとつ見つかりました。ジュディットという共通項が。わたしの追っていた、顔を消された少女です。セルティスは彼女の墓を荒らし、カイヨワは彼女の署名があるメッセージを受け取ったのですから」

警視正はドアに向かった。

「いっしょに来てくれ」

ヴェルモンが怒って立ち上がる。

「ええ、とっとと出てってください！　勝手に謎を追ってればいい！」

ニエマンスはさっさとカリムを外に押しやった。隊長はまだわめいている。

「ニエマンス警視正、あなたはもう捜査の一員じゃないんですよ！　この事件からはずされたんです！　いいですか、あなたなんかもう、何の力もない……何の力も！　いくら怒鳴ったって、痛くも痒くもないんだ！　せいぜいこの若造のたわごとでも聞いていればいい……宿なしとちんぴらで……まったく似合いのコンビだ！　わたしは……」

ニエマンスはいくつかドアを隔てた空き部屋に入り、カリムをうながして明かりをつけた。ドアを閉めると、憲兵隊長の繰り言はぷっつりと聞こえなくなった。椅子を摑んでカリムにすすめると、彼はひと言こう言った。

「聞かせてくれ」

## 44

カリムは立ったまま、息せき切って話し始めた。

「壁にはこう書かれていました。《緋色の川の源にわたしは遡る》と。インクの代わりに血を使い、彫刻刀代わりにナイフを使って。こんなもの見せられた日には、恐ろしくて夜も眠れなくなるでしょうね。おまけに《ジュディット》と署名があるんですから。もちろんこれは《ジュディット・エロー》、一九八二年に死んだ娘の名です」

「さっぱりわけがわからん」

「それはわたしも同じです」とカリムは小声で言った。「でもこの週末に何があったのか、自分なりに想像してみました」

ニエマンスも立ったままだった。彼がゆっくりうなずくと、カリムは話を続けた。

「犯人は、まずレミー・カイヨワを土曜日の日中に殺害しました。そして目をえぐり取った死体を、岸壁に押し込んだのです。どうしてそんな芝居がかったことをしたのかはわかりません。ともかく犯人はすぐ翌日、キャンパスのどこかに隠れてソフィー・カイヨワの動向をうかがっていたのです。初めソフィーは部屋にいましたが、そのあと外出しました。きっと昼前頃でしょう。カイヨワを捜しに、山へ出かけたか何かです。そのすきに犯人はカイヨワの部屋に忍び込み、壁に犯行の署名をしたのです。《緋色の川の源にわたしは遡る》って」

「続けたまえ」

「しばらくして部屋に戻ったソフィーは壁の文字を見つけ、すぐにその意味を悟りました。過去がよみがえりつつある、そして夫はおそらく殺されている。そう思った彼女は、秘密の封印を破り、夫の共犯者だったフィリップ・セルティスに電話したのでしょう」

「どうしてそう思うんだ？」

カリムは身を乗り出し、声をひそめた。

「おそらくカイヨワとセルティス、それにカイヨワの妻は幼なじみで、子供の頃何かの罪を犯したのでしょう。《緋色の川》という言葉と、ジュディットの一家に関連するような罪を」

「だが、前に言ったように、八〇年代にはカイヨワもセルティスも、まだティーンエイジャーじゃないか。なのにきみは……」

「まあ、最後まで聞いてください。電話を受けたフィリップ・セルティスはカイヨワの家に駆けつけ、壁の文字を見ました。そして《緋色の川》が何を暗示するのか理解し、激しい恐怖に駆られました。それでも彼は、急いでやるべきことを片づけたのです。つまり壁を隠すという作業を。その文字が、絶対に明かしてはならない秘密に関わっていたからです。ええ、間違いありません。カイヨワの死と、《ジュディット》と署名する犯人の脅迫に怯えながらも、セルティスとソフィー・カイヨワは自分たち自身の罪の跡を隠すことしか、そのとき頭になかったのです。看護師は壁に刻まれたメッセージを覆うため、壁紙を買いに行きました。だからこそカイヨワの部屋には、接着剤の臭いが立ち込めていたんです」

ニエマンスの目が光った。彼もソフィーを尋問したとき、接着剤の臭いに気づいていたに違いない、とカリムは思った。

「日曜日はずっと、二人は事態の推移をうかがっていました。あるいは、何か調べていたのかもしれません。結局夕方になって、ソフィーは憲兵隊に夫の行方不明を知らせることにしました。同じ頃、岩壁から死体が発見されたのです」

「その先は？」

「同じ晩、セルティスはサルザックに車を飛ばしました」

「どうして？」

「レミー・カイヨワ殺しに、ジュディットの署名があったからです。ジュディットが十五年近く前サルザックに埋葬されたことを、セルティスは知っていたんです」

「ちょっと強引だな」

「かもしれません。ともかくセルティスは、昨晩わたしの町にやって来ました。もうひとりの男は、おそらく第三の被害者シェルヌセでしょう。そして小学校の資料室を漁り、ジュディットの墓を暴いたのです。死者を捜すとき、どこへ行けばいいか？　墓場ですよ」

「続けてくれ」

「セルティスたちがサルザックで何を見つけたのかはわかりません。彼らが柩を開いたのかどうかも不明です。けれども、本当に安心できるようなものは、見つからなかったのだと思います。そして二人は、恐怖でいっぱいになりながらゲルノンに帰ってきたというわけです。どうです、そう思いませんか？　亡霊が歩きまわって、恨みのある者たちを殺そうと待ち構えているのですから……」

「だが、今の話には何の証拠もない」

その指摘には答えず、カリムは続けた。

「さて、次は月曜の明け方です。ゲルノンに戻ってきたセルティスは、亡霊に襲われました。それが第二の犯行です。今度は拷問や責め苦は抜きでした。知りたかったことを、亡霊はもう知ったのですから。あとは復讐を行なうのみ。そしてロープウェーを使い、死体を山に運びました。すべては予定の行動です。第一の犠牲者には、もうメッセージが残してあったのだから。今度は第二の犠牲者に、次のメッセージを残さねばなりません。犯人はもう、行き着くところまで行くつもりでしょう。あなたの復讐説は、今まさに実行されつつあるんです」

「復讐の理由は？　犯人は誰なんだ？」ニエマンスは疲れを感じ、坐った。

「ジュディット・エローか、彼女の名を騙《かた》っている者です」

彼はうつむいたまま、しばらく黙っていた。カリムは横に坐ると話を続けた。

「墓地の火葬場にある納骨室で、シルヴァン・エローの名を見つけました。死亡の状況そのものについては、特に発見はありませんでした。エローは交通事故で死亡しています。その点は調べる余地がありそうですが、今のところは何もわかりません……ただ今晩、エローの墓所で、新たにまたひとつ手がかりが得られました。納骨箱の前に花束が供えられてあったんです。真新しい花束がね。調べてみると、何年も前から毎週花を供えに来る者がいるそうなんです。誰だと思いますか？　ソフィー・カイヨワですよ」

めまいにでも襲われたかのように、ニエマンスは頭を横にふった。

「今度はどうそれを説明するんだね？」

「思うにソフィーは、後悔に苛まれていたんでしょう」

警視正はあえて何も言わなかった。カリムは立ち上がると、絞り出すような声で言った。

「そう考えれば、すべてが符合するんです！　ソフィー・カイヨワが本当に犯罪者たちの一員だとは、どうしても思えません。けれども彼女は夫と秘密を分かち合い、ずっとそれを心に秘めていたんです。愛情からか、恐れからか、あるいはもっとほかの理由があるのか。ともかくソフィーは今まで何年も、シルヴァン・エローの骨壺にこっそりと花を捧げてきました。自分の夫が不幸に陥れた家族に対する贖罪の気持ちから」

カリムはニエマンスの前に膝をついた。

「警視正、よく考えてください。夫の死体が見つかり、その殺人には《ジュディット》の署名があった。過去からよみがえった少女の復讐に違いありません。それでもソフィーは今日、少女の父に花を供えているんです。殺人事件はソフィーの心に憎しみを生まなかった。ただ事件ゆえ彼女は記憶を新たにし、悔恨を深めたのです。ええ、間違いありませんとも。そして姿を消す前、エロー一家に最後の敬意を捧げようとしたのです」

ニエマンスは何も答えなかったが、厳しい表情は皺の刻まれた顔に深い影を投げかけていた。そんなふうにして長い何秒かが過ぎ、カリムは立ち上がるとしゃがれた声で続けた。

「警視正、あなたの捜査記録をじっくり読ませてもらいましたが、そこにもジュディットと結びつく細かな手がかりがありましたよ」

警視正は溜息混じりに答えた。

「自分じゃ何を摑んだのかわからんが、ともかく聞かせてもらおうか」

警部は檻に入れられた猛獣のように、部屋のなかを行ったり来たりした。

「捜査記録によれば、犯人の正体について確かなのはただひとつ、熟練したクライマーだということだと考えておられるようですね。ところで、シルヴァン・エローの職業は何だったでしょうか?　水晶採取人です。山頂まで登って、石のなかから水晶を掘り出す仕事です。つまり彼は、すぐれたクライマーでした。一年じゅう断崖絶壁や、氷河の脇で過ごしていたわけです。

まさしく、最初の二つの死体が見つかった場所です」

「それだったら、このあたりに住む何百人ものベテラン・クライマーも同じことだ。話はそれだけかね？」

「いいえ、火のこともあります」

「火だって？」

「ええ、最初の検死報告書でちょっと妙な点に気づいたんです。読んだときから、頭にひっかかっていました。レミー・カイヨワの死体には、火傷の跡がありましたよね。犯人が被害者の傷口にガソリンを噴霧したのだろうと、コストは指摘しています。清掃用の噴射器か密売されているスプレーだろうと」

「それがどうかしたか？」

「つまり、別の説明も考えられるってことです。口でガソリンを吹きつける火吹きの技術が、犯人にはあったのかもしれません」

「意味がよくわからんが」

「ご存じないのだから無理もありませんが、ジュディット・エローは火吹きができるのです。信じられないでしょうが、本当のことなのです。彼女が死ぬ数週間前、火吹きを教えたというサーカスの芸人に会いました。ジュディットは火吹きの芸に魅せられていました。《ママ》を守るため、武器に使いたいと言っていたそうです」

ニエマンスはうなじをさすっていた。

「なあおい、カリム、ジュディットは死んでるんだ！」

「最後にもうひとつ、気にかかることがあります。まだ断言はできませんが、この錯綜した事件のなかで、何か意味があるように思えるんです。最初の検死報告書で、絞殺の方法について検死医はこう書いていますね。《ワイヤーを使用。自転車のブレーキ・ケーブルかピアノ線だろう》って。セルティスも同じ方法で殺されたのですか？」

警視正がうなずくと、カリムは続けた。

「もしかしたら、何でもないことなのかもしれません。でも、ファビエンヌ・エローはピアノを弾きました。しかも名人級だったんです。三人の被害者を殺したのが、たしかにピアノ線だったとすると、そこには隠された意味があるのではないでしょうか？　それは過去に向かってぴんとのびたロープなのでは？」

ニエマンスは立ち上がると、呻くような声で言った。

「だからどうだというんだ？　おれたちが追っているのは何なんだ？　亡霊か？」

カリムは困りきった子供のように、革のジャケットを着た体をもじもじさせた。

「それはわかりません」

今度はニエマンスがあたりを歩きまわりながら、こう尋ねた。

「母親だって言いたいのか？」

「それも考えてみましたが、母親ではありません」そこでカリムは声を低めた。「実はですね、もうひとつとっておきの話があるんです。カイヨワの部屋に行ったとき、わたしはその亡霊に襲われたんです。追跡したんですが、逃げられてしまいました」

「何だって？」

カリムは恥ずかしそうな笑みを浮かべた。

「自慢できたもんじゃありませんが」

「外見は？　どんな男だった？」とニエマンスがたたみかける。

「どんな女っていうべきですね。ええ、そいつは女だったんです。わたしはそいつの手を見、息づかいを聞きました。間違いありません。女の身長は百七十センチくらいで、いかつい感じでしたが、ジュディットの母親ではありません。母親はもっと大女でしたから。百八十はゆうにあり、がっちりした肩をしていました。その点では、複数の証言が一致しています」

「だったら誰なんだ？」

「わかりません。黒い防水服を着て、競輪用のヘルメットと目出し帽をかぶっていましたから。言えるのはそれだけです」

「人相書きを手配しなくては」

そう言ったニエマンスの腕を、カリムが押さえる。

「どんな人相書きを手配するっていうんです。夜間、競輪選手の格好をしているとでも？」カリムはにやりとした。「もっといいことがありますよ」

カリムはポケットから、透明な袋に入ったグロックを取り出した。

「ここに指紋がついています」

「じゃあ犯人はその銃を握ったのか?」

「ついでに弾倉の中身をぶちまけましたよ、わたしの頭上にね。まったく奇妙な殺人犯です。サイコパスかと思うほど残虐な復讐をするくせに、獲物以外の相手には危害を加えようとはしないのだから」

ニエマンスは荒々しくドアを開けた。

「二階に行ってくれ。司法警察本部の連中が、指紋データベースと直接接続した、最新式の指紋自動照合装置を持って来ているはずだ。でも、やつらは使い方がわからないから、パトリック・アスティエという鑑識課の男が手伝っている。彼に頼めばいい。検死医のマルク・コストがいっしょにいるはずだ。二人はおれの味方だから、ちょっと脇に呼び出して、説明してやれ。そしてデータベースの指紋カードと、銃についた指紋とを照合するんだ」

「照合の結果、何も出てこなかったら?」

「そのときは、母親を捜しに行け。母親の証言が重要だからな」

「もう二十時間も前から捜してますよ。でも、姿を隠しているんです。とてもうまくね」

「捜査を一からふり返ってみろ。きっと見逃している手がかりがあるはずだ」

「何も見逃してなんかいませんよ」カリムはむきになって言った。

「いや、見逃しているさ。少女の墓は手入れが行き届いてた。つまり定期的にやって来て、管理している人間がいたということだ。それは誰だ? ソフィー・カイヨワのはずはない。だったらその答を見つけるんだ。そうすれば母親の居場所もわかる」

「墓守りに尋ねてみましたが、彼は何も見てないと……」

「自分で来てやしないだろう。葬儀社に頼むとか、やり方はいくらでもある。調べてみるんだ、カリム。ともかく、町に戻って、棺桶を開けてみなければ」

アラブ人の警部は震え上がった。

「開けるですって……」

「墓荒らしたちが何を捜していたのか知る必要がある。あるいは何を見つけたのか。おまえも棺桶を開ければ、墓を守っていた者の住所が見つかるだろうよ」そう言ってニエマンスは、気味の悪いウィンクをした。「棺桶っていうのはセーターみたいなもので、商標は内側を見なくちゃわからないのさ」

カリムは唾を飲み込んだ。サルザックの墓地に戻ると思っただけで、恐怖に足がすくむ。夜をあと戻りし、再び地下納骨堂に潜り込むだなんて。けれどもニエマンスは、有無を言わせぬ口調で繰り返した。

「まずは指紋を調べ、次は墓地だ。明け方までに事件を解決しなければ。おれとおまえとでな。あとはもとの持ち場に帰って、せいぜい言い訳に努めるさ」

カリムは襟を立てながら尋ねた。

「それで、あなたは？」

「おれか？　おれは緋色の川を遡る。部下のエリック・ジョワスノーが見つけた跡を追ってな。思えば真実の一端を摑んだのは、やつひとりだったんだ」

「だった？　ということは？」

ニエマンスの顔が苦しげに歪んだ。

「シェルヌセに殺されたんだ。そのあとシェルヌセ自身も、おれたちが追う犯人に殺された。エリックの死体は化学薬品に漬けられ、溶けかかってたよ。眼医者の地下室でな。シェルヌセ、カイヨワ、セルティス、あの三人はとんでもないやつらだ、カリム。もう間違いない。きっとエリックは、あいつらの悪事につながる手がかりを摑んだんだ。そのおかげで命を落としちまった。犯人の正体を突きとめるんだ。おれは動機を捜す。ジュディットの亡霊を隠れ蓑にしているやつを見つけ出せ。おれは緋色の川を遡るさ」

二人はほかの憲兵隊員には目もくれず、廊下に飛び出していった。

## 45

「だめだな、収穫なしだ」

「どっちみち指紋は見つからなかったんだから……」

二階にある小部屋の入口に警官が集まり、がっかりした様子でコンピュータを見つめていた。可動式のルーペがついたコンピュータから、ケーブルの束がスキャナーにつながっていた。なかでは背の高い金髪の男が、モニターの前に坐って目を皿のようにしながら、ソフトウェアのパラメーターを調整しようとしていた。あれがパトリック・アスティエだな、とカリムにはすぐにわかった。傍らには褐色の髪をして分厚い眼鏡をかけた、猫背の男が立っている。マルク・コストだ。

最新技術も案外あてにならないものだなどと言いながら、警官たちはぞろぞろと立ち去った。カリムのほうなど一顧だにしない。

カリムは部屋に入って、コストとアスティエに自己紹介をした。ふた言三言言葉を交わしただけで、すぐに打ち解けた。三人とも波長が合っている。恐怖をはねのけこの捜査に邁進しようという若さと情熱があった。ここに来た理由をカリムが説明すると、アスティエは興奮を隠しきれずに叫んだ。

「犯人の指紋だって？　そいつはすごい。さっそく指紋自動照合装置にかけてみよう」

「ちゃんと使えるのか？」カリムは驚いて訊き返した。

「もちろん使えるとも」そう言ってアスティエは、すでにほかの仕事にかかり始めた司法警察の捜査官たちを指さした。「使えないのはあいつらさ。そろいもそろって……」

アスティエはてきぱきとした動作で、部屋の隅に置いてあったニッケルめっきのアタッシェケースを開けた。目に見えない指紋や足跡を採るための道具が入っている。彼はゴム手袋をはめると、帯磁した刷毛を取り出して酸化鉄紛の容器に浸した。刷毛の先端に細かな粉が集まって、すぐに小さなピンク色の玉になった。

アスティエはグロックを摑むと、刷毛で軽く触れた。それから銃に透明な粘着フィルムを押しあて、ボール紙の台紙に貼りつけた。すると透明フィルムの下に、銀色に輝く指紋が現われた。

「やったぞ」

そう言ってアスティエは指紋カードをスキャナーに入れると、モニターの前に腰をおろした。四角いルーペをのけ、キーボードをカチャカチャ叩き始めると、ほどなくして指紋の横線がモニターに映し出された。

「指紋の状態は上々だ。最大限で二十一の特徴点がデジタル化できるから……」

斜線でつながった赤ピンク色の印が指紋にだぶって現われ、それに合わせて緊急指令のようなピッピという音が鳴り響いた。

「さあ、指紋データベースと照合した結果を見てみよう」アスティエはひとり言のように続けた。

カリムは、このシステムが作動するのを間近から見るのは初めてだった。アスティエは講義口調で説明した。指紋データベースには、ヨーロッパじゅうの国ほとんどすべての犯罪者たちの指紋が収められている。このプログラムを使えば、新しい指紋もすべてモデムによるオンライン処理で照合が可能なのだと。ハードディスクが唸り声をたて始める。

そしてコンピュータに検索結果が出た。該当なし。《影》の指紋と一致するものは、すでに判明している犯罪者の指紋カードのなかに一枚もなかったのだ。カリムは立ち上がって溜息をついた。たぶんこんなことだろうと思ってはいた。この事件の犯人は、そこらにいる犯罪者とはわけが違うのだから。

　そのとき突然、カリムの頭にひらめいたことがあった。そう、ジョーカーを手にしていたのだ。彼は革のジャケットから厚紙のファイルを取り出した。そこには、十四年ほど前、自動車事故の直後に採ったジュディット・エローの指紋が入っている。彼はそれをアスティエに差し出した。

「この指紋もスキャナーにかけて、照合してくれないか？」

　アスティエは椅子の上からくるりと向きなおると、ファイルを受け取った。

「お安い御用さ」

アスティエは蛍光灯でも飲み込んだみたいに、すっくと立っていた。そして新たな指紋にちらりと目をやると、少し考えてから澄んだ目をカリムのほうに上げた。

「この指紋はどこから持ってきたんだ？」

「高速道路の管理事務所だ。一九八二年に交通事故で死んだ少女の指紋なんだが、どうかな、似ているかどうか……」

　そう言うカリムを化学者はさえぎった。

「その少女が死んでるってのは驚きだな」

「どういうことだ？」

アスティエは指紋カードをループスクリーンの下に入れた。透けて虹色に光る指紋の刻みが、拡大されて現われた。

「分析するまでもない。この指紋は、銃のグリップについていたものとよく似ている。横に伸びた線も、その下の渦巻きも」

カリムは啞然としていた。アスティエは稼動式のループをコンピュータの画面に近づけ、二つの指紋を並べた。

「ほら、同じ指紋といっていいくらいだ」と彼は繰り返した。「ただ、年齢が異なっている。きみのカードは子供の指紋、銃についていたのは大人の指紋だ」

カリムは二つの画像を見つめた。あり得ないことだが、そのとおりだった。

ジュディット・エローは一九八二年に、ぐちゃぐちゃになった車のなかで死んでいる。

そのジュディット・エローがついさっき、防水服を着て競輪用のヘルメットをかぶり、カリムの頭上にグロックの銃弾をぶちまけた。

ジュディット・エローは生ける死者なのだ。

## 46

昔の仲間に連絡を取るときがきた。

ファブリス・モセ。パリの科学警察に勤める指紋分析のプロだ。メーヌ通りの十四区警察署で研修をしていた頃、難事件の捜査で知り合ったのだ。この天才肌の男は、指紋を見ただけで双子かどうかもわかると豪語していた。彼によれば、ＤＮＡ分析に劣らず確実な方法なのだそうだ。

「もしもし、モセか？　アブドゥフ。カリム・アブドゥフだ」

「やあ、元気か？　相変わらず田舎の穴ぐら暮らしかい？」

モセのさえずるような声は、悪夢とはほど遠かった。

「相変わらずさ。まあ穴ぐらから穴ぐらへ、走りまわっているけどな」

電話の向こうから爆笑が聞こえた。

「モグラみたいにか？」

「ああ、モグラみたいにだ。モセ、ひとつ質問があるんだ。どうにも解決のつきようがない問題でね。内々で意見を聞かせてくれ。今すぐに。いいかな」

「捜査中なのか？　いいとも、どんな質問だい？」

「同じような指紋が二つある。ひとつは十四年前に死んだ少女のもの。もうひとつは、今日採れたばかりの、正体不明の容疑者のもの。これって、どう思う？」

「その少女が死んだっていうのは確かか？」

「ああ。死体の指をスタンプ台に押しつけるのを手伝った男に、直接確かめたからな」

「それなら、何かの人為的ミスさ。おまえか同僚かが、犯行現場で指紋を採るときに、手順を誤ったんだ。別々の人間が同じ指紋を持つことはあり得ない。絶対にな」

「同じ家族同士でもか？　例えば双子とか？　たしかきみの方法では……」

「一卵性双生児の指紋だけはかなり類似点がある。遺伝の法則はとても複雑なんだ。指紋の模様を最終的に決める要因は、何千となく存在する。とんでもない偶然でもない限り、指紋がそんなに似ることは……」

そこでカリムはさえぎった。

「きみのところにファックスはあるかい?」

「ぼくのところったって、自宅にいるんじゃないんだぜ。まだ実験室さ」彼は溜息をついた。

「科学者に哀れみは無用ってわけさ」

「指紋カードを送っていいかな?」

「カードを見たところで、これ以上のことは言えないぜ」

カリムは何も答えなかった。モセはまた溜息をついた。

「オーケー。じゃあ、ファックスのそばで待っているから、送ってからもう一度かけてくれ」

カリムは小部屋を急いで出ると、二枚のファックスを送ってからまた戻り、リダイヤル・ボタンを押した。憲兵たちが右往左往しているなかで、誰もカリムのことにはおかまいなしだった。

「こいつは驚きだ」とモセはつぶやいた。「最初のカードは、本当に死んだ少女の指紋なのか?」

カリムの脳裏に、事故のモノクロ写真がよみがえった。子供の華奢《きやしや》な肢体が、つぶれてぐしゃぐしゃになった車体から飛び出している。指紋カードを保存していた管理事務所の老職員の顔も思い出された。

「ああ、間違いない」

「指紋を採るときに、きっと身元の取り違えがあったんだ。よくあるんだよ、そういうことが。おれたちだって……」

「わかってないみたいだな」とカリムは小声で言った。「カードの名前がどうかなんて関係ないんだ。身元の記載はどうでもいい。おれが言いたいのは、死んだ子供の手と、今夜銃を握った手の指紋がそっくりだったってこと、それだけさ。そいつが誰かなんて知っちゃいない。問題なのは、そっくりだっていうところなんだ！」

沈黙があった。夜の闇に不安が張りつめる。それから、モセが笑い声をあげた。

「まず、あり得ない。おれに言えるのはそれだけさ」

「もっと気の利いたことを言ってくれると思ったのにな。何か説明がつくはずなんだ」

「必ず説明はつくはずさ。そりゃおれもおまえもわかってる。おまえなら、きっと見つけ出すだろうよ。事件が解決したら、また電話してくれ。話の結末には、きちんと合理的な説明がついてほしいからな」

カリムは約束して電話を切った。頭のなかで、いくつもの歯車がひたすら空まわりを続けていた。

憲兵隊の廊下で、カリムはまたマルク・コストとパトリック・アスティエとすれ違った。検死医は、四角い模様の入った革のショルダーバッグを肩にかけ、真っ青な顔をしていた。

「アヌシーの大学付属医療センターへ行くところなんだけど」そう言ってコストは、信じられないというような目で連れのアスティエを見た。「実は今連絡が入って……また二つの死体が見つかったんだ。おまけにひとりはエリック・ジョワスノーといって……若い刑事ときてる……こうなるともう捜査なんてもんじゃない……殺戮ゲームさ」

「知ってたよ。どれくらい時間がかかりそうだ？」

「少なくとも、明け方まではかかるだろうな。もうひとり検死医が、もう向こうに来てるんだが。事件が大事《おおごと》になってきたからな」

カリムは医者の細長い顔をじっと見つめた。どこか幼さの残る、捉えどころのない表情だった。彼は恐れている。けれどもカリムにはわかっていた。自分の存在が、彼に安心感を与えていることを。

「コスト、ちょっと思いついたことがあるんだが……ひとつ教えてくれ」

「何だ？」

「最初の検死報告書で、犯人が使ったワイヤーについて、ブレーキ・ケーブルかピアノ線だろうって書いてたよな。セルティス殺しでも、同じものだったのか？」

「ああ、同じだ。繊維状の素材も同じ、太さも同じ」

「もしそれがピアノ線だったとしたら、キーはわかるかな？」

「キーだって？」

「そう、音楽のキーさ。コードの直径を計れば、音階のどのキーにあてはまるかが導き出せるだろう？」

コストは不審げに微笑んだ。

「言いたい意味はわかるさ。直径は計ってあるから、あとは……」

「誰か助手に調べてもらってもいい。ともかく、そのキーが知りたいんだ」

「何か摑んだのか？」

「まだわからない」

医者は眼鏡をいじっている。

「どうやって連絡したらいい？　携帯電話は？」

「持ってない」

「ならこれを使えよ」

クロムめっきした黒い小さな携帯電話を、アスティエがカリムの手に握らせた。カリムが何のことかわからずにいると、アスティエは笑って言った。

「おれは二つ持っているんだ。この先、きみも必要になるだろうから」

お互い電話番号を交換すると、マルク・コストは立ち去った。カリムはアスティエのほうをふり返り尋ねた。

「このあとの予定は？」

「特にないな」アスティエは空っぽの両手を大きく広げた。「おれの機械にやる餌もなくなったし」

それを聞いてカリムは、捜査の手伝いに二つばかり頼まれてほしいと言った。

「二つだって？」とアスティエは興奮したように繰り返した。「いくらでもかまわないさ」

「ひとつはゲルノンの大学付属医療センターに行って、出生証明書を調べてほしいんだ」

「目当ては何だ？」

「一九七二年五月二十三日に、ジュディット・エローの名があるはずだ。彼女に双子の兄弟か姉妹がいないか確かめてくれ」

「あの指紋の少女だな？」

カリムがうなずくと、アスティエは言葉を続けた。

「そっくりの指紋を持った少女がほかにもいたと思ってるのか？」

警部は気まずそうな笑みを浮かべた。

「わかってるさ。そんなことはあり得ない。でも、一応調べてくれ」

「それで、もうひとつは？」

「少女の父親が交通事故で死んでいるんだ」

「父親もか？」

「ああ、父親もだ。自転車に乗っているところを、ぶつけられたんだがな。八〇年の八月だ。名前はシルヴァン・エロー。この憲兵隊本部を捜せば、資料が見つかるはずだ」

「何を調べればいい？」

「事故の正確な状況だ。父親は車にはねられたが、轢《ひ》き逃げで犯人は捕まっていない。細かな事実関係をひとつひとつ確かめてくれ。何かおかしな点があるはずだ」

「故意の轢き逃げだったとか？」

「まあ、そんなことだな」

踵を返すカリムをアスティエは呼び止めた。

「きみはどこへ？」

カリムは待ち受ける恐怖を嘲笑うかのように、くるりと機敏にふり返った。

「おれかい？　おれはふり出しに戻るさ」

Ⅸ

47

眼病治療研究所は明るい色の建物だった。ゲルノンの家々のように色あせた明るさではなく、セット＝ロー山塊の麓に降る驟雨のなかでも輝いて見えるような明るさだった。ニエマンスは門に近づいた。

夜中の二時。明かりはまったくついていない。彼は呼び鈴を鳴らしながら、建物を囲む斜面に植わった芝生を眺めた。塀の端にある小さな隅石に、光電管が据えつけられている。つまり目に見えないロープによる、警報センサーというわけだ。おそらくこれは泥棒に対する警戒というより、盲人たちが研究所の敷地内から出てしまわないよう、警告するためなのだろう。

ニエマンスはもう一度呼び鈴を押した。

ようやく門番が、あきれはてた様子で扉を開けた。ニエマンスの説明を聞いても、瞼の下に光が宿る様子はなかった。それでも、男は彼を大きな待合室に招き入れ、所長を起こしに行った。

ニエマンスはじっと待ち続けた。部屋を照らすのは、玄関の明かりだけだった。四方の壁はコンクリートの打ちっぱなしで、床も白くむき出しだった。奥には明るい白木の手すりに沿って、二本の階段がピラミッド状に上に延びている。柔らかそうな布張りの天井に、電灯が据えつけられ、はめ殺しのガラス窓が外の山々に向けて開けていた。そこはかとないユーモアのある建築家がデザインした、清潔でさわやかな新世代のサナトリウムといった趣だ。

ニエマンスは、ここにも光電管があるのに気づいた。方眼状に走る赤外線センサーのなかを、盲目の人たちが歩きまわっているのだ。幾筋にもなって窓ガラスに流れる驟雨の跡が、壁に影を作っている。ガラスを固定するパテとコンクリートの臭いが漂っていた。じっとりと湿って、寒々しい場所だった。

少し歩くと、目についたものがあった。部屋の一角にいくつものイーゼルが立ててあり、謎めいた印を描いたデッサンが飾ってある。遠くから見ると、絵はでたらめに書いた数学の方程式のようだった。近くに寄って見ると、それはものに取り憑かれたような顔をした、稚拙な肖像画だとわかった。目の見えない子供たちの医療センターに、デッサンのアトリエがあるなんて、ただただ驚きだった。ともかくほっとしたのは、ここに来て以来犬の吠える声も動物が動く気配も、まったくしないことだ。ニエマンスは張りつめていた筋肉が緩むのを感じた。盲人のための施設に犬が一匹もいないなんて、あり得るだろうか？

突然、大理石の床に足音が響いた。床に敷物がない理由がわかった。ここは音を頼りに行動している者たちのため、音響効果を考えて作ってあるのだ。ニエマンスがふり向くと、白い顎鬚を生やしてがっちりとした体格の、長老然とした男がいた。ベージュ色のカーディガンを着て、赤い頬をし、眠たそうに目をしょぼしょぼさせている。この男は信頼できそうだ。彼はその用なんです？」

「所長のシャンプラーズですが」と男は小声で言った。「こんな時間に、いったいぜんたい何う直感した。

ニエマンスはトリコロールの線が入った身分証を差し出した。

「ニエマンス警視正です。ゲルノンの殺人事件のことで来ました」

「またですか？」

「ええ、またですよ。先ほど、エリック・ジョワスノー警部がうかがったときのことを聞かせてもらいにね。どうやらそのとき、捜査に関わる重要な情報が、あなたから寄せられたらしいので」

シャンプラーズは気をもんでいる様子だった。真っ白な髪の上を、雨の影が細い綱のように揺れている。男はニエマンスのベルトについた手錠や銃にじっと目をやっていたが、やがて顔を上げた。

「そうはいっても……ただ質問に答えただけですから」

「あなたの答を聞いて、ジョワスノー警部はエドモン・シェルヌセのところへ行ったんですよね？」

「ええ、もちろん。それが何か？」

「二人とも殺されましたよ」

「殺されたですって？　どうしてまた？　まさか、そんな……」

「すみませんが、詳しくご説明している暇はないんです。あなたがなさった話を、もう一度詳しく聞かせてください。きっとご自分でも気づかずに、この事件に関する重大な手がかりを持っているんですよ」

「でも、何を話せばいいのか……」

そう言って男は言葉を切った。寒いのと不安が入り混じったような動作で、両手を激しくこすり合わせている。

「それなら……まずはしっかり眠気を覚ましたいのですが」

「いいですよ」

「コーヒーをお飲みになりますか?」

ニエマンスはうなずくと、高い窓のついた廊下を、男のあとについていった。稲妻の光に一瞬あたりが明るくなったかと思うと、すぐにまた薄暗がりのなかに沈んでいく。窓ガラスをつたう雨の影だけが、暗闇に筋目を投げかけていた。

燐光を放つ蔓《つる》植物が生い茂る森に、足を踏み入れたような感じだった。窓に向かい合った壁にも、別の絵が飾ってある。今度は風景画だった。ぐちゃぐちゃな線の山。パステルで描かれた川。大きな鱗とたくさんの骨がある巨大な動物。それはまるで節度に欠けるロカイユ様式の時代、人間が小さくなっていた時代の絵のようだった。

「この施設は、目の見えない子供だけが対象なのかと思っていましたが」

所長がふり向き、近づいてきた。

「それだけではありません。目の病気なら何でも治療してますよ」

「例えば、どんな？」

「網膜色素変性や色覚異常や……」

男は絵の一枚を、太い指でさし示した。

「どうです、変わった絵でしょう？　ここの子供たちは、わたしやあなたと同じように現実を見てはいません。この絵のとおり見ているというわけでもありません。真実は——つまり彼らの真実は、現実の風景にも、この紙の上にもありません。彼らの心のなかにあるんです。子供たちが何を描きたかったのか、それは本人たちにしかわかりません。わたしたちはそれを、こうした絵をとおして垣間見るだけなんです。普通の目でもってね。何だか頭が混乱してきませんか？」

ニエマンスは曖昧な身振りで答えた。その奇妙な絵から目が離せなかった。絵の具の粉をまぶしたような輪郭。ぎすぎすとした、どぎつい色使い。まるで線と色とが格闘している戦場のようだが、子供の頃に歌った童謡のように、どこかやさしい憂愁が漂っている。

男は親しげにニエマンスの肩を叩いた。

「さあ、コーヒーを飲んで、しゃきっとしましょう。元気がなさそうですよ」

二人は広いキッチンに入った。テーブルから食器から、すべてステンレス製だった。輝く壁は死体安置所を思わせた。

保温してあった丸いガラス製のコーヒーサーバーから、所長は二杯分のコーヒーを注いだ。

そして一方のカップを警視正に渡し、ステンレスのテーブルについた。カイヨワとセルティスの検死死体が、ニエマンスの脳裏に浮かんだ。一瞬の時のなかに黒く穿《うが》ったような、赤茶けた空っぽの眼窩。

シャンプラーズが、不審げな口調で言った。

「あなたのお話が、まだ信じられませんよ……あの二人が殺されたなんて？　どうしてなんです？」

その質問には答えず、ニエマンスは言った。

「ジョワスノーに何を話したんです？」

医者はカップを揺らしながら肩をすくめた。

「ここで治療している病気について尋ねられたので、たいていは遺伝による病気だと説明しました。患者の大部分は、ゲルノン出身なんです」

「もっと細かな質問もしましたか？」

「ええ、どんなふうに病気が発生するのかも尋ねられました。遺伝子のしくみについて、簡単に説明しましたよ」

「わたしにもお聞かせ願えますか？」

所長は溜息をついたが、嫌がる様子もなく話し始めた。

「簡単なことです。遺伝子のなかには、病気の因子を含んでいるものがありましてね。欠陥遺伝子といって、発生システムの綴り間違いなんですが、誰でもみんな持っているものだし、幸いそれだけでは発病しません。ところが両親が同じ遺伝子を持っている場合、やっかいなことに病気が子供のなかに出てきてしまうんです。遺伝子が合併して、病気を伝えてしまうんですね。男性、女性、両方のコンセントから、電流が流れるようなものです。わかりますか？　近親結婚は血が悪くなると言われるのは、そんなわけなんです。つまり近親者同士の両親から生まれた子供には、二人が潜在的に持っていた病気が伝わる確率が高くなる。まあそれを、血が悪くなるなんて言葉で言っているんです」

シェルヌセも同じことを話していた。そう思ってニエマンスはさらに尋ねた。

「ゲルノンの遺伝病は、近親結婚が原因だと？」

「間違いないでしょうね。入院にせよ外来にせよ、ここで治療を受けている子供の多くはゲルノンの出身ですから。特に大学教師、研究者の子供たちです。彼らはエリート社会、つまりとても孤立した社会を作ってますから」

「もっと詳しく説明してください」

シャンプラーズは心の高ぶりを抑えようとするかのように、腕組みをした。

「ゲルノンの大学には、とても古い伝統がありましてね。たしか創立は十八世紀に遡るはずです。スイス人と共同で創った大学で、かつては病院の建物に入っていました……要するに、この三世紀間、大学の教師たちは共に暮らし、彼ら同士で結婚していたのです。そして知的に優れた子孫を生み出してきました。けれどもそれがもとで、今では遺伝的にすっかり痩せ細ってしまい、息も絶え絶えというところなのです。谷の奥にある町にはえてしてあるように、ゲルノン自体がまず孤立した町ですが、大学は孤立のなかにもうひとつの孤立を作るようなものでしてね。わかりますか、まさに小宇宙なんですよ」

「孤立しているからというだけで、遺伝病の出現が説明できるのですか？」

「そう思いますね」

今の話をどう捜査に結びつけたらいいのか、ニエマンスにはよくわからなかった。

「ほかにも何か話しましたか？」

シャンプラーズは横目でニエマンスを見ていたが、相変わらず重々しい口調で続けた。

「ある奇妙な事実について話しました」

「聞かせてください」

「一世代くらい前から、痩せ細った血統の家庭に毛色の変わった子供が出始めましてね。とても頭がいいだけでなく、肉体的にも並外れて優れているんですよ。彼らはスポーツの試合で軒並み優勝をし、試験でも楽々と高得点をあげるんです」

ニエマンスは、学長室の隣に飾ってあったポートレートを思い出した。カップやメダルを独占してしまう、若くにこやかなチャンピオンたち。それにカイヨワの部屋にあったベルリン・オリンピックの写真や、オリンピックのノスタルジーについて書いた膨大な博士論文。これらの要素が集まって、何か特別な真実を作り上げているのだろうか？

何食わぬ顔で尋ねた。

「つまりそうした子供たちは、むしろ病気になるはずだってことですか？」

「それほど単純な話ではありませんが、まあ理屈から言って、そうした子供たちにも体質的な特徴、繰り返し現われる遺伝的病質があっておかしくはありませんね。例えば、ここに来る子供たちのように。ところが、現実にはそうなっていない。それどころか小さなスーパーマンたちは、まるでほかの子供がもって生まれた肉体的才能を奪い取り、代わりに遺伝的な病気を残していったみたいに思えるんです」シャンプラーズはひきつったような目でニエマンスを見た。

「おや、コーヒーを飲まないんですか?」

そう言われてニエマンスは、カップを手に持ったままだったと気づいた。熱いコーヒーをひと口飲む。興奮はほとんど感じなかった。まるで全身が、ほんのわずかな手がかり、ほんのわずかな光にも反応する機械になってしまったかのように。

「その現象を、もっと詳しく調べたんですね?」

「二年ほど前に、ちょっとした調査をしてみました。まずはこのチャンピオンたちが、同じ家族、同じ兄弟の出身かを確かめました。市役所で戸籍を調べると……やはりいくつかの同じ血統に属しています。それから、もっと詳しく彼らの系統図を遡っていきました。産院でのカルテや両親に関する書類を調べ、さらに祖父母の代まで遡って、何か特別な要因がないか探してみましたが、結局決定的なものは見つかりませんでした。それどころか、祖先のなかには遺伝性疾患を持つ者もいたくらいです。わたしが診療しているほかの家族と同様に……まったく奇妙な話ですよ」

ニエマンスは今の話を頭のなかでおおまかに整理してみた。うまく言えないが、これらの事実が事件の本質に通じているような気がしてならなかった。

シャンプラーズはステンレスに歪んだ影を映しながら、キッチンのなかを歩き始めた。

「医者仲間にも尋ねてみました。大学付属医療センターの産科医たちに。するとほかにも、びっくりするようなことがあったんです。五十年近く前から、山の上や谷の周辺に住む村人の家庭で、乳児の死亡率が異常に高くなっているそうなんです。生まれた直後の突然死が。けれども村人の子供は、昔から頑強だったはずなのに。つまり、一種の逆転現象が起きているんです。わかりますか？　大学のひ弱な子供たちが、突然魔法みたいに力強くなり、農民の子供たちが虚弱になってるわけで……突然死に見舞われた牧畜業者や水晶採取人たちの子供についても記録を調べましたが、成果はありませんでした。病院の従業員や、大学付属医療センターにいる遺伝学の専門家に尋ねてみましたが、誰ひとりこの現象を説明できませんでした。結局わたしも、しっくりこないままに調査を打ち切りました。何と言うか、まるで大学の子供たちが、産院で隣に寝ている赤ん坊から生気を吸い取っているみたいで」

「どういう意味なんです、それは？」

さすがに荒唐無稽だと思ったのか、シャンプラーズはあわてて話を打ち切った。

「今言ったことは忘れてください。まったく非合理な、非科学的な発言でした」

非合理かもしれないが、ニエマンスの確信は強まった。天才児の謎は偶然ではあり得ない。それもまた、悪夢の一環をなしているのだ。彼はうつろな声で尋ねた。

「話したのはそれだけですか？」

医者はためらっている様子だった。警視正は語気を強めて繰り返した。

「それだけなんですか？」

「いいえ」とシャンプラーズは驚いて答えた。「まだあります。今年の夏に、奇妙な展開がありました。ささいなことなんですが、どうにも不可解で……七月にゲルノンの病院が全面改装しまして、資料についてもコンピュータ処理することになったんです。そこでどれくらいのデータ入力が必要かを見積もるため、専門家が埃まみれの古い書類でいっぱいの地下室におもむきました。その際、別の地下室にも行ったんです。昔、大学だった頃の地下室で、特に七〇年代に図書館の資料室として使われていた部屋にね」

ニエマンスは凍りついたようにじっと聞いていた。シャンプラーズは話を続けた。

「調査の途中に、専門家たちは奇妙な発見をしました。出生記録が見つかったんです。五十年間にわたる乳児の入院記録の、最初のページが。そのページだけで、残りはないんです。まるで……まるでそこだけ盗んできたみたいに」

「その書類はどこで見つかったんですか？　つまり、正確な場所は？」

シャンプラーズはまたキッチンのなかを歩きまわり始めた。超然とした態度を崩すまいとしていたが、苦しげな気持ちが声に表われていた。

「そこが実に奇妙な点でして……図書館員だった男の個人ロッカーからなんですよ」

ニエマンスは血管のなかで血が逆流するのを感じた。

「その図書館員の名は？」

シャンプラーズはおどおどしたような目で警官を見た。唇が震えている。

「カイヨワ。エティエンヌ・カイヨワです」

「レミーの父親の？」

「そうですが」

ニエマンスは思わず立ち上がった。

「なのに今頃になって言ったのか？　死体が見つかったのは日曜なのに」

所長はニエマンスのほうを向いた。

「そういう言い方は気に入りませんね、警視正さん。いいですか、容疑者を相手にしてるのとは違うんですよ。そもそも今話しているのは、病院管理上のささいな出来事なんです。それがゲルノンの殺人事件とどう関係するんですか？」

「どう関係するかはこちらが判断することだ」

「いいでしょう。でもね、すでにおたくの警部さんに話してあるんですから。まあ、落ち着いてください。それに、何もわたしは秘密の話をしたわけじゃない。町の人間なら誰だってお話しできたんです。周知の事実ですからね。地方紙にだって載りましたし」

こんなときに鏡を見せられたくはないものだな、とニエマンスは思った。きっと表情はきつく張りつめていて、自分だとはわからないくらいだろう。額に袖をあて、静かに言った。

「すみませんでした。何しろひどい事件なんで。犯人はもう三人を殺している。まだ殺し続けるでしょう。一分一秒が大事だし、どんな情報も貴重なんです。その書類は今どこにあるんですか？」

所長は眉をひそめると、少し体の力を抜いてステンレスのテーブルにまたもたれかかった。

「病院の地下室に戻されました。入力が終わっていないので、書類は完全な状態にしておかないと」

「その書類のなかに、天才児たちのものもあったんですね？」

「直接彼らの書類というわけではありません。七〇年代よりも前のものですから。けれども、なかには両親や祖父母の資料が含まれていましたね。不可解だったのは、その点なんですよ。だって前に調べたとき、わたしは自分でそれにあたっているんですから。ところが公式書類に欠落はありませんでした。わかりますか？」

「カイヨワはコピーを盗んだのだろう」

シャンプラーズはまた歩き始めた。自分で自分の奇妙な話に、夢中になっているかのようだった。

「コピーか……あるいは原本か。たぶんカイヨワは、本物の出生書類を偽物とすりかえたのでしょう。すると本物の原本は、彼のロッカーから見つかったほうだということになる」

「誰もその事件について、話してはくれなかったが。憲兵隊は捜査しなかったのですか」

「ええ、ささいな出来事ですから。ちょっとした病院管理上の問題にすぎません。それに犯人と思われるエティエンヌ・カイヨワは、三年も前に死亡していることですし。実際、この話に興味を持ったのは、わたしだけだったと思いますね」

「なるほど。それであなたは、新しい書類を見てみようとはしなかったのですか? 以前、公式書類のなかで見たものと、比べてみようとは?」

シャンプラーズは笑顔を作ろうとした。

「しましたよ。でも、結局時間がなくってね。どんな種類の書類なのか、どうもわかっておられないようですが。ばらの紙にコピーした枠に、新生児の身長、体重、血液型が書き込んであり……それにこうした内容は、翌日すぐに子供の健康記録簿に転記されるんです。つまりこの書類は、乳幼児に関する記録の最初の一枚にすぎませんから」

ニエマンスは、病院の記録保管室を訪れようとしていたジョワスノーのことを思った。意味のないような書類が、彼の興味を強く引きつけたのだ。警視正は突然話題を変えた。

「シェルヌセはこの事件とどういう関係があるんです? どうしてジョワスノーは、ここを出てから真っすぐシェルヌセの家に行ったんでしょうかね?」

医者はまた動揺し始めた。

「エドモン・シェルヌセは、今お話ししたような子供たちに、大変関心を持ちまして……」

「どうしてです?」

「シェルヌセは……つまり、この研究所の正式な嘱託医で、入院患者たちの遺伝的な影響については熟知しているのです。だからほかの子供たち、患者に比較的近い親類たちに正反対の者がいると知って、たいへん驚いたわけです。それにシェルヌセは遺伝の研究に熱中していましたからね。人間の瞳孔から遺伝的事象が読み取れると考えていました。ある意味で、とても変わり者でしたね、あの医者は……」

警視正は染みだらけの額をした男を思い返してみた。《変わり者》という表現は、たしかに彼にぴったりだろう。するとすぐに、酸に溶かされかけたジョワスノーの体が目に浮かんだ。

「シェルヌセに医学的な意見を求めなかったのですか？」

シャンプラーズはカーディガンがちくちくするとでもいうように、おかしな格好で身をよじった。

「いいえ、それが……どうしても聞けませんでした。あなたはこの町の状況をご存じないから。シェルヌセは大学の実力者で、この地方でもっとも高名な眼科医のひとりです。いうなれば、大先生なんですよ。それにひきかえわたしは、こんな施設を任されているだけの、ただの雇われ所長です……」

「シェルヌセもあなたと同じように書類を確かめたと思いますか？ 出生に関する正式書類を」

「ええ」

「あなたより前にでしょうかね？」

「おそらくそうでしょう」

医者は目を伏せた。顔は汗にまみれ真っ赤だった。ニエマンスはさらに尋ねた。

「だったら、その書類が偽造されていたことにも気づいたでしょうかね？」

「そんなこと訊かれても……わかりませんよ！ あなたの話は、さっぱり理解できませんね」

ニエマンスはそれ以上追及しなかった。この出来事の、もうひとつの側面に気づいたからだ。カイヨワが盗んだ書類を、シャンプラーズは確認に行かなかった。大学教授たちに関する情報を見つけてしまうのを恐れたからだ。この町の主であり、シャンプラーズのような男の運命を握っている教授たちの。

彼は立ち上がった。

「ジョワスノーに話したことは、ほかにもうありませんか?」

「いいえ、何も。今あなたにお話ししたことだけです」

「よく考えてください」

「間違いありません。これだけです」

ニエマンスは医者の前に立ち、さらに尋ねた。

「ジュディット・エローという名に聞き覚えは?」

「ありませんね」

「《緋色の川》と聞いて、何か思い出しませんか?」

「いいえ、本当に、わたしには……」

「ありがとうございました、先生」

ニエマンスはあっけにとられている医者に挨拶すると、踵を返した。ドアを出かけたとき、彼はふり返って言った。

「そうだ、最後にもうひとつ。まったく犬を見かけなかったのですが。鳴き声もしないし。ここには一頭もいないんですか?」

シャンプラーズはうろたえているようだった。

「犬……ですって?」

「ええ、盲導犬です」

男はようやく合点がいったらしく、少し微笑む余裕ができた。

「たしかに盲導犬は、まわりに助けてくれる人のいない、ひとり暮らしの盲人には有益です。でも、このセンターは設備が整っていますからね。何か少しでも障害物があれば、患者さんたちに知らせ、誘導するようシステムが整備されているんです……犬は必要ないんですよ」

ニエマンスは外に出ると、雨のなかに明るくきらめく建物を、もう一度ふり返った。犬がいるからという理由で、今朝からずっとこの施設を避けてきたのだ。ただ自分の頭のなかで吠えているだけの幻影に怯えて、ジョワスノーを送り込んでしまった。

ニエマンスは門扉を開けると、外に唾を吐いた。

若い警官の命を奪ったのは、ニエマンス自身のなかにある幻影だった。

## 48

ニエマンスはセット=ロー山塊の険しい山道を下っていた。雨はますます激しくなっていた。

ヘッドライトの光に照らされ、アスファルトの道路が澄んだ水しぶきをあげている。ところどころに溜まっている泥水をはねのけ、車は降りしきる雨のなかを進んでいった。ニエマンスはハンドルにしがみつきながら、断崖の縁に逸《そ》れそうになる車を必死で制していた。

突然、ポケットベルが鳴りだした。片手でディスプレイをクリックすると、パリのアントワーヌ・ライムスからメッセージが入っていた。ニエマンスは同じように片手で携帯電話を取り出すと、暗記している番号を押した。聞き覚えのある声が、いきなりこう告げた。

「例のイギリス人が死んだぞ、ピエール」

この知らせがもたらす結果を、ニエマンスは必死に考えようとした。けれども捜査のことで頭がいっぱいで、考えがまとまらなかった。本部長は続けた。

「今、どこにいる？」

「ゲルノンの近くだ」

「おまえさんを勾留しなくちゃならん。理屈からいえば無駄な抵抗をせず、武器を捨てて自首すべきなんだ」

「理屈からいえばだって？」

「テルパンテスとも話したんだが、事件の捜査がもたついて、にっちもさっちも行かなくなりそうだとか。マスコミ連中が、こぞってそっちに押しかけてる。朝になれば、ゲルノンはフランス一有名な町になってるぞ」ライムスは少し間を置いた。「それにみんながおまえさんを捜している」

ニエマンスは黙ったまま、目の前の道を見つめていた。道はくねくねと曲がりながら、渦巻くような雨のなかに分け入っていく。まるで回転する二本の円柱同士のようだ。ライムスがまた口を開いた。

「ピエール、犯人はもうすぐ捕まりそうなのか？」

「それはわからないが、前にも言ったように、おれの追っている線は絶対に間違いない」

「それなら、こっちのけりをつけるのはあとまわしにしよう。おまえさんとは話さなかった。おまえさんは見つからない、連絡も取れない。そういうことだ。そのくそったれな事件にけりをつけるのに、まだ一、二時間の余裕が取れる。それを過ぎたら、もうおまえさんには何もしてやれん。弁護士を見つけてやるくらいしかな」

ニエマンスはぶつぶつと毒づきながら電話を切った。

そのとき、右側から急接近してくる車が、ヘッドライトに照らされ浮かび上がった。警視正の反応が一瞬遅かった。右のフェンダーに、車が思いきりぶつかってきた。ニエマンスの手からハンドルがはずれ、セダンは断崖の岩壁に擦りつけられた。彼は呻き声をあげながらすぐにもとの進路に戻し、ひきつったような目で隣の車を見た。ライトを消した黒っぽい四輪駆動車は、またもや攻撃を仕掛けてきた。

ニエマンスはギヤを落とした。大型車は車体を震わせながら左にまわり込み、急ブレーキをかけさせようとする。ニエマンスがまたスピードをあげると、前にいた四輪駆動車も全速力を出して、通行を妨げようとした。泥でナンバープレートは見えなかった。ニエマンスは頭が真っ白になりながらアクセルを踏み、外側から相手を追い越そうとした。黒々とした車体がわずかなすき間をふさいで、前に出ようとするセダンの左のフェンダーにぶつかり、ニエマンスを死の岩壁に追い詰めた。

このキジルシ野郎は、いったい何をしようっていうんだ？　突然ニエマンスはスピードを落とした。殺し屋の車とのあいだに、数十メートル距離ができる。すぐに相手もスピードをゆるめ、セダンに近づこうとした。けれども、相手のエンジンが回転数を落としたすきをついて、目いっぱいアクセルを踏み込み、今度は敵の左を通り抜けた。間一髪の早業だった。

彼はアクセルを踏む力をさらに強めた。バックミラーに映るオフロード車は、闇のなかに吸い込まれていった。ニエマンスは何も考えずに、そのまま数キロ走り続けた。

道路には、もうほかの車は見えなかった。

横殴りの雨をつっきり、針葉樹の覆いかぶさる下を抜けながら、曲がりくねったアスファルトの道を全速力で走った。何が起きたんだ？　誰が、何のために、あんな攻撃をしかけてきたのだろう？　車の勢いがすばやくて、運転手の人影さえ見わけられなかった。

カーブを曲がりきったところで、ジャスに向かう高架道路が見えた。高さ百メートル以上の柱塔に支えられたコンクリート製の橋が、六キロ続く。ということは、懐かしのゲルノンまであともう十キロほどだ。

さらにスピードをあげた。

高架道路に入ったところで、リアウインドーから突然射し込んだ白い光に、ニエマンスは目がくらんだ。ヘッドライトをこうこうと灯して、四輪駆動車が再びバンパーに襲いかかってくる。ニエマンスはまぶしく光るルームミラーを下げて、夜の闇に架かるコンクリートの道をしっかりと見据えた。《こんなところで、死んでたまるか》そう自分に言い聞かせながら、彼はアクセル・ペダルを踏みつけた。

ヘッドライトは相変わらずあとを追ってくる。ニエマンスはハンドルを握り締め、ライトに映し出されるガードレールだけを見つめながら、必死になって道路にしがみついた。降りしきる雨のなかに溢れ出る光と、狂おしい口づけを交わすかのように。

時から稼いだ数メートル。

地上から掠め取った数秒。

ニエマンスは奇妙な考え、説明し難い確信を抱いていた。この高架道路を走り、雷雨のなかを飛ばしている限り、何も自分に起こりはしない。身軽で活力に満ちた、不死身の男なのだ。

衝突のショックで、息が詰まった。

頭ががくんとのめり、フロントガラスにぶつかる。ルームミラーが砕けて、合成樹脂の軸がかぎ針のようにニエマンスのこめかみを引き裂いた。警視は呻きながらのけぞり、両手で頭を押さえた。車が左に、右にスリップし、それからぐるりと回転し……噴き出した血で、顔の半分がべとべとだった。

それからまた大きく揺れて、突然雨が激しく降り注いできた。夜の冷気が肌を刺す。あたりは静まり返っていた。暗闇のなかで、何秒かが過ぎる。

目を開けたとき、ニエマンスは信じられない光景を見た。さかさまになった空と稲妻を。彼は風雨のなかを飛んでいた。

車がガードレールに衝突したひょうしに、高架道路を越えて宙に投げ飛ばされたのだ。ニエマンスは手足をばたつかせ、静かにゆっくりと落下しながら、死に際の感覚とはどんなだろうかなどと、馬鹿みたいに考えていた。

激痛がすぐに答を与えてくれた。針葉が体を鞭打ち、枝がばきばきと折れる。エゾマツ、カラマツのあいだを転げ落ち、全身に苦痛の火花がはじけた……

ほとんど同時に、ふたつの衝撃があった。

まずは地面に落ちた衝撃。けれどもそれは、無数の木の枝によってだいぶ和らげられていた。それから、この世の終わりかと思うようなすさまじい音。地の底から響くような衝撃。まるで大きなふたが体にぶつかってきたかのようだった。もつれ合い、混乱した感覚のなかで、一瞬が弾け飛んだ。冷たい風が吹き荒れ、蒸気が上がる。水と石が飛び散り、そのあとには闇。

時が過ぎ、騒ぎが静まる。

ニエマンスは目を開けた。瞼を上げても、別の瞼が待っていた。闇の瞼、森の瞼が。墓の彼方から引き返す波のように、少しずつ頭がはっきりとしてくる。心の奥底から、だんだんと実感が湧いてきた。生きている、おれは生きているんだ。

ニエマンスはずたずたになった意識のかけらを拾い集め、無事残ったものを組み立てなおした。

木々の間で押しつぶされながら落っこちた先が、うまい具合に高架道路の柱の下にある、雨水の溜まった排水溝のなかだった。車のほうも勢い余って高架道路から飛び出し、ニエマンスが落下したあとをぴったりたどって、まるで大きな戦車のように、ちょうどすぐ上で砕け散ったのだった。けれども、ニエマンスにぶつかりはしなかった。セダンのシャーシは幅がありすぎて、水路の縁にひっかかってしまったのだ。

まさに奇跡だ。

ニエマンスは目を閉じた。体じゅう傷だらけでずきずきと痛んだが、火であぶられるようなもっと激しい感覚が、右のこめかみに広がっていた。ルームミラーの軸が、耳の上あたりの肉をざっくりと引き裂いていたのだ。けれども体のほうは、落下の衝撃を比較的まぬがれたようだった。

ニエマンスは顎を引き、頭上にある車のラジエターグリルを眺めた。まだ熱い金属板に上をふさがれ、コンクリート製の溝に閉じ込められてしまった。左右を見まわすと、バンパーの破片が邪魔になっている。

彼は絶望的な努力の末、横向きになって排水溝を移動していった。全身を苛《さいな》む痛みが、かえって幸いした。痛み同士が相殺《そうさい》されて、体が無感覚になってしまっている。

何とかバンパーの下をくぐり抜け、棺桶から脱出することができた。両手が自由になると、すぐに手でこめかみを押さえてみた。引き裂かれた肉から、どろりとした液体が流れ出している。ひりひりする指の間から、生暖かい血が溢れるのを感じて、ニエマンスは呻いた。油まみれになり、重油を吐き出す鳥のくちばしみたいだ。そう思うと目に涙が溢れた。排水溝の縁に腕をついて這い上がり、地面に転がる。朦朧とした意識のなかで、恐ろしい考えがニエマンスを苛んだ。殺人者がとどめを刺しに戻ってくるかもしれない。

車体にしがみついて、何とか身を起こした。へこんだトランクを拳で叩いて開け、散弾銃と散らばっていた実弾をひと摑み取り出す。銃を左腕に挟み——手は傷口にあてたままだった——右手で弾を込めた。何も見えないなかで、手さぐりの作業だった。眼鏡はなくなっていたし、深い夜の闇があたりを包んでいた。

顔は血と泥に塗れ、痛みに身悶えしながら、ふり返り、銃であたりを探った。物音ひとつしない。何かが動く気配もない。突然めまいに襲われ、車の脇をすべってコンクリートの溝にまた落っこちてしまった。刺すような水の冷たさに目がさめる。コンクリートの内壁によりかかり、ニエマンスは川の方角に体を半回転させた。

結局、それが一番じゃないか？

ニエマンスは銃を抱き締めると、水に流されるがまま、広い川へと向かっていった。死者の川へと旅立つファラオのように。

## 49

流れに乗って、ニエマンスは長い間漂っていた。目を開けると、葉むらの合間に、星のないくすんだ夜空が見えた。左右には崩れかけた赤い粘土や、もつれ合ったマングローブのように積み重なる木の枝や根っこがある。

やがて流れは速さと水音を増してきた。彼は顔をのけぞらせたまま、水流に乗っていった。凍てつくような水がこめかみの血管を収縮させ、出血を抑えてくれた。ゆっくりと蛇行しながら、このままゲルノンの大学まで流れていけないかと、ニエマンスは考えていた。

けれどもすぐに、それは虚しい期待だったとわかった。川は行き止まりになって、キャンパスまでは下っていかなかった。水流は森のなかでS字形にねじれ、ところどころ狭くなって速さも勢いもなくなっていた。

やがて水は動きを止めた。

ニエマンスは岸に向かって泳ぎ、ぜいぜいと喘ぎながら水から抜け出した。ごみだらけの泥水はどんよりとして、何も映していなかった。落葉が積もってじっとりとした地面に、ニエマンスはへたり込んだ。胸の悪くなるような悪臭が鼻を突く。草木の繊維、小枝、腐植土、虫が混ざり合った地面の、ちょっといぶしたような独特の臭いだった。

仰向けになって、森の葉むらに目をやった。それは密生した深い森ではなく、ぱらぱらと細い木が立ち並ぶだけの、すき間の多い林にすぎなかった。けれどもあたりは真っ暗で、頭上には山々の黒い影すら見えない。どちらの方角に、どれくらいの時間流されていたのかもわからなかった。

痛みと寒さをこらえながら、ニエマンスは体を丸めて這い進み、木の幹に背中をもたせかけた。必死に頭を働かせ、この地方の地図を思い出そうとした。捜査の要所を書き入れたときに、たしか見たことがあった。ゲルノン大学の正確な位置はどうだったろう？　セット＝ロー山塊の北のはずだが。

北か。

今自分のいる位置がまったくわからないのに、どうやって北を見つけたらいいのだろう？　コンパスも磁石もない。昼間なら太陽の向きで方角がわかるのだが、夜ではどうしようもない。ニエマンスはさらに知恵を絞った。頭からまた出血が始まった。寒さで手足の先は感覚がなくなっている。このままでは、あと数時間ももたないだろう。

そのとき、突然ひらめいた。こんな真夜中でも、太陽の方角を知ることができる。植物によって。植物学についてはまったく無知だったが、一般常識程度の知識はあった。苔《こけ》の類は湿気を好むので、影のある方向にしか広がっていかず、太陽にさらされるところは避けるものだ。だから、こうした暗闇に生える植物は、木々の根元から北に向かって繁殖していく。

ニエマンスはひざまずき、ずぶ濡れのコートのなかから、予備の眼鏡の入った耐衝撃ケースを探した。中身は無事だった。新しい眼鏡をかけると、近くの景色がはっきりと見えた。

さっそく針葉樹の根元を、土手に沿って探し始める。数分後、かじかんだ指を土で真っ黒にしたニエマンスは、自分の考えが正しかったとわかった。球状に固まった冷たいエメラルド色の苔が、切り株の近くから同じ方向に向かって生えている。警視の指先に、表面が筋張った小さなドーム形の、柔らかな組成物がある。このミニチュア・ジャングルが、北へと導いてくれるのだ。

ニエマンスは痛みをこらえて立ち上がり、苔の道を進んでいった。

ふらつく足取りで苔を踏みしめていく。心臓の鼓動で胸が張り裂けそうだ。水たまり、樹皮、針葉樹の小枝が次々に続く。足の下で踏み板、燧石《すいせき》の山、柔らかな下草の生えたイバラの茂みがつぶれた。ニエマンスは苔のあとを追い続けた。苔は小さな丘の斜面に細長く穿たれた、氷の張った沼地に入り込むこともあった。疲労と傷の痛みをおして、彼はスピードを上げ、力の限りを尽くした。渦巻く空気の匂いを嗅ぎながら。雨はついさっきやんだばかりだった。ひと息ついている雨の吐息に吹かれながら、歩いているような感じだった。

ようやく道路が見えてきた。

きらめくアスファルトは、まさに救いの道だった。ニエマンスは砂利に沿って生えている球状の苔をもう一度調べ、進むべき方角を決めた。そのとき突然、ヘッドライトを灯した憲兵隊の輸送車が、カーブの向こうから現われた。

すぐに車が止まって隊員たちが飛び出し、銃にしがみついたまま失神しかけているニエマンスの救助に駆けつける。

血だらけの警察官は、憲兵隊員たちに摑まれるのを感じた。つぶやき、叫び声、防水服のこすれる音が聞こえる。ヘッドライトが斜めに光っていた。輸送車に乗ると、隊員のひとりが運転手に叫んだ。

「病院に。大急ぎだ」

ニエマンスはなかば意識を失いながら、口ごもるように言った。

「いいや、大学に行ってくれ」

「何言ってるんです？　こんなに傷だらけなのに……」

「大学だ。約束があるんだ……」

50

微笑む訪問者の前でドアが開いた。

ニエマンスが視線を落とすと、女の力強い、陰影のある手があった。すぐその上には、たっぷりしたセーターのつんだ網目が見える。さらに上を見れば、襟元で大きなシニョンに結った柔らかな髪が、光輪のようにうっすらと輝いていた。なんて不思議な肌なんだろう、とニエマンスは思った。とてもすべすべとして滑らかで、どんな素材、どんな服も、まるで特別にあつらえたように見せてしまう。ファニーは大きなあくびをした。

「遅かったわね、警視正さん」

ニエマンスは笑顔を作ろうとした。

「もう……寝ていましたか？」

ファニーは首を横にふって、警官を招き入れた。ニエマンスが明かりの下に進むと、ファニーの顔が凍りついた。血だらけの顔に気がついたのだ。彼女は後ろにさがり、ぼろぼろの人影を上から下までひととおり見まわした。ずぶ濡れの青いコート、破れたネクタイ、焼け焦げのできた服。

「どうしたっていうの？　事故にでもあったの？」

ニエマンスは小さくうなずいた。

小ぢんまりした部屋を、ニエマンスはぐるりと見渡した。熱に浮かされ、鼓動は乱れていたが、この部屋を目にできて嬉しかった。染みひとつない壁、柔らかな色調。机の上はパソコン、本、書類でいっぱいだった。棚の上には石や水晶が飾られ、登山用具《クライミング・ギア》、蛍光色を放つ衣類が積み上げてある。家にこもって仕事に没頭すると同時に、スポーツと冒険を好む若い女性の部屋だ。氷河を下ったときの感覚が、一瞬全身によみがえった。輝く霧氷のかけらにも似た思い出が。

ニエマンスは椅子に坐り込んだ。外では、また雨が降り始めていた。どこかの屋根に落ちる水滴の音と、隣室のくぐもった物音が聞こえる。ドアの軋み。足音。不安げに閉じこもる学生たちの夜。

　ファニーは彼のコートを脱がせ、こめかみに開いた傷を注意深く眺めた。固まった血や茶色にまくれ上がった肉を見ても、気味悪がっている様子は少しもない。ひゅうと口笛を鳴らしたくらいだった。

「ひどい怪我だわ。動脈が傷ついていなければいいけど、ちょっとわからないわ。頭からはまだ血が出ているし……いったいどうしたっていうの？」

「事故ですよ」とニエマンスはそっけなく答えた。「交通事故にね」

「病院に連れて行ったほうがよさそうね」

「冗談じゃない。まだ捜査が残ってます」

　ファニーは奥の部屋に姿を消すと、ガーゼや薬、真空パックになった針や血清を抱えて戻ってきた。袋を次々に歯ですばやく開けると、針をプラスチック加工の注射器に取りつける。ニエマンスはアンプルに目をやった。ファニーが薬の中身を注射器に吸い上げている間に、緊張した面持ちで包装紙を摑んだ。

「何ですか、これは？」

「痛み止めよ。心配しないで。これで少し落ち着くわ」

　ニエマンスはファニーの手を押さえた。

「ちょっと待って」

　警視は薬品の特性に目を走らせた。キシロカイン。痛みは和らげるが、意識の混濁は起こさない止血作用もあるアドレナリン麻酔薬だ。いいだろうというように、ニエマンスは摑んでいた腕を放した。

「心配しないで」とファニーはささやいた。「これなら出血も抑えられるわ」

頭を下げたのでファニーの動作は見えなかったが、傷口のまわりに何度も注射したようだった。何秒かすると、すぐに痛みが引き始めた。

「傷口を縫う道具は持ってないでしょうね?」とニエマンスはつぶやいた。

「あるわけないでしょ。病院に行かなくちゃ。またすぐに出血してくるわよ。そうしたら……」

「止血バンドか何かしてください。意識をはっきり保って、捜査を続けねばならないんです」

ファニーは肩をすくめ、スプレーでガーゼを何枚も湿らせた。その様子を、ニエマンスはちらりと見た。ジーンズの下からはちきれんばかりにふくらんだ太腿の線を目にして、こんな体だというのに疼《うず》くような興奮をかきたてられた。

この女のなかには不思議な対照性がある、とニエマンスは思った。どうしてこんなにも捉えどころがなく、それでいてこんなに存在感があるのだろう? どうしてこんなにやさしくて乱暴で、こんなに近くて遠いのか? 同じ矛盾が、彼女の眼差しにもある。目は攻撃的に輝いているのに、睫毛には限りないやさしさがある。消毒薬の刺激臭を嗅ぎながら、ニエマンスは尋ねた。

「ひとり暮らしをしてるんですか?」

ファニーは手際よく傷口の消毒をしている。鎮痛剤が効いてきたおかげで、痛みはほとんどなくなっていた。ファニーは笑って答えた。

「また、そんな……」

「いや、その……すまない。失礼なことを訊いてしまったかな？」

ファニーは作業の手を休めずに、耳元でささやいた。

「ひとり暮らしよ。恋人はいないわ。それを訊きたいならね」

「わたしは何も……でも、どうして寮に入っているんです？」

「ここなら教室や実習室に近いから……」

ニエマンスがふり向くと、ファニーはぶつくさ言いながらすぐに頭をもとの方向に戻した。顔を下に向けたまま彼は尋ねた。

「そういえば……大学卒業のフランス最年少記録だったとか。お父さんもお祖父さんも、ここの名誉教授で。ということは、あなたも例の子供たちの一員ってことですよね……」

「例の子供たちって？」

ニエマンスは少し体をまわした。

「いえ……つまり大学の天才児たちのことです。スポーツでもチャンピオンの……」

ファニーの顔が険しくなり、その声には不信感がありありと感じられた。

「何が知りたいんですか？」

警視正は答えなかった。本当は、ファニーの出自について聞きたくてたまらなかった。けれども、その遺伝的能力はどこから得たのか、染色体の源はどこにあるのかなどと訊けるはずもない。ファニーは続けて言った。

「警視正さん、傷をおしてまでどうしてここにやって来たのかは知りませんが、訊きたいことがあるなら、はっきり言ってください」

ファニーの手厳しい命令口調に、ニエマンスは全身の痛みも忘れるほどだった。けれどもこんな声で嚙みつかれるくらいなら、傷が疼《うず》くほうがましだった。彼はどぎまぎしながら、作り笑いをした。

「学内雑誌のことで、お話ししようと思っただけですよ。あなたがお書きになっている……」

「『テンポ』のこと?」

「そうです」

「だったらどうぞ」

ニエマンスは少し間を置いた。ファニーはガーゼを袋に戻し、それからニエマンスの頭に包帯を巻いた。警視は頭のまわりが幾重にも締めつけられるのを感じながら、言葉を続けた。

「今年の七月に、病院の地下室で起きた奇妙な事件について、記事を書いたのではないかと思いまして」

「どんな事件かしら?」

「レミーの父親、エティエンヌ・カイヨワのロッカーから、新生児に関する書類が見つかったという事件です」

ファニーの声はすっかり冷たくなった。

「ああ、あの話……」

「記事にしましたか?」

「ええ、たしか数行ほどの」

「どうして話してくれなかったんです?」

「つまり……それと殺人事件とが関連しているってわけ?」

ニエマンスは顔を上げ、声を荒らげて言った。

「どうして盗難の話を聞かせてくれなかったんです?」

答の合間に、ファニーの肩がゆっくり揺れた。まだ包帯を巻いているのだ。

「本当に盗難事件なのかも、確かじゃなかったし……あんなにちらかった記録保管室だもの、何がどこに行ってどこから出てくるか、わかったもんじゃないわ。そんなに大事なことなの?」

「じかにその書類をご覧になりましたか?」

「ええ、段ボール箱を積んだ記録保管室に行ってみました」

「書類のなかで、何か特に気がついたことは?」

「何かって、例えば?」

「それはわかりませんが。原本と比べてみましたか?」

包帯を巻き終えて、ファニーは後ろにさがった。

「ばらばらの紙の山なんですよ。看護師がなぐり書きした。見て面白いようなもんじゃないわ」

「何枚くらいありました?」

「数百枚ってとこかしら。わたしには、どういうことなのか……」

「記事のなかに、書類に関する人物名とか家族名をあげましたか?」

「たった数行の記事だったのよ。さっきも言ったとおり」

「記事を見せていただけますか?」

「とってありません」

ファニーは腕組みをし、真っすぐ立って胸をそらせている。ニエマンスは続けた。

「ほかにもその書類を調べに行った人がいるでしょうか? 書類に自分の名か、両親の名があるのを見つけたような人がいると思いますか?」

「わたしは名前など出しませんでしたから」

「そういう人がいたと思いますか? 調べに行った人がいたと?」

「たぶん、いないでしょう。もう、鍵がかかっているから……でもそれが、重要なことなんですか? 捜査とどんなつながりがあるんです?」

ニエマンスはすぐには答えなかった。ファニーの目を避けるようにして、反則のパンチでも出すように新たな質問を投げかけた。

「あなたはその書類を詳しくご覧になったんですよね?」

沈黙が答代わりだった。目を上げると、ファニーは同じ場所にいた。けれども、何だか突然とても遠くに行ってしまったような気がした。

「さっきもそう言ったじゃないですか」とファニーはようやく答えた。「何が知りたいんですか?」

訊かなくては。ニエマンスはためらい、そして言った。

「その書類に、あなたの両親の名前がなかったかどうかです。あるいは祖父母の名前が」

「いいえ、何も気づきませんでした。どうしてそんなこと訊くんです?」

それには答えず、警官は立ち上がった。反発する磁石の両極のように、二人とも立ったままじっと睨み合っている。部屋の奥にある鏡に、包帯を巻いた自分の頭が見えた。彼はファニーのほうをふり返り、すまなそうにつぶやいた。

「手当てをありがとう。それから、あれこれ訊いて悪かった」

ニエマンスはコートを取ると、ゆっくりと言葉を切りながら続けた。

「まったく信じられないような話だが、事件を捜査していた警官のひとりが、その書類のせいで命を落としたように思われるんです。まだ駆け出しの、若い警部でした。彼は書類を調べようとしてました。それをさせまいとする何者かに、殺されたらしいのです」

「馬鹿げてるわ」

「いずれわかるでしょう。わたしも記録保管室に行き、その書類とファイルを比較してみるつもりです」

びしょ濡れのぼろ着をひっかけたニエマンスを、ファニーはとどめた。

「そんなひどい格好で行くことないわ。ちょっと待って」

ファニーはさっと出ていくと、すぐにまた戻ってきた。手にはTシャツ、セーター、防寒の裏地がついた上着、防水のオーバーズボンを抱えている。

「あんまり似合いそうもないけど、ともかく乾いて暖かいわ。さあ、これを着て……」

そう言ってファニーは、包帯をしたニエマンスの頭にポリエステルの目出し帽をさっとかぶせ、耳の上あたりまでまくり上げた。初めはびっくりしていたニエマンスも、おどけたように帽子の下で目をぱちくりさせた。そして二人して、声を合わせて笑いころげた。

心を包む暗闇から奪い返したかのように、たちまち親密感が戻ってきた。けれども警視正は、重々しい口調で言った。

「もう行きます。捜査を続けなくては。記録保管室に行かなくちゃなりません」

ニエマンスが抵抗するまもなく、ファニーは彼を抱き締め、その口にキスをした。ニエマンスは体をこわばらせた。全身が再びかっと熱くなる。また熱が出てきたせいなのか、それとも唇の間にもぐり込み、燠火《おきび》のように熱を発する小さな温かい舌のせいなのか、ニエマンスには区別がつかなかった。彼は目を閉じ、つぶやくようにまだ言っていた。

「捜査を、捜査を続けなくては」

けれども、その肩はすでに床に押しつけられていた。

# X

## 51

カリムは立入禁止のロープをむしり取り、地下納骨堂の入口にひざまずいた。扉は開きかけたままになっている。手袋をはめて、すき間に指を入れて乱暴に引っぱると、扉が開いた。彼はためらわずに懐中電灯をつけ、墓所に入った。窪みの下に身をかがめ、階段を下りていく。懐中電灯の光が、黒々と広がる水面に跳ね返った。まるで貯水場だ。扉から少しずつ入ってきた雨水が、地下室の半分くらいまで溜まってしまったのだ。

《もうあれこれ考えている時じゃない》そう心のなかでつぶやくと、カリムは息を止めて水に飛び込んだ。懐中電灯を左手で持ち、抜き手で水をかき分けた。光が闇を切り分ける。奥に進むにつれ雨音が低くなり、黴と泥炭の臭いが強まった。顔を上に向けながら、カリムは水と天井の間に挟まれ、唾を吐きながら前に進んだ。

いきなり顔が棺桶にぶつかる。カリムは動転して呻いた。体の向きを変え、動きを緩めて気持ちを落ち着かせる。そして彼は、水に浮かぶ小舟のようにゆらめく小さな柩を見た。

《もうあれこれ考えている時じゃない》とカリムは、心のなかで繰り返した。泳いで柩の周囲をまわり、四隅から観察してみる。ふたは何本ものネジで止めてあったが、懐中電灯をくわえてよく調べると、朝には墓守りに邪魔されて気づかなかった点があった。ネジのまわりに黒っぽい刺がけばだって、明るい木の地が見えている。ペンキが剝げているのだ。おそらく、柩は開けられたのだろう。《もうあれこれ考えている時じゃない》カリムはジャケットから折りたたみ式のペンチを取り出した。閉じると先端がナイフ兼ネジまわしになる。それを使って、彼はふたのすき間をこじ開け始めた。

だんだんと木のふたがゆるんでくる。ようやく最後のネジが抜け、頭を天井にぶつけながら――水は増え続け、もう肩のあたりまで溢れてきた――カリムは何とかふたを押し開けた。袖の裏で目をこすり、息を飲んで柩のなかを覗き込む。

そんな心の準備も用をなさなかった。とうの昔に死んでたのは、もしかしてこのおれのほうじゃないか。カリムはそんな気さえしたほどだった。

柩のなかには、子供の遺骨などなかった。あると見せかけて空っぽだったわけでもない。墓荒らしに持ち去られた跡もない。死者の寝台には、尖って小さな白っぽい骨がいっぱいにつまっていた。まるでネズミの墓場だ。干からびた何千もの白骨。短剣のように尖った白い鼻面。閉じた爪のような胸郭。大腿骨、脛骨、上腕骨らしい、マッチ棒のように細い無数の小骨。

カリムの体から力が抜けた。柩の端にやっとのことでつかまりながら、骸骨に手を伸ばす。懐中電灯の光を屈折させる骨の山は、太古の輝きを放っているかのようだった。

そのとき、背後から声が響き、槌打つ雨音をさえぎった。

「ここに戻るべきではなかったぞ、カリム」

ふり向いて、声の主を確かめるまでもなかった。カリムは拳を握り、骸骨に顔を近づけた。

「署長、あなたまで一枚かんでるなんて言いっこなしですよ……」

「ここに戻るべきではなかったんだ」と声が繰り返す。

カリムは戸口のほうにちらりと目を向けた。アンリ・クロジエの姿がくっきりと浮かんでいる。手にはマニューリンのＭＲ73が握られていた。ニエマンスと同じ銃だ。シリンダーには六発入る。ポケットにはスピードローダー。これを使えば、邪魔される恐れもなく数秒で弾の入れ換えができる。

「署長こそ、こんなごみ溜めで何してるんですか？」

男は答えなかった。カリムは濡れた肘を上げながら続けた。

「ともかく、この汚水から出たいんですけどね」

クロジエは銃を振って合図をした。

「こっちに来い。ゆっくりとだぞ。ゆっくりと、少しずつだ」

カリムは棺桶をそのままにして、水をかき分け階段にたどり着いた。口にくわえた懐中電灯の光が、天井にゆらゆらと揺れている。外では雷が、狂ったように閃光を放っていた。

警部が階段を上り始めると、クロジエは銃を構えたまま外に向かって後退していった。ぱちぱちと雨の弾ける音がする。カリムは骨の髄までずぶ濡れになりながら、署長の前に立った。

「この事件で、あなたはどんな役割を演じていたんですか？　いったい何を知っているんです？」

カリムが再び尋ねると、クロジエはようやく話し始めた。

「一九八〇年のことだった。彼女が町にやって来たとき、すぐに目をつけたよ。小さいながら、ここはおれの町、おれの《しま》だからな。それにあの頃警官といえば、サルザックにおれひとりみたいなもんだった。はっとするような美人で、ものすごく背の高い女が、小学校の教師として赴任してきたんだ……何かわけありらしいと、すぐに気づいたさ……」

「クロジエ、サルザックの目」とカリムはつぶやいた。

「ああ、そこでちょっとばかり調べてみると、彼女が子連れだとわかったんだ……うまいこと信頼させて、話を聞き出した。悪魔たちが子供を殺そうとしているってね」

「それはわたしも知ってます」

「だが、おまえの知らんこともある。おれは母子を守ってやることにした。偽の証明書を作って……」

カリムは、底なしの淵を覗き込んだような気分だった。

「悪魔の正体は？」

「ある日、二人の男がやって来た。学校をまわって、古い教科書を集めているのだと言っていたが、ファビエンヌと同じゲルノンから来たんだ。おれはぴんときた。悪魔っていうのは、こいつらだって……」

「何ていう名前でした？」

「カイヨワとセルティスだ」

「ふざけないでください。当時レミー・カイヨワとフィリップ・セルティスは、たかだか十歳ですよ！」

「いや、そうじゃない。エティエンヌ・カイヨワとルネ・セルティスのことさ。二人とも四十がらみで、骸骨みたいな顔に狂信的な目をしていたな」

カリムは、喉にすっぱいものがこみ上げてくる感じがした。どうしてそのことを思いつかなかったのだろう？　緋色の川の《罪》は、何世代にも遡るのだ。レミー・カイヨワの前にはエティエンヌ・カイヨワがおり、フィリップ・セルティスの前にはルネ・セルティスがいる。

「それから？」とカリムはつぶやくように言った。

「おれは穿鑿好きの警官といったふうを装い、身分証や何かを調べたが、特に怪しい点はなかった。どこから見ても、清廉潔白そのものだ。そして二人とも、ファビエンヌや子供には気づかずに帰っていった。少なくとも、おれはそう思っていた。けれどもファビエンヌは、そいつらがサルザックをうろついていたと知って、すぐに逃げ出そうとした。そのときも、あえて質問はしなかった。書類を始末し、学級日誌のページを破り、すべてを消し去ってな……ファビエンヌは子供の正体を隠していたが、それでも……」

カリムはそこで口を挟んだ。二人を、雨の帳《とばり》がさえぎっている。

「セルティスの息子が、日曜の夜やって来たんですよ。この墓地で何を捜していたのか、思いあたることはありませんか？」

「いや、ないな」

アブドゥフは地下納骨堂の入口を指さした。

「あの棺桶はネズミの骨でいっぱいでした。まったく気味が悪いったらない。どういうことなんです？」

「おれにもわからん。ともかくおまえは、ここに戻るべきではなかったんだ。死者に対する敬意がないうえ……」

「死者ですって？　だったらジュディット・エローの死体はどこにあるんです？　そもそも彼女は、本当に死んだんですか？」

「死んで埋葬されたよ。葬式を出したのはこのおれだからな」

カリムは小さく身震いした。

「それじゃあ、墓の手入れをしていたのも？」

「ああ、おれさ。夜中のうちにな」

カリムは呻き声をあげながら、銃身に近寄っていった。

「どこにいるんです？　ファビエンヌ・エローは、今どこに？」

「彼女のことはそっとしておけ」

「署長、これは単なる墓荒らしじゃありません。殺人事件なんですよ」

「わかってるさ」

「わかってる？」

「どのチャンネルでも、取り上げていたからな。ニュースの最終版で」

「それでは、忌まわしい連続殺人だってことも、ご存じなんですね。手首を切り取って目をくり抜いたことや、死体を見せびらかす演出のことや、何もかも……署長、教えてください。ファビエンヌ・エローはどこなんです？」

やましさに顔を隠しているかのように、クロジエの表情は闇に沈んでいた。手にした銃は、相変わらずカリムの胸を狙っている。

「彼女のことはそっとしておけ」

「署長、何もファビエンヌ・エローを責めたてるつもりはありません。でも今となっては、彼女だけなんですよ。この狂った事件について、手がかりを与えてくれるのは。彼女の娘が犯人だと、あらゆる状況が名指ししているんです。犯人は、この墓で眠っているはずのジュディット・エローだと！」

激しい雨のなかで何秒かが過ぎ、やがてクロジエはゆっくりと銃を下ろした。カリムにはわかっていた。一生に一度だけ、黙って待つべき時があるとすれば、それは今だ。そしてついに、署長は口を開いた。

「ファビエンヌはここから二十キロほど行った、エルジーヌの丘に住んでいる。おれもいっしょに行く。彼女を苦しめるようなことをしたら、生かしておかないからな」

カリムはにやりとして、後ろにさがった。いきなり体をくるりと回転させ、署長の喉元に踵で蹴りを入れる。クロジエはひっくり返って、大理石の墓碑にぶつかった。

カリムは、動かなくなった男の上に屈み込んだ。フードを顔にかぶせ、花崗岩の墓石の陰に引っぱっていく。内心ではすまないと思っていた。

けれども今は、自由に行動する必要があった。

52

「大ニュースだ、アブドゥフ。ものすごい大ニュースだ」

パトリック・アスティエの声が、雑音のなかから響いた。携帯電話のベルが鳴ったとき、カリムは石ころだらけの灰色の草原を抜けていた。警部はびっくりするあまり、危うく轍《わだち》にはまるところだった。アスティエは熱っぽい口調で続けた。

「頼まれた調査は、まさに時限爆弾だった。頭が吹き飛んだかと思ったよ」

カリムは神経が絡み合って、身動きがとれないような感じがした。

「どうしたんだ?」そう言って彼は道の脇に車を止め、ヘッドライトを消した。

「まずはシルヴァン・エローの事故だが、調書を確かめてみたよ。きみの言ったとおりだった。シルヴァン・エローは県道D一七号線で自転車に乗っているところを、車にはねられたんだ。運転手の身元はわからなかった。悲惨な轢き逃げ事件ということで、話は終わりだ。憲兵隊もとおりいっぺんの捜査はしたけれど、目撃者はなかった。別の解釈を裏づけるような動機も見あたらなかったし……」

何か聞いてほしげな口調だった。素直にカリムは尋ねてやった。

「違ったのか？」

「そう、違ったんだ」と化学者は繰り返した。「画像処理に関しては、当時と今とじゃ隔世の感があるんだが……」

またもや専門的な話がずらずらと続くのかと思って、カリムは口を挟んだ。

「頼むよ、アスティエ、さっさと本題に入ってくれ！」

「オーケー。調書のファイルには、地元の新聞社が撮ったモノクロ写真が何枚かあった。自転車と車のタイヤ跡が交差して写っている写真だ。でも小さくてぴんぼけだからな。どうしてわざわざ取っておいたのやら」

「それで？」

アスティエは演出効果をあげようと、間を置いた。

「けれどもグルノーブル大学には、最先端の光学研究所があってな」

「おい、アスティエ、早く……」

「まあ、落ち着け。そこの連中は、きみには想像がつかないほど高度なレベルで、画像処理ができるんだ。デジタル化した画像を引き伸ばしたり、コントラストをつけたり、汚れを取り除いたり……要するに、肉眼では見えない細部を明確にできるわけさ。あそこの研究員はみんな知り合いだから、叩き起こしてひと仕事させる価値があるぞって思ってね。ぼくはスキャナーの代わりに指紋自動照合装置を使って写真を送ったんだ。寝起きだっていうのに、すごいやつらだよ。すぐに画像処理をして……」

「それでどうなったんだ？」

新たな沈黙は、アスティエの新たな演出効果だった。

「分析の結果は、憲兵隊の捜査とはまるで違った状況を示唆していたんだ。自転車と車のタイヤ跡を引き伸ばし、コントラストからアスファルトについたタイヤ溝の方向を正確に調べることができた。その結果、まずわかったのは、エローは調書に書かれていたように、仕事で山に向かっていたのではないということだった。タイヤ溝の方向は逆だった。つまりエローは大学に向かっていたんだ。地図で確かめたから間違いない」

「でも……奥さんは何て言ってるんだ？　ファビエンヌは？」

「ファビエンヌ・エローは嘘をついている。彼女の証言も読んだけれど、憲兵隊の推測をそのまま認めているんだ。水晶採取人の夫は、ベルドンヌ山塊の大尖峰に向かったと。まったくでたらめもいいところさ」

カリムは口を閉じた。新たな嘘、新たな謎だ。アスティエは続けた。

「それだけじゃない。光学研究所の技術者たちは、自動車のタイヤ跡を詳細に調べたんだが」

アスティエは再び間を置いた。「二方向についていたんだよ、カリム。運転手は一度エローの体を轢いたあと、バックしてもう一度轢いた。つまり故意の殺人だ。冷酷きわまりない殺人さ」

カリムはもう聞いていなかった。心臓が弔鐘のようにゆっくりと鳴っている。復讐の動機がついにわかった。母と娘の逃亡、追っ手の影に怯える生活が、間接的にジュディットの死を招いた。けれども、それ以前にまず殺人があったのだ。シルヴァン・エロー殺しが。悪魔たちはまず《力強い男》を亡きものにしてから、女子供を追ったのだ。

ファビエンヌ・エロー。そしてジュディット・エロー。カリム・アブドゥフの思考は千々に乱れた。

「それで、病院のほうは？」と彼は尋ねた。

「それが第二の時限爆弾さ。一九七二年の出生記録を調べると、五月二十三日の分が破り取られているんだ」

カリムは既視感《デジャ・ヴュ》に襲われた。凝縮した数時間が、引き波のようによみがえってくる。

「けれども、もっと奇妙なことがあってね」とアスティエは続けた。「子供たちの医療記録が置いてある記録保管室に行ってみると、紙の迷宮ではジュディットの資料が難なく見つかったんだ。これってどういうことかわかるかい？　つまりその晩、何か別のことが起きたんじゃないか。子供の個人資料には書いてないが、出生記録には記されている何かが。謎の出来事を消し去るために、そのページが破られたんだ。でも、ジュディットの出生そのものを隠す必要はなかった。看護師にも何人か尋ねてみたけれど、早く眠りたがっててね。どっちみちアスティエおじさんの質問に答えるには、年が若すぎたし……」

カリムにはわかっていた。アスティエは恐怖を紛らすため、虚勢を張っているのだ。遠く離れた電話の向こうからでも、それがありありと感じられる。彼は礼を言って電話を切った。

四百メートルほど先に、草の生い茂るエルジーヌの丘がある。カリムはそこにじっと目を凝らした。

あの暗い丘に、真実が待ち受けているのだ。

53

ファビエンヌ・エローの家はあった。

丘の頂上に、石造りの塀に囲まれて。窓は暗く閉ざされている。

雨はあがっていたけれど、重苦しい空には青白い雲がたなびいていた。エメラルド色の丘に沿って、霧がゆっくりと流れてゆく。まわりには砂漠のような地平線が続いていた。家はまるで石のフェルマータ記号のようだ。二十キロ四方には人っこひとり見えない殺伐とした風景が広がっている。

カリムは車を止め、草に覆われた山腹を登っていった。その家は、ファビエンヌがサルザック近くにいたときの住まいを思い出させた。大きな石がまるでケルトの聖所のようだ。近くまで来ると、白い大きな衛星放送のアンテナが見えた。カリムは銃を抜いた。弾はすでに装塡してある。そう思うと気持ちが落ち着いた。

戸口に向かう前に、ガレージを覗いてみる。明るいカバーの下に、ヴォルヴォのステーションワゴンがあった。ロックはされていない。カリムはボンネットを開け、慣れた手つきでヒューズボックスを壊した。もしことがうまく運ばなくても、こうしておけばファビエンヌ・エローに逃げられることはない。

警部は戸口に行き、コツコツと小さくノックした。そして銃を構えたまま、ドアから離れる。落ち着かない数秒間が過ぎ、ドアが開いた。カチッと鍵をまわす音も、ボルトの滑る音も聞こえなかった。ファビエンヌ・エローは、もう警戒しながら暮らしてはいないらしい。

カリムは銃を隠し、戸口の近くに寄った。

現われた人影は、カリムと変わらぬほど大きかった。女の目が彼の目をねめつける。アーチのように丸く張り出した肩。透き通るように白く整った顔。そのまわりを、波打つ褐色の髪が後光のように包んでいる。眼鏡のフレームは太く竹のようだった。ひそやかに夢見る、ほとんど放心したようなその顔をどう言い表わしてよいのか、カリムには見当もつかなかった。

カリムは声を抑えて言った。

「カリム・アブドゥフと言います。警察の者です」

女の顔に驚きの様子はなかった。眼鏡の向こうからじっとカリムを見つめたまま、ゆっくりと頭を揺らしている。それからファビエンヌは、グロックを隠し持っているカリムの手に目を落とした。アブドゥフは、レンズごしに見える女の目がいたずらっぽく光ったように思った。

「何のご用ですか？」と太い声で言った。

カリムは夜の静けさのなかで、じっと身を硬くしていた。

「ともかく入れていただけませんか？　話はそれからです」

女は微笑み、カリムを招き入れた。

鎧戸は閉ざされ、家具にはけばけばしい色合いのカバーがかけられていた。テレビの黒い画面と、ピアノの光る鍵盤が見える。開かれている楽譜は、ショパンの変ロ短調ソナタだった。何十本もの蠟燭の光が揺れる薄暗がりのなかに、すべてが沈み込んでいた。

警部の視線を捉え、ファビエンヌ・エローはつぶやいた。

「わたしは世捨て人のようなものですわ。この家を見てください。それが今のわたしなんです」

カリムは闇に身を隠したアンドレ修道女のことを思った。

「でも、衛星放送のアンテナがありましたが」

「外の世界と縁を切るわけにはいきません。いつ真実が明らかになるのか、知らねばなりませんから」

「もうすぐですよ」

女は表情を変えずにうなずいた。カリムには予想外のことだった。この落ち着き、この微笑、そして心励まされる声。彼は銃を構え、後ろめたい思いで言った。

「いいですか、もうあまり時間がないんです。ジュディットの写真を見せてもらわねばなりません。あなたの娘のね」

「写真といっても……」

「お願いです。もう二十時間以上も、あなたたちの跡を追ってきました。もう二十時間以上も、あなたがたの逃避行を遡り、理解しようとしてきたんです。どうしてあんな策を弄し、子供の顔を消し去ろうとしてきたのか。今のところ、わたしにわかっているのは二つだけです。ジュディットは最初に思っていたような、奇怪な容姿ではない。それどころか、まばゆいほど魅力的な少女だったに違いありません。けれども彼女の顔には、悪夢の鍵を示すものがあった。かつてあなたが逃げてきた悪夢、そして今また恐ろしい火山のようによみがえった悪夢の鍵が。だから写真を見せて、何もかも話してください。日付や細かな出来事、事実関係の説明、すべてを聞きたいんです。十四年前に死んだはずの少女が、アルプス山脈の麓にある大学町で、なぜ、どうして殺戮を繰り広げているのかを知りたいんです！」

女はしばらくじっと動かなかったが、やがてすたすたと廊下に出ていった。カリムも銃を握ったままあとを追う。すばやく左右を見ると、ほかの部屋にもまた別の色のカバーが家具に掛けられていた。経帷子《きようかたびら》に身を包むか、カーニヴァルの衣装をつけるか、決めかねているかのように。

小さな部屋の奥で、ファビエンヌは戸棚から金属の箱を取り出した。カリムはその手を押さえ、自分で箱を開けた。

なかは写真でいっぱいだった。

女はカリムに目で尋ねてから、まるで澄んだ水に手を浸すように光る写真をまさぐって、なかの一枚を差し出した。

カリムは思わず微笑んだ。

写真のなかから、少女がこちらを見ている。整った卵形の顔。浅黒い肌。ショートカットにした褐色の巻き毛。色の薄い目が、大きく見ひらかれている。その上に、少し太すぎる長い眉が、くっきりと影を作っていた。そんなやや男っぽい感じと、青い目の輝きがうまく呼応していた。

カリムは写真に目を凝らした。何だかこの顔を、ずっと昔から知っているような気がする。ずっと遠い昔から。

けれども奇跡は起こらなかった。少女の顔が何かの啓示を与えてくれるものと、カリムは期待していたのだった。ファビエンヌが、熱のこもった声でささやいた。

「この子が死ぬ数日前に撮った写真よ。サルザックでね。髪を短くして……」

カリムは目を上げた。

「こんなはずじゃない。写真に写ったこの顔を見れば、何か手がかりか説明が得られるはずなのに。でもこれは、ただのかわいい少女じゃないか」

「この写真だけではわからないわ」

カリムはぞくりとした。女がもう一枚の写真を差し出している。

「ゲルノンの学校にいた頃、最後に撮ったクラス写真よ。ラマルティーヌ小学校の初級科二年。サルザックに来る直前だわ」

子供たちの笑顔が写っていた。そのなかに、ジュディットの顔もある。そしてもうひとつ、カリムは驚くべき真実を見出した。予想はしていた。ほかに説明のしようはなかったから。けれども、どう理解していいのか彼にはわからなかった。

「ジュディットはひとりっ子じゃなかったのですか？」

「どちらとも言えるわね」

「どちらともって？　何の……何の話なんですか？　説明してください」

「説明なんて、とてもできないわ。でも、説明し難い出来事がいかにわたしの人生をめちゃくちゃにしてしまったのか、それならお話ししてあげられるでしょうね」

## 54

記録保管室の地下室は、まさに書類の海だった。重ね合わせて紐でくくった資料の山が、そこかしこの壁を怒濤のように埋め尽くしている。床にはごちゃごちゃと箱が置かれ、通路をほとんどふさいでいた。その向こうにも書類の壁が、青白い蛍光灯の光に照らされ、奥までずっと続いている。

ニエマンスは山をまたぎながら、最初の廊下に進んだ。何千枚もの書類を積み上げた壁が崩れ落ちないよう、脇からネットで押さえてある。記録簿のあいだを歩きながらも、ファニーのことを考えずにはいられなかった。今しがた彼女と過ごした、夢のような時間のことを。薄明かりのなかで微笑む若い女の顔。明かりを消す擦り傷だらけの手。くすんだ肌。闇に光る青い小さな炎のようなファニーの瞳。それはひそやかで親密な絵巻き、軽やかなアラベスクだった。そこには手さぐりとささやき、一瞬と永遠とがあった。

ファニーに抱かれたまま、どれくらいたったことだろう？　自分でもよくわからない。けれども唇や傷だらけの肌には、まるで古い刺青《いれずみ》か何かのように、彼女の感覚が驚くほどはっきりと残っている。秘めた思い、忘れていた昂ぶりをファニーはよみがえらせてくれた。ニエマンスは動揺した。こんな恐ろしい捜査の果てに、聖杯の輝き、蠟燭のやさしさに出会えるなんてあり得るだろうか?

彼は精神を集中した。エティエンヌ・カイヨワのロッカーから見つかった書類がどこにあるのかはわかっている。記録保管室の係員に、あらかじめ電話で問い合わせておいたのだ。寝ぼけ声の係員は、それでも正確な場所を教えてくれた。あちこち歩きまわった末、ようやく見つかった。封をした段ボール箱が、鉄格子の奥にしまってある。頑丈な南京錠がかかっているが、病院の守衛から鍵を貰ってあった。本当にたいして《意味がない》としたら、こんな古ぼけた書類をどうして大事にしまってあるのだろう?

ニエマンスは鉄格子の奥に入り、床に散乱する紙束に腰をおろした。段ボール箱を開いて書類をひと摑み取り出し、さっそく読み始める。氏名、日付。乳児に対する看護師の所見。そのページには、新生児の姓、身長、体重、血液型が記入されていた。哺乳瓶で与えている薬品名も書かれていた。名前の感じからして、ビタミン剤の類だろう。

彼は書類を一枚一枚めくっていった。何しろ五十年分だ。数百枚にもなる。けれども、思いあたるような名前、気にかかるような日付はひとつもなかった。

ニエマンスは、新生児に関する原本ファイルの書類と照合してみることにした。この保管庫のどこかにあるはずだ。壁に沿って並んでいる五十冊ほどのファイルを取り出す。ニエマンスの顔に汗が浮かんだ。厚い上着のせいで、上半身が火照《ほて》っている。ファイルをスチールのテーブルに広げ、表紙の姓が見やすいように並べた。それからファイルを順番に開けては、最初のページを書類と合わせてみる。

どちらかが偽物のはずだ。

二つの書類を比べてみれば、一目瞭然だった。ファイルに入っていたほうが偽物だ。エティエンヌ・カイヨワはうまく看護師の筆跡を真似ていたが、本物と比較してみればすぐにわかってしまう。

どうしてそんなことを？

警視正は二つの書類を並べて、欄をひとつひとつ照合していった。最初の二枚は合致している。次の書類を比べても、何も出てこなかった。このページはまったく同一だ。ニエマンスは眼鏡をはずすと、レンズについた汗をぬぐった。それからまた、別の書類をせっせと調べ始める。

今度は、目についたことがあった。

本物と偽物の間に、それぞれほんのわずかな違いがある。わずかながら、はっきりとした相違点が。それが何を意味するのかはまだわからない。けれども、事件の鍵を見つけたのだという予感があった。顔はかっかと火照っていたが、同時に氷のような寒気《さむけ》が体を貫いた。ニエマンスはほかの書類についても相違があるのを確かめると、茶色い段ボール箱に原本のファイルとカイヨワが盗んだ書類をすべて詰め込んだ。

戦利品を手に、記録保管室をさっさとあとにする。

段ボール箱を新しい車――憲兵隊の青いプジョー――のトランクに積み込んで、警視正は病院に戻り、今度は産科へ向かった。

朝の四時半。あたりは静けさと眠りに包まれている。蛍光灯の光だけが、床に白く反射していた。産科のブロックへ降りていくと、何人もの看護師や助産師とすれ違った。みんな薄いブルーのユニフォームに紙の縁なし帽、紙のスリッパという格好だ。看護師たちは無菌服を着ていないニエマンスを止めようとしたが、トリコロールの警察手帳とせっぱ詰まったような表情に圧されて何も言えなかった。

ようやくニエマンスは、手術室から出てきたばかりの産科医をつかまえた。医者は疲れきった顔をしていたが、ニエマンスはすばやく自己紹介をして質問をぶつけた。聞くべきことはひとつだけだ。

「先生、新生児の体重が、生まれたその晩のうちに変わることは、論理的にあり得ますか？」

「どういう意味ですか？」

「生まれてから数時間のうちに、赤ん坊の体重が何百グラムも増えたり減ったりすることがあるでしょうか？」

医者は、ニエマンスのコーティング加工した帽子と短すぎる服をじっと見ながら答えた。

「いいえ、もし新生児の体重が減ったら、すぐに精密検査をしなければなりません。危険な兆候ですからね。そしてもし……」

「もし体重が増えたなら？　ひと晩のうちに、急激に体重が増えたなら？」

産科医は紙の帽子の下から、不審げな目を向けた。

「そんなことはあり得ません。おっしゃる意味がわかりませんね」

ニエマンスはにやりとした。

「ありがとうございます、先生」

歩きながら警視正は目を閉じた。血に塗れた瞼の向こうに、ようやく殺人事件の動機が垣間見えたのだ。

緋色の川の驚くべき陰謀が。

あともうひとつ、確かめるべきことがある。

大学図書館で。

55

「全員、外に出るんだ！　全員、外に！」

図書館の閲覧室には、こうこうと明かりが灯っていた。司法警察の刑事たちが、読んでいた本から目を上げる。まだ六人ほどが、悪や浄化に関する本と格闘していた。ほかの刑事たちは、夏から秋にかけて図書館に通っていた学生たちのリストを調べている。彼らは忘れられた兵士のようだった。知らないうちに戦争は、別の前線に移ってしまったのだ。

「外に出るんだ！」とニエマンスは繰り返した。「ここの捜査は終了だ」

警官たちは、しょぼしょぼとした目で顔を見合わせた。ニエマンス警視正が捜査の責任者をはずされたことを、すでに聞いているのだろう。けれどもこの有名な警察官がどうして靴下みたいな帽子をかぶり、茶色い湿った段ボール箱を抱えているのかは、どうやらわかっていないらしい。けれどもニエマンスのような男を相手に——しかもその男が、こんな目つきをしているときに、逆らったりできるものだろうか？

刑事たちは立ち上がって、ジャンパーを引っかけた。

なかのひとりが、戸口に立っているニエマンスの脇を通りがてら、小さな声で話しかけてきた。レミー・カイヨワの博士論文を調べていた、ずんぐりした体格の刑事だった。

「あの分厚い論文を読み終えました、警視正。何と言うか……手がかりにはなりませんが、カイヨワの結論たるや実に驚くべきもので。原初の競技者のことを覚えていらっしゃいますよね？　古代において知性と力、精神と肉体の融合を果たしていた人間です。そうした融合を復活させるため、カイヨワはある種の計画を示唆《しさ》しているんです。まったくもって奇抜な計画をね。学校教育の新しいカリキュラムを作ろうというのではありません。教師養成の新しい方法だとかを考えているのでもなく、カイヨワが考えていた解決策とは……」

「遺伝子学だな」

「警視正、あなたもあの論文を読まれたのですか？　狂ってます。カイヨワの頭のなかでは、人間の知能と生物学が結びついているんです。遺伝子学の事象を、肉体的能力に関連する別の遺伝的事象に結びつけ、超人の完全性を復活させようというのですから……」

刑事の話は、ニエマンスの脳裏につむじ風のように渦巻いた。緋色の川の陰謀がいかなるものか、今やはっきりとわかったのだ。けれども愚鈍な刑事の口から要領の悪い説明を、これ以上聞かされたくはなかった。本当に恐ろしいものには手を触れず、黙ったままそっとしておかなければ。心の内壁に、刻印のように焼きつけておかねばならない。

「もう行きたまえ」とニエマンスはつぶやくように言った。

それでもまだ刑事は、勢い余って話し続けた。

「最後のページでカイヨワは、合理性に基づいた結婚による出産の選別を説いています。一種の全体主義システムですね……狂気の沙汰ですよ。まるで六〇年代のＳＦだ……あんな殺され方をしたのも異常だが、そうでなくてもお笑い種《ぐさ》の論文ですね」

「もう行ってくれ！」

小柄な刑事はニエマンスの顔を見ながらしばらくためらっていたが、そのまま出ていった。

警視正はがらんとした閲覧室を通り抜けた。炎が体に根をおろしたかのように、再び熱が襲ってきた。真っ赤に燃える電極で、頭を締めつけられているみたいだった。ニエマンスは部屋の真ん中にある、一段高くなった机に歩み寄った。大学図書館の主任司書レミー・カイヨワの机だ。

ニエマンスはコンピュータのキーを叩いた。モニターの画面がすぐに明るくなる。そこではっと気がついた。捜している情報は七〇年代以前のものだ。パソコンのプログラムに見つかるはずはない。

ニエマンスは机の引出しのなかを、熱に浮かされたように漁った。気がかりなリストを収めた帳簿を捜して。

本のリストではない。

学生のリストでもない。

それは単に閲覧席の使用者リストだった。ガラスで仕切られたその机を、何年もの間、何千人もの学生たちが使ってきたのだ。

たしかに、馬鹿げているように思えるかもしれない。けれども、たった今新生児について判明した事実は、父子二人のカイヨワが閲覧席を割りふる入念な方法と結びついているはずだ。ようやく割りあて表の帳簿が見つかった。今度は段ボール箱を開け、新生児の書類を取り出す。その赤ん坊が学生になって、夕方図書館に通うようになる頃の年代を計算し、主任司書が丹念に記入した割りあて表に、その名前を捜してみる。

学生たちの名前をマスに一つ一つ記入した、机の配置表もあった。実に論理的で厳格なシステムだった。ニエマンスが予想していた陰謀に、的確に呼応している。新生児の書類にあった子供たちは、二十年ほどのちに学生になって、何日、何か月、何年も、いつも同じ机に坐らせられる。それだけではない。向かい側に坐るのもいつも同じ、異性の学生だった。

もう間違いない。思ったとおりだ。

ほかの学生についても、何十年か分を適当に抜き出し確かめてみた。毎日図書館で調べものをするとき、いつも正面には同い年の同じ異性の学生がいる。

警視正は震える手でパソコンを消した。広々とした閲覧室を、重苦しい静寂が支配している。カイヨワの机に坐ったまま、ゲルノン市役所の夜警に電話をした。そして婚姻届を調べてくれるよう、さんざん苦労して説得した。

夜警はしぶしぶ承知してくれた。携帯電話を通じて、知りたい部分を照会した。ニエマンスが名前を告げ、夜警が確認する。名前の人物同士が結婚しているかどうかを、知りたかったのだ。正答率は七〇パーセントだった。

「いったい何のゲームですかね、これは?」夜警はぶつぶつ言った。

二十組ほどのサンプルを確かめると、終わりにして電話を切った。

そして記録簿をしまい、図書館をあとにした。

ニエマンスは小走りにキャンパスを通り抜けた。ファニーの部屋の窓を思わず目で捜したが、見つからなかった。建物前の階段に新聞記者の一団がたむろし、そこかしこで制服姿の警官や憲兵隊員たちが、芝生や階段を行き交っている。

監視係やレポーターたちの集団のなかに、仲間の警官がいないかと思ったが、身分証を見せながらいくつも検問を通り抜けても、知った顔はなかった。グルノーブルから来た援軍なのだろう。

管理棟に入り、あかあかと明かりの灯った広いホールに向かう。青ざめた顔の人々が、ホールを行ったり来たりしていた。ほとんどが年配者で、大学の教師、学者たちなのだろう。皆、不安感でいっぱいの様子だ。ニエマンスは彼らに目もくれず、その間を通り抜けた。じろじろと見られているのにも、おかまいなしだった。

最上階まで上ると、学長室に向かった。控室の壁から、若いスポーツ・チャンピオンたちの写真をむしり取ると、ノックもせずにドアを開ける。

「何ですか、いきなり……」

入ってきたのがニエマンス警視正だとわかり、学長のヴァンサン・リュイズはすぐに落ち着きを取り戻した。そして小さく頭を振り、机のまわりを囲んでいた人々を追い払った。

「何か新発見がありましたかな？」と学長はニエマンスに声をかけた。

警視正は写真の額を机に置くと、新生児の書類を取り出した。リュイズは面食らったように言った。

「これは……」

「まあ、ちょっと待って」

ニエマンスは額と書類を学長に向けて並べると、机に両手をついて尋ねた。

「この書類とチャンピオンたちの名前を比べてください。同じ家の出身者ですか？」

「何ですって？」

ニエマンスは相手のほうに書類の向きを直した。

「この書類に記された男女の多くは、のちにお互い同士で結婚しています。彼らは大学のエリート・グループの一員なのでは？　そして今は、きっと大学教師、研究者になっていることでしょう……さあ、この名前をよく見て、教えてください。今、こうしてスポーツのメダルを独占する天才児世代の両親や祖父母は、彼らではないですか……」

リュイズは眼鏡を取って書類を見た。

「ええ、そうですな。ほとんど知っている名前ばかりだ……」

「そうした夫婦の子供たちが、知的にも肉体的にも並はずれた能力を発揮しているのも事実でしょうか？」

リュイズの顔に、思わず満面の笑みが浮かんだ。虚栄心に満ちたその笑いを、ニエマンスは引っ込めさせてやりたかった。

「でも……ええ、たしかに。この新世代たちは素晴らしい。期待にそむくことはないでしょう。すでに前の世代から、この種の素質は表われていましたし。わが大学にとって、こうした成果はとりわけ……」

そのとき、ニエマンスにはわかった。インテリに抱いていたのは不信感ではなく、憎悪だったことを。彼はインテリを骨の髄から嫌っていた。彼らの気取ってもったいぶった態度や、何であれ現実を分析し、評価し、記述する能力も憎んでいた。この哀れな連中は、まるで芝居でも見るように人生を生き、多かれ少なかれ失望と倦怠を抱きながら退場していくのだ。けれどもニエマンスにはわかっていた。本人の知らないうちにあんなことをするなんて、許されるものではない。たとえ誰にだろうと、許されるものではない。

リュイズは話を終えようとしていた。

「この若い世代たちは、わが大学の威信をいちだんと高めるもので……」

ニエマンスはその言葉をさえぎり、書類と額を段ボール箱にしまった。そして低い声で吐き出すように言った。

「せいぜい喜んでいればいい。今にこれらの名前が、あなたをもっと有名にしてくれますよ」

学長は唖然としたような目でニエマンスを見た。彼は口を開きかけたが、突然その表情がこわばった。リュイズの顔に恐怖が浮かんでいる。学長はつぶやいた。

「どうしました？……血が出てるじゃないですか？」

ニエマンスが目を下げると、漆のような黒い水たまりが机の上にできていた。頭が燃えるように熱いのは、開いた傷口から出た血のせいだったのだ。ニエマンスはよろめいた。ニスのように黒く光る血だまりに、自分の顔が写っている。突然、警視正は思った。今見ている顔は、連続殺人が映し出す最後の鏡像なのではないか？

この問いに答える暇はなかった。次の瞬間、ニエマンスは気を失い、膝を折って机に顔を伏せた。べたつく黒い血のなかに、肖像入りのメダルでも鋳造するかのように。

## 56

光、唸るような音、熱気。

自分が今、どこにいるのか、ニエマンスはすぐにはわからなかった。それから、紙の縁なし帽をかぶった顔が見えた。白衣と蛍光灯。ここは病院なのか。こんなふうに気を失ったまま、どれくらい時間がたったのだろう？　どうしてこんなに、体の力が抜けてしまったんだ？　まるで手足の筋肉や骨の代わりに、水が入っているみたいだ。何か言おうとしたが、声が喉に引っかかってしまう。きしきしと音をたてるビニール張りのベッドに寝かされたまま、疲労感のあまり起き上がることもできない。

「大量に出血しています。まず応急の止血をしなければ」

ドアが開き、キャスターが軋んだ。白々としたライトが目の前に運ばれる、いきなり明かりが灯る。まぶしい光の横溢に瞳孔が開いた。そのとき、また別の声が響いた。

「輸血を始めたまえ」

カチッという音がし、冷たいものが体に軽く触れた。頭を横に傾けると、脇につるした重たげな袋から、管が何本も伸びているのが見える。与圧空気システムで、袋は呼吸しているかのようだった。

こうして消毒薬の臭いにつつまれたまま、意識を失っていくのか？　殺人の動機を摑んだというのに、この光のなかを漂い続けるのか？　連続殺人の秘密がようやくわかったというのに。

ニエマンスの口元が、自嘲するように歪んだ。

「ディプリヴァンを二十cc」

はっとしてニエマンスは起き上がり、電気メスを振りかざしている医者の手を押さえ、小声で言った。

「麻酔はかけないでくれ」

「麻酔をかけるなだって？」と医者はびっくりして訊き返した。「でも……これから切り裂かれるんですよ。そのあと、縫わなくちゃいけないし」

ニエマンスは力をふりしぼって言った。

「局部麻酔に……局部麻酔にしてくれ……」

医者は溜息をつくと、椅子のキャスターを軋ませながら退き、麻酔医にこう言った。

「いいだろう。それじゃあ、キシロカインをやってくれ。目いっぱいな。四十までだ」

ニエマンスはほっとした。正面に手術用の多面ライトが置かれる。頭ができるだけ光の近くに持ち上がるよう、うなじはヘッドレストに乗せられていた。顔を横向きにされ、目の上に紙がかぶせられる。

警視正は目を閉じた。医者と看護師がこめかみのまわりを忙しく処置しているうちに、意識がだんだんと薄れてきた。鼓動が遅くなり、頭の痛みが引いてくる。痺れが、今にも彼を飲み込もうとしていた。

秘密……カイヨワ父子とセルティス父子の秘密……それさえも、ふわふわと彼方に漂う、見知らぬものになろうとしていた……ファニーの顔が頭のなかを占め、ほかのことは何も考えられなくなる……浅黒くたくましいと同時に、丸く柔らかな体が、炎と泡と風に弾ける火山岩のように蠢いている……ファニー……ニエマンスの脳裏に映る彼女の姿は、ささやきと、衣ずれ、大地の精《エルフ》の溜息にも似ていた……


「ストップ！」

そう命じる声が手術室に響きわたり、すべてが凍りついた。

目にかぶさった紙がむしり取られる。溢れる光のなかに、編んだ長い髪の悪魔がいた。彼は唖然としている医者や看護師の鼻先に、トリコロールの身分証を突き出している。

カリム・アブドゥフだ。

ニエマンスはちらりと右に目をやった。黒っぽい管が何本も、血管につながれている。生命の霊薬、動脈を満たす樹液が送り込まれているのだ。

医者ははさみをふりかざした。

「その人に触れるんじゃない」とカリムは息を切らせて言った。

医者が手を止める。アブドゥフは近づくと、ローストビーフのように糸でくくってあるニエマンスの傷口を調べた。医者が肩をすくめて言った。

「糸を切らなくちゃならんのだが……」

カリムは疑わしそうな目で、周囲を見まわした。

「容態は？」

「大丈夫。だいぶ出血してたが、そのぶん輸血をしましたから。傷口を縫い合わせました。手術はまだ完全に終わってはいないので……」

「何かやったのか？」

「何かといいますと?」

「眠らせるような薬さ?」

「局部麻酔だけですよ……」

「ヤクを持ってきてくれ。アンフェタミンだ。目を覚ましてもらわなくては」

カリムはニエマンスを見やり、医者に向かってそう言うと、ひと言つけ加えた。

「生きるか死ぬかの問題なんだ」

医者は立ち上がって、薄べったい引出しから小さな錠剤を取り出した。カリムはニエマンスににやりと笑いかけた。

「どうぞ」と医者は言った。「これで三十分後には意識がはっきりしてきます。けれど……」

「それじゃあ、もう出て行ってくれ」

アラブ人の警官は、白衣の一団に向かって叫んだ。

「さあ、みんな出て行くんだ。おれは彼と話があるから」

医者と看護師たちは姿を消した。

ニエマンスは、輸血の針が腕から引き抜かれるのを感じた。目隠しの紙をくしゃくしゃと丸める音がする。それからカリムが、血で汚れた上着を差し出した。もう一方の手には、色鮮やかな錠剤をひと掴み持っている。

「さあ、警視正、目を覚ましてください。一度だけなら、中毒にはなりませんから」

けれどもニエマンスは笑っていなかった。カリムの革ジャケットを掴み、真っ青な顔でこうつぶやいた。

「カリム……やつらの陰謀がわかった」

「陰謀ですって？」

「セルティス、カイヨワ、シェルヌセの陰謀。緋色の川の陰謀だ」

「何なんです？」

「やつらは……赤ん坊を取り替えてたんだ」

57

朝の六時。景色はまだ闇に包まれ、ぼんやりとして現実感に乏しかった。雨は激しさを増していた。まるで夜が明ける前に、もう一度山々を洗い清めるかのように。降り注ぐ半透明の雨は、ガラスのドリルさながら闇を貫いていた。

杉の大木が枝を広げる下で、カリム・アブドゥフとピエール・ニエマンスは向かい合って立っていた。ひとりはアウディに、もうひとりは木に寄りかかりながら。二人とも緊張した面持ちで、じっと考え込んでいる。カリムは警視正の様子を見ていた。覚醒剤のおかげで、少しずつ力を、というか神経の働きを取り戻しているようだ。ニエマンスは四輪駆動車に襲われたいきさつを話し終えたところだった。けれどもアブドゥフは、すべての真相を明かしてくれるようニエマンスを急かした。

降りしきる雨のなかで、ニエマンスは口を開いた。

「昨日の夜、眼病治療研究所に行ってみたんだ」

「エリック・ジョワスノーの足取りを追ってですね。何がわかったんです？」

「所長のシャンプラーズが言うには、そこで治療している子供たちは遺伝病なのだそうだ。子供たちの家は、みんな大学のエリートでね。つまりインテリたちの隔離された共同体が自分たちの血を瘦せさせ、遺伝的な劣化をもたらしたのだとシャンプラーズは言うんだ。今日生まれてくる子供たちは、優秀な知性の持ち主になるべく運命づけられているが、彼らの肉体は蝕まれ、枯渇している。何世代もの間に、大学の血は腐れ果ててしまったんだ」

「それと事件にどんな関係が？」

「一見したところ、何もない。ジョワスノーが研究所に行ったのは、目の病気と眼球をえぐり出したことに、関連があるかと思ったからなんだ。けれども、そうではなかった。まったく違っていたんだ。

シャンプラーズはおれにこんな話もしてくれた。二、三十年前から、この病んだ共同体に肉体的にも強健な学生たちが生まれてきた。頭がいいうえ、スポーツでもチャンピオン・メダルをかっさらってしまうような若者たちだ。けれどもこれは、ほかの地域では見られない現象なんだ。どうして同じ共同体のなかから、かたや障害のある子供が次々と生まれ、かたやスーパーマンたちが生まれてくるのだろう？　シャンプラーズは天才児たちの家系や、産院での医療記録を調べた。記録保管室を漁って、両親や祖父母の出生記録にまで目を通した。何か遺伝学的な特徴が見つからないかと思ってね。けれども収穫なしだった。まったくゼロだったんだ」

「それで？」

「ところが今年の夏、この話に突然新展開があってな。七月に病院の記録保管室を整理していたら、かつて大学の図書館だった地下室から、忘れられた古い書類が見つかったんだ。何の書類だったと思う？　天才児たちの両親、祖父母の出生に関する資料さ」

「どういうことなんですか？」

「この書類は写しが作られていたんだ。しかも、シャンプラーズが原本のファイルから参照したのは偽物で、本物は大学図書館の主任司書の個人ロッカーから見つかったほうらしい。その主任司書というのがエティエンヌ・カイヨワ、レミーの父親だったんだ」

「なんてこった」

「まったくさ。本来ならシャンプラーズは、前に参照した書類と見つかったばかりの書類を比べてみるべきなのに、彼はそれをしなかった。時間がないとか言ってね。ずいぶんと寛容なことだ。けれどもそこには、恐れもあったのだろう。ゲルノンの共同体にとってよからぬ事実を見つけてしまうのが、恐ろしかったんだ。だからおれがやってみた」

「それで、何がわかったんですか？」

「やはり原本ファイルにあったほうが偽物だったよ。エティエンヌ・カイヨワは筆跡を真似、そして本物とは書き変えている点があったんだ」

「どんな点なんです？」

「それがいつも同じ箇所でね。生まれたときの子供の体重なんだ。書類のほかのページと、つじつまを合わせるためさ。看護師は、その後もずっと体重を記録しているからな」

「よくわかりませんが」

ニエマンスは身を乗り出し、声をひそめて話を続けた。

「よく聞くんだ、カリム。エティエンヌ・カイヨワが書類を偽造したのは、説明し難い事実を隠すためだったんだ。本物の書類に書かれている新生児の体重が、翌日の体重と合致しないのさ。赤ん坊の体重が、ひと晩のうちに何百グラムも増えたり減ったりしちまうんだ。おれは産科に行って医者にも問い合わせたが、子供の体重がそんなに急激に変わることなどあり得ないそうだ。それならもう、ことは明らかだ。ひと晩のうちに変わったのは体重ではなく、子供のほうだったのさ。この驚くべき事実を、カイヨワの父親は隠そうとしたんだ。彼か、その共犯者であるセルティスの父親がね。セルティスはゲルノン大学付属医療センターの夜勤看護師で、産科の病室にも入れただろうからな」

「でも……何のために、そんな？」

ニエマンスは作り笑いをした。激しい雨と風が顔を鞭打つ。胸に抱く確信の恐ろしさに、声はかすれていた。

「滅びかけた共同体を再生させ、インテリたちのなかに新たな、力強い血を注ぎ入れるためさ。カイヨワとセルティスのやり方は単純だ。大学教師の家の赤ん坊を、山間に住む村人たちの赤ん坊とすり替えるだけだ。両親の体格を基準に、選び出してね。こうすることで、健康で頑強な肉体を、ゲルノンのインテリ社会に組み入れられると考えたわけだ。新たな血は古い血と混ざり合う。そここそが、近寄り難い大学人と名も知れぬ農民たちとが交叉する唯一の場所なんだ。

セルティスの手帳にあった、謎めいた言葉の意味はそこにある。《我らは緋色の川を制す》これは何かの書物や水路を示しているのではなく、ゲルノンに住む人々の血を意味していたのさ。谷間の子供たちの血管をね。カイヨワ父子とセルティス父子が、町じゅうの血を制していたんだ。彼らは、実に単純な遺伝子操作を行なっていたわけだ。赤ん坊の入れ替えという方法でね。

けれどもカイヨワとセルティスには、思うにもっと明確な目的があったに違いない。彼らは大学教師の貴重な血を再生させるだけでなく、完璧な存在、超人を作り出そうとしていた。カイヨワの部屋で見たベルリン・オリンピックの写真で、額に汗する選手たちのように美しい人間を。そしてゲルノンの高名な学者たちに劣らず、優れた知性の持ち主を。

そう、あの狂人どもは、ゲルノンの頭脳と山間に住む村人たちの肉体を結合させ、大学教師たちの知的能力と、山で水晶採取や牧畜を営む人々の肉体的能力とを、ひとつにしようとしていたんだ。おれの思ったとおりなら、やつらは誕生を操るだけでなく、選んだ子供たちの結婚をも意のままにできるよう、システムを作り上げていたに違いない」

カリムは黙って聞いていたが、沈黙の奥で共鳴する事実を、ひとつひとつしっかり受けとめていた。

「そうした出会いは、どのように作られるのだろうか？　結婚をプログラムするには、どうしたらいいか？　おれはカイヨワとセルティスの仕事を考えてみた。彼らの仕事に、たいした権限は与えられていない。だが彼らが壮大なる計画を実現できたのは、その地味で目立たない仕事を通してのはずだ。手帳に書かれていた言葉を、もう一度思い出してみよう。《我らは支配者にして奴隷　我らはあまねくありて、いずこにもなし》つまり彼らの地位は取るに足らないが、その地位を利用して、あたり一帯の運命を支配していたということだ。彼らは下僕だが、同時に主人なのだ。

例えばセルティスは、あまりぱっとしない看護師にすぎなかったが、この地方に生まれた子供たちの人生を一変させていた。それならカイヨワも自分の仕事を通じて、プログラムの続きを計画していたはずだ。つまり、結婚という側面を。彼らはどのようにして、結婚を組織したのだろう？

そこで思い出したのは、図書館にあったカイヨワの記録簿だ。貸し出した本や、そうした本を借りた学生の名前を調べたが、何も収穫はなかった。だがあともうひとつ、まだ調べていないものがあった。学生が本を閲覧するときに使うガラスで仕切った机、その配置だ。おれは図書館に行って、その配置リストと偽造された出生書類とを比べてみた。するとどうだ。三十年、四十年、五十年遡ってみたが、苗字の違いはあれ共通していることがある。

つまり取り替えられた子供は、閲覧室でいつも同じ異性と向かい合わせになるよう坐らされていたんだ。大学でもっとも優秀な家の出身者とね。そこで市役所にも問い合わせてみた。すべてのカップルにうまくいくとは限らないが、図書館の席で知り合ったカップルの大部分が、のちに結婚している。

やはり思ったとおりだ。《主人たち》は子供たちの出自を替えたのち、出会いも念入りに作り上げていた。取り替えた子供、つまり山に住む村人の子供と、優れた知性の子供、つまり大学教師たちの本当の子供を向かい合わせにしてね。彼らはこんなふうにして《体の強い子供》と《頭のいい子供》をかけ合わせ、より優秀な融合物を生み出そうとしていたわけだ。そしてこの方法は、実際に機能していたんだ、カリム。大学のチャンピオンたちは、こんなふうにして作られたカップルの子供たちなのだから」

アブドゥフは何も口を挟まなかった。頭は冴え冴えとして、雨に濡れるカラマツの葉のように明敏だった。

ニエマンスは続けた。

「おれはこうした事実を寄せ集め、少しずつパズルの再構成をしていった。おれは今、犯人がたどった道の跡を歩いている。そう確信してね。病院の地下で見つかった書類の話は、地元の地方紙にも載った。犯人はそれを読んで、ぴんときたんだ。きっとおれがしたように、二つの書類を比べてみたに違いない。たぶんその頃にはもう、ゲルノンの《チャンピオン》たちの出自にも、疑念を抱いていたのだろう。狂人どもの産物にな。

そこで犯人は、陰謀の仕組みを見抜いたんだ。犯人は書類を盗んだ男の息子レミー・カイヨワのあとをつけ、彼とセルティス、シェルヌセの間にある秘密の関係に気づいた……思うにシェルヌセは、あとから仲間に加わったのだろう。頭のイカレたあの医者は、目の見えない子供たちの治療をしていて真実に気づき、告発をするよりも陰謀に加わることを選んだのだ。こうして犯人はあの三人に目をつけ、やつらを血祭りにあげることにした。まず最初の犠牲者レミー・カイヨワを拷問し、すべてを聞き出した。だから残りの二人については、目をくり抜いて殺すだけにしたんだ」

カリムは身を起こした。革ジャケットを着た体が、小刻みに揺れている。

「子供をすり替え、結婚を操ったというだけで？」

「最後にもうひとつ、まだ話していないことがある。周辺の山に住む村人たちの新生児が、高い死亡率を記録しているんだ。もともと強健な人々だけに、不可解な現象だ。その理由も、すでに明らかだろう。セルティス父子は赤ん坊をすり替えていただけでなく、村人の子供に仕立てた乳児を、窒息死させていたんだ。実際には大学教師の、ひ弱そうな子供たちをね。そうすれば子供を失った村人の夫婦はまた新しい子供を作り、谷に住むインテリたちの間に供給する新たな血が手に入るというわけだ。あいつらは狂信者だったのさ、カリム。二代続いた、頭の狂った殺人者だ。優れた人種を誕生させるため、何でもしかねないような」

カリムがかすれた声で尋ねる。

「あの殺人が復讐だとしたら、どうして手首を切り落としたり、目をえぐったりしたんでしょう？」

「あれには象徴的な意味があるのさ。被害者の生物学的アイデンティティを消し去り、彼らの出自を遡るしるしを抹殺しようとしたんだ。初めは死体そのものではなく、鏡像が見えるようにした演出も同じことだ。つまりあれは、被害者の肉体から現実性を奪うことだからな。カイヨワ、セルティス、シェルヌセは、子供たちのアイデンティティを盗んだ。だから同じようにして、その償いをさせられたのだ。目には目っていうことさ」

アブドゥフは立ち上がり、ニエマンスのもとに歩み寄った。雨混じりの風が、二人の亡霊のような顔を鞭打っている。二人の頭からは、白い湯気がたっていた。髪を短く刈って、骨ばったニエマンスの頭と、編んだ髪をびしょびしょにしたカリムの頭から。

「ニエマンス警視正、あなたはまったくすごい警察官だ」

「そんなことはないさ、カリム。犯人の動機はわかったが、まだその正体は摑めていないのだから」

カリムは乾いて冷たい笑い声をあげた。

「犯人の正体なら、わたしが知ってますよ」

「何だって？」

「すべてつじつまが合います。わたしが行なった捜査を覚えていますよね？　悪魔たちはジュディットの顔を消し去ろうとしていた。なぜならその顔が、動かぬ証拠になるからです。悪魔たちとは、被害者の父親、エティエンヌ・カイヨワとルネ・セルティスにほかなりません。彼らはどうしてジュディットの顔を消し去ろうとしたのか？　その顔が彼らの陰謀を暴くからです。緋色の川とは何か、子供のすり替えがどのようにして行なわれたかを」

ニエマンスが唖然とする番だった。

「でも、どうしてそうなるんだ？」

「なぜならジュディットには双子の妹がいて、その子を彼らがすり替えたからです」

## 58

そして今度は、カリムが話し始めた。重々しく、淡々とした声で。日の出を前にして、雨もそろそろやみかけていた。輝く朝日を受け、ドレッドロックが蛸の足のように浮かび上がっている。

「陰謀者たちは両親の体格を見て、手に入れる子供を選び出したのだと言いましたよね。きっと彼らは、山の村でもっとも力強くもっとも敏捷な者を探していたことでしょう。山頂の野獣、雪のなかの豹を。だとしたら、ファビエンヌとシルヴァン・エローの夫婦に目をつけないはずありません。ペルヴー山の上、標高千八百メートルのところにあるタヴェルレー村に住んでいた若い夫婦です。

ファビエンヌは身長百八十センチの堂々たる女丈夫。小学校の熱心な教師で、ピアノの名手でもありました。もの静かで、優雅で、力強く、感情豊かな女性です。いうなれば、ファビエンヌ自身がすでに、秀でた知性と肉体を兼ねそなえた人間だったのです。

夫のシルヴァンについては、あまりわかっていません。もっぱら山頂の澄んだ冷気のなかで、岩のなかから貴重な水晶を集めて暮らしていました。彼もまた巨漢で、どんなに険しい難攻不落な山にも、果敢に挑むような男です。

警視正、もしこの地方全体からひとりだけ子供を盗むとしても、やつらはきっとこの人目を引く夫婦の子供を選んだことでしょうね。二人の遺伝子には、山頂の清澄な秘密が隠されているのです。

だから遺伝子をむさぼる吸血鬼どもは、子供の誕生を待ちわびていたに違いありません。そして一九七二年五月二十二日、運命の夜が訪れたのです。エロー夫妻がゲルノン大学付属医療センターにやって来ました。ファビエンヌの出産は今にも始まりそうでした。まだ妊娠七か月の早産です。子供は未熟児でしょうが、助産師の話では危険なことは何もなさそうでした。けれども事態は、思いがけない展開を見せました。胎児の位置がよくなかったのです。産科医が駆けつけ、警報装置が鳴り響きました。五月二十三日、夜中の二時のことです。やがて医者と助産師は、何とか混乱を収拾しました。ファビエンヌ・エローが産もうとしているのはひとりではなく二人――子宮のなかでぴったりとくっつき合った一卵性双生児だったのです。

医者はファビエンヌに麻酔をかけ、帝王切開によって子供を取り出しました。二人の小さな女の子は、そっくりな顔を運命づけられていたのです。宣誓のなかに込めた約束の言葉のように。赤ん坊は呼吸が困難だったので、看護師が急いで未熟児用の保育器に運ぶことになりました。ゴム手袋をはめた手が子供たちを摑む様子が、まるでその場にいたかのようにこの目に浮かびますよ。だってその手の主は、フィリップの父ルネ・セルティスだったのですから。

男はすっかり困ってしまいました。その晩彼は、エロー夫妻の赤ん坊をすり替えることになっていました。でも、まさか双子だとは思ってもみなかったのです。どうしたらいいんだ？　男は冷汗をかきながら、二人の未熟児に産湯をつかわせていました。ゲルノンの新たな民のため、新しい血が凝縮した真の傑作です。セルティスは二人を保育器に入れ、結局ひとりだけをすり替えることにしました。赤ん坊の顔なんて、誰にもはっきりとは区別がつきません。明々とした保育器のなかに入れたら、顔が似ているかどうかなんてわかりはしないのです。そこでセルティスは、いちかばちかやってみました。双子のひとりを保育器から取り出し、別の女の子と交換したのです。大学教師の家に生まれた赤ん坊で、エローの双子と似たような感じの子でした。身長、血液型、それにおおよその体重も。

けれども彼は、そのときすでに腹の内で思っていました。取り替えた赤ん坊を殺さねばならないと。まったく似ていない偽の双子を、そのまま生かしておくわけにはいきませんからね。彼は赤ん坊を窒息死させ、それから小児科医や看護師を大声で呼びました。パニック、後悔。彼はうまく役を演じ、こんなふうに言いました。何が起きたのかわかりません、本当にわからないんです……と。産科医も小児科医も、はっきりとしたことは言えませんでした。結局、突然死だということになりました。五十年ほど前から、山の村人たちの赤ん坊を襲っている、原因不明の突然死だと。それでも双子のひとりは無事だったのだからと、病院の職員たちはあきらめました。セルティスは密かに大喜びしていました。これで双子の片割れは、新しい養い親を通してゲルノンのインテリ社会に加わったのです。

これはすべて、あなたの発見から想像したことです。その晩のことを話してくれた女性、ファビエンヌ・エローは、今でもまだ気違いどもの陰謀については何も知りません。あの晩彼女は、何も見聞きしませんでした。麻酔をかけられ、朦朧としていたんです。

翌朝、目を覚ますと、こう説明されました。双子の女の子を産んだけれど、ひとりしか生き残らなかったと。その存在すら予想していなかったもののために、泣いたりできるでしょうか？ ファビエンヌはあきらめてこの知らせを受け入れました。彼女と夫は、茫然としていました。一週間後、彼女は娘を連れて退院を許されました。娘は旺盛な生命力で、たちまち元気になったのです。

病院のどこかから、ルネ・セルティスは夫婦が遠ざかるのを見ていたことでしょうね。彼らの腕には、すり替えた子供の分身が抱かれています。けれどもあの夫婦は、ここから五十キロも離れた山のなかで暮らしていて、ゲルノンに戻ってくる理由など何もないのです。双子のもうひとりを生かしておくのは危険だけれど、リスクはないも同然です。そのときはまだ、双子の顔が戻ってきて、自分たちの陰謀が暴かれそうになるなどとは、思ってもみなかったのです。

でも、それは間違いでした。

八年後、ファビエンヌの勤めるタヴェルルレーの小学校が廃校になりました。彼女は何とゲルノンに配置換えになったのです。この事件で唯一の偶然といえば、その点でしょうね。名門ラマルティーヌ小学校。大学教師たちの子弟専用の学校です。

こうしてファビエンヌは、信じ難いような事実と直面しました。ジュディットが編入した初級科二年のクラスに、もうひとりのジュディットがいたのです。自分の子供とうりふたつの少女がです。最初の驚きが過ぎると——写真屋にも、そっくりの二人が目につくクラス写真を撮るほどの時間はありました——ファビエンヌは筋道だてて状況を考えてみました。可能な説明はただひとつ。あのそっくりな女の子、あの分身は、ジュディットの双子の妹に違いありません。その子は出産のときに死んだのではなく、何か不可解な事情で別の乳児と入れ替わってしまったのです。

女教師は医療センターに駆けつけ、事情を説明しました。けれども疑り深げに、冷たくあしらわれただけでした。ファビエンヌは気丈な女性です。相手が誰であれ、気後れするようなタイプではありません。彼女は医者たちを誘拐犯呼ばわりし、また出直すと言ったのです。きっとこの騒ぎの場に、ルネ・セルティスがいたのでしょう。そして危険を察知したのです。けれどもファビエンヌは、すでに帰ってしまいました。彼女は、もうひとりの娘の両親だという大学教師の家を訪れるつもりでいました。ジュディットと自転車に乗って、キャンパスに向かっていたのです。

けれども突然、恐怖が襲いかかりました。あたりが暗くなり始めた頃、一台の車が二人を轢き殺そうとしたのです。ファビエンヌと娘は、山の中腹の道を走っていました。彼女は娘を腕に抱え、道路脇の溝に隠れました。車から、銃を手にした男たちが降りてくるのが見えます。

ファビエンヌは何が何だかわからないまま、すっかり取り乱し、身をひそめていました。どうして突然、こんな暴力沙汰に巻き込まれるのか？

殺人者たちはようやく立ち去りました。二人が崖の底に落ちて、死んだものと思ったのでしょう。その夜、ファビエンヌは、まだ一週間ほどタヴェルレーに残っている予定だった夫のもとに行きました。彼女は事情を説明し、憲兵隊に知らせるべきだと言いました。しかし、シルヴァンは反対でした。妻と娘を殺そうとした悪党どもに、自分でかたをつけてやると言ったのです。

シルヴァンは銃を取り出すと、自転車に乗って谷に降りてゆきました。けれどもそこで、思っていたよりも早く殺人者たちと出会ってしまったのです。まだあたりをうろついていた殺人者たちは、県道でシルヴァンとすれ違い、車でぶつかっていきました。死体を何度も轢いて、逃げ去ったのです。その間ファビエンヌは、タヴェルレーの教会に身を隠していました。ひと晩じゅうシルヴァンの帰りを待っていましたが、明け方になって夫が轢き逃げされ、犯人は不明だと知ったのです。ファビエンヌはすぐに悟りました。子供たちは何か不正な工作の犠牲者なのだ。すぐに逃げないと、夫を殺した男たちが自分の命も狙いに来るだろうと。

ファビエンヌと娘の逃避行が始まりました。

その続きは、警視正もご存じのとおりです。母娘は、ゲルノンから三百キロ以上離れたサルザックに逃れました。エティエンヌ・カイヨワとルネ・セルティスが二人の足跡を見つけたとき、再び追いかけっこが始まりました。ファビエンヌは娘の顔から悪魔を祓《はら》おうとしました。

娘は、自分が呪いの犠牲者なのだと思っていました。そしてあの自動車事故により、結局ジュディットの命も奪われたのです。

そのとき以来、母親は祈りのなかで生きてきました。彼女は様々な仮説のなかで迷い続けました。けれどもいちばんあり得そうに思えたのは、もうひとりの娘の育ての親が大学の恐ろしい有力者で、死んだ娘の身代わりにするため、こんな陰謀を企んだのだろうということでした。そして自分たちの生活を乱されたくないばっかりに、母娘を殺そうとしているのだと。彼女は真実をまったく把握していませんでした。本当の企みはどんなものだったのか、わかっていなかったのです。二人の女を捜して、フランスじゅうを歩きまわるほどの陰謀です。だからこそ彼らは、ファビエンヌたちがその恐ろしい陰謀を暴きはしないか、娘の顔が動かぬ証拠になるのではないかと、心配していたのです。

警視正、今や我々の捜査はひとつになりました。死に向かって走る、二本のレールのようにね。あなたの仮説はわたしの仮説を裏づけてくれます。そうです。犯人は今年の夏、盗まれた書類を見たのです。そしてカイヨワのあとをつけ、セルティスとシェルヌセに行きつきました。犯人は陰謀を見つけ出し、何とも血なまぐさい方法で復讐を果たすことにしたのです。その犯人とは、ジュディットの双子の妹にほかなりません。

一卵性双生児の妹は、ジュディットならばしただろうと思うとおりに行動したのです。彼女はもう自分自身の出自についても、真実を知っていますから。だからこそ、彼女はピアノ線を使ったのです。本当の母親がピアノの名手だったことを思い出させるために。だからこそ彼女は陰謀者たちを、岩山に生贄として捧げたのです。そこは本当の父親が水晶を集めた場所だから。だからこそ彼女の指紋は、ジュディット本人の指紋とそっくりだったんです……ニエマンス警視正、我々が捜す相手は、ジュディットの血を分けた妹なのです」

「誰なんだ、それは？」とニエマンスは大声をあげた。「その女は、いったい何という名前で暮らしているんだ？」

「わかりません。母親も教えてくれませんでした。でも、顔ならわかります」

「顔だって？」

「ジュディットの写真です。十歳のときの。だから犯人の顔でもあるんです。二人はうりふたつのはずですから。その写真を見れば、きっと……」

「早く見せろ。早く」

カリムは写真を取り出し、ニエマンスに渡した。

「殺人犯はこの女ですよ、警視正。彼女が死んだ姉のために復讐し、殺された父親のために復讐したんです。窒息死させられた赤ん坊のため、陰謀の犠牲になった家族のため、取り替え子をされたすべての人々のために……どうしました？」

警視正の指にはさまれた写真が、小刻みに揺れていた。少女の顔を見つめるニエマンスは、今にも折れそうなほどじっと歯を食いしばっている。突然、カリムはその意味を理解した。そして彼のほうに身を乗り出し、肩を揺すりながら言った。

「知ってるんですね？　この女を知ってるんですね？」

ニエマンスは泥のなかに写真を落とした。今にも、狂気の境を越えてしまいそうだ。まるで声帯がはり裂けんばかりの声が響いた。

「生かしておくんだ。生かしたまま、捕まえるんだ」

## 59

二人の警察官は雨のなかを疾走した。もう話はしていない。息つぐ暇もないほどの勢いだ。警戒線をいくつも越えていった。早朝の見張り役が不審げな目を向ける。捜査隊を引き連れようなどという気は、二人ともまったくなかった。ニエマンスは事件からはずされている。カリムは縄張りが違う。けれども彼らにはわかっていた。これは自分たちの事件なのだ。自分たちの、自分たちだけの事件なのだ。

二人はキャンパスに到着した。アスファルトの道と輝く芝生を抜け、中央棟の最上階まで上り、廊下の奥まで一気に進むと、ドアの両側に立ってノックする。返事はない。二人は錠を破って部屋のなかに入った。

ニエマンスは、途中本部に寄って持ってきたレミントンの散弾銃を構えていた。弾は十分に込めてある。カリムはグロックと懐中電灯を、両手で合わせ持っていた。死と光が隣り合わせになっている。

誰もいない。

急いで部屋のなかを調べていると、ニエマンスのポケットベルが鳴った。マルク・コストから、すぐに電話をかけてほしいという連絡だった。受話器を持つ手が、腹に差し込む激痛で震えている。若い検死医の声が、受話器の向こうから響いた。

「ニエマンス警視正ですか。今、バルネス隊長といっしょです。ソフィー・カイヨワが見つかりました」

「無事なのか？」

「ええ、無事です。列車でスイスに逃れようとしていたのですが……」

「何か話したか？」

「自分が次の犠牲者だと言っています。それに、犯人を知っているとも」

「名前を言ったのか？」

「あなたとしか話したくないそうです」

「厳重に見張りをつけて、保護しとけ。誰も彼女と話すんじゃない。接触は禁止だ。一時間ほどで、本部に戻るから」

「一時間ですって？　もしかして……犯人を追い詰めたのですか？」

「話はあとだ」

「待ってください。アブドゥフもいっしょですか？」

ニエマンスは携帯電話をカリムに投げると、また急いで家捜しにかかった。カリムは検死医の声に耳を傾ける。

「ピアノ線の音がわかった」と医者は言った。

「変ロ音だな?」

「どうしてそれを?」

カリムは答えずに電話を切り、ニエマンスを見た。ニエマンスも雨粒のついた眼鏡の向こうから、カリムをじっと見つめていた。

「ここでは何も見つからんだろう」警視正は戸口に向かいながら、吐き捨てるように言った。

「体育館に行こう。そこが隠れ家だ」

キャンパスの一方の端にある体育館のドアは、難なく開いた。二人は左右に少し離れてなかに入った。カリムは懐中電灯の上にグロックを構え、ニエマンスも銃身に固定したライトを灯していた。

やはり、誰もいない。

二人はグランドシートをまたぎ、平行棒の下をくぐり、吊り輪や綱登り用ロープが下がっている暗い一角を探った。陰鬱な甲羅のように、静寂があたりを包み込んでいる。すえた汗と古びたゴムの臭い。木材部品や金属のジョイントが投げかけるシンメトリックな影。ニエマンスがトランポリンにつまずくと、カリムは瞬間的に後ろをふり返った。ぴりぴりとした緊張感。小刻みに動く視線。互いが互いの不安を感じ取っていた。張りつめた神経同士がこすれ合い、火打石のように火花を放った。ニエマンスがつぶやく。

「ここに違いない。そう、ここに違いないんだ」

カリムはきょろきょろとあたりを見まわし、暖房の配管に目をつけた。ボイラーが唸る小さな音を聞きながら、壁に取りつけたパイプを追った。バーベルや革のボールをまたいでいくと、壁に沿って並べたスポンジのマットに、油っぽいバールが何本も斜めに立てかけてあるのに気づいた。カリムは遠慮会釈なくバールを倒し、マットをむしり取った。《柵》の陰には、ボイラー室の扉が隠れていた。

錠前代わりになっている刻み目のついた穴に、カリムは一発お見舞いした。ドアは鉄の破片と繊維を飛び散らせ、肘金からはずれた。あとはドアを蹴り倒し、道を開く。

なかは闇だった。

カリムは顔を突っ込んだが、すぐに真っ青になって体を引いた。それから二人の男は、一気になかに駆け込んだ。

赤褐色の臭いが顔に押し寄せる。

血の臭いだ。

血まみれだった。壁も、鋳鉄のパイプも、床に置いた青銅の円盤も。床の血はタルカムパウダーをまぶして固められ、ざらざらとして黒ずんだ水たまりと化している。壁についた血は、暖房の熱で膨らんでいた。

二人は吐き気をもよおす余裕さえなかった。精神が肉体から分離し、悪夢のような恐怖のなかに宙吊りになっていた。懐中電灯であたりをくまなく照らしながら、彼らは近づいていった。

パイプのまわりには、ピアノ線が巻きつけてある。血に染まったぼろきれで口をふさいだブリキの石油缶が床に転がり、バーベルには乾いた肉片や茶色の皮がこびりついていた。刃の欠けたカッターが、固まりかけた血の海のなかにへばりついている。

二人が小部屋を歩くと、恐怖に手足を打ちのめされているかのように、懐中電灯の光がかすかに震えた。ニエマンスは、ベンチの下に色鮮やかな箱がいくつかあるのに気づいた。ひざまずいてみると、アイスボックスだった。なかのひとつを引っぱり出して開けてみる。ニエマンスは何も言わずに奥を照らし、覗いてみるようカリムをうながした。

眼球だった。

白っぽい、ゼラチン状の目が、氷に包まれて薄ピンクの光を放っている。

ニエマンスは別のアイスボックスも取り出していた。なかでは拳を握った手が青く輝いていた。爪は血で汚れ、手首にははらわたが絡みついている。思わず後ずさりした。その肩を押さえ、カリムは呻き声をあげた。

二人にはわかっていた。ここはもうボイラー室なんかじゃない。今、足を踏み入れたのは、犯人の頭のなかなのだ。誰にも邪魔されぬ最高の隠れ家——ここで犯人は赤ん坊の殺人者たちを、嬉々として血祭りにあげたのだ。

カリムが、突然絞り出すような声でつぶやいた。

「もう逃げてしまった。ゲルノンから遠いところへ」

「いや」とニエマンスは立ち上がりながら言った。「まだ彼女には、ソフィー・カイヨワが残っている。殺人リストの、最後の標的だ。ソフィーは本部に連れてこられた。犯人もいずれそれを知るはずだ。あるいはもう知って、向かっているかもしれない」

「道路は警戒線だらけなのに？　一歩でも歩けば、たちまち見つかってしまいますよ……」

カリムはそこで言葉を切った。二人は顔を見合わせた。下から照らす懐中電灯の光に浮かぶ顔を。

二人は声をそろえてつぶやいた。

「川だ」

すべてはキャンパスの周囲で起こっている。カイヨワの死体が見つかった場所。そこでは川の流れが緩まり、小さな湖のようになっている。その先でまた川は、町に向かって流れ出すのだ。

二人の警官は草むらの土手をつき抜け、下まで降りていった。土手の先を曲がると、川岸に出られる。カリムが石の堤防沿いに車の向きを変えたとき、突然ヘッドライトに照らされ、黒い防水服を着た人影が見えた。小さなザックを背負い、光を受けてきらきら輝いている。ふり向いたその顔は、白い光線のなかで固まりついていた。かぶっている目出し帽とヘルメットに、カリムは見覚えがあった。女はソーセージのような形をした赤いゴムボートを放り出すと、まるで荒馬でも扱うように、ロープをたぐって引き寄せている。

ニエマンスは小声で言った。

「撃つんじゃないぞ。近寄るんじゃない。おれがひとりで捕まえる」

カリムが答えるより早く、警視正は車の外に飛び出し、残りの土手を駆け下りていった。カリムは車を止め、エンジンを切って目を凝らした。ヘッドライトの光のなかに、疾走しながら叫んでいるニエマンスが見えた。

「ファニー！」

女はボートに足をかけるところだった。ニエマンスはその襟首を捕まえ、手前にぐいっと引き寄せた。もつれ合って奇怪なバレエを演ずる二つの人影に目を奪われ、カリムは催眠術にでもかかったかのようにじっと立ちすくんでいた。

二人は抱き合っていた。少なくともカリムにはそう思えた。女は頭を後ろに投げ出し、思いきり反り返っている。ニエマンスは体をこわばらせ、背中を丸めて銃を抜いた。その口から血が溢れ出す。女がカッターでニエマンスの腹を切り裂いたのだ。こもった銃声がカリムの耳に届いた。ニエマンスのＭＲ73が、獲物を捕えた。それでもまだ二つの人影は抱き合ったまま、死の口づけを交わしていた。

「やめろ！」

カリムの叫びは喉にからまり、声にならなかった。彼は走った。川辺に崩れ落ちようとする二人に銃を構えて。時間を遡るほど、速く走りたかった。けれどもそれは、もうどうしようもないことだった。ニエマンスと女は、紺碧のせせらぎに落ちていった。

カリムが川岸に着いたときにはもう、二人の体は静かな流れに乗って、彼方へと運ばれてゆくところだった。二つの体は抱き合ったまま、水のなかをゆったりと漂いながら、やがて岩を越え、町へと流れ去る川のなかに姿を消した。

警部はわけもわからず、立ちすくむばかりだった。そしてじっと水の流れを見つめ、岩の背後、湖の向こうから聞こえる泡立ちの音を聞いていた。けれども突然、まだ悪夢が終わっていないことを知った。カッターの刃がカリムの喉元を襲い、肉を引き裂いたのだ。

手はすばやくカリムの腕の下にまわり、左側のホルスターに入れてあったグロックを抜き取った。

「ようやく会えて嬉しいわ、カリム」

その声はやさしかった。墓に丸く置かれた小石のようなやさしさだった。カリムはゆっくりとふり返った。虚ろな表情のなかに、彼の知っている顔があった。楕円形の輪郭、浅黒い肌、涙に曇った色の薄い目。

カリムにはわかっていた。今、目の前にジュディット・エローがいる。ニエマンスが《ファニー》と呼んだ女の分身が。あんなにも捜し続けてきた少女が。

少女は女になっていた。

紛れもなく生きている女に。

## 60

「わたしたちは二人だったのよ、カリム。いつも、ずっと二人だったの」

カリムは何度も口を開いたが、なかなか声にならなかった。そして、ようやく小さな声で言った。

「話してくれ、ジュディット。すべて話してくれ。たとえ死ぬことになるのでも、知りたいんだ」

女はまだ泣きながら、カリムのグロックを両手でしっかり握り締めていた。黒い防水服を着て、ダイビング用のタイツをはいている。樹脂加工をしたヘルメットは、まるでマニキュアをした手が、風にたなびく蓬髪をつかんでいるかのようだった。

女の声は咳き込むように、突然大きくなった。

「サルザックで、悪魔たちに見つかったと知ったとき、ママはもう決して逃れられないと悟ったのよ……悪魔たちはどこまでもわたしたちの跡を追って、最後にはわたしを殺すでしょう……そこでママは、素晴らしい思いつきをしたの……あいつらが決して捜さない隠れ家がひとつだけある。それは双子の妹、ファニー・フェレイラの陰だってね……ファニーの人生に入ってしまえばいい……わたしと妹は誰にも知られず、二人でひとりとして生きていけばいいんだ、

「ママはみんなの目を欺いたのよ。あんたたちみんなのね！　ママは信心に凝り固まっていたわけでもないわ……悪魔なんて、信じちゃいなかったし……わたしの顔から悪魔祓いをしようとも思ってなかった……写真を集めるのに修道女を選んだのは、そうしたほうが跡をたどりや

そんなカリムの考えを読み取ったかのように、ジュディットは続けた。

自分では一人前の警察官だと思っていたが、そんな自信が踏みつけにされてしまった。ファビエンヌとジュディットの足跡を数時間のうちにたどれたのは、単に矢印の示すコースに従っていただけだったのだ。すでに一九八二年、カイヨワとセルティスがたどったコースを。

カリムはようやくわかった。彼自身も十四年後に、その罠に引っかかってしまったのだと。

……」

「そんなはずないでしょ……ファニーとわたしは、ラマルティーヌ小学校で、知り合いになる時間があった……お互い、もう離れ離れになりたくなかった……だから妹も、すぐに承諾したのよ……そしてわたしたちは、二人でひとりの生活を始めた。まったく秘密裏にね。でもまずは殺人者たちを、永久に追い払わねばならない。そのためには、わたしが死んだと思わせねばならなかったわ。そこでママはいろいろと細工をして、わたしたちがサルザックを逃げ出したように見せかけた……でもそれは、あいつらを罠に導くためだったの。自動車事故という罠に

ジュディットは泣きながらも、小さな笑い声をあげた。

「向こうの親たちも……ぐるになっていたのか？」

そうママは思ったのよ」

すいからよ、わかった？　自分たちの足跡を消しているように見せかけて、本当はしっかりと跡を残していったの。殺人者たちが、最後の大芝居までたどり着けるように……クロジエに秘密を打ち明けたのもそのためよ。何しろ、イギリス庭園を装甲車で走るみたいに目立つ人だから……」

母娘の跡をたどることができた手がかりや証拠を、カリムはひとつひとつ思い出していた。後悔に駆られている医者、買収された写真屋、アル中の神父、修道女、火吹き男、高速道路の老人……これらの人物はみな、ファビエンヌ・エローが残していった《白い小石》だった。カイヨワとセルティスを偽の事故まで導くための目印だったのだ。そしてカリムもまたその目印に従い、ジュディットの運命が途絶える地点である高速道路管理事務所まで、数時間でたどり着いてしまったわけだ。

そんなふうに操られたなんて、カリムは思いたくなかった。

「カイヨワとセルティスがきみたちの跡をたどったと言うけど、おれの捜査中、彼らの話はまったく出なかったぞ」

「それは彼らがあなたより、さりげなく振舞ったからよ！　本当に危ないところだった……事故を仕組んだとき、カイヨワとセルティスはわたしたちに気づき、殺そうとしたのよ」

「事故は……どうやったんだ？」

「ママは一か月以上もかけて準備をしたわ。特に車を塀に激突させて、そこから無事に脱出する手際についてね」

「でも……それじゃあ死体は？　死体は誰だったんだ？」

ジュディットは皮肉っぽい笑みを浮かべた。カリムは血まみれのバール、ガソリン缶、血の海のことを思った。この復讐劇で、ファニーはただ姉の手助けをしただけなのだろう。実際拷問に手を染めたのは、ジュディットのほうなのだ。狂っている。高架道路でニエマンスを殺そうとしたのも、この危険な狂女なのだ。

「ママは地方紙にくまなく目を通してたわ。三面記事、事故のニュース、死亡記事……そうして病院や墓地を荒らしていた。わたしと年格好が一致する子供の死体が必要だったから。事故の少し前、家から百五十キロほど離れた墓地に埋葬された子供を、掘り返してきたわ。少年だったけれど、そのほうが好都合だった。最後まで嘘をつきとおすために、わたしの死亡を《ジュード》の名前で届け出ようと、ママはすでに決めていたから。ともかくママは、死体を力いっぱい押しつぶしたわ。誰の死体だかわからなくするためにね。特に性別については、徹底的に」

ジュディットは嗚咽《おえつ》で喉を締めつけられているような、おかしな笑い声をあげ、また話を続けた。

「カリム、あんたも知るといいわ……家に死体を隠しておいたのよ。ミニバイクの事故で死んだ少年の死体をね。初めから、ひどい遺体だった。それを氷を入れた浴槽に入れて、タイミングを待ったわ」

カリムの脳裏に疑問が浮かんだ。

「クロジエも手伝ったのか？」

「あの男は、ずっと母の美しさに魅了されてた。だからこんなおぞましい計画も、わたしたちのためなんだと察していたわ。こうして二日間待った。石造りの小さな家で、母はピアノを弾いていた。いつも、いつも弾いていた……ショパンのピアノ・ソナタを。こんな悪夢をぬぐい去ろうとするかのように……

浴槽の死体のせいで、わたしは気が変になりそうだった。コンタクト・レンズで、目が痛かった。ピアノの音が、頭のなかに釘みたいに突き刺さってくるの。頭が爆発しそうだったわ、カリム……怖かった。とても怖かった……それに、まだ最後の試練が残っていたし……」

「最後の……試練だって？」

　鮮やかな巻き毛を炎のように揺らしながら、突然ジュディットはいやらしげに人さし指を立てた。その先には包帯が巻いてあった。

「そう、指の試練が。話してあげるわ、刑事さん。指紋を採るために、警察ではいつも右手の人さし指を使うわね。ママはわたしの指先を切断して、それを死体の指に接《つ》いでおいたのよ。肉のなかに差し込んで。血まみれで、ずたずたになった手には、傷がひとつ増えたくらいのものよ。ママは死体の手に、わざとたくさん傷を作っておいたし……だからほかの傷に紛れて、そんなこと気づかれないとママはわかっていたの。それに指紋は重要な点だったわ、カリム。警察に対してなら、ママの証言で充分だけど、悪魔たちのほうはわたしの指紋かファニーの指紋を持っていて、書類と比べてみるでしょうから……ママはわたしに麻酔をかけて、鋭い包丁で手術した。わたしは何も……何も感じなかった……」

そのとき、カリムの脳裏にひらめいた。包帯を巻いた手が、雨のなかでグロックを握っている光景が。

「昨晩の、あれは……？」

「ファニーよ」とジュディットは笑った。「ソフィー・カイヨワを殺しに行ったの。あのあばずれは夫にほれ込んでいて、レミーやその仲間の罪を暴こうとしなかった……あのとき、あんたを殺しておくべきだったのよ……」ジュディットの瞼に涙が溢れた。「そうすればファニーは、死なずにすんだのに……でも、できなかったって、どうしても……」

ジュディットは言葉を切ると、競輪選手のヘルメットの下で、目をしばたたかせた。それからまた、小声で一気に話し始める。

「事故のあとすぐに、わたしはゲルノンにいるファニーのもとに行った。ファニーは両親に頼んで、ラマルティーヌ小学校の最上階にある寄宿舎に入ることにして……まだ十歳だったけど、すぐに一心同体で暮らせるようになったわ。わたしは屋根裏部屋に住むことにしたわ。その頃からもう、ロッククライミングは得意だったから……梁《はり》や窓をつたって妹の部屋に行けた……蜘蛛みたいにね……誰にも気づかれはしなかった……

こうして何年かが過ぎた。二人はしょっちゅう入れ替わって暮らしてたわ。授業でも、家族とでも、学校の友達とでも。食べ物を分け合い、毎日の生活も分け合い。文字どおり同じ生活を送っていた。ただ、代わりばんこにね。ファニーは頭がよくて、本や科学や地質学のことを教えてくれた。わたしのほうは、クライミングを教えたわ。山や川のことを。二人合わせると、ものすごい人間になれた……双頭の竜ってところね。

ときどき、山までママも会いに来てくれた。二人に身のまわりの品も持ってきてくれたわ。けれどもわたしたちの出自についてや、サルザックで暮らした二年間のことは決して話そうとしなかった。こんなふうに世間を偽って暮らすことが、二人が幸せになれる唯一の方法なんだと、ママは思っていた……けれども、わたしは過去を忘れられなかった。わたしはいつもピアノ線を持って歩き、いつも変ロ調ソナタを聞いていた。浴槽の小さな死体のソナタを……ときには激しい怒りに駆られることもあった。ピアノ線を思いきり引っぱっただけで、指に深い傷ができるほど。わたしはすべてを覚えていた。サルザックで、男の子のふりをしているときの恐怖、火吹きの芸を習ったセトの近くの日曜日、そして指を切られた最後の晩のこと。クライミングをするようになって指の包帯もわたしたちには目立たなくなったわ。

ママは殺人者たちの名前を決して明かそうとはしなかった。わたしたちを追いかけまわし、父を轢き殺した犯人の名を。わたしのことは、母も恐れていたんだわ……わたしがいつかあの殺人者たちを殺すだろうと、わかっていたのでしょう……わたしの復讐には、ちょっとしたきっかけがあれば十分だった。ただ残念なのは、あの書類の一件が起きたのが遅すぎて、ルネ・セルティスとエティエンヌ・カイヨワが死んでいたということかしらね……」

ジュディットはそこでまた言葉を切ると、銃をしっかりと構えなおした。カリムも黙ったままだった。この沈黙は問いかけだった。突然、ジュディットは、唸るように話を続けた。

「ほかに何を話してほしいの？　カイヨワは命乞いをしながらすべて白状したってこと？　彼らの気違いじみた行為は、親の代からだったってこと？　今も赤ん坊の取り替えを行なっていたこと？　ファニーやわたしを、大学の腐った人種の末裔と結婚させようとしていたこと？　わたしたちは、彼らに操られていたのよ、カリム……」

ジュディットは身を乗り出した。

「あいつら、気が狂っていた……正真正銘の気違いよ。完璧な遺伝子の源を作り出して、人類に貢献しているつもりなんだから……カイヨワは神様気取りで人々を操り……セルティスは倉庫に何千匹ものネズミを飼っていたわ……ゲルノンの住民を表わすネズミを……しかもネズミには、それぞれ家族の名前がつけられてたのよ。どう思う？　あの蛆虫《うじむし》どもがどんなに狂っていたかわかるでしょ？　おまけにシェルヌセも仲間入りしたわ……優れた人間の虹彩には独特の輝きがあり、虹彩は世界の入口にある絶対の見張り番だなんて言ってたわ。人類の前に、瞳の形をした松明をふりかざしているのよ、あの男は……」

ジュディットは片膝を地面につき、グロックをカリムに向けたまま、声を低めた。

「ファニーといっしょに、あいつらを思いきり震え上がらせてやったわ……まず最初の日にカイヨワの息子を血祭りにあげた。やつらの陰謀に見合うような復讐をしなければ……生物学的なアイデンティティを切除しようって思いついたのはファニーよ……彼らがゲルノンの子供たちのアイデンティティを奪ったように、根底から彼らを抹殺しなければならない。水差しを砕いてばらばらの破片にするように、あいつらの体をいくつもの反映に炸裂させようって、ファニーは言ってた……わたしは場所を思いついた。水、氷、ガラス。それに汚れ仕事をしたのもわたし……鉄棒や火やカッターを使って、第一の生贄に口を割らせたのは……

それから死体を岩の割れ目に挟み、セルティスの倉庫をめちゃくちゃにしてやった……カイヨワの部屋にメッセージを書き込み……ジュディットと署名した。亡霊が戻ってきたのかと思い、あいつらが恐ろしくてたまらなくなるように……そうしたらきっとセルティスとシェルヌセはサルザックに行って、一九八二年以来信じていたことを確かめようとするでしょう。つまりわたしが本当に死んで、あの田舎町に埋葬されているのかを……だからわたしたちは先に行って、柩を空にして……その代わり、倉庫で見つけたネズミの骨でいっぱいにしておいたのよ。冷血なフェティストのセルティスは、ラベルを貼って大事に取ってあったから……」

ジュディットは大声で笑いだし、それからまた呻くように言った。

「柩を開けたときの、やつらの顔が目に浮かぶわ！」それからすぐにまた、重々しい口調になった。「やつらに思い知らせてやったのよ、カリム。嫌というほどね。復讐の時がやって来た。自分たちはもうすぐくたばるんだって……やつらがやってきた悪事の代償を支払うことになるんだって。この町に対する悪事。わたしたちの家族、わたしたち姉妹に対する悪事。わたしに対する悪事。わたしに、わたしに、わたしに……」

ジュディットの声は薄れていった。朝日が螺鈿《らでん》のような光を投げかけている。

カリムはつぶやいた。

「それで、これからどうするつもりだ？」

「ママのところへ行くわ」

カリムは色とりどりの家具カバーや布地に囲まれた大女を思い浮かべた。それから、孤独なクロジエのことを思い浮かべた。クロジエは夜明け前に、きっとファビエンヌのもとへ駆けつけたに違いない。遅かれ早かれあの二人も、逮捕されることだろう。

「ジュディット、きみを逮捕しなければならない」

ジュディットは嘲笑うように言った。

「逮捕？　でも、銃はわたしが持っているのよ！　少しでも動いたら、殺すわ」

カリムは近づき、微笑もうとした。

「すべて終わったんだ、ジュディット。みんなできみを助けるよ、みんなで……」

ジュディットが引き金を引いたとき、カリムはすでにベレッタを抜いていた。いつも背中に隠してあるそのベレッタのおかげで、スキンヘッドたちを押さえ込むこともできた。カリムの最後の切り札だ。

二人の銃弾が交叉し、二発の銃声が夜明けの空にこだました。カリムは無事だった。けれどもジュディットは、ふわりと後ろに退いた。ダンスのリズムに合わせているかのように、しばらくゆらゆらと身を揺すっていたが、上半身はすでに真っ赤に染まっていた。

オートマチックが手から滑り落ちる。そのまま何歩か歩いたかと思うと、ジュディットはぐらりと虚空のなかに傾いた。カリムは、その顔に笑みが浮かぶのを見たような気がした。

カリムは突然わめきながら、岩の上に駆け上がった。あんなにも愛した少女、ジュディットの体を捜すために。今、彼にはわかっていた。この二十四時間、この世の誰よりもジュディットを愛し続けたのだと。

血だらけの人影が、川に向かって滑り落ちていくのが見える。体はどんどん遠のいて、やがてファニー・フェレイラとピエール・ニエマンスのもとに行くのだ。

彼方の山並みを切り裂くように、赤い朝日がのぼり始めた。

だがカリムは、そんなものに目もくれなかった。

心を包むこの深い闇を、いったいどんな太陽が照らせるというのだろう。

# 訳者あとがき

ジャン＝クリストフ・グランジェは、フランス・ミステリ界に彗星のごとく現われた大型新人作家だ。

デビュー作の『コウノトリの道』（一九九四年）からすでに、その新人ばなれした筆力により高い評価を得ていたが、第二作にあたる本書『クリムゾン・リバー』（一九九八年、原題は *Les rivières pourpres*『緋色の川』）によって一気に人気作家としてブレイクしたかの感がある。原書はメアリ・ヒギンズ・クラークやスティーヴン・キングら英米の有名作家も名を連ねるアルバン・ミシェル社の《スペシャル・サスペンス》の一冊として出されたが、そのときはわざわざスペシャル・《スペシャル・サスペンス》と銘打ったうえで、表紙カヴァーにこんなうたい文句が躍っていた。「どうしてスペシャル・《スペシャル・サスペンス》なのか？　それはこの作品が、驚嘆すべき新人作家による真の傑作だからにほかならない。ジャン＝クリストフ・グランジェはそのイマジネーション、独創性、物語の技巧によって、アメリカの大作家たちをも顔色失わしめる」

売らんがための宣伝文とはいえ、これが単なる誇大広告でないことは、本書を読了された読者諸氏には十分納得していただけるに違いない。事実、フランスでも刊行以来、数か月にわたってベストセラーの上位を占め続け、書評誌の「リール」とラジオ・テレ・リュクサンブールが主催し、百人の読者審査員によって選ばれるRTL-Lire文学賞を受賞している。この賞がミステリ作品に与えられたのは初めてだというから、それだけ本書が広範囲な読者を得たことの証だろう。

グランジェ作品の特徴は、ともかく物語の構成が抜群にうまいことにある。フランス・アルプスの麓にある大学町ゲルノンと、ロット県の小さな町サルザック、三百キロも離れた二つの町で、時を同じくして奇怪な事件が起きる。かたや両目をえぐられ、手首を切り落とされた残忍で変質的な連続殺人、かたや謎めいた墓荒らしと小学校での盗難。一見、無関係な二つの事件がやがてひとつになり、その裏に隠されていた恐ろしい真相が明らかになるまでの展開は、まさに「謎が謎を呼ぶ」というにふさわしい。冒頭、主人公のニエマンス警視正がフーリガン相手に繰り広げる暴力シーンから読者をぐいぐいと引っぱっていくスピーディーな語り口は、ともすれば冗長な描写に走りがちだった従来のフランス・ミステリとは一線を画している。たしかに英米の第一級作品と比べても決して引けを取らない、本格的サスペンス小説といっていい。

主人公の個性的な造形もまた、この作品の魅力である。事件を追う二人の警察官は、どちらもいわゆる正義のヒーローではない。ピエール・ニエマンス警視正は、司法警察組織犯罪対策班の元花形刑事。事件を鏡の迷宮にたとえる独自の犯罪捜査哲学でもって犯人を炙《あぶ》り出す手腕は群を抜いているが、激すると前後の見境《みさかい》をなくし、度を越した暴力に走ってしまう。そのせいで、今では殺人事件捜査の第一線からは外されている。

もうひとりの主人公カリム・アブドゥフ警部は、パリ郊外の町ナンテールの孤児院に育ったアラブ人二世。十代の頃から不良仲間とつきあい始め、自動車泥棒で自活しながら大学を出たあとは、勝手知ったる闇の世界で仕事を続けようと警察官になったという変わり種だ。警察学校を優秀な成績で卒業したものの、上層部に逆らったために田舎の警察署に飛ばされ、悶々《もんもん》とした日々を送るなか、いつか自分の手で大事件を解決する日を夢見ている。

そんな二人が、自らの暗い情念に突き動かされるかのように、この陰惨な事件にのめり込んでいく。寒々とした山間の町、降りしきる雨、アル中の司祭や闇に閉じこもる修道女、うらぶれたサーカスの火吹き芸人といった陰鬱でどこかもの哀しい登場人物たちには、フランス・ミステリらしいノワールな雰囲気も感じられる。

本書はその後映画化され、フランスでは公開後二か月たらずで三百万人もの観客動員数を記録する異例の大ヒットとなった。日本でも、本書の刊行と同時に公開される予定だ。メガホンをとったのは、『憎しみ』によって大都市の郊外に住む明日なき若者たちの苛立《いらだ》ちを描いたマチュー・カソヴィッツ。原作にほれ込んで、監督を買って出たという。ニエマンス役には煙草のテレビ・コマーシャルでもお馴染みのジャン・レノ、カリム役（映画ではマックス・ケルケリアと名前が変わっている）には『ドーベルマン』で狂犬のように凶暴なギャングを演じてフランスの松田優作との異名を取ったヴァンサン・カッセルが配されている。

特にジャン・レノのニエマンスは、外見から何から実にぴったりのはまり役だ。かつてジャン・レノが『ニキータ』のなかで演じた《掃除人》ことヴィクトル、秘密機関の工作員が失敗した任務の後始末を専門に請け負うあの暴力的な男が、そのまま警察官になったかのようなニエマンスのキャラクターは、初めからジャン・レノを念頭に置いて書かれたのではないかと思うほどだ。

脚本は監督のカソヴィッツと原作者のグランジェが共同で執筆している。物語の根幹部分は原作に従っているものの、長大な原作を映画にまとめるにあたり、登場人物やストーリーの運びに大幅な変更がなされている。以前にもシナリオを書いた経験があるというグランジェはそのあたりに理解があったらしく、原作のある作品は初めてのカソヴィッツも自由に脚色ができたようだ。雪山のロケ・シーンを始めとした映画的な見せ場をたっぷり盛り込んで、見事なアクション・サスペンス映画に仕上がっている。とはいえ映画ではどうしても展開が急ぎ足になってしまい、入り組んだ事件の真相が物語の進行とともに少しずつ明らかになっていく過程の緊張感、ひとつの謎が解かれるとそれが次の謎へとつながっていく構成の妙という点では、原作のほうがはるかに読みごたえがある。映画のなかだけでは説明不足に終わっているが、原作を読めばよくわかるというような箇所もいくつかあるようだ。その意味でも、まずは原作をじっくりと玩味していただきたい。そのうえで映画館に足を運ばれれば、映画を観る興味も一段と高まることだろう。

ところで作者のグランジェは、一九六一年生まれ、パリ在住。もともとはフリーの特派員としていくつかの通信社と契約し、世界を飛びまわりながら「パリ＝マッチ」誌や「フィガロ＝マガジン」誌に冒険ルポルタージュや科学記事などを書いていたという。

小説家としてデビューした第一作『コウノトリの道』*Le Vol des cigognes*（本文庫収録）も、本書に勝るとも劣らない作者の巧みなストーリーテリングが遺憾なく発揮された傑作である。語り手の主人公は歴史学の博士論文を書き上げたばかりの、三十二歳の青年。彼はある高名な鳥類学者から、コウノトリの渡りに関する調査を依頼される。毎年、決まって戻ってくるはずのコウノトリの群れが、その年に限ってほとんど戻ってこない。渡りのコースの途中で、何かのトラブルがあったのかもしれない。そう思った鳥類学者は、主人公にコウノトリのあとを追って調査してもらうことにしたのだ。ところが鳥類学者の死をきっかけにして、主人公は国際的な陰謀事件に巻き込まれ、事件の謎を追ってヨーロッパから中近東、アフリカへと駆け巡ることになる。世界各地の町の生き生きとした描写や、コウノトリの生態に関する知識は、おそらくジャーナリスト時代に蓄えた経験に基づいているのだろう。この作品も映画化が計画されているというから、完成のあかつきには日本でも公開が期待される。

その後、第二作にあたる本書を経て、二〇〇〇年九月には待望の第三作『石の公会議』*Le concile de pierre* が刊行された。『クリムゾン・リバー』の映画公開とのタイアップ効果もあってのことだろうが、二日間で十三万部を売ったというから、グランジェの人気のほどがうかがわれる。今回の主人公は動物学者にして武術の達人でもある若いブロンド美人。彼女がタイの男の子を養子に迎えようと決意したことから、周囲で次々と殺人事件が起きる。催眠術師やシャーマン、魔術師、はては旧ソ連のマッドサイエンティストまで登場し、インディ・ジョーンズばりのノンストップ冒険小説となっている。前二作と比べるといささか粗さも感じさせるが、読者を楽しませるという点では文句なしに面白い。
フランス・ミステリに新風を吹き込むこの才能豊かな新進作家が、本書によって日本の読者からも大きな支持を得られるよう、訳者として切に願っている。

二〇〇一年一月

＊　グランジェの第四作は *L'Empire des Loups*『狼の帝国』（二〇〇三年）も本文庫で刊行された。

# 解説

吉野 仁

　本書は、フランス人作家ジャン＝クリストフ・グランジェが一九九八年に発表した長編『クリムゾン・リバー』の邦訳新版である。旧版は二〇〇一年一月の刊行だった。

　本国でベストセラーとなったのち、世界各国で刊行された話題作だ。また、映画化作品が二〇〇〇年に公開され、こちらも世界的な大ヒットを飛ばした。フランスを代表する人気俳優のふたり、ジャン・レノとヴァンサン・カッセルが共演した映画版は、原作者のグランジェ自身が監督のマチュー・カソヴィッツとともに脚本を手がけていた。以来、作者のグランジェは次次と話題作を発表し、現代フランス・ミステリを代表する作家のひとりとなった。また映像化された作品の大半は自身が脚本を担当している。

　物語は、パリでおこなわれたサッカー国際試合のあと、暴徒と化し乱闘をはじめたフーリガンに対し、ピエール・ニエマンス警視正が突進していく場面からはじまる。かつて彼は花形刑事だったが、激昂すると前後の見境をなくし過剰な暴力に走ってしまう性格ゆえ、いまは殺人捜査の第一線から外されていた。

　ふいに鳴りだした携帯電話でライムス警視長から呼び出されたニエマンスは、思いもしない単独任務へと向かうことになった。グルノーブルの近く、ゲルノンという小さな大学町で死体が発見されたのだ。胎児の格好をした全裸死体が岸壁の割れ目に押し込まれており、しかも体じゅうに拷問の跡があったうえ、両眼をえぐられていたという。殺されたのは大学の図書館司書をつとめる若い男性だった。彼はいったいなぜそんな目にあったのか。

一方、ゲルノンから西に三百キロほど離れた小さな町サルザックでは、小学校にプロの手口で泥棒が入った事件とともに、何者かが地下納骨堂に忍び込んだという墓荒らしが起こった。捜査にあたったのは、パリ郊外の町の孤児院で育ったアラブ二世、カリム・アブドゥフ警部。かつては不良少年だったが、大学の法学部を卒業、兵役のあと優秀な成績で警察学校を卒業した。ところが、諜報活動をさせようとする上層部に逆らったことで田舎町へ飛ばされたのだ。

やがて二つの町で起こった、一見、無関係に見える出来事が一つにつながっていく。すべては恐るべき「緋色の川《クリムゾン・リバー》」に通じていたのだ。

それにしても、なぜこの作品が熱狂的にむかえられたのか。長らく海外ミステリに親しんできた方であれば、フランス・ミステリ特有の味をご存じだろう。奇抜なトリック、独特の雰囲気、エキセントリックな登場人物など個性的な魅力をもつ一方、描写や話の筋があいまいだったり、つかみどころのない思索が展開されたりするなど、英米のベストセラー本のような大衆性と刺激に欠けていたのは否めない。しかし、グランジェ作品の場合、あきらかにトマス・ハリス『羊たちの沈黙』をはじめとする英米のサイコスリラーやハリウッド映画、もしくはスティーヴン・キングや人気ベストセラー作家たちの影響を受けた作風である。

なかでも図抜けた才能をしめしているのが、ロケーションとストーリーテリングが巧みに融合されているところ。山奥の町にある大学、巨大な図書館、地下納骨堂、教会の司祭館……。物語はゴシック感覚あふれる場所を次々に移動していく。さらに、ひとつの謎がもうひとつの謎を呼んだり、別の事実につながっていたりするなど、じつに起伏に富んでいるのだ。ふたりの警察官による視点で交互に語られていく構成も緊迫度を高めている要因だろう。

また、激しい暴力、猟奇殺人、謎に満ちた死体といった要素がただ並んでいるだけならば、どれほど刺激的であろうと今では誰も驚かないかもしれないが、その背景やディテールがじつに凝《こ》っていて惹きつけられる。たとえば、発見された死体の眼から涙がこぼれるシーン。強く印象に残るだけではなく、そこから意外な事実が判明し、さらにはスケールの大きな冒険行へと発展する展開の広がりは、予想をこえたものだった。しかも本作中、大きな見せ場となっている氷河クレバスのシーンに関しては、もともと著者がジャーナリスト時代に書いたルポルタージュをもとにしているという。現地取材や実体験がしっかりと根底にあるだけに、細部に真実味や奥行きが感じられるのだろう。

さらにふたりの個性的な主人公はもちろんのこと、闇にこもる修道女やサーカスの火吹き男といった怪しげな人物までが次々に登場する。これだけ外連《けれん》に満ちた娯楽要素が盛り込まれているのだ。まさに巻を措《お》く能《あた》わず、ページをめくる手をとめることができない小説に仕上がっているのもなんら不思議ではない。

日本では、本作のあと、第一作『コウノトリの道』（邦訳は二〇〇三年）、第四作『狼の帝国』（同二〇〇五年）が本文庫より刊行された。その当時、「クリムゾン・リバー」を皮切りに、相次いで映画化作品も日本公開されたことから、その後の新作紹介にも期待が高まっていた。しかし残念なことにグランジェ作品は、それ以降まったく邦訳されなかったのだ。

近年、『その女アレックス』で一躍日本でも人気作家となったピエール・ルメートルを筆頭に、フランク・ティリエ、ギヨーム・ミュッソなど、新世代のフレンチ・ミステリが紹介されているが、その先駆けとなったグランジェがこのまま埋もれてしまうのは残念なことだ。たとえば、二〇一六年に邦訳されたベルナール・ミニエ『氷結』は、ピレネー山脈にある標高二千メートルの水力発電所で、皮を剝がれ吊るされた首なし馬の死体が見つかったという派手な発端で、明らかにグランジェの影響のもと生まれた作品だろう。

ところが、である。二〇一八年の夏、TAC出版より第九作『通過者』が単行本で刊行された。なんと上下二段組み七百ページ超という大部の作品だ。ワインの産地で知られるボルドーでカウボーイ姿の記憶喪失者が発見されるというのが幕開けで、その男を担当した精神科医が、異様な猟奇殺人をはじめ、次々と事件に巻き込まれていく。そこからは「ここはどこ、わたしはだれ」の連続で、ギリシア神話をもとにした事件をきっかけに物語は次から次へと様相を変え、主人公は何重もの迷宮を彷徨っていくのだ。

思えば、『狼の帝国』の冒頭は、パリで暮らす高級官僚の妻が不可解な記憶障害を患い、夫の顔が見知らぬ他人に見えたり、周囲の人たちの顔が溶け出す幻想を見たりすることに悩まされはじめる、という展開だった。ヒロインは記憶を失ったのか、偽の記憶を植えつけられたのか、それとも自分自身がおかしいのか、という風に迷走し続ける。こうしたアイデンティティの探求こそ、グランジェ作品における大きなテーマだったのだ。事件の犯人探しや真相探求が、そのまま「いったい本当の自分は何者か」という問いにつながっている。それはデビュー作『コウノトリの道』にも言えるところだ。『クリムゾン・リバー』の場合、真犯人の正体に通じる要素かもしれない。

作者ジャン＝クリストフ・グランジェは、一九六一年、パリ近郊生まれ。通信社につとめたのち、フリーのジャーナリストとして世界各地を飛びまわり、国際的な雑誌や新聞にルポルタージュを書いていた。とくに写真家のピエール・ペランと組み、何か月もかけて遊牧民を取材したり、森林破壊の問題に迫ったりしていた仕事の多くは、その発表後、数々の賞を受けるなど高く評価されていた。そして、一九九四年に小説『コウノトリの道』でデビューしたのだ。また『クリムゾン・リバー』映画化をきっかけとして、映像の脚本や制作などにもかかわるようになった。

日本で公開されたグランジェ原作の映像化作品として、「コウノトリの道　心臓を運ぶ鳥」、「クリムゾン・リバー」、「ストーン・カウンシル」（未訳）、「エンパイア・オブ・ザ・ウルフ」（原作『狼の帝国』）、「クリムゾン・プロジェクト」（原作『ミゼレーレ』）のほか、脚本作品には「ヴィドック」、「スウィッチ」がある。いずれも映像ディスクが市販されており、日本語字幕で視聴が可能だ。また「クリムゾン・リバー」に登場したピエール・ニエマンス刑事を主人公とした新たなテレビシリーズの放送も開始したという。日本でも放送してくれるとうれしいのだが。そのほか小説以外では、バンドデシネ（フランスの漫画）作品の原作も手がけている。

グランジェは、『通過者』の刊行直前の二〇一八年夏に来日し、アンスティチュ・フランセ東京で講演をおこなった。もともとジャーナリスト時代に何度か日本に訪れていたようだが、近年は頻繁に訪日しているらしい。じつは八年前にパリで知り合った日本女性と結婚し、息子もいるという。その息子と日本語で話せるように、日本に来て日本語の学習をしているというから驚きだ。

日本との関係でいえば『通過者』の次に書かれた ***Kaiken*** は、改憲でも会見でもなく「懐剣」、すなわち護身用の懐刀《ふところがたな》をテーマにしている。さらに二〇一八年に発表した最新作 ***La Terre des morts*** では、日本の性風俗を扱っているという。なんと作中、ＳＭプレイにおける緊縛、すなわち縄による縛りを題材にしているのだから驚くばかりだ。いったいグランジェがどういうふうにサスペンス作品としてまとめあげたのか、気になるところである。

本書の復刊につづき、未訳の作品や新作が邦訳されることを大いに期待したい。

ジャン＝クリストフ・グランジェ小説作品リスト（二〇二五・一　編集部）
Le Vol des cigognes（一九九四）『コウノトリの道』平岡敦訳（創元推理文庫）
Les Rivières pourpres（一九九八）本書
Le Concile de pierre（二〇〇〇）
L'Empire des loups（二〇〇三）『狼の帝国』高岡真訳（創元推理文庫）

La Ligne noire（二〇〇四）
Le Serment des limbes（二〇〇七）
Miserere（二〇〇八）『ミゼレーレ』平岡敦訳（創元推理文庫）
La Forêt des Mânes（二〇〇九）
Le Passager（二〇一一）『通過者』吉田恒雄訳（TAC出版）
Kaïken（二〇一二）
Lontano（二〇一五）
Congo requiem（二〇一六）
La Terre des morts（二〇一八）『死者の国』高野優監訳（ハヤカワ・ポケット・ミステリ）
La Dernière Chasse（二〇一九）『ブラック・ハンター』平岡敦訳
（ハヤカワ・ポケット・ミステリ）
Les Promises（二〇二一）
Rouge Karma（二〇二三）

**訳者紹介**　1955年生まれ。早稲田大学文学部卒業。中央大学大学院修了。現在中央大学講師。主な訳書に、カダレ『誰がドルンチナを連れ戻したか』、ペナック『カービン銃の妖精』、グランジェ『ミゼレーレ』、カサック『殺人交叉点』他多数。

クリムゾン・リバー

2001年1月31日　初版
2004年5月28日　12版
新版　2018年11月30日　初版
2025年2月28日　再版

著　者　ジャン＝クリストフ・グランジェ

訳　者　平《ひら》岡《おか》　敦《あつし》

発行所　(株)東京創元社
代表者　渋谷健太郎

162-0814 東京都新宿区新小川町1-5
電　話　03・3268・8231-営業部
03・3268・8201-代　表
URL　https://www.tsogen.co.jp
組　版　フォレスト
印刷・製本　大日本印刷

乱丁・落丁本は、ご面倒ですが小社までご送付ください。送料小社負担にてお取替えいたします。



ISBN978-4-488-21410-4　C0197